新時代への源氏学

助川幸逸郎　立石和弘
土方洋一　松岡智之
［編集］

9 架橋する〈文学〉理論

竹林舎

刊行のことば

わが国の古典の中でも、『源氏物語』ほど長く深い受容の歴史を持つテクストは他に例がありません。その享受の歴史は優に千年を超え、影響もわが国の文化のあらゆる方面に及んでいると言ってよいほどです。かくも長きにわたって多くの人びとの心をとらえ、解読、分析の対象とされてきた『源氏物語』について、いまさら新たに語るべきことなどあるのかと思われる向きもあるかもしれません。

私たちの前には、先人たちの豊富な注釈・研究の蓄積があります。その恩恵に浴すことで、この遠い昔に書かれた物語に親しく接することが可能になっているのであり、私たちはそのことに深く感謝しなければなりません。

一方で、私たちが『源氏物語』に接している〈いま〉という時代は、先人たちの生きていた時代とはまったく異なります。千年前はおろか、携帯電話やパソコン、インターネットのある現代は、それらが存在しなかった五十年前とも、もはや大きく異なっています。

そうしたかつて経験したことのない言語環境のもとで生きている私たちの眼から見れば、『源氏物語』の中には、考究すべき種々の新たな課題が内蔵されています。というよりも、読者の生きている個々の時代に即した課題を常に突きつけてくるのが、『源氏物語』というテクストの持つ希有の特性なのです。

二十一世紀を迎えた私たちの世界には、様々な問題が山積しています。そのような困難な時代に、『源氏物語』が問いかけてくるものを真正面から受けとめ、私たちなりのことばで応答したいという思いが、この企画にはこめられています。ここでの「源氏学」とは、単に「『源氏物語』に関する学」ということではなく、『源氏物語』というテクストと真摯に向き合うことによってはじめて見えてくる〈知〉の地平を意識した呼称です。私たちがいまそこに見出した課題を、さらに次の世代へと手渡していきたい、それが「新時代への源氏学」に託した私たちの希望でもあります。

ご多忙ななか、貴重な原稿をお寄せいただいた執筆者各位に深く感謝申し上げます。

二〇一四年三月

編集委員　助川　幸逸郎
立石　和弘
土方　洋一
松岡　智之

新時代への源氏学　第9巻

架橋する〈文学〉理論　目次

『源氏物語』研究とテクスト論・断想　安藤　徹　5

〈王権論〉とは何であったのか　鈴木　泰恵　36

鼎談　仏教言語論から見た源氏物語　竹内信夫／黒木朋興／助川幸逸郎　64

ナラトロジーのこれからと『源氏物語』
――人称をめぐる課題を中心に――　陣野　英則　96

〈理論〉から遠く〈離れ〉て
――小西甚一における「離れ」と〈架橋〉――　田代　真　123

『源氏物語』における作者と作中人物
――源氏研究へのバフチンの方法の導入をめぐって――　中村　唯史　174

源氏物語を〈解釈〉するとは？——解釈学と源氏物語研究——　片山 善博　198

三島由紀夫の『源氏物語』受容
——「葵上」・「源氏供養」における女装の文体(エクリチュール)——　関 礼子　223

「浦島」をめぐる分節と連想
——源氏物語研究における文化研究の可能性——　岡﨑 真紀子　253

元型批評vsインターテクスチュアリティー
——王朝物語と近代小説の類似性をどう読むか？——　川田 宇一郎　282

王朝物語に「決定的瞬間」はない
——「日本発」文学理論の「可能性」——　助川 幸逸郎　320

編集後記　助川 幸逸郎　345

索引　351

『源氏物語』研究とテクスト論・断想

安藤　徹

テクスト論はラディカルである。そのため、『源氏物語』研究では十分に受け止め切れないままに、いまなお係争中である。これが私の現状認識である。「テクストやテクスト性を口にしないだけで、文学・文化研究の問題が何か解決するというわけではない。テクストの諸観念をめぐる問題群との対決を回避するとするなら、われわれは検証されていない諸前提によってあらかじめ方向づけられてしまっていることになるだろう。テクストの問題はつねに存在しつづけているからである」（カラー二〇一一）。

本稿は、そうした係争中のテクスト論の意義と可能性にかんするロラン・バルト風の断想（もどき）／断層（テクスト）である。言うまでもなく、テクストとは引用の織物である。それぞれの断片は相互に関連、重複、反復、浸潤、反撥、矛盾、逡巡し合いながら、ありうべきテクスト論の周囲をさまようことになる。

1あける　「文化変容とは、外部との接触によって当の文化の中心的な信念や価値が侵食されつくり直される、つまりもともとの文化の外側から変化がもたらされたと考えるべきではなく、変容を受け入れる心がまえはいつもそこにあるものとしてとらえるべきものなのである。レヴィ＝ストロースの言う、まだ見ぬ他者の到来を俟ちながら場所をあけておくという思想も、外部との遭遇という出来事があらかじめ文化の中心部に用意されているということである」（出口二〇一三）。『源氏物語』研究の細分化批判は、何十年も繰りかえされてきた紋切り型の文句である。言い続けても状況が変わらないのは、認識がまちがっているからか、口だけの批判で実践をともなわないからである。新時代の研究は、「『源氏物語』の外部から到来する〈よそ者〉である」「「差異」と「他者」の現代批評理論」（安藤二〇〇七）に場所を空け、窓を開けることで、夜が明ける。

2移植　「テクスト」が外来種のせいで、テクスト論はいまも『源氏物語』研究に十分に根づいていないように見えるのだろうか。しかし、土着の植物よりも根こぎにされて他の風土へと移植された植物のほうが、よく根を張り、たくましく育つものである（林一九七九）。理論も同じである。理論とは、「出発点となった分野から他の分野に移動し、大きな問題を再考するためのフレームワークとして用いられるような仕事のこと」（カラー二〇一一）である。

3運動　テクストは運動である。そして、「「テクスト」を構成する運動は、横断である（「テクスト」はとりわけ、作品を、いくつもの作品を横断することができる）」（バルト一九七九b）。かりに『源氏物語』が一つの世界を語っているように感じたとしても、「頑固さと、一貫した柔軟さは取り違えられない」（稲垣二〇一三b）。「閉じたものと開いたものの差異は、固定性と運動性の質的な違いとして、求心性と遠心性の質的な違いとして理解することができる」（河野二〇一三）のである。

4遠心性　テクストとしての『源氏物語』を読むという行為は、「なにか定まったひとつの解釈を求める求心的な行為というよりは、引用の織物としてのテクストがつぎからつぎへと解きほぐされ、テクストがさまざまなテクストへと展開していくときに感じる自由と快楽へと開かれた遠心的な行為となる」（丹治二〇〇三）。そもそも、「『源氏物語』とは、さまざまなもの（読者を含む、あるいは作者をも）を物語の内部へと引き入れていく〈求心力〉と、物語から外側へ高エネルギーを放射し、その周辺・外部に作用してなにごとかを創造していく〈遠心力〉とがともに強いところに大きな特質がある」。むろん、「〈求心力〉の強さが〈遠心力〉を生み出し、逆に〈遠心力〉が作用することで（反作用的に）〈求心力〉が強化される、という相互作用を見逃すことはできない」し、「こうした力は事前に固定化されたものではなく、つねに更新され構築される類のものだという点も強調すべき特徴としてある」（安藤二〇〇九b）。

5織物　「テクストとは、無数にある文化の中心からやって来た引用の織物である」（バルト一九七九a）。ただし、織物としてのテクストを、『源氏物語』の登場人物たちの多くが着ているような華麗な衣装のようにイメージしないほうがいい。たとえば、「ちょうどだれが編んだわけでもないのに、カーペットの上の糸くずや髪の毛や紙屑が絡まり合って「ごみのオブジェ」をつくりあげてしまうように、「製作者」が不在のままに、多様な出自と材質を持つ素材や、異なる方向に走る繊維が絡まり合って、いつの間にか、一枚のテクスタイルが織りあがる」。そして、「この織りものを構成する複数の要素は、それぞれが独自のモチーフ、固有のモードに従って、めいめい勝手なふるまいをしている。その「意図」はなにか、なにを「表現している」のか、その「ねらい」はなんなのか。そういった問い自体がここでは無意味になる」（内田二〇〇四）のである。

6間テクスト　「テクストはそれ自体が他のテクストの中間テクスト（アントル＝テクスト）であるから、あらゆるテクストはテクスト相互関連にとらえられるが、この関連をテクストの何らかの起源と混同することは許されない」（バルト一九七九b）。『源氏物語』の引用論は、（間）テクスト論たりえているだろうか。「源泉」や「影響」を探し求めることと決定的に異なっているだろうか。間テクスト性（テクスト相互関連性）は、「意味をテクスト自体の内部に含まれて押し込められているものとは決して見ないのであり、なにがテクストの内部と外部であるのかとの点についてわたしたちが有する一見常識的な概念に疑義をはさむのである」（アレン二〇〇六）。「テクストが引用の織物であるからといって、その引用のもと（＝起源）をいくら躍起になって追求しても仕方がないであろう。引用のもとも結局は引用であり、その引用もともまた引用である……という無限後退のプロセスに陥ることは最初から明らかだからである」（土田二〇〇〇）。

7境界　あらゆる境界は自然な現象ではなく、「人間のもつ偏見、信念、思い込みに従って引かれている」（ディーナー＆ヘーガン二〇一五）。だからと言って、境界をなくすことはできない。「分割線を設けたり、カテゴリー化したり、単純化することは私たちが生きるこの世界を理解する上で必要」（モーリス＝スズキ二〇一四）だからである。重要なのは、「機会と不安の領域、接触と対立のゾーン、協力と競合の場、両義的なアイデンティティや差異に伴う攻撃的な主張が行われる場」（ディーナー＆ヘーガン二〇一五）としての境界線の役割を理解しつつ、「化石化したドグマによって敷かれた硬直した線を消去し、交差や多様性、移動性、変化を包み込む新たな境界線を描き出そうとすることも可能」（モーリス＝スズキ二〇一四）と捉えることである。ただし、間テクスト性という観点からすれば、そもそも『源氏物語』のテクストの境界をどのように（暫定的であっても）画定できるかは問題含みである。境界がない、ということではない。むしろ、「差異を生成する領域はつねに境界的である以上、無数と言っていい境界を設定することが可能」なのであり、それゆえに「境界とは問いの宝庫である」（安藤二〇〇八b）。大きく分けて、境界は二つの問題を浮上させる。一つは、内と外の関係である。もう一つは、それぞれの領域内の中心と周辺の関係である。この両者の問題が重なる地点を境界と呼ぶ。「初めからの正統の世界と初めからの異端の世界、つまり二つの世界の中心部ほど、それぞれのイメージの自己累積による固定化が甚だしく、逆に、二つの世界の接触する境界地域ほど状況は流動的である」。「境界に住むことの意味は、内側の住人と「実感」を頒ち合いながら、しかも不断に「外」との交通を保ち、内側のイメージの自己累積による固定化をたえず積極的につきくずすことにある」（丸山二〇一〇）。

8偶発性

「体系なし、確定せず、閉鎖せず、統一なし、という形としてのテクストには、誤まったリーディングと占有、不適切な使用、浮動する間違った解釈、他のテクストとの偶発の出会いを受ける余地がつねにある」（ルーシー二〇〇五）。テクストの宛先も同様である。「言葉たちが、送り手の意図に反して、あるいはその意図を超えて、みずからが予期しなかった宛先に届き、さらに伝播し拡散してゆくということ——かつてアドルノが「投壜通信」と呼び、デリダが「散種」や「手紙」の形象のもとに問うていた宛先の偶発性、つまり伝達可能性の本質的な秘密を不可欠な条件としてこそ、言葉たちはみずからの命運を未来へと繰り延べることができる」（宮崎二〇一三）。理論もまた、「必然的に偶然性を潜在させているのであり、常に、届かない可能性、誤配の可能性、遅配の可能性に取り憑かれている」（安藤二〇〇七）。これは理論の弱点に見える。しかし、「弱さを考慮することは、偶発性という広範囲の問題（別の仕方での存在の可能性、あるいは、存在しない可能性という問題）に取り組むことになる」（ブルジェール二〇一四）。

9経験　「「テクスト」は、ある作業、ある生産行為のなかでしか経験されない」（バルト一九七九b）。『源氏物語』をテクストとして読むということは、経験するということである。経験とは何か。それは、「異なるもの、新しいもの、意外なものとの出会いである。私たちは、それらのものに出会ったときに、強度の違いはあれ、それまでの物事に与えていた意味の剝奪を経験する」。そして、「真に自分を問いなおしたくなるような驚きに遭遇する」ことで、「思考と対話を誘発」（河野二〇一四）される。テクストとしての『源氏物語』を経験するとは、テクスト、『源氏物語』、そして自分を問い直すことなのであろう。「自分の定義でとらえることができないとき、経験が定義のふちをあふれそうになる。あふれてもいいではないか。そのときの手ごたえ、そのはずみを得て、考えがのびてゆく」のであり、「出会った実例が、はめこもうとしても定義の枠をあふれるとき、手応えを感じるのが、学問をになう態度として適切だ」（鶴見二〇一〇）。

10コンテクスト　ジャック・デリダは、彼自身が発したもっとも有名で、もっとも誤解されている「テクストの外には何もない」という言辞を「コンテクストの外というものはない」、あるいは「諸々のコンテクストしか存在しない」と言い換えている。さらに、「コンテクストの効力はテクストの分析から決して分離されえないこと、またそれにもかかわらず、あるいはむしろそれゆえに、コンテクストはつねに〈変形すると同時に変形可能〉」であり、「〈運び出すと同時に運び出し可能〉」（デリダ二〇〇三）であるとも言う。テクストは、「ありとあらゆるコンテクストにおいて、原則的に、繰り返し繰り返し、反復される能力を備えていなければならない（中略）。それと同時に、ある意味で、そのつど単独的でもなければならない」（ロイル二〇〇六）のである。「あらゆるテクストは、コンテクストに対して鋭敏に反応し、抜きがたい関係を構築する。この場合、テクストの意味はコンテクストによって一義的に決定されるようなものではなく、テクストとコンテクストとが相互に依存し重層的に決定する関係として把握される。一方で、コンテクストから自由である（自由になりうる）のもテクストの特性であろう。むろん、コンテクストからフリーであるとは、あらゆるコンテクストと無関係であることを意味せず、むしろテクストとはあらゆるコンテクストとの関係を構築する潜勢力を有するのだ。つまり、テクストはコンテクスト・センシティブかつフリーなのである」（安藤二〇〇九ｃ）。

11作者

「「テクスト論」とは作者の存在を切り捨てる文学研究である、という理解の定式」が、「「テクスト論」理解の唯一の堅固な入り口として、今日まで綿々と受け継がれている」（高橋二〇一三）。しかし、「作者の死」を宣告したバルトは、「「作者」を遠ざけること（ブレヒトにならって、ここでは真の《異化作用（ディスタンスマン）》（＝距離をおくこと）について語ることができよう。「作者」は文学の舞台のはずれで小像のように小さくなっていく）」（バルト一九七九ａ）と言い、「「作者」が「テクスト」のなかに、自分のテクストのなかに、《もどれ》ないということではない。ただ、そのときは、いわば招かれた客としてもどるのだ。（中略）彼は、いわば紙の作者になるのだ」（バルト一九七九ｂ）と言い、「テクストの中に紛れて（機械仕掛の神のように、うしろにいるのではない）、いつも他者が、作者がいる」（バルト一九七七）と言ってもいたのだった。むろん、「テクストとは、一列に並んだ語から成り立ち、唯一のいわば神学的な意味（つまり、「作者＝神」の《メッセージ》ということになろう）を出現させるものではない」（バルト一九七九ａ）点は動かない。そのうえで、舞台のはずれで小さくなっている作者、招かれた客としての作者、あるいはテクストの中に紛れている作者とはいったい何かを考えることが、テクスト論の課題の一つである。

12　時間錯誤

「間テクスト性」は、「クロノジカルな制限を完全に乗り越え」、「先行するテクストと後続するテクストとの時間的な順序を無化し、両者を同じ時間平面上に並べ置くという思考法を提起する」（土田二〇〇〇）。このことを徹底するならば、「読者が関係づけるテクストは、もとのテクストより後に書かれたものであってもかまわない」（佐々木一九九〇）ことになろう。「テクストを織りなすのは、テクストである。テクストは、テクストを引用する。かつてのテクストだけではなく、同時代のテクストを、さらには未来のテクストをも引用する。テクストとは、そのような引用の織物である」（安藤二〇〇八ａ）。こうした常識的には時間錯誤的な「過去と未来を直線的に結びつけるのではない別の時間認識」（太田二〇〇八）は、「過去から現在、そして未来へという単線的で不可逆的に見える時間の流れ」が「しばしば思考を強固に絡め取り、それ以外の時間性を見失わせる」（安藤二〇〇八ｂ）ことへの抵抗としてもある。『源氏物語』の場合、「平安朝に成立したテクストだが、中世・近世、あるいは近現代のテクストをも引用するテクストなのだ。いや、作者もテクストとして引用され、そして読者の〈私〉も引用される。だから、読みの歴史の記述や、〈私〉（の〈いま―ここ〉という文脈）の解析が重要になる。未来のテクストということならば、いまだ到来していないテクスト、いつか現象するかもしれない（しかし現勢化しないかもしれない）テクストさえ引用するだろう」（安藤二〇〇九b）。

13ずらし　「〈生き生きとした現在〉は、自己との完璧な同一性を示すものではなく、ずれのうちでみずからの過去を意識し、自己との完全な同一性が欠如していることを意識することのうちからしか生まれないのである。それは過去の痕跡であり、未来の痕跡なのだ」（中山二〇〇六）。「長いあいだいわばニュートン的方法で考えられ、今日もなお考えられている伝統的な観念、作品に対して、従来の諸範疇をずらすか覆えすことによって得られる新しい対象」として提言されたテクストは、それ自体では完璧な同一性を持つものではない。同時に、「「テクスト」は、その差異（ということは、その個性という意味ではない）においてしか、「テクスト」でありえない」（バルト一九七九b）。テクストとは弱いのである。しかし、だからこそ、ずらしが決定的に重要でもある。なぜなら、「「ずらす」という戦略こそ、弱者の戦略の神髄」（稲垣二〇一四）だからである。

14生成論　生成論（ジェネティック）は、テクスト理論の一つの展開としての、新たな「草稿研究」である。起源志向が濃厚なこれまでの草稿研究に対して、生成論は「起源として措定しうる「決定稿」といった概念に信をおくことはない。テクストは、創作というダイナミックなプロセスのなかで、書き加えられ、そして掻き消される。そこにはしたがって決定的な／静態的なテクストなどは存在しない。（中略）表面化・静態化したフェノ・テクストの下には未決性を秘めた無数のジェノ・テクストが常にうごめいているのである。テクスト生成とは、テクストが絶えずテクスト自身から差異化していく、終わりなき過程であるとさえ言ってよいかもしれない」（土田二〇〇〇）。ただし、テクスト論との差異は小さくない。松澤和宏は、「生成を「つくる」「うむ」「なる」の三類型に区別」することで、作家・作品論とテクスト論と生成論のちがいを説明する。「作家がもっぱら霊感と才能によって傑作を生み出すという近代のロマン主義的な作家・作品観は、この「つくる」論理を暗黙のモデルとしている」のに対して、「テクストとはつねに別のテクスト群の変形的な引用であると考える近年の「間テクスト」という概念は、無限の変容過程の所産としてテクストを捉える点で」「「つくる」主体とつくられるものとの連続性を想定する「なる」論理」に属する。いっぽう、生成論にあるのは、「「つくる」論理と「なる」論理の中間」に浮遊する、「書き手とテクストとの間に血縁的な連続性を留める「うむ」論理」（松澤二〇〇三）である。『源氏物語』研究では、加藤昌嘉らの研究を生成論の流れにおおよそ位置づけうる（加藤二〇一一）（加藤二〇一四）。

15創造力／想像力　「同時に内側と外側とにいること——ある一定の位置を占めながら、境界のところで懐疑的な顔をしてうろつくこと——が、きわめて創造的な思想を生むことはよくある。そのような場所は、必ずしも安楽とは言えないにしても、豊かな実りをもたらす」（イーグルトン二〇〇五）。バルトが「物語的な《スキャンダル》」と呼ぶ想像力は、テクストのなかの断片が「どれほど取るに足りないあたりまえのことに見えようとも」、「もしその特徴が記述されていなかったら、もしその特徴がちがったものであったら、どういうことが起こるだろうか」と「心のなかで入れ換えテスト」をして、「反テクストを思いつく」（バルト一九六八）ことである。それは、テクストの閾に立って、テクストを開く試みであろう。

16他力　他力とはヨットに吹く風のようなものである（五木二〇一四）。テクスト論とは『源氏物語』研究に吹く風である。言うまでもなく、他力本願とは〝無責任〟の意ではない。帆も上げずに風を受け流してしまっては、さすがにヨットも動かない。

17中心　『源氏物語』に中心はあるのか。「言語活動と同様、「テクスト」は構造化されているが、中心をもたず、閉止を知らない」（バルト一九七九b）。しかし、中心がないならば、辺境もないことになる。「中心部と辺境の問題性それ自体が存在しないという考え方こそスターリニズムに見られたような自家中毒の一つの有力な培養菌ではないか」（丸山二〇一〇）。むしろ、「テクストが複数無限のテクストからなる引用の織物であるという主張は、確かにテクストの自己同一的原理の崩壊を意味してはいる」ものの、「中心という概念を根底から覆す体のもの」ではなく、「テクストの内に唯一の統一的中心のようなものを措定することには無理がある、という議論」（土田二〇〇〇）と捉えてみてはどうか。そうすることで、「中心部から遠いところほど、異ったイメージの交錯にさらされ、それだけイメージの自己累積作用ははばまれていた」（丸山二〇一〇）といった見通しも可能になる。

18強さ　従来の『源氏物語』研究は、構想論であれ主題論であれ表現論であれ、多くが強靱で一貫した論理や感覚に基づいてこの物語の強さを明かし、強調しようとしてきた。それに対して、テクスト論はテクストとしての『源氏物語』の弱さに注目する（強そうな『源氏物語』を弱体化するのではない）。しかし、「強固な足場を築こうとする考え方では、みずから批判した伝統の弱点を克服することで、その伝統を蘇らせるものにすぎなくなる」（中山二〇〇六）という危険がともなう。「かつての確証性を哀惜したり、新たなる全体性を切望したりすることなく」（岡田二〇〇八）、いかにテクスト論を実践するかが問われよう。ちなみに、『源氏物語』が強いから、長きにわたって読まれ研究されてきた、つまり古典のなかの古典として生き残ってきた、と考えるのはおそらく本末転倒である。「「強い生き物が生き残る」のではなく、「生き残った者が強い」のだ」（稲垣二〇一四）。

19テクスト　ピーター・バリーが掲げた「リベラル・ヒューマニズムの十の信条」（バリー二〇一四）は、『源氏物語』研究の現在においても広く受け入れられている。

（1）良い文学作品には、時代を超えた重要性があり、人間の普遍性に語りかけてくる。
（2）文学作品は、それ自体のなかに独自の意味を内包している。
（3）テクストをよく理解するためには、コンテクストから切り離されたテクストそのものを詳細に分析しなければならない。
（4）人間性は根本的に不変である。
（5）内面に固有の本質を抱えた個人（主体）が社会・経験・言語の影響に先んじて存在し、これらを超越している。
（6）文学の目的とは人生をより良いものにし、人間的な価値観を広めることにある。
（7）文学における形式と内容は有機的に関連している。
（8）誠実さとは、文学の言語に内在する性質である。

（9）文学において価値があると見なされるのは、ある事柄について説明したり、はっきり述べたりすることよりも、それを「静かに」指し示すことである。

（10）批評の責務とは作品を解釈し、読者と作品の橋渡し役になることである。

こうした信条に基づき把握されるのは「作品」であって、「テクスト」ではない。

20読者 「読者の誕生は、「作者」の死によってあがなわれなければならない」。読者とは、「あるエクリチュールを構成するあらゆる引用が、一つも失われることなく記入される空間」であり、「あるテクストの統一性」を実現する「テクストの宛て先」（バルト一九七九ａ）である。たとえるならば、演奏家が「楽譜のいわば共同制作者となることを要求され、楽譜を《表現する》以上に、それを完成する」（バルト一九七九ｂ）ようなものである。読者への注目は、「一見古典的なテクストが、いかに読者によって創り上げられるものであるか」（アレン二〇〇六）といった問題も浮上させる。ただし、「歴史も、伝記も、心理ももたない人間」で、「書かれたものを構成している痕跡のすべてを、同じ一つの場に集めておく、あの誰か」（バルト一九七九ａ）がバルトの言う読者である。「主体」としての読者も問われることになる。

21内部と外部 テクストの内部と外部はどのように画定できるか。そもそも画定可能なのか。テクストとしての『源氏物語』と言うとき、それはいったい何なのか。これは難問である。引用の織物であれば、内と外の区分は不可能だし無意味である。いっぽう、「固有でないものは、切り離された固有なものの内部にその刻印を残す。（中略）外部に置き去りにされたものは、つねに内部につきまとう」（デリダ一九八九）とすれば、内部と外部とをいったん切り分けてみることが必要である。「Aの内部があらゆる点において同質的で、Aの外部とはあらゆる点について異質だという状態は、とうてい想像することができない」（杉田二〇一五a）という意味で、その境界がどれほど問題含みであったとしても、である。

22日本　日本におけるテクスト論は、『源氏物語』研究が先駆的に取り組んだ。テクスト論的な研究は一九七〇年代後半にすでに散見され、一九八一年には土方洋一が「テクスト論」と明示した論文を発表している（土方二〇〇〇）。一九八二年、西郷信綱は次のように述べていた。「文学の批評や研究に、かなり大きくて深い一つの変革が静かに起こって来つつあるように思われる。それは客観的なものとしてのテキストの自明性が崩れ、従来あまりかえりみられなかった読者、あるいは読むという行為の働きが前面に出てきたこと、そして従来のテキスト中心主義からそれらをふくめたものへと、批評や研究が転換しようとしていることである」（西郷二〇〇五）。現状はどうか。「分析があっというまに解釈という欲望にとり憑かれて」しまい、「多義的に存在する解釈の可能性からひとつの解釈を選びと」り、「結局、テクストの物語内容を別の物語内容に置換するだけ」の、「「作品論」的なものであるにもかかわらず、用語だけは「テクスト」を使用するというテクスト論もどき」（高木二〇〇一）の多さを嘆く高木信のことばは辛辣である。「「テクスト論」を語りながら、作品に対する思い入れや感想を書き連ねること（作品の絶対化ではなく自己の絶対化）は、およそ「テクスト論」と隔たっている。また、読みに倫理性という中心を求め、こぞって読みの帝国を構築しようとすることも、「テクスト論」の思想からすればなかなか受け容れ難い」（高橋二〇一三）。にもかかわらず、これらがテクスト論と見なされてしまっている。いっぽうで、「目新しい商品の誇大広告に反撥した購買者は購買一般をやめるのではなく、慣れ親しんだ商品に、ほとんど選択の意識さえなしに手をのばす」（丸山二〇一〇）ような動向も見える。

23「ぬ」　『源氏物語』紅葉賀巻で藤壺が詠んだ和歌、「袖濡るる露のゆかりと思ふにもなほうとまれぬやまとなでしこ」の「ぬ」は、完了か打ち消しか、あるいは両方か。古注釈以来の論点であり、近年も活発な議論が繰り広げられている（吉見二〇一四）。助動詞一語をめぐる論争がかいま見せてくれるのは、たんに和歌一首の解釈にとどまらず、テクストとして『源氏物語』をどう読むかという問題である。「文学テクストによって育まれる〝理論〟は、何よりもテクストを、表現を、言葉を重視する。具体的な手続きとしてなら、文法的に許容されるかどうか、用法としてありうるかどうか、用例としてたしかめうるかどうかなど、いずれも踏むべきことがらに属す。むしろ、そうした作業を逸脱するほどまでに推し進め、テクスト・表現・言葉の潜勢力を徹底的に浮かび上がらせてみせることこそが肝要である。さまざまな補助線を引きつつ、ブレイクスルーするまで徹底的に徹底することである。その先に、物語・文学・テクストをめぐるラディカルな問いが生成する」（安藤二〇一三b）。

24ネットワーク　「われわれは、今、織物の中に、不断の編み合せを通してテクストが作られ、加工されるという、生成的な観念を強調しよう。この織物——このテクスチュール〔織物〕——の中に迷い込んで、主体は解体する。自分の巣を作る分泌物の中で、自分自身溶けていく蜘蛛のように」（バルト一九七七）。「作品は、有機体のイメージに関係する」が、「「テクスト」の隠喩は、網目のそれである」（バルト一九七九b）。「わたしは、バルザックのテクストの網の目、ネットのようなものを明らかにしました。それは、あらゆる種類の読解が入ることが可能であり、入ることが許される網の目なのです」（バルト二〇〇六）。インターネット時代のテクストは、織物よりも網目（ネット）のほうがイメージしやすい。実際、現代の『源氏物語』はインターネットを通じて新たなテクスト状況を展開していることだろう。

25ノイズ　テクストの統一性と一貫性を提示しようとする構造主義的立場と、非統一性と非一貫性を提示しようとするポスト構造主義的立場とでは、おのずからテクストに生じるノイズの取り扱いが異なってくる。前者は、テクストの「内部を最適化するために、さまざまなノイズやリスクは外に放り出す」（杉田二〇一五b）。後者は、「テクストは完全なカオスのうちでも完全な秩序のうちでも生成することができない」と考え、「言語の営みが生産的でありうるためには、定型を破壊する程度にはカオティックで、意味を持つ程度には秩序的であるという「秩序と変化の均衡点」を（地雷原のなかのひとすじの安全通路をたどるように）神経をとがらせて歩み進まなければならない」（内田二〇〇四）と見る。テクスト論の見極めにはノイズの扱いが有効である。

26パラテクスト　テクストの周辺にあって、「ある限界、もしくは完全な境界というよりも、むしろ、ある種の敷居」、あるいは「内部と外部の間に存在する「曖昧な領域」、内部（テクスト）に対しても外部（テクストに関する人々の言説）に対してもそれ自体として厳密な意味をもたない「領域」」（ジュネット二〇〇一）がパラテクストである。代表的なパラテクストに作者名がある。「テクストを取り囲み、テクストの内部と外部との境界領域、あるいは相互作用の領域としての〝パラテクスト〟＝作者名の機能が、テクスト論的文脈において問い直される必要がある」（安藤二〇〇九ｃ）。その際、「パラテクストとしての作者名」が「パラテクストとしての作者」へとずらされ、さらに「パラテクストとしての」という形容を実質的に無化することで、旧来の素朴な「作者」論を正当化する回路が誤って開かれないよう留意すべきである。

27開かれ　「作品が作者＝神によって支配された閉鎖空間であるのに対して、バルトの言うテクストとは、対照的に「開かれた」ものだ」（出口二〇一三）。この開かれは、二段階で実現した。「テクストへの注意が作者の自律性と覇権に対する異議申し立てを許容したあと」、「読む行為への考慮がテクストの閉鎖性と自律性」という「「テクストの幻想」を揺さぶることで、文学研究において明白な批評的効力を発揮した」（コンパニョン二〇〇七）のである。では、開かれは何をもたらすのか。「自分の社会を見直そうとする視点は、異質な他者の視点を取り入れることから生まれる。開かれた社会とは、それまで外部にいた人、見知らぬ人、異質な生活習慣や文化をもった人を歓待する社会のことである」（河野二〇一四）。テクストの開かれを理解するうえで、『古今和歌集』仮名序の植物（「言の葉」）のたとえは有益である（安藤二〇一二ａ）。

28複数性　「「テクスト」は複数的である。ということは、単に「テクスト」はいくつもの意味をもつということではなく、意味の複数性そのものを実現するということである。それは還元不可能な複数性である（ただ単に容認可能（アクセプタブル）な複数性ではない）。「テクスト」は意味の共存ではない。それは通過であり、横断である。したがって「テクスト」は、たとえ自由な解釈であっても解釈に属することはありえず、爆発に、散布に属する。実際、「テクスト」の複数性は、内容の曖昧さに由来するものでなく、「テクスト」を織りなしている記号表現の、立体画的複数性とでも呼べるものに由来するのだ」（バルト一九七九b）。とはいえ、これまでの解釈／新しい解釈といった意味とは異なる複数性を一気かつ具体的に実現することは不可能である。必要なのは、繰り返しコンテクストを複数化することで、テクストの意味や解釈をできるだけ「散布」（あるいは散種）することである。

29ヘルメス／ヘスティア　ヘルメスは「神々のメッセンジャー役」であり、「道路、旅行者、横断の神であり、国境の守り手であり、それを渡る旅行者、羊飼いと牛飼いの庇護者」であり、「盗賊と嘘つきと悪知恵の庇護者」であり、「運動とコミュニケーション、水先案内、交換と商業の神である」。いっぽう、ヘスティアは「ギリシャ神話におけるかまどの女神であり、家と家族的生活の中心である炉端を象徴する」（河野二〇一四）。ウンベルト・エーコは、「テクストへのヘルメス主義的アプローチ」（「古代ヘルメス思想と多くの現代的（テクスト解釈理論の：安藤注）アプローチとの間」の「あまりも類似した考え方」）（エーコ一九九三）を指摘している。それに対して、「グローバリズムに抗して、ヘスティア的な場所性や地域性が重んじられているのは、グローバルな世界の開放性が、発展や成長よりも不確実さと衰退をもたらすと信じられているからである。ヘスティア的住み方は、自己閉鎖的に周囲を壁で囲み、同じ場所での同一性と歴史性を重視し、垂直性と階層性を好む。排他主義や保守主義は、ヘスティア的な傾向が他者に対して攻撃的になった形態である」（河野二〇一四）。ヘスティアは作品論の神である。

30ポスト構造主義 「テクスト分析はもはや、テクストがどこからやって来るか（歴史的批評）、またどのように構成されているか（構造分析）を言うのではなく、テクストがどのように解体され、爆発し、散布されるか、つまり、テクストがコード化されたどのような道を通って立ち去るか、を言おうとつとめるのである」（バルト一九七九c）。構造主義と異なるテクスト分析は、ポスト構造主義的と言える。ポスト構造主義は、「一枚岩的で直線的で自己閉塞的な合理性ではなくて、多声的で複数的で多極的な合理性、そして歴史的な流動性を特徴とする新たな理性の形態」（上村二〇一二）である。構造主義と比べ、「現実そのものが実質的にテクスト的であるという見解の帰結するところにあくまで固執するという点ではるかに原理主義的」で、「予測不能な形であちらこちらに「こぼれ」、「流れる」（中略）言葉という媒体は完全に制御しきれず」、「種を蒔く人が歩きながら腕をいっぱいに振って種を蒔き散らし、多くの種が予測不能なところに落ちたり、風に飛んで行ったりするように、意味もランダムに蒔き散らされ、「散種」されるだけ」（バリー二〇一四）と考える。

31学びほぐす 私たちは『源氏物語』を学びすぎている。長い研究史の蓄積は、けっして無視しえない重みとしてある。研究史の振り返りは、つねに新たな研究を芽生えさせる可能性がある。しかし、研究の枠組みに縛りつけるものでもある。いま必要なのは、『源氏物語』のこわばりを解き、学びほぐす（unlearn）ことである。『源氏物語』研究が鋭敏にテクスト論に反応したのは、こうした事情もあったのではないか。「多元的なエクリチュールにあっては、すべては解きほぐすべき」（バルト一九七九a）であり、「テクストの表面にちりばめられたシニフィアンとシニフィアンの結びつきを丹念に追い、ほどいていくことが、テクストを分析するということである」（出口二〇一三）。とくに、「ポスト構造主義の文学批評家たちは専らテクストの「構築をほぐす、外す」作業に従事する」（バリー二〇一四）。むろん、「テクスト」というタームやテクスト論も学びほぐさねばならない（安藤二〇〇八ａ）。

32ミーアキャット瞰　『源氏物語』を「鳥瞰」するのでもなく「虫瞰」するのでもなく、「ミーアキャット瞰」することを可能にするのが、おそらく「テクスト」という概念である。「俯瞰する「鳥の視点」をとると、物事の概観はできるが、得られた認識を身のまわりの生活と結びつけるのは非常に難しい」し、「這いずり回る「虫の視点」からは、身のまわりの生活はよく見えるが、その状況を客観視することができない」。しかし、「立ち上がってあたりを見わたし、自分の位置を確かめる「ミーアキャット」の視点からは、身のまわりの生活もよく見え、しかも自分の生活を客観的にとらえ直すこともできる」（菅野二〇〇三）。

33〈紫式部〉　『源氏物語』を読んで、「〈紫式部〉の存在感と固有性とがたしかな感覚をもって現象するという、無視しえない（多くの読者の）経験」や、「何度振りはらっても回帰し、憑依する亡霊」（安藤二〇一三ａ）のように呼び出されてくる〈紫式部〉を黙殺する必要はないし、すべきでない。ただし、「〈紫式部〉もまた一つのテクスト、引用の織物ではなかったか。〈紫式部〉の才能も人生も性格も、引用とは無関係であるなどと言えるだろうか。（中略）〈紫式部〉が書いた『源氏物語』であったとしても、〈紫式部〉だけの、〈紫式部〉に還元されてしまうようなテクストではありえない。テクストとしての〈紫式部〉が引用されているとしても、である。テクストは作者を決して拒否しない。しかし、あくまでも客として招き入れる」（安藤二〇〇八ａ）。テクストを閉じるためではなく、むしろ開くための、（パラ）テクストとしての〈紫式部〉である。

34メトニミー　テクスト論の肝は、メタファー（隠喩）ではなくメトニミー（換喩）である。「「テクスト」は、記号内容を無限に後退させ、テクストは延期させるものとなる。テクストの場は、記号表現の場である。（中略）テクストの場においては、永久記号表現が（永久カレンダーのように）生成される（あるいはむしろ、その生成の場がテクストなのである）が、その生成は、成熟という有機的過程、深化という解釈学的過程にしたがってではなく、むしろ、ずれ、一部重複、変異といった系列運動にしたがっておこなわれる。「テクスト」を規制する論理は、了解的ではなく（作品が《言おうとすること》を定義するものではなく）、換喩的である」（バルト一九七九ｂ）。メタファーとメトニミーの違いは、前者が類似による関連づけであるのに対し、後者が隣接による関連づけであるという点にある。「隠喩が代置、選択、同一化と関係づけられているのに対し、換喩が隣接、並置、関連と結びつけられている点に注目されたい。こうした対立は、隠喩的な機構が位階的、権力的、求心的、トゥリー的な性質のものであるのに対し、換喩的な機構が脱位階的、脱権力的、遠心的、リゾーム的な性質のものであることを物語っている。別の観点から見るなら、この対立関係は、従来の比較・実証型の研究態度と、「間テクスト性」的研究方法との違いを示唆するものと捉えてよいかもしれない」（土田二〇〇〇）。「特に『源氏物語』という〝偉大〟なテクストを対象にする場合ほど、表層や断片にとどまりつづけることが重要になる。『源氏物語』の統一性や深層にある唯一の真相というものに囚われてしまうと、予定調和的な読解、紋切り型の解釈になる危険がきわめて高いからである。それは、思考の終焉である」（安藤二〇〇八ｂ）。

35 物語社会　「テクストを織りなすのは、「ことば」である。そして、ことばは〈社会〉というテクスト（テクストとしての〈社会〉）からやってくる。テクストは〈社会〉を織り込み、ことばを引用する。あるいは、テクストを織りなすのは、テクストである。テクストは、テクストを引用する」（安藤二〇〇八a）。こうして織りなされた『源氏物語』の世界を「社会として見たときに現象する〝物語社会〟（物語内社会）の現実感を、日常的な相互作用などから解明することを主要課題とする物語社会学は、一方でテクスト外的な物語社会（物語外社会）をも視野に収める。それは、読者が物語について語り、その言説が流通する社会、あるいはそうした言説によって織りなされる社会のことである。この内外二つの物語社会の節合可能性にこそ、『源氏物語』というテクストの持つ〈求心力〉と〈遠心力〉のダイナミズムを把捉する鍵があるのではないか。なお、テクストの求心力／遠心力とは、「引用の織物」としてのテクストの「テクスト性（テクスチュアリティ）」を物語社会学的に言い換えたものである」（安藤二〇〇八b）。

36 約束事　「理論に出番が回ってくるのは、文学に関する通常の言説の前提条件が、もはや自明の理として受け入れられず、それが歴史的所産の約束ごととして問い直され、批判されるときである」（コンパニョン二〇〇七）。「テクスト」という理論もまた、「非常に正確なところ、ドクサ〔通説〕の限界の向こうに身を置こうとつとめる」（バルト一九七九b）。これは、従来の約束事をたんに否定したり反古にしたりすることと同じではない。テクストにもまた約束事がある。「「正しい」議論を紡ぐことは、ある意味ではたやすい。だが、立場が異なれば、往々にして、別の「正しさ」が存在する。だとすれば、問うべきは、「いずれが正しいか」ということもさることながら、「いかなる正しさがなぜ選び取られているのか」ということであろう」（福間二〇一五）。

37夢浮橋　『源氏物語』の最終巻は夢浮橋巻である。しかし、テクストはそこで終わっているのだろうか。あるいは、テクストは桐壺巻から始まっていると断定できるだろうか。テクストの「始まりはとりあえずのものでしかない。常にすでにほかの物語があり、始まりをたどっても果てしがないのだ。その意味でもテクストは開かれているのだが、狂気の淵に接するような無限性の感覚とそれに伴う「とりあえずの」という宙吊りの感覚を生きることが、バルトが実践しようとするテクスト分析（構造分析）である。それは、超越的な存在によるただ一つの意味の支配をなしくずしにするという抵抗あるいは戦いにほかならない。構造主義とは、作品という閉じた世界が強いる始まりと終わりに抗する思想と言えよう」（出口二〇一三）。ここでの問題は、物語内容ではない。

38弱さ　テクストとしての『源氏物語』は弱い。なぜなら、そもそもテクストとは「不確かで、不完全で、いや、さらにはじめから複合的で、曖昧で、それゆえ脆弱」（小林二〇一〇）だからである。この弱さをバルネラビリティ（vulnerability）という観点で捉え、『源氏物語』を吟味し直してみることが、テクスト論の可能性の一つである。バルネラビリティとは、傷つきやすさ、壊れやすさのことであり、同時に攻撃誘発性、批判誘因性のことである。では、なぜ弱さが攻撃や批判を招くのか。それは、「ヴァルネラブルな人が危険なところをのんきに歩いていると、周囲の人ははらはらして、その人に怒りを向けてしまいがちになる」、あるいは「弱さをさらけ出したまま生きている人を見るだけで、「甘えている！」「世の中なめている！」といらだたしくなったりもする」からである。脆弱さをさらすテクストもまた、攻撃を招きやすいことだろう。作品のように強くなることを求められるだろう。しかし、それはテクストを硬直化させることになる。テクスト論がめざすのは、「弱さを克服するのではなく、弱さを抱えたまま強くある可能性」（宮地二〇一〇）である。弱さとは、「変化や刺激に対する敏感さを意味しており、このようなセンサーをもったシステムは、環境の不規則な変化や攪乱、悪化にいち早く気づける」（河野二〇一四）強みともなる。そのようなセンサー、モニター、あるいは感受性としての脆弱性を取り戻すとき、『源氏物語』はいっそう複雑で開かれた、かつレジリエンスなテクストとしての相貌を見せるにちがいない。このことは、『源氏物語』の物語内容に弱さを読もうとする国学の流れ（石川二〇〇九）とは、とりあえずは別である。

39ラディカル　「古典の読者向きテクストには、テクスト分析を行なう人はただ、掻き乱そうとすることだけは出来ても決して完全にひっくり返したりは出来ない物語の進行という強力な錯覚が存在する」（アレン二〇〇二）とすれば、テクスト論のラディカルな批判性は脅威というほかない。錯覚（暗黙の前提）の無根拠さを暴き立てるからである。「もし懐疑というならば、それは現代における政治的判断を、当面する事柄にたいする私達の日々の新たな選択と決断の問題とするかわりに、イデオロギーの「大義名分」や自我の「常識」にあらかじめ一括してゆだねるような懶惰な思考にたいする懐疑である。もし信条というならば、それは「あらゆる体制、あらゆる組織は辺境から中心部への、反対通信によるフィードバックがなければ腐敗する」という信条である。そうして私達の住む世界が質的にも規模としても単一でなく多層的である以上、こうした懐疑と信条はさまざまのレヴェルで適用されるし、適用されねばならない」（丸山二〇一〇）。テクスト論とは、こうした懐疑と信条を核心に持つ。そして、ラディカルな批判は当然、テクスト（論）にも向けられる。

40理論　私たちが認識する理論（文学理論・批評理論）は「テクスト」から始まった。「理論の起源そのものを、テクスト概念の拡張と切りはなすことはできない」。同時に、「理論的業績は、実例による証明ではなくて、思弁としての働きを有していることを特徴とする。それは、どこまで届く適用の射程を持っているのかが、あらかじめは分からない思考だ」（カラー二〇一一）。現在、理論と呼ばれるものの共通する特徴があるとすれば、それは「政治があまねく行き渡っていて、言語は世界の本質的な構成要素であり、真実とは暫定的なものでしかなく、意味は偶発的なものであり、人間性などというものは神話にすぎない」という認識であり立場・態度である。そして、「「理論以後」に残されたもの」＝「現在ではごく普通で当然のものと見なされている」のは、「不安定なアイデンティティ、不安定なテクスト、不安定な言語構造、不確かな真理の銀行」（バリー二〇一四）だとされる。とはいえ、『源氏物語』研究も同じ状況にあるは言いがたい。そもそも、「テクスト（論）」とは理論なのか、分析概念なのか、方法なのか、立場なのか、視点なのか、心構えなのか、出来事なのか、力なのか。そのことさえまだ曖昧なままである。

41類似と相似　ミシェル・フーコーは「類似」と「相似」のちがいを次のように説明する。「類似しているということは、処方し分類する原初の照合基準（レフェランス）を前提する」のに対して、「相似したものは、始まりも終りもなくどちら向きにも踏破し得るような系列、いかなる序列にも従わず、僅かな差異から僅かな差異へと拡がってゆく系列をなして展開される」。つまり、「類似はそれに君臨する再現（ルプレザンタシオン）＝表象に役立ち、相似はそれを貫いて走る反復に役立つ。類似はそれが連れ戻し再認させることを任とする原型（モデル）に照らして秩序づけられ、相似は相似したものから相似したものへの無際限かつ可逆的な関係として模像（シミュラクル）を循環させる」（フーコー一九八六）。そして、「「類似」という原則で「作品」に創作者が込めた意図や主題を読み解こうとする思考はしばしば近代的と形容されてきた」（出口二〇一三）のである。テクスト論は、むしろ「隣接」にもとづくメトニミーに近いと言える「相似」に関心を寄せることになる。「類似」と「相似」のあいだに潜む、一見わずかな、しかし決定的な差異を見逃さないのがフーコーであった。

42レジリエンス　テクストとしての『源氏物語』が、たとえ形容矛盾であったとしても、一つのテクストとして読み取りうるのはなぜか。それを、完結・完成した完璧な世界だからとするのではなく、レジリエンス（resilience）を有しているからではないかと考えてみる。レジリエンスとは、「攪乱を吸収し、基本的な機能と構造を保持し続けるシステムの能力」のことである。「かならずしも固定的な原型が想定されていない」レジリエンスは、「絶えず変化する環境に合わせて流動的に自らの姿を変更しつつ、それでも目的を達成する」。さらに「レジリエンスには、適度な失敗が最初から包含されている」（河野二〇一四）。そのほうが、頑強で完璧なシステムよりも回復力がある。こうした発想を活かすならば、デザインという観点から『源氏物語』というテクストを読みほぐすことも有益であろう。「デザインには、それが人工的なものであれ、自然のものであれ、論理的整合性のような強い必然性がない。（中略）必然性を緩めたこのデザインの余白が、より良い未来へと進むための「修正可能性」を保証し、行為者にとっての「選択可能性」を提供する。（中略）また優れたデザインには、既存の人間の経験の枠を拡張するような「展開可能性」が溢れており、それを手がかりに、思考することそのものの再編も促される」（稲垣二〇一三ａ）。

43ロラン・バルト　「理論家としてのバルトの企図は、自然であるもの、あるいは常識のことや議論の余地ないことであるとの見かけを装う数々の考え方を、それぞれ不安定にさせることあった」（アレン二〇〇六）。その彼が提言したのが「テクスト」である。バルトのテクスト理論の基本的な発想は、「ひとつの記号について、それが潜在的に含む複数の読みのうちのただひとつの読みを反復的に選択し続けるという仕方でわたしたちは神話の虜囚となる」ことから脱出するために、「いかに多くの「読み筋」を掘り起こせるか、その記号が可能性として含んでいるカオス性・多義性をいかにして賦活するか」（内田二〇〇四）が課題であるという点にある。バルトとともに、私たちは神話から目覚め、世俗化を果たす。

44私　私を問い直すこともまた、テクスト論の一部である。「私たちは、『源氏物語』という見慣れたテクストを「よそ者」として見、見知らぬ隣人のように向き合うことによって、コンテクスト・センシティブかつフリーであり、求心力と遠心力とがともに強いテクストの個性を測定することができるのではないだろうか。同時に、外部に開かれてもいる「よそ者」としてのテクストは、テクストの読み、解釈が一義的に決定できるのかどうか、強く問いかけるにちがいない」。そのことは同時に、「私たちが『源氏物語』にまなざされ、対象化されることをも意味する。最も身近だと思っていた自分自身を遠い存在として捉え直すこと、慣れ親しんできた私たちの思考そのものを相対化することが、テクストとの出会いによって促される。読者（研究者）が『源氏物語』というテクストに「よそ者」として歓待されているのだ、と言い換えることもできよう」（安藤二〇〇九a）。

アレン、グレアム（二〇〇二）『文学・文化研究の新展開――「間テクスト性」』（森田孟訳、研究社）
アレン、グレアム（二〇〇六）『シリーズ現代思想ガイドブック　ロラン・バルト』（原宏之訳、青土社）
安藤　徹（二〇〇七）「ポスト『源氏物語』研究の領野――現代批評理論への応答」（倉田実編『講座源氏物語研究　第九巻　現代文化と源氏物語』おうふう）
安藤　徹（二〇〇八ａ）「複合動詞化する『源氏物語』――ポスト・テクスト論のために」（紫式部学会編『源氏物語と文学思想 研究と資料　古代文学論叢 第十七輯』武蔵野書院）
安藤　徹（二〇〇八ｂ）「来るべき『源氏物語』研究のテーゼ15・I――ジンメルに導かれながら」『国文学 解釈と鑑賞』七三―五）
安藤　徹（二〇〇九ａ）「「紫のゆかり」とよそ者の思考」（『文学・語学』一九三）
安藤　徹（二〇〇九ｂ）「〈紫のゆかり〉と物語社会の臨界――『源氏物語』を世俗化／マイナー化するために」（ハルオ・シラネ他編『日本文学からの批評理論――アンチエディプス・物語社会・ジャンル横断』笠間書院）
安藤　徹（二〇〇九ｃ）「『枕草子』というテクストと清少納言」（鈴木泰恵他編『〈国語教育〉とテクスト論』ひつじ書房）
安藤　徹（二〇一二ａ）「「かきまぜ」る〈紫式部〉――（パラ）テクストの多孔性と潜勢力」（高橋亨編『〈紫式部〉と王朝文芸の表現史』森話社）
安藤　徹（二〇一二ｂ）「私たちはいつ〝理論〟を捨てたのか？」（物語研究会編『「記憶」の創生　〈物語〉1971-2011』翰林書房）
五木寛之（二〇一四）『自力と他力』（筑摩書房〔ちくま文庫〕）
イーグルトン、テリー（二〇〇五）『アフター・セオリー――ポスト・モダニズムを超えて』（小林章夫訳、筑摩書房）
石川公彌子（二〇〇九）『〈弱さ〉と〈抵抗〉の近代国学――戦時下の柳田國男、保田與重郎、折口信夫』（講談社）
稲垣　諭（二〇一三ａ）「はじめに」（山田利明他編『エコロジーをデザインする――エコ・フィロソフィの挑戦』春秋社）
稲垣　諭（二〇一三ｂ）「行為する思考――デザイン思考の原則」（山田他編前掲書）
稲垣栄洋（二〇一四）『弱者の戦略』（新潮社）
上村忠男（二〇一二）『ヘテロトピア通信』（みすず書房）
内田　樹（二〇〇四）「ロラン・バルト」（難波江和英・内田樹『現代思想のパフォーマンス』光文社〔光文社新書〕）
エーコ、ウンベルト（一九九三）「解釈と歴史」（ステファン・コリーニ編『エーコの読みと深読み』柳谷啓子・具島清訳、岩波書店）

太田好信（二〇〇八）『亡霊としての歴史――痕跡と驚きから文化人類学を考える』（人文書院）
岡田温司（二〇一一）『イタリア現代思想への招待』（講談社）
加藤昌嘉（二〇一一）『揺れ動く『源氏物語』』（勉誠出版）
加藤昌嘉（二〇一四）『『源氏物語』前後左右』（勉誠出版）
カラー、ジョナサン（二〇一一）『文学と文学理論』（折島正司訳、岩波書店）
菅野　仁（二〇〇三）『ジンメル・つながりの哲学』（日本放送出版協会）
河野哲也（二〇一三）「海洋・回復・倫理――ウェザー・ワールドでの道徳実践」（同編『知の生態学的転回3　倫理　人類のアフォーダンス』東京大学出版会）
河野哲也（二〇一四）『境界の現象学――始原の海から流体の存在論へ』（筑摩書房）
小林康夫（二〇一〇）『歴史のディコンストラクション――共生の希望へ向かって』（未来社）
コンパニョン、アントワーヌ（二〇〇七）『文学をめぐる理論と常識』（中地義和・吉川一義訳、岩波書店）
西郷信綱（二〇〇五）「あとがき」（『源氏物語を読むために』平凡社〔平凡社ライブラリー〕）
佐々木健一（一九九〇）「引用をめぐる三声のポリフォニー」（市川浩他編『現代哲学の冒険5　翻訳』岩波書店）
ジュネット、ジェラール（二〇〇一）『スイユ――テクストから書物へ』（和泉涼一訳、水声社）
杉田　敦（二〇一五a）「政治と境界線――さまざまな位相」（『境界線の政治学 増補版』岩波書店〔岩波現代文庫〕）
杉田　敦（二〇一五b）「おわりに――主権・境界線・政治」（杉田前掲書）
高木　信（二〇〇一）「日本的な、あまりに日本的な……――テクスト理論の来し方・行く末」（『平家物語・想像する語り』森話社）
高橋　修（二〇一三）「混迷する「テクスト論」」（『日本近代文学』八九）
丹治　愛（二〇〇三）「読むこともまた創造である――批評理論とはなにか」（同編『知の教科書　批評理論』講談社）
土田知則（二〇〇〇）『間テクスト性の戦略』（夏目書房）
鶴見俊輔（二〇一〇）『思い出袋』（岩波書店〔岩波新書〕）
ディーナー、アレクサンダー・C＆ヘーガン、ジョシュア（二〇一五）『境界から世界を見る――ボーダースタディーズ入門』（川久保文紀訳、岩波書店）

出口　顯（二〇一三）『ほんとうの構造主義――言語・権力・主体』（NHK出版）

デリダ、ジャック（一九九九）『他者の言語――デリダの日本講演』（高橋允昭編訳、法政大学出版局）

デリダ、ジャック（二〇〇三）『有限責任会社』（高橋哲哉他訳、法政大学出版局）

中山　元（二〇〇六）『思考のトポス――現代哲学のアポリアから』（新曜社）

林　達夫（一九七九）『思想の運命』（中央公論社〔中公文庫〕）

バリー、ピーター（二〇一四）『文学理論講義――新しいスタンダード』（高橋和久監訳、ミネルヴァ書房）

バルト、ロラン（一九七七）『テクストの快楽』（沢崎浩平訳、みすず書房）

バルト、ロラン（一九七九ａ）「作者の死」（『物語の構造分析』花輪光訳、みすず書房）

バルト、ロラン（一九七九ｂ）「作者からテクストへ」（バルト前掲書）

バルト、ロラン（一九七九ｃ）「天使との格闘――「創世記」三二章二三―三三節のテクスト分析」（バルト前掲書）

バルト、ロラン（一九八八）「物語の構造分析――『使徒行伝』一〇―一一章について」（『記号学の冒険』花輪光訳、みすず書房）

バルト、ロラン（二〇〇六）「批評と自己批判」（『ロラン・バルト著作集6　テクスト理論の愉しみ 1965-1970』野村正人訳、みすず書房）

土方洋一（二〇〇〇）『源氏物語のテクスト生成論』（笠間書院）

フーコー、ミシェル（一九八六）『これはパイプではない』（豊崎光一・清水正訳、哲学書房）

福間良明（二〇一五）「「内側の住人の実感」への問い」（『「聖戦」の残像――知とメディアの歴史社会学』人文書院）

ブルジェール、ファビエンヌ（二〇一四）『ケアの倫理――ネオリベラリズムへの反論』（原山哲・山下えり子訳、白水社〔文庫クセジュ〕）

松澤和宏（二〇〇三）「闇のなかの祝祭――なぜ草稿を読むのか」（『生成論の探究――テクスト 草稿 エクリチュール』名古屋大学出版会）

丸山眞男（二〇一〇）「現代における人間と政治」（杉田敦編『丸山眞男セレクション』平凡社〔平凡社ライブラリー〕）

宮﨑裕助（二〇一三）「ヒューマニズムなきヒューマニティーズ――サイード、フーコー、人文学のディアスポラ」（西山雄二編『人文学と制度』未來社）

宮地尚子（二〇一〇）『傷を愛せるか』（大月書店）

モーリス＝スズキ、テッサ（二〇一四）『日本を再発明する――時間、空間、ネーション』（伊藤茂訳、以文社）

吉見健夫（二〇一四）「紅葉賀巻の藤壺の歌「袖ぬるる〜」の解釈をめぐって――源氏物語の和歌の表現と場面形成」（『国文学研究』一七三）
ルーシー、ナイオール（二〇〇五）『記号学を超えて――テクスト、文化、テクノロジー』（船倉正憲訳、法政大学出版局）
ロイル、ニコラス（二〇〇六）『シリーズ現代思想ガイドブック　ジャック・デリダ』（田崎英明訳、青土社）

安藤　徹（あんどう・とおる）　龍谷大学文学部教授。専攻：物語社会学。『源氏物語と物語社会』（森話社、二〇〇六年）、『日本文学からの批評理論　亡霊・想起・記憶』（共編、笠間書院、二〇一四年）など。

〈王権論〉とは何であったのか

鈴木　泰恵

一　〈王権論〉考察に向けて

『源氏物語』およびその他王朝物語の研究史上、一九八〇年代・九〇年代に、〈王権論〉は隆盛を極めたと言っていい。そして今日、あまり顧みられなくなった。けれども、それはなお命脈を保ち、わたくしたちに何かを伝えているのではないかというのが本稿の基本的な立場だ。以下、時代のスポットとなった〈王権論〉を検証し、今日に繋がるその命脈をとらえたい。

一九八〇年代・九〇年代、『源氏物語』研究およびその他王朝物語研究の〈王権論〉において広く参照されたのが、文化人類学に基づく山口昌男の一連の〈王権論〉であった。山口昌男（一九三一～二〇一三）は、日本史研究から文化人類学研究へと転じ、西洋の文化人類学を日本に紹介しつつ、そこで展開されていた〈王権論〉を応用して、日本の天皇制を、世界的に見られる王権の一つとして位置づけ直そうと試みた研究者である。

天皇制を王権の一つに組み込んでいく山口の〈王権論〉は、日本の神話・物語・伝承・演劇（能や歌舞伎）等の広範な文化的事象に目を向けていた。したがって、山口と研究対象を共有する日本文学研究に、とりわけ背景にある天皇制を無視しては考えられない王朝物語研究に、大きな影響を与えたのである。山口の〈王権論〉は、主に一九六〇年代末から七〇年代に書かれている。『道化の民俗学』（新潮社、一九七五年）、『文化と両義性』（岩波書店、一九七五年）、『知の遠近法』（岩波書店、一九七七年）などが、重要にして広範に参照された論文を収めている。

さて、西洋から日本へと渡ってきたその頃の文化人類学は、西洋の知のパラダイムを大きく変更する構造主義や、そのベースとなった記号学・記号論などを応用していた。それが、いわゆる構造主義文化人類学である。その構造主義文化人類学は、未開社会の親族、婚姻、贈与、そして王権といったもの等々を分析し、西洋中心主義の見なおしを迫っていた。[注1]「中心＝王権＝秩序（＝西洋）」と「周縁＝排除される王子＝無秩序（＝未開社会）」とは、対立関係にとどまっているわけではなく、むしろ相互補完的な関係を結び、新たな秩序をダイナミックに形成するとして、対立を弁証法的に止揚する山口の〈王権論〉もそうした流れのなかで形づくられ、日本文学研究に多大な影響を及ぼしたのである。

また、構造主義以前・以降の文化人類学の視点を導入し、『源氏物語』を〈王権論〉により解析した「光源氏像の形成　序説」と以下一連の論文とを収める深沢三千男の『源氏物語の形成』[注2]は、さらに必読の書であった。同じく一九七〇年代の成果だ。山口・深沢双方の〈王権論〉を受けて、『源氏物語』〈王権論〉・王朝物語〈王権論〉は、さまざまな展開を見せていった。

本稿では、『源氏物語』およびその他王朝物語の研究に大きな影響を及ぼした山口昌男の〈王権論〉をまずは基軸に据え、それに対して、右深沢三千男の〈王権論〉以降、『源氏物語』〈王権論〉は各々いかなる位置を占めているのか、その偏差を見ていくことで、『源氏物語』研究における〈王権論〉とは何であったのかをとらえていきたい。ただし、研究史概観にはせず、[注3]その時代の『源氏物語』〈王権論〉が提示していて、必ずしも今日にはひき継がれていない視点を見出していくべく、典型とおぼしい論に焦点を絞っていく。

ところで、天皇制を視野に収めた山口昌男が、同質の〈王権論〉であると認め、かつあっさり切り捨てているのは、先行する三島由紀夫の天皇制論・天皇制観であった。山口の〈王権論〉あるいは文化人類学の〈王権論〉に触発されつつ、山口論との乖離を示す『源氏物語』〈王権論〉はどれも、言及・意識の有無にかかわらず、三島論となにがしかの接触があるようだ。そこで、第二の基軸として、天皇をめぐる三島の言説をとらえ直したい。同質にして相容れない山口の〈王権論〉と三島の天皇制論・天皇制観とを二つの柱にして、『源氏物語』研究における〈王権論〉とは何であったのか、ひいては〈王権論〉とは何であったのかを見極めるとともに、それが流行の先の今と未来とにいかなる視点を提示しているのかを掬いとりたいと思う。

二　山口昌男の〈王権論〉

本節では、山口昌男の〈王権論〉において肝要であり、かつ『源氏物語』〈王権論〉を駆り立てたと言っていい理論を、粗々ではあるが押さえておく。山口は〈王権論〉を通じて、「トリックスター」や「スケープゴート」といった概念を紹介し、さまざまな領域の知的好奇心を惹きつけたわけだが、それらの概念とともに展開していった「中心と周縁の理論」は、きわめて重要だ。というのも、対立する二項「中心」と「周縁」とを弁証法的に止揚するその理論は、山口の〈王権論〉を支えながら、天皇制をも捕捉し、『源氏物語』〈王権論〉を隆盛に導いていったからだ。なお、一九八〇年代には、山口自身が『源氏物語』〈王権論〉に参入している。注4

さて、「中心と周縁の理論」を骨子とする山口の〈王権論〉が天皇制を視野に収めた様子をとらえたい。まず山口は、記紀神話のスサノオ（およびヤマトタケル）に着目し、破壊と創造とをなす「両義的な神＝欺瞞の神（トリックスター）」の面貌を見て取る。そして、それが天皇制の静と動との両面を体現していると言う。すなわち、天皇制は静と動、創造と破壊、つまりは「中心」と「周縁」といった対立項を包括して両義的なのであり、スサノオ（ヤマトタケル）の「両義的な神＝欺瞞の神（トリックスター）」の面貌は、そうした天皇制を表象しているのだと言うのである。が、「両義的な神＝欺瞞の神（トリックスター）」とは、山口の〈王権論〉において、王権の両義的なありようを表象する重要な概念だ。かくして、両義性を媒介に王権と天皇制とが繋がれたのである。さらに、破壊（反秩序の行為）により追放され、放浪するスサノオ（ヤマトタケル）の運命には、「王権＝天皇」に対置される「皇子」の運命を見据えていくのだった。注5

天皇制に包括されるか否かはともかく、破壊と創造、秩序と反秩序、静と動などの両義性を担う皇子像は、そのまま光源氏像にも投影されるがゆえに、『源氏物語』〈王権論〉を刺激していったと言えるだろう。加えて、以下のような発言も、いささか注意を要する。

道化が王に対して神話的に示す優位性は、神話的に類型化された王子が天皇に対して持つ関係とほとん

> ど変らない。つまり、中心の中の中心である周縁を深めることによって、王子は王より遥かに深い印象を語りの中で与える。
>
> （傍線論者、以下同）（「天皇制の深層構造」[注6] 八七頁）

管見に入る限り『源氏物語』〈王権論〉では、あまり引用されていないようだが、「中心」と「周縁」との動的な位置関係に言及しつつ、神話的に、あるいは語りのなかで、「道化＝王子」は「王＝天皇」に対して優位性を示すと言う。しばしば現れるこの手の山口の発言も、「王＝天皇」を超えた存在として、光源氏を定位せんとする『源氏物語』〈王権論〉を下支えしたのではないかと思われる。山口の〈王権論〉が天皇制を捕捉し、『源氏物語』〈王権論〉に道をつけたと言いうる側面だ。

しかしながら、山口の〈王権論〉において、おそらく最も重要な見解に、『源氏物語』〈王権論〉は乖離の姿勢を見せる。以下のような山口の見解である。

> この両極（創造と破壊・秩序と反秩序・静と動…論者注）を包括するところに天皇制は宇宙論的充足を完成させる。王権が日常生活の秩序の基盤であるとすれば、王子は非日常的諸力の化現であるということになる。こうした王権と王子の神話的次元における相互補完的関係は決して日本に限られたものではない。
>
> （「天皇制の深層構造」八六頁）

王権と王子との相互補完的関係により、天皇制は相反する両極を包括し、宇宙論的充足を完成させるのだと言う。ならばその相互補完的関係はいかように結ばれているのか。とりわけ王子は王権に対していかなる補完的役割を果たすのか。山口は以下のように続ける。

> 話を素戔嗚尊＝日本武尊のレヴェルに戻すならば、この二人の役割は、王権が混沌と無秩序に直面する媒体であったといえる。したがって王が中心の秩序を固めることによって、潜在的に、そうした秩序か

ら排除されることによって形成される混沌を生み出していくように、王子の役割は、周縁において混沌と直面する技術を開発することによって、混沌を秩序に媒介するというところにある。

（「天皇制の深層構造」八九頁）

王は「中心」において「秩序」を固める。すると、「中心」の「秩序」から排除される「混沌＝無秩序」は「周縁」へと追いやられる。つまりは王が「混沌＝無秩序」と「周縁」とを潜在的に生み出すというわけである。そして、王子はその「混沌＝無秩序」に対応すべく「周縁」に赴き、それを「中心」の「秩序」へと媒介する。王権と王子とには、そんな相互補完的な関係が結ばれていると言う。

では、媒介するとはどういうことか。すなわち、王子（周縁）は「反秩序＝混沌を〈なつきつかせる（靡かせる…論者注）〉装置」（同九〇頁）として機能することであり、それが、王子（周縁）の王権（中心）に対して果たす補完的役割だと言うのである。敷衍して『源氏物語』についても、光源氏の須磨・明石行きを、「中心的な現実と、周縁的な現実との接点を築く手段」（「『源氏物語』の文化記号論」[注7]一四二頁）だとした。『源氏物語』〈王権論〉は、「周縁＝王子光源氏」が「中心＝天皇制」と補完的関係を結んでいるという点に、戸惑いを見せ、距離をとったようだ。

たしかに、山口の論法は、ある意味では物語の固有性を無視しており、いささか強引だ。『源氏物語』〈王権論〉が山口の〈王権論〉から乖離していくのも無理からぬことであった。けれども、それには山口の研究上の立場と目的とが関わっているので、目配りをしておきたい。当初の日本語論文にはなかったが、後の英語論文において増補改訂された部分で、山口は以下のような立場を打ち出している。

「メタヒストリカル（メタ歴史的）」という言葉が、「メタ言語」や「メタ心理学」という用語と同じよ

> うな意味で、今日存在しているかどうか私は知らない。けれども人類学者は、まさにこのようなメタ歴史的な次元において、歴史と遭遇するのである。
>
> （「神話システムとしての王権[注8]」四二五頁）

「歴史の物語性」と「物語の歴史性」とを交錯させる「メタヒストリカル」な視点を導入し、文化事象（神話・物語・伝承・演劇等々）に着目しつつ、歴史の深層に潜んでいて見えない王権のありように、換言すれば王権の隠れた歴史に遭遇するのが、人類学なのだと言う。こうして遭遇した王権の歴史が、各地域の各王権と共有する構造をとらえていくのこそ、構造主義文化人類学の立場なのに違いない。そして、日本の天皇制を王権の一翼に組み込み、相対的に見ていくのが山口の研究目的なのであった。ただ、『源氏物語』〈王権論〉およびその他王朝物語〈王権論〉としては、歴史的王権（天皇制）を背景とするにせよ、物語に創造された王権が、ついに歴史的王権（天皇制）に媒介されてしまう事態に、一定の距離を置かざるをえなかったのだろう。

ともあれ、構造主義文化人類学の立場から論じられた山口の〈王権論〉にとって、「中心＝王権＝天皇制」と「周縁＝王子」との相互補完的関係は、析出されてしかるべき構造的なありようだったのだと思う。それにしても山口自身、ことが天皇制であるだけに、やはり弁明を要する理論でもあった。

> もちろん、筆者のこうした論の立て方が、結局は均衡論で、天皇制護持理論であると考える方は、『道化の民俗学』をはじめとする一連の考察に目を通していただきたい。結論は自から導き出されるはずである。
>
> （「天皇制の深層構造」八九〜九〇頁）

当人ですら、「結局は均衡論で、天皇制護持理論」だと言われかねないと危惧し、事実そういう批判も呼び込んでしまう理論を、なぜあえて提出したのか。山口が携えてきた〈王権論〉とは何であったのか、それに刺激され、かつそれからの乖離を示す『源氏物語』〈王権論〉とは何であったのかを考えるうえでも、その事情は掬いとっておくべきだろう。

なお、「天皇制護持理論」のどこが悪いのか、現在では、この危惧自体が不思議に思われるかもしれない。けれども、一九七〇年代・八〇年代は、戦前の天皇制固有論と、その絶対視とが、戦争を引き起こしていった歴史の記憶もまだ鮮明な時期にあり、天皇制を論じること自体が「勇を鼓して」(「天皇制の深層構造」五二頁)なされる行為であった。ましてや「天皇制護持論」ととらえられれば、戦前の天皇制絶対論者と見紛われかねない時代でもあったのである。

にもかかわらず、山口が天皇制を〈王権論〉として論じたのには、それなりの意図があった。

> 私は今日の言葉でいえばパラダイムとしての政治組織という観点から、王権とコスモロジーの関係を説いた。この頃(一九七〇年から七一年…論者注)までに私は、天皇制に現れた精神史の問題を日本固有のもののみとしては捉えず、神話論・宇宙論という観点から構造論として捉えることができる、という方法論的見通しを持った。…〈中略〉…私の意図は、天皇制の分析を人間科学の展開の軸にすることにある。そのために天皇制を、日本における歴史(表層構造)と構造(深層構造)を記号論を介して弁証法的に捉えるためのモデル構築の材料としたいと考えている。(「天皇制の象徴的空間」[注9] 一二六頁)

歴史的天皇制(表層構造)と、神話・物語・伝承・演劇等々の諸文化事象から抽出される王権の構造(深層構造)とに断層があることは、きちんと見ている。その相互補完論が、ともすると戦前のような天皇制固有論を生み出すことも、またきちんと見ている。だからこそ、記号論を媒介として、弁証法的に天皇制を構造主義〈王権論〉の一翼に組み込み、相対化してみせる。そうして固有論から解放する。それが山口の〈王権論〉であったろう。

王権は共同体に仕えて、その成員の生体験の深い部分をハレの場に再現するショウでもあるのだ。しかしこのショウは、歴史の過程で時にはその空間に取り込まれた個人および集団には、大変高くついたこともまた確かなことである。

（「王権の象徴性」[注10] 四七頁）

王権こそが共同体に仕えるものであり、共同体の成員の深部にあるものをハレの場に再現するショウ（**show** 舞台）なのだと言う。王権とわたくしたち自身との抜き差しならぬ危険な関係をも指摘している。わたくしたち次第で、王権のショウはいつでも開かれる。そして、ときにたいへん高くつくとも言う。山口にとって〈王権論〉とは現在的な、むしろ政治的な問題であった。今いちど耳を傾けるべき理論であるだろう。

三　『源氏物語』〈王権論〉

本節では、『源氏物語』〈王権論〉諸論が山口昌男の〈王権論〉に対して、どのようなスタンスにあるのかをとらえていきたい。すでに言及してきたように、『源氏物語』〈王権論〉は、山口の「中心」と「周縁」との弁証法からは、各々色目を違えて乖離していった。山口論に一定の距離を置き、『源氏物語』〈王権論〉を牽引した深沢三千男・河添房江・小嶋菜温子の〈王権論〉に着目して、その偏差を見つつ、『源氏物語』研究における〈王権論〉とは何であったのかを考えていく。

一九七〇年代初期に、『源氏物語』〈王権論〉の先頭を切った深沢三千男の「光源氏像の形成　序説」[注11]には、構造主義以前・以後の文化人類学の視点がちりばめられている。光源氏の担う「明」と「暗」との両義性や、そのトリックスターぶり、道化ぶりが本文に即して具体的に分析され、光源氏の王者像がくっきりと象られた。

しかしながら、桐壺巻と帚木巻との間に、光源氏と藤壺との密通があったと仮定し、以下のように論じていくくだりは注目される。この仮定の当否は今は措く。なお、深沢論の引用は、以下すべて上記「光源氏像の形成　序説」からのもので、その頁数を示す。

十代にして既に逃れ難く吸い寄せられてしまった破滅の淵に臨み続ける事、危機的な生——非日常的な日々を無事に生きおうせて行く事——それが現実の王者——冷泉帝を育て上げて行くと共に、隠れたる聖なる〈王〉——六条院准上皇たる資格——潜在王権をも形成して行く日々なのであった。

（傍線論者、以下同）（二一二頁）

深沢は、光源氏の王者性を、決して「王権」とは言わず、「隠れたる聖なる〈王〉」「隠れたる王」（三一頁・三二頁）「潜在王権」（右引用の他、四七頁）と言いなしている。研究史上、「潜在王権」というタームの方が有名なので、そちらで統一するが、どうやら「潜在王権」は、「現実の王者」冷泉帝が帯する「王権」とは一線を画しているようだ。六条院の女楽（若菜下巻）の分析を通じて、さらに「潜在王権」の概念は明確になる。

こうした宮廷サロンに対する優越性は単に芸能の世界における意義に留まるものではなく、六条院の、最高度の〈文明性〉を発顕し得る〈世〉の中心点としての、朝廷を越える実質的権威を暗示するかのようだ。

（三一頁）

光源氏の主催する六条院に、朝廷すなわち「王権」を超える権威がとらえられている。「潜在王権」とは、現実の天皇制を模して桐壺帝から四代にわたって受け継がれていく「王権」とは、異質にしてそれを超越する権威に冠された呼称だ。

一方、深沢は、玉鬘十帖以降、光源氏が示す道化ぶり、しかも徐々に悲痛の度を増す道化ぶりをも丹念に分析し、以下のように結論づけた。

〈負〉の極限――藤壺事件の負い目をも負う事によって、源氏は〈正の時間〉を極限にまで高め得た事になろうが、その贖いとしての〈負の時間――凋落の季節〉をも所有する事によって、源氏は初めて全き王者としての自己完結性を持ち得た事になるであろう。（五一頁）

「正」と「負」との両義性を持つがゆえに、光源氏は「全き王者」として自己完結したのだと言う。そして、この「全き王者」を、深沢は「英雄」と言い換えてもいる（五一頁）。両義性を持ち、凋落する英雄と言えば、山口の指摘した「王子」に他ならない。

しかし、「王権＝中心」と「王子＝周縁」との補完関係には、焦点を当てない。たしかに、光源氏の「潜在王権」は、冷泉帝の「王権」を育て上げると指摘しているが、あくまで「王権」とは別の中心点で、「王権」を超えるものとして位置づけている。本来なら周縁化されるべき「王子」が、むしろ中心たる「王権」に限りなくにじり寄り、かつ重ならず、その「王権」を凌駕したところに像を結ぶのが、深沢の『源氏物語』〈王権論〉における光源氏の「潜在王権」なのであった。

山口の〈王権論〉では、現実の天皇制が、「王権」のひとつに組み込まれていくわけだが、深沢の『源氏物語』〈王権論〉では、現実の天皇制を模した「王権」と、物語の創造により光源氏に象られた「王権」とは、截然と分けられる。そのためのタームが「潜在王権」だったのである。

現実の天皇制をふまえた王権と、物語に創造された王権とを、さらに明快に分節したのは河添房江の『源氏物語』〈王権論〉であった。河添は次のように言う。

『源氏物語』は時代の子として、当代の天皇制を反映する姿を見せつつ、歴史的現実での天皇制が抑圧したり喪失したものを光源氏の王権譚のなかで恢復し、ある種の文学的カタルシスをもたらすことを物語の潜れた課題にしていたのではあるまいか。…〈中略〉…現実レベルでの天皇制が避けがたく内包する歪みを回避し、止揚し、ザインとしての皇権ではもはや具現化できないゾルレンとしての王権索求の物語は、この作品の一指向としてみれば是認されうるであろう。

（傍線論者、以下同）（「源氏物語の一対の光」注12 二四一頁）

現実の天皇制がザインであるとすれば、光源氏の栄華を通して『源氏物語』に構築されたものはゾルレンであって、文学的カタルシスのなかにしか立ち現れないような幻想のものだとする。そして、前者を「皇権」、後者を「王権」と区分した。河添論の「王権」は、深沢論の「潜在王権」にほぼ重なるが、押さえておくべき差異を有してもいる。河添は、光源氏が「王権」を獲得するには、自身の光輝性だけでは不十分だと言う。

光源氏が王権獲得譚の軌道に無事に乗り入れるためには、皇権授受を支えるいま一方の柱である天皇家の母系の側に、可能な限り深く楔を打ちこむ必要があったのである。藤壺への犯しや明石の姫君の入内により、つまり彼女らを自己の運命の縦糸に束ねることで、光源氏は王子性のカテゴリーを超えて、王権を樹立しえたのであった。同じく超俗的な資質をもつ人々といわば光のネットワークを周到にとり結んで、その連携からわが身を皇権へと食いこませつつ、そこから王権譚を牽引するという構図であ

（同「源氏物語の一対の光」二三八頁）

る――。

深沢論の「潜在王権」は、現実の天皇制を背景とした「王権＝中心」とは、あくまで別個の中心点であった。それに対して、河添論の「王権」とは、いずれ「皇権」に同化する（飲み込む・飲み込まれる）行く末を含んだ「王権」である。あとで三島由紀夫の天皇制論・天皇制観を入れ込んだときに、この差異はいささかの問題をはらむ。けれども今は、両論とも、「王子」でありながら、周縁化を回避し、王者性を発揮する光源氏に、現実の天皇制を超えて、物語に創造された幻想の「王権」を読んでいる点を掬いとっておく。

第二節で見てきたように、山口の〈王権論〉では、「王権＝中心」と「王子＝周縁」とを包括したところに、「天皇制は宇宙論的充足を完成させる」わけだが、深沢・河添の『源氏物語』〈王権論〉においては、いわばそれこそが光源氏を通して象られた「潜在王権」なり「王権」であり、ついに物語的幻想でしかないとされるのであった。「歴史の物語性」と「物語の歴史性」とを交錯させる「メタヒストリカル」な視点を導入し、歴史的天皇制の深層を探るべく、文化事象（神話・物語・伝承・演劇等々）を博捜する山口の文化人類学的〈王権論〉に対して、それは、どうしても歴史的天皇制には媒介されえぬ、文学的創造の域内にしかないと相対化していくような視点には、意識すると否とにかかわらず、三島の天皇制論・天皇制観が接触するようだ。この点については、次節で見ていく。その前に、『源氏物語』〈王権論〉の掉尾を飾ったと言っていい一九九〇年代の小嶋菜温子の言説をとらえておきたい。

小嶋の『源氏物語』〈王権論〉も深沢論・河添論同様、歴史的天皇制と物語に創造された王権とを分節している。以下のごとくである。

律令天皇制における最高位者としての天皇に対し、光源氏は制度を超越した権威の持ち主としてふるまう。そこで、前者を皇権、後者を王権と呼ぶこととする。

（傍線論者、以下同）（「荒ぶる光——光の喩の両義性から」[注13]二三五頁）

さらに、一九八〇年代・九〇年代の日本文学研究における〈王権論〉の広がりに目を配り、他領域で展開された〈王権論〉の成果をふまえ、光源氏の「王権」について、また広く物語に創造された「王権」について、極論とも言える先鋭的な発言をしている。

物語にとっての王権は、作品内において幻想領域に属するものであり、作品内現実である制度としての皇権とは位相が違う。それは現実への抵抗として働くことによってのみ現実化され、それ自体としての実体はもたないという意味で幻想のものなのである。（「異化される王権 一九八六〜一九八九」[注14]二八頁）

究極のところ、「王権」とは現実に対するカウンターであり、そのように機能するときのみ現実化されると言う。では、カウンターとして現実化されるとはどういうことか。小島の見解は興味深い。

かぐや姫と光源氏は共に、聖なる暴威としての光を、その属性として持っていた。それが彼らの聖性を保証し、その聖性は暴力性として機能する。そのこと自体が地上にあっては罪なのであった。…〈中略〉…そうすると、王権の聖性（聖なる光）は、同時に根源的な暴力性（暴威としての光）でもあることになる。王権を生み出すエネルギーは同時に王権を破壊する。王権の不可能性に向けて——。

（前掲「荒ぶる光」五四頁）

光源氏の「王権」は、現実の制度的な天皇制に対するカウンターであるとともに、その「王権」が聖性を帯びて現実化するときには、暴力性として機能する。したがって「王権」は、自身の暴力的聖性ゆえに、「王権」自体を破壊し、ついにこの世には定立されえぬ幻想でしかない。小嶋は、光源氏の「王権」および物語に創造された「王権」を、そのように読み解くのであった。

小嶋の『源氏物語』〈王権論〉では、三島由紀夫の『文化防衛論』における「文化的概念としての天皇」に、光源氏の「王権」が飲み込まれないよう、十分な配慮が施されている。けれども、光源氏の「王権」あるいは物語に創造された「王権」と、「王権」の自己破壊的なアナーキズムとの紐帯を鮮明にする言説は、後述するが、三島由紀夫の天皇制論・天皇制観を想起させもする。

『源氏物語』〈王権論〉陣営と、三島由紀夫の天皇制論・天皇制観との関係は、次節以降で総括する。ともあれ小嶋論は、物語に創造された王権と、歴史的天皇制とを分節し、山口の〈王権論〉における「中心」と「周縁」との弁証法的止揚の不可能を言い、山口論から乖離している。この点において、小嶋論も、深沢論・河添論と軌を一にしているのである。

以上、一九七〇年代・八〇年代・九〇年代のスポットになったと思われる三人の『源氏物語』〈王権論〉を見わたしてきた。現実の天皇制を象った王権と、物語に創造された王権との関係性をどうとらえるかは、三者三様であった。全く別個のもの、将来的には同化するもの、反発し合うものといった具合だ。けれども、共通するのは、光源氏の王権を、行く末はともかく物語の範囲内では、現実の天皇制には媒介されない物語的幻想だとしている点であり、この点において山口からは乖離しているのであった。

山口の〈王権論〉をベースにしながら、その根幹において大きな径庭を示す『源氏物語』〈王権論〉は、論者の意識・認識の有無を超えて、おそらくは三島の天皇制論・天皇制観と接触している。この点は次節で考えたい問題だ。

四　〈王権論〉と三島由紀夫の天皇制論・天皇制観

これまでたどってきたように、山口昌男の構造主義文化人類学〈王権論〉では、文学を含めた諸文化事象に現れる王権構造が分析され、天皇制とは王権であり、「中心」と「周縁」とを包括して、「宇宙論的充足を完成させる」ものであると、一元的にとらえられていた。一方、『源氏物語』〈王権論〉では、歴史的天皇制と物語に創造された王権とが分節され、二元的にとらえられていた。この二元論には、三島由紀夫の天皇制論・天皇制観がねじれた形で深く関わっていると思われる。しかも、第一節で言及したように、山口も三島の天皇制論・天皇制観を同質のものとしつつ、切り捨てているのであった。そこで、それらの関係を解きほぐし、『源氏物語』〈王権論〉とは何であったのか、ひいては〈王権論〉とは何であったのかを明確にすべく、三島の「文化防衛論[注15]」をたぐり寄せたい。

とはいえ、「文化防衛論」はいまだに、三島文学を政治性に繋いでいく頭痛の種でもある。三島を単純に「右翼」「天皇主義者」と言えない点への言及[注16]や、「文化防衛論」を〈文学〉の範疇に帰還させる作業[注17]はすでになされている。けれども、やはり本稿の立場を明らかにしておく必要があるだろう。

「文化防衛論」は前半に文化論、後半に政治論という構成をとり、双方がもはや十分すぎるほどの批判にさらされてきた。しかし、それらの批判はつとに柘植光彦が指摘したように、三島にとっては折込済みの事態であったろう[注18]。発表後間もなく橋川文三が、「政治概念としての天皇」と「文化概念としての天皇」とを分節する三島論の矛盾を指摘し反論を提出した[注19]。これに対して三島もすばやく「橋川文三氏への公開状[注20]」を発表している。三島はそこで、自論の論理的矛盾をあっさりと認める。さらに、文化の要件たる「言論の自由」と「無秩序」とは戦後民主主義の産物だと承知していること、それでもやはり「文化概念としての天皇」が「これを先験的に内包してゐた」とするのは、「天皇」というものの「非歴史的あるひは超歴史的」な逆規定だと言っている。このように橋川の反論を容れ、要諦の「文化概念としての天皇」が戦後民主主義からの逆規定であり、いわば幻想的な再構成であると表明する三島には、諸々の反論も折込済みのもので、「文化防衛論」はそもそも政治論、文化論としての失効を前提していたと言えよう。[注21] ならばそれは、もはや論理を超え、王あるいは天皇をめぐって、三島の文学に帰着する思索としか言いようがない。それが本稿の「文化防衛論」に対する見方であり、三島の天皇制論・天皇制観と表記するゆえんである。なお、三島が「天皇」と言う場合、「天皇制」を含む。

さて、山口は天皇制を真正面から分析するにあたり、三島の名に触れている。

> 天皇制の分析が厄介なのは、この体系が、制度として、イデオロギーとしてばかりでなく、美学的・宗教的に日本人の精神構造を規定してきたことに由来する。…〈中略〉…しかし天皇制が美意識に訴えかける側面についての議論はそれほど深まっているとは思えない。その理由の一つは、三島由紀夫の美的天皇制論に対するアレルギーに基づいているものと思われる。
>
> （傍線論者、以下同）（「天皇制の深層構造[注22]」五一頁）

山口は天皇制を分析するには、天皇制をめぐる美意識の問題にまで踏み込む必要があると言う。そうした視点は三島の天皇制論・天皇制観と通底することを認め言及しながらも、自身の〈王権論〉において、三島の「文化防衛論」を対象化してはいない。類同性を認識しつつ、切り捨てた恰好だ。一九六八年に「文化防衛論」が提出され、その翌々年、いわゆる三島事件で凶々しい最期を遂げた三島の記憶も、三島へのアレルギーも鮮明な時期（一九七六年）であったという事情を勘案するに、しかるべき対応であったろう。けれども、両者は意外に近い線を追っているし、その延長線上には『源氏物語』〈王権論〉の姿も見え隠れする。当初、山口に端を発する〈王権論〉だとしたが、その裏側には三島の「文化防衛論」があり、もう一つの基軸となっているようだ。以下、具体的に見ていきながら、それぞれを弁別してみる。

ではまず、「文化防衛論」の以下のくだりに着目したい。

速須佐之男の命は、己れの罪によつて放逐されてのち、英雄となるのであるが、日本における反逆や革命の最終の倫理的根拠が、正にその反逆や革命の対象たる日神にあることを、文化は教へられるのである。

（傍線論者、以下同）（33　評論Ⅸ、四〇〇頁）[注23]

スサノオの例をもって、反逆や革命の最終の倫理的根拠は、その対象たる「日神」（アマテラス）すなわち天皇制にあると言う。天皇制が自己破壊的なアナーキズムを内包していることに注目しているのである。

さて、第二節で見たように、山口の〈王権論〉でも、スサノオが分析のベースになり、違反・反秩序を属性とする「王子＝スサノオ」は、「王権＝天皇制」の極の一つとして包括されるとあった。つまり、「王権＝天皇制」はアナキックな本質を内包することが説かれていたのである。[注24]また、『源氏物語』〈王権論〉の小嶋菜温子も、物語に創造された王権が帯びる聖性とは、自己破壊的な暴力性だと言っていたのは、前節でとらえておいたところだ。

三島のように天皇制固有のあるべき様態をそこに見るのか、山口のように王権全般が不可避的に共有する深層構造としてそれをとらえるのか、また小嶋のように物語の創造による幻想もしくは不可能性にそれを封い、い、い、じるのか、各々の目指すところはいたく異なるが、王権あるいは天皇制と、自己破壊的なアナーキズムとの紐帯をとらえる点で共通していることは注目される。〈王権論〉の陰には三島の天皇制論・天皇制観があり、本質的な理解を共通させるがゆえに、山口論・小嶋論は、三島論を相対化し、三島論への処方箋たろうとしている側面がある。固有論から普遍論へ、実体論から物語論へと線を引き直しながら。

ただ、山口の〈王権論〉では、王権が一元的にとらえられているのに対し、『源氏物語』〈王権論〉では、歴史的天皇制と物語に創造された王権とが分節され、二元的にとらえられている。そこにもまた、三島の棘が刺さっているようだ。

「みやび」は、宮廷の文化的精華であり、それへのあこがれであったが、非常の時には、「みやび」はテロリズムの形態をさへとつた。すなわち、文化概念としての天皇は、国家権力と秩序の側だけにあるのみではなく、無秩序の側へも手をさしのべてゐたのである。…〈中略〉…天皇のための蹶起は、文化様式に背反せぬ限り、容認されるべきであつたが、西欧的立憲君主政体に固執した昭和の天皇は、二・二六事件の「みやび」を理解する力を喪つてゐた。…〈中略〉…政治概念としての天皇は、より自由でより包括的な文化概念としての天皇を、多分に犠牲に供せざるをえなかつた。

（「文化防衛論」三九七〜三九八頁）

「文化概念としての天皇」は、権力と秩序の側にのみあるのではなく、無秩序の側にも手をさしのべ、蹶起というアナーキズムをも容認するのだと言う。対するに、明治以降の立憲君主政体における天皇制すなわち「政治概念としての天皇」は、そういう自由で包括的な様態にはないとする。

注目すべきは、三島が「文化概念としての天皇」と「政治概念としての天皇」とを、近代以前・以降のあり方によって分節している点だ。これについては、本節始めで本稿の立場を明らかにした際に述べたように、橋川がまことに論理的な批判を加えている。

> それともう一つの疑問は、天皇擁護のために、「天皇と軍隊とを栄誉の絆でつないでおくことが急務」とされ、しかもその目的は「政治概念としての天皇ではなく、文化概念としての天皇の復活を促すものでなければならぬ」という部分である。…〈中略〉…私の理解では、まさに「文化概念としての天皇制」が現実化したのちに、はじめて成立しうるような天皇と軍との関係を三島はロマンティクに先取りしているのではないかと思われるのだが、もしそうだとすれば、それは論理的にはもちろん、事実の手順からいっても、不可能な空想である。実現の可能性があるのは、天皇の政治化という以外のものではないであろう。（傍線論者）（「美の論理と政治の論理」四二五～四二六頁）注25

軍隊との絆で復活する「文化概念としての天皇」など「不可能な空想」だと断言する。それは、天皇の政治化以外のなにものでもなく、論理的にその時点で「文化概念としての天皇」は「政治概念としての天皇」にすり替わるはずだと言うのである。素早く反応した三島が、橋川の反論を容れつつ、「文化概念としての天皇」が戦後民主主義からの逆規定であり、幻想的再構成であると認めていることも、すでに見てきたとおりだ。

ただ、天皇制を二元的にとらえているところは、「王権」に対する「潜在王権」であれ、「皇権」に対する「王権」であれ、王権を二元的に把捉する『源氏物語』〈王権論〉と同様の枠組である。そして、おそらくは現実の歴史的王権あるいは天皇制こそが、いつでも不在の王権への幻想を掻き立て、二元論を生み出す母体となっている。双方ともその事実に接触しているはずだ。山口論の一元的な枠組を脱していく『源氏物語』〈王権論〉には、決して肯定的ではないものの、三島の天皇制論・天皇制観と通底するところがある点は押さえておくべきだろう。

　しかし、三島がなかなか厄介なのは、天皇と軍隊との絆を結び直し、「政治概念としての天皇」を「文化概念としての天皇」に組み替えろと主張するあたりだ。一理も二理もある二元的な枠組を示しながら、橋川が「不可能な空想」と断ずるほどの強引な手法で、それを一元化していこうと発言し、また行動にも移してしまったことが、〈王権論〉に大きな翳を落としている。この点において、第三節でとりあげた河添房江の〈王権論〉はきわどい。天皇家の母系を支えとし、皇権へと食い込んでいく必要があるとされる光源氏の王権には、いずれ皇権と一元化する行く末が提示されてしまっている。ならば、飲み込むのか飲み込まれるのか、ゾルレンなのかザインなのか、三島論以降においては、問われてしかるべきだった。だが、その点には焦点が当てられず、光源氏の輝ける王権を成り立たせる言説機構が論じられている。橋川の批判する三島論の危うさを共有しているのであった。それをかろうじて物語の創造に封印して、三島との距離を生み出していると言えるだろう。

　さて、深沢三千男・小嶋菜温子の〈王権論〉は二元論を維持しつつ、「王権（深沢）・皇権（小嶋）」を歴史的天皇制に、「潜在王権（深沢）・王権（小嶋）」を物語に創造された王権に括り込んでいる。河添論も含め『源氏物語』〈王権論〉は、三島の幻想する「文化概念としての天皇」に、あたかも光源氏の王権を番わせるかのような論陣を張り、三島の天皇制論・天皇制観を、三島も認めたとおりに「非歴史的あるひは超歴史的」で、さらには物語の創造の産物でしかない、ついに不在の王権であると批評し、現実の歴史的天皇制から切断していく営為でもあったと位置づけうる。

一方、山口の〈王権論〉は、三島が日本文化の固有性に由来すると主張した「文化概念としての天皇」を、構造主義文化人類学に基づき、王権の深層構造一般の一翼に組み込み、ファナティックに幻想された三島の天皇制論・天皇制観を解毒しようとする理論でもあったろう。そして、山口の〈王権論〉との乖離を見せる『源氏物語』〈王権論〉は、山口論で解析された深層構造を日本文化の固有性において表層化させようというのが三島論であってみれば、山口論で抗するにはまだまだ危うい三島論を、かえって三島の分析や言説に沿うかたちで、物語の創造の枠内に、すなわち不可能性のなかに回収せんとする側面があったととらえておきたい。

王権のアナキックな本質にしろ、王権の二元論にしろ、一九六八年に出された三島の「文化防衛論」が指摘しているところであった。それを無視して、〈王権論〉が展開しているはずはない。否、むしろ〈王権論〉は、「文化防衛論」の理性と狂信とを腑分けすべく展開していったのではなかったか。そうした意味で、三島の天皇制論・天皇制観は、もう一つの基軸となり、山口の〈王権論〉と、山口論から乖離する『源氏物語』〈王権論〉とを切り拓かせたというのが本稿の示しておきたい見取図だ。

むろん、山口の〈王権論〉にしても、『源氏物語』〈王権論〉にしても、対三島論ではない固有のものがあるのは言うまでもない。それについては次節でまとめたいと思う。

五　〈王権論〉の射程

一般には、山口昌男の〈王権論〉が嚆矢となり、『源氏物語』〈王権論〉・その他王朝物語〈王権論〉が展開していったと見るのが定石だろう。けれども、実はその陰にありつつ言及を憚られてきたのが、三島由紀夫の天皇制論・天皇制観ではなかったか。その点をふまえておかないと、〈王権論〉の時代的な意義が見失われるのではないかというのが本稿の見方だ。

しかし、〈王権論〉には、時代の文脈を超えて、今日と未来とに提示しているものがある。ことによるとそれは、ファナティックな側面を引き算できれば、三島論にも共有されているのかもしれないが、おそらく共有されているのだろうとも思うが、もう少し時間の堆積を経て、検証されるべきかと考えるので、今は措く。本稿のまとめとしては、山口の〈王権論〉と、『源氏物語』〈王権論〉とが、今日と未来とに指し示しているものをとらえておきたい。

山口が天皇制を論じて、「結局は均衡論で、天皇制護持理論」だと言われかねないと危惧したことは、第二節でとらえておいたところだ。そういう批判もあったし、三島論ともきわどく接触しているし、当然の危惧でありつつ、しかし不当な批判であった。以下のような発言に耳を傾けたい。

天皇制に収斂される可能性があるとはいえ、精神と行為における非定住の指向は、この方向における普遍性と多義性と、それを「哄笑」の宇宙に切り換えることを許す自律性を獲得することによって、「中心」の比重を低め、これを盲腸を散らすような過程を経て無化することを可能にするかもしれない。そのためわれわれ一人一人の自律的な浮遊性の軌道の拡大を図らなければならない。周縁に凝結される多義的空間をわれわれは絶えず醸成し、そうした空間を足がかりにして、さまざまな現実を遊ぶ可能性を自らのものにしなければならないだろう。

（破線・傍線論者）（「天皇制の象徴的空間」[注26]一二七頁）

「非定住＝周縁」への指向は、「中心」の比重を低め、あるいは無化していく可能性を有するかもしれない。だからこそ、わたくしたち一人一人が「周縁」の多義的空間を醸成しなければならないとの視点を提示している。「天皇制に収斂される可能性があるとはいえ」とあえて注するところを見るに、この場合の「中心」は、天皇制のみを指すのではなく、遍在する中心化作用・権力化作用といった意味だろう。そうした中心化・権力化作用に対する「周縁」の多義性は、ことによると（「中心と周縁の理論」に基づくなら）天皇制に収斂するのかもしれないが、「中心」すなわち権力の比重を低めると言っているのであろう。遍在する権力とは、政治的な権力ばかりではなく、「知」や「文化」などの権力性をも含んでいるとおぼしい。のちの『敗者の精神史』[注27]に繋ぐと、そう言いうる。そして、山口の〈王権論〉は、まなざしを「周縁」へと向けた思考である。

格差社会といわれる今、勝ち組だの負け組だのということばも普通に口にされるようになった。ともするとわたくしたちの指向は、「中心」へ「中心」へと向かってはいないだろうか。「周縁」の多義性もダイバシティと言い換えられ、マネジメントされるものへと組み替えられつつある今、それからさえ外れて「周縁」化する事態を恐れながら。「周縁」に凝結される多義的空間とは何か。そこに居とどまることの厳しさと豊かさとを、山口の〈王権論〉およびそれ以降を参照し、もういちど考えてみる価値はあるのではないか。

さて、『源氏物語』〈王権論〉は、現実の歴史的天皇制と、物語に創造された王権とを分節する二元論を維持していた。山口論同様[注28]、前者は現実の天皇制そのものというより、いつでもどこでも形を変えては構造化される権力システムとパラフレーズしうるだろう。それに対置されたのが、光源氏の王権であった。しかし、その不可能・その幻想を刻印したのが三島だったのではないか。現実の権力構造（ザイン）に対する

「文化概念としての天皇」（ゾルレン）が徹底的に不可能であることを、かえってさらけだしたのが三島事件であり、三島のあとを歩むからこそ、『源氏物語』〈王権論〉は光源氏に象られた王権を、不在の幻想としてとらえていかざるをえなかった。

けれども、鵺のような権力構造に抗う「何か」への志向と、それを短兵急に現実に転写する狂信との狭間で、『源氏物語』〈王権論〉は物語の創造のなかに、また物語を読むという文学的な行為のなかに、「何か」を回復せんとする方向性を示していた。そうした営為を通して、わたくしたちはようやく、「何か」への志向と、その不可能とを、それこそ弁証法的に止揚する契機を得るのではあるまいか。

これはもはや付言の域を出ないが、平安後期の、ポスト『源氏物語』である『狭衣物語』においては、現実の天皇制を背景とする帝（皇権）と、それを凌駕してこの世のものではないと仰ぎ見られる主人公・狭衣の超越性（王権）とが重ね合わされる。狭衣が即位してしまうのであった。ところが、当の狭衣はと言えば、最愛の人との恋を実らせることもできず、であるがゆえに帝位のありがたみも責任も感じることができず、鬱々として内面を腐蝕させていくのみだ。そんな狭衣に重ね合わされたばかりに、「皇権」（ザイン）と「王権」（ゾルレン）との二項対立も、それらに構造化される権力も、いわば脱構築されてしまうのである。[注29]ただ、一世源氏の父は太上天皇に、皇女の母は皇太后に返り咲き、大喜びなのではあるが。つまりこの物語は、皇権なり王権なりに価値があるのは、所詮親世代の〈物語〉、換言すれば『源氏物語』世代の〈物語〉だとの冷ややかなまなざしに貫かれている。論者自身は、こんな『狭衣物語』のポストモダンなあり方に共感してしまうのである。

しかしながら、つねに変容しつつわたくしたちを束縛し、そして何よりも民主主義体制下では、「中心」

へ「中心」へと目を向けるわたくしたち自身が荷担して構造化する権力システムを前に、山口の〈王権論〉が提示した「周縁」へのまなざしや、『源氏物語』〈王権論〉が三島の狂信を排し、物語を読むという文学的営為のなかに回復した、権力を相対化する視点は、今日に命脈を保っている。そのようなまなざしや視点を維持し、一か八かではなく、粘り強く現実と向かい合う必要が、今現在にもあり、また未来にもあるはずだ。平安後期物語の側から〈王権論〉に与するものの責任として、〈王権論〉の意義を以上のごとくとらえて稿を閉じたい。

注

1 構造主義文化人類学の筆頭にはレヴィ＝ストロースがおり、『悲しき熱帯』（中央公論社、一九七七年）等一連の研究がある。なお王権論については、ブレイザー『金枝篇』（岩波文庫、一九四三年）『王権の呪術的起源』（思索社、一九八六年）が先駆的研究であり、ホカート『王権』（人文書院、一九八六年→岩波文庫、二〇一二年）は、レヴィ＝ストロース以前に構造主義文化人類学を先取った研究である。

2 桜楓社、一九七二年。直接の言及はないが、論述内容より判断するに、山口昌男の早い時期の〈王権論〉がふまえられていると思われる。後の『源氏物語の深層世界』（一九九七年、おうふう）によれば、ブレイザー『金枝篇』を読んでいたようである。

3 本稿でとりあげる諸論には、詳細な研究史を載せているものが多く、参考になる。また、当時の〈王権論〉に対する視点は本稿とはまったく異なるが、湯浅幸代「王朝物語と王権――研究史展望・内から外へ――」（明治大学大学院『文学研究論集』21、二〇〇四年九月）が、以後の研究史を含め展望している。研究史については右各論に譲る。

4 『源氏物語』の文化記号論」（『記号学研究1』北斗出版、一九八一年。→『天皇制の文化人類学』岩波現代文庫、二〇〇〇年）。

5 「天皇制の深層構造」（『中央公論』一九七六年十一月。→『知の遠近法』岩波書店、一九七八年。→岩波同時代ライブラリー『知の遠近法』一九九〇年。→『天皇制の文化人類学』岩波現代文庫『天皇制の文化人類学』岩波現代文庫、二〇〇〇年)。なお、岩波現代文庫版『知の遠近法』には収録されていない。

6 注5山口論文。本稿では入手しやすい岩波現代文庫『天皇制の文化人類学』に拠り、その頁数を示した。

7 注4山口論文。岩波現代文庫の頁数を示した。

8 当初の日本語論文「王権の象徴性」(『伝統と現代』一九六九年二月→『人類学的思考』筑摩書房、一九九〇年→『天皇制の文化人類学』岩波現代文庫、二〇〇〇年)、英語版「Kingship as a System of Myth: an Essay in Synthesis」(『Diogenes』77、一九七二年→「神話システムとしての王権」『山口昌男著作集4』筑摩書房、二〇〇三年→『山口昌男コレクション』今福龍太編、筑摩書房、二〇一三年)。入手の容易な『山口昌男コレクション』に拠り、その頁数を示した。

9 『中央公論』一九七六年十二月。→『知の遠近法』岩波書店、一九七八年。→岩波同時代ライブラリー『知の遠近法』、一九九〇年。→『天皇制の文化人類学』岩波現代文庫、二〇〇〇年。本稿では入手しやすい岩波文庫『天皇制の文化人類学』に拠り、その頁数を示した。なお、岩波現代文庫『知の遠近法』には収録されていない。

10 注8山口論文。『天皇制の文化人類学』の頁数を示した。

11 『源氏物語の形成』(桜楓社、一九七二年)所収の書き下ろし論文。

12 「文学」(五五—五、一九八七年五月)→『源氏物語の喩と王権』(有精堂、一九九二年)→『源氏物語表現史——喩と王権の位相』翰林書房、一九九八年。発行年の新しい『源氏物語表現史』の頁数を示した。

13 初出「荒らぶる光——かぐや姫から光源氏へ」(『王権の基層へ』新曜社、一九九二年→『源氏物語批評』有精堂、一九九五年)。本稿では、発行年の新しい『源氏物語批評』の頁数を示した。

14 注13『源氏物語批評』収載。初出は複数の雑誌であるが、上記研究書を上梓するにあたり、巻頭を飾るべく書き直されている。

15 『中央公論』一九六八年七月→『文化防衛論』(新潮社、一九六九年)→『三島由紀夫全集33』(新潮社、一九七六年六月)。なお現在、入手が容易なのは、『文化防衛論』(ちくま文庫、二〇〇六年)。

16 丹生谷貴志「『何もない』が現れる」(『三島由紀夫とフーコー〈不在〉の思考』青土社、二〇〇四年)。

17 柘植光彦「三島由紀夫と『天皇』」(『解釈と鑑賞』一九七五年五月)。

18 注17栢植論文。

19 「美の論理と政治の論理――三島由紀夫『文化防衛論』に触れて」(『中央公論』一九六八年九月→「橋川文三著作集」筑摩書房、二〇〇〇年→『橋川文三コレクション』岩波文庫、二〇一一年)。本稿では、入手の容易な岩波文庫に拠り、その頁数を示した。

20 『中央公論』一九六八年十月(『三島由紀夫全集33』所収)。

21 回路は違うが注15栢植論文でも同様の指摘がなされている。

22 注5山口論文(岩波現代文庫『天皇制の文化人類学』)。

23 「文化防衛論」の引用は、注15『三島由紀夫全集33』に拠り、その巻数・頁数を示した。ただし、旧漢字は新漢字に改めた。

24 注5「天皇制の深層構造」では王権のアナキックな性格が、また「王権の象徴性」(『伝統と現代』一九六九年二月→『人類学的思考』筑摩書房、一九九〇年→『天皇制の文化人類学』岩波現代文庫、二〇〇〇年)では、ならばなにゆえ王権はアナキックな性格を内包するのかが論じられている。

25 注19橋川論文。

26 注9山口論文。

27 岩波書店、一九九五年→岩波現代文庫、二〇〇五年。

28 ジル・ドゥルーズ/フェリックス・ガタリ『カフカ――マイナー文学のために』(法政大学出版局、一九七八年)で問題にされた、いたるところに張り巡らされた官僚システムといったもの。

29 詳細は拙稿「〈声〉と王権――狭衣帝の条理」「天人五衰の〈かぐや姫〉――貴種流離譚の隘路と新生」(『狭衣物語/批評』翰林書房、二〇〇七年)をご参照いただければ幸甚である。

鈴木 泰恵(すずきやすえ) 岐阜女子大学教授。平安後期物語。著書に『狭衣物語/批評』(翰林書房、二〇〇七年)、『〈国語教育〉とテクスト論』(ひつじ書房、二〇〇九年)、「近代の注釈観――基礎作業と創造のはざまで」『複数化する源氏物語』(新時代への源氏学7、竹林舎、二〇一五年)など。

鼎談　仏教言語論から見た源氏物語

竹内信夫／黒木朋興／助川幸逸郎

助川　竹内先生は、フランスの詩人、ステファヌ・マラルメの研究をご専門にしていらっしゃいます。空海にも本格的に取り組んでおられて、ちくま新書から二冊、空海論を出しておいでです。フランス近代詩のスペシャリストでいらっしゃる一方で、空海にも精通しておられる竹内先生に、私はまず、空海の言語観の画期性・その同時代的な意義について教えていただけたらと思い、今日はここに出て参りました。

私の素人考えでは、竹内先生のご著書などから推察する限り、空海の言語体系というのは身体的なものをともなったものであった。これに対して最澄には、サンスクリットをやらなかったために、身体的なものを伴った変容などというものが起こらないんじゃないかという気がしております。

それに対してその後の仮名散文というのはそういう身体的な体験みたいなものをわりとなくしていくような方向性に働いていく。空海的なモノが見えなくなっていく過程と仮名散文の成立というのが平行しているのではないか。私はそう考えているわけですが、この点に関して、わたしたちのほうから日本文学でこう言われているんですが、というのをお話しして、それに対する竹内先生のご見解をうかがう、という流れでお話を進めていきたいと思っています。

竹内　専門家ではないので特別のコメントというのはないのですが、空海の側から見た漢文であるとか、サンスクリットであるとか、それから日本語ですね、空海は日本では日本語を話していたと思うのですが、書いたものはすべて漢文ですからね。そういうところの言語記号、空海にとってはことばは「実在している何か」ですから、そういったものの多様なありかたといったところはおもしろいところ、他の日本人にはないところだと思いますね。

助川　そうですね。そしてそういう空海がなぜできあがっていったのかという問題と、そういうところを捨象していくことで仮名散文ができあがっていったという問題をいろいろとぶつけてお話をさせていただければと思います。

そこでまずは、竹内先生と同じマラルメを専門にしていらっしゃる黒木先生から、竹内先生のご紹介をお願いできますか。マラルメ研究のご業績などはわたしからはよくわからないので。

黒木　私が竹内先生の名前を最初に聞いたのは、指導教官だった阿部良雄先生からです。修士課程に入った頃、「マラルメ研究だと竹内さんという人がいて、マラルメはインド＝ヨーロッパ語族や比較神話学についても著作があるので、そこから入ってサンスクリット語の問題にたどり着き、マラルメ研究から空海研究までやってしまうすごい人がいるんだよ！」ということを言われたのがまず最初です。ですがその後空海の論文をお見かけしても、こんな専門的な論文が書けるわけがない、フランス文学にいるマラルメ研究の竹内先生とは別人なんだろうと初めは思っていました。

マラルメ研究の立場から言うと、私の前の世代には、クリステヴァなどに影響を受けて、マラルメのテクストを、十九世紀末という文脈を切り離していかに格好良く読むかといった研究が非常に流行った時期がありました。私はそれに反発を覚えて、やはり十九世紀末という、当時の文脈というものをみていきたいと思っていたところ、竹内先生はまさに、十九世紀末という時代全体を総合的に俯瞰して、その中にマラルメを置いていく、という研究手法を取っておられました。私はそのことに、非常に勇気づけられたというか、やはりこの方法で良かったんだということを確認し、そこからマラルメ研究を立ち上げたので、同世代の研究者ともよく話すのですけれども、前の世代に対する自分たちの立場を考えた時、その前にいらっしゃる竹内先生の存在というのがすごく大きくて、研究仲間の大出敦氏の言葉を借りれば、竹内先生の作った揺り籠の中から私たちが出てきたんだろうという感じがしています。そういう意味では著作の『空海の思想』でも、伝説化・神話化されている「弘法大師」ではなく、人間空海そのものの思想を読み直してみるという行為が、まさしくマラルメ研究で私たちがやってきたことと重なり合って、非常に興味深く拝読させていただいたという感じです。

空海の生きた時代

助川　竹内先生の御説を拝読していて感じたのは、ひとつは桓武天皇の時代くらいから日本は漢詩漢文を非常に一生懸命やってきて、桓武天皇などは漢文を朗読するときの発音についてお触れを出したり、漢文の言語状況と複雑に絡み合おうという時代の風潮がありました。そうした中でそれらを勅撰漢詩集が三つ九世紀のはじめに出るのですけれども、それらをその少し前の奈良時代の懐風藻に比べると、著しく和臭が少なくて、日本人の漢文力がかなり本格化していることがうかがえます。そういった、かなり本格的に中国的なものと接触していく時代の最先端にいた人が空海で、そういう人は前後のどちらにもいなかった、おそらく竹内先生の空海というのは、そこのところを非常に問題にしているのではないかなと感じました。

それとやはり音声の問題というのは大きくて、例えば菅原道真の時代などでは完全に書き下し文で読むことを前提とした漢文なわけです。ところが空海は実際中国に行って、中国音で発音して、中国人と会話をして…、という言語体験が、空海を非常に豊かにしている。また空海の仏教的な思想にしてもそういう体験が原点としてあったということなんだと思います。

竹内 僕はわからないことは無理にでっち上げないという主義なので、わからないものはわからないと言う。わかったところから始めると、空海の二十歳以前のことはよくわからないんですよ。とにかく二十四歳、いまの我々の年齢でいう二十三歳のときに漢文で書いてある文章がある。これが出発点ですね。ただ二十三歳のときに仕上げられたわけで、どうも僕が見たところでは何度も作り直して、最後に仕上がったのが二十三歳のときの文章だろうというふうに思っています。その漢文を空海がどこで、どう学んだのかを知りたくなったのが空海研究の発端かな。

平城京の知識人たちには、まだ中国音で文章を書いたり話したりできる能力や経験をもった人たちがたくさんいたわけです。そういう中で養われていったんだろうというのは、推測ではあるけれども空理空論ではないと思うんですね。あの時代の文人・学者達は漢語で文章をつくるレベルも相当高かったと思うので、そういう非常に豊かな空間がなければ我々が空海として知っている人物はひょっとすれば出なかったかもしれない。それとあの時代は国内には戦争もあったし対外的な戦争も経験しているわけで決して安穏な時代ではなかった。戦争を通じて人々が交流し、相手を知るために戦争に直接関係のないものでもいろいろなものが流れ込むから、精神的な新しさに対して才能のある人達がたくさん出てきた時代であると。空海はおそらくその最後の人だというのが僕の位置づけですね。

助川 そうですね。あの時代までは結局日本でも公卿層、最高の政治家たちのなかに必ず渡来系がいたりだとか、天皇のキサキにも渡来系がいて、空海のいた時代までは日本は実はローカル王権ではなくて、それなりにグローバルにやっていました。外国の音もモノもあって、そうした中で外国とダイレクトに触れ合う体験もあった。

それともう一つ竹内先生の空海研究の原点でもあると思わ

れるのですけれども、空海がもう中国に行く前から山の中をあるいたり、単に頭で経を読むだけでなく、やはり身体レベルの意識の変容がすごく大切なんだということが体感的にわかっていて、そのことと多様な言語体験が結びついた時に、ことばが単に意味だけではない「何か」と結びついているという実感があったのではないでしょうか。空海はそういう身体感覚をきちんともっている。日本文学の研究者がどうしても弱いのは、外国語を一生懸命勉強すると、単に意味がとれるようになるだけではなくて、例えば耳で音のとれ方が変わったり、発音できるようになると声の出し方が変わったりだとか、身体レベルで起こる変容を理解できないんですよね。だからおそらく、日本文学だけやって外国語をきちんと勉強したことない人間には空海の体験したことがきちんと理解できないのではないか。

竹内　空海はいまは国文学の歴史の中に位置づけられているんですか？

助川　空海の場合はやはり『文鏡秘府論』が、長年漢詩文を作るお手本で、明治の時期まであれは実用書だったんですよね。

竹内　そうですか。

助川　大正生まれが世の中の支配層になるのが大体第二次世界大戦後なので、それ以前、明治の教育を受けた人は『文鏡秘府論』読んで漢詩文を作るという習慣がありました。日本文学史の中の空海は漢文学史のうえで非常に重要な役割を演じた人という位置づけなんですよね。

竹内　後世からみたらね。それは別に良いのですけれども、それって日本漢文ですよね。つまり馴らされているわけですから。僕は空海は日本漢文の最初の人ではなくて、漢文で仕事をし、考えた最後の人だという位置づけなんですよ。だからいまの日本文学史の語る位置づけというのには賛成できないんです。

漢文の変質——日本漢文へ

助川　菅原道真の漢文くらいからどんどん和風化していって、道真も一応、公の儀式でその場にふさわしい漢詩を作ったりしていますけれども、そちらはあまり評価されなくて、個人的な悲嘆をよんだ、和歌でもできるような漢詩ばかりが有名になってしまう。文法だけではなくて、内容的にも中国的な基準からすれば漢文にふさわしくないもの、思想性や政治性より抒情性が勝ったものが漢文の主流になっていく。そうなると道真以降というのは、空海が持っていたような可能性が引き継がれていない部分というのがすごくあるんですね。

竹内　それは実質的にも無理だったでしょう。道真時代になれば。

助川　はい。時代的には唐の衰退・滅亡に伴う東アジア情勢全体の変化があります。唐が滅亡したことで例えば渤海は滅びてしまうし、朝鮮半島では新羅が滅びてしまう。日本ではは渤海が滅びてまもなく将門の乱が起きるわけです。それまでの中国との関連に拠って王権を支えていくというのから王権が変質しないと、日本はもたないだろうということで、天皇のあり方が大きく変わっていく。それまで中国型の王権で、狩とか行幸で民衆の前にたくさん姿をさらしていたのが、どんどん内にこもって神秘化することで天皇の権威を高めていくという、逆方向にいくんですよね。天皇の食事のあり方からなにからすべて変わっていく中で、和文という、ある種ドメスティックなコミュニケーションツールを作ることで、グローバルスタンダードにしなくても大丈夫な部分を大きくしていく。そういう流れの中で仮名文学が成立していくというのがあるんですよね。

黒木　漢文が日本漢文になっていく流れを、外国語教育の立場から考えてみたいと思います。竹内先生の前の世代は戦争の影響で、学生時代にフランス留学をすることができなかった。だから、その世代では、辞書を引きながらフランス語の意味は訳すけれども会話はあまり得意ではないという方が多いんです。その後次第にフランス留学を果たす人間が増えてきて、僕らの世代では既に留学体験があるのが当たり前です。ですから、空海には遠く及ばないにせよ、読めて、書けて、話せてといった総合的な言語能力を身につけないとフランス語教師としてはやっていけないんです。つまり、空海の時代に起こったこととは逆のことが短いスパンで起こっているのではないでしょうか？　今、外国語教育の現場でアクチュエルな問題としてあるのが、「会話ができなくてはいけない」という立場と「読めればいいんだ」という立場の葛藤です。そもそもは「読める」と「話せる」という2つの能力を分離すること自体が間違いなんですけど、そのような無益な対立の中で全体として外国語教育がなんだかうまく機能していかない、という状況が出現している。例えば、「読めればいいんだ」という立場の代表として、僕らの世代に連想されるのが伊藤和夫の「英文解釈教室」です。あれはまさに日本の伝統としての漢文読解の発想で書かれており、「発音ができなくても、読み下して意味さえわかれば良い」という姿勢でしたよね。

助川　伊藤和夫は完全にそうでしたよね。「英文にレ点を振るような」やり方ですよね。

黒木　文法だとかコミュニケーションだとか対立を煽るのではなく、生きた言語の習得のためには、実在するモノとしての言語、つまり意味をとるだけではなくて、声にもだして読むし、それを使って生活している人がいるんだ、というレベルでの言語観といったものを感じてもらうことが必要だと思うんですけれども、なかなかどうして、最終的に学生は大学受験のためにはどうしても伊藤和夫的な、レ点的な外国語読解のほうが手っ取り早いのでその世界に慣れ親しんでいて、大学入学後もその中に引きこもってしまう傾向があります。そういう学生たちに教えるのに苦労するいった話をした時、助川さんに「それは日本の和漢文の伝統だから」と言われ、なるほどと思ったことがあります。

助川　だから結局声に出しては読めないし、中国人から見ると文法的にはおかしい。だけど一応知識人はこういうもの書くんだということで漢詩や漢文が書かれ続ける歴史がずっと続いていったわけですよね。わたしは九世紀の終わりから十世紀にかけてその方向に人工的に向けていったんではないかと思うんです。

その人の場所でその人の言葉で――テクスト受容

黒木　マラルメ研究者としての感想を言えば、二十世紀の長い間、マラルメというのは象牙の塔に籠もった孤高の詩人であるという神話が信じられてきました。このような研究ではマラルメの詩句というのはものすごく抽象的な存在として扱われてしまうんですよね。実際の光景を見ることなく、というよりそのような現実から詩句の世界を切り離し、詩人の空想だけで作り上げた世界というイメージがすごく強かったわけです。しかし、実際はそうではない。マラルメの文章はものすごく抽象的なんだけれども、決して空想の中だけで文章を綴っているわけではない。実際彼は同時代の様々な事件を目撃しておりそれを題材にして詩作を行ったのだ、ということを丁寧に同定していく作業というのが私たちのやっているマラルメ研究だと思うんです。この本（『空海の思想』）を読ませていただいて、そういった私たちのマラルメ研究と竹内先生の空海研究が関連しているという感想を持ったのですが、実際に、フランス文学研究者としての竹内先生から、いわゆる空海研究への流れといったものはどんな感じだったんですか。聞かれても困るかもしれませんが。

竹内　僕がひとりの人間のなかでマラルメも空海もやったものだから、なにかその間に同じ脈絡があるんじゃないかとよく思われるのだけれども、…全然無いですね。これは別世界のことで、マラルメやっているときにはフランス語とかマラルメが暮らしていたその場所のことなんかが基準になるわけだよね。僕が暮らしたところではなく、その人が暮らしたところが基準だし、その人の話したことが基準になる。だから、僕が空海をやる研究方法とマラルメをやる研究方法はほとんど同じだね。その時代とか言語に生きているナマの人間をそのまま観察するというのが僕の方法だから。外からみると、なぜマラルメと空海を一緒に？ と疑問に思われるみたいだけれど二つのことをやっているだけなんです。その間になにかの関係をつけるというつもりはないいんでね。

黒木　空海に関して興味を持たれたのはいつ頃でしょうか？
　ずいぶん前からなんですか。
竹内　少しずつ、少しずつかな。一番最初は、もう仏文の大学院に進んでいた時、『沙門空海』という本をたまたま見たことだね。その当時は空海とは言わず、お大師さんとか弘法大師とかって言っていたから、「これ、弘法大師のことじゃないよね？？？」という、なんていうかな、とまどいみたいなのがまずあった。けれど後にその著者とたまたま接触できる機会があって、彼がいままでの空海研究というのはすべて弘法大師研究であって空海研究ではない。自分がやっているのは不十分だけれど、これでもとにかく空海研究の第一歩を踏み出せたと思っている、と言ったのが大きなショックでもあったし、励みにもなったね。空海はもう千二百年も前に生きた人間なんだよね。ただ弘法大師はずっと、今の日本人の心と言うか意識に生き続けている。それはとにかくきちんとわけても良いんだというのを教えてもらったというか、教えてもらわなくてもそうでなくてはいけないんだけれども、それをやっている人がいるというのに僕は勇気づけられた。その人がいなければ、その本がなければ、僕の空海研究はなかったと思う。
助川　黒木さんのお話をきいてああそうだなあと思ったのは、例えばラカンの『セミネール』などを読んでいると、当然のことながら出席者に向かってギャグを言っているようなところがあるわけですよね。それをなにかものすごく意味深に解釈してしまっているのにあたったことが思い出されます。『声字実相義』でも弘法大師空海全集のように、言語の複合語の分類なども完全に言語的に処理してくれていると読んでいてもすんなりわかる。おなじところをものすごく深遠なことのように書いてある別の訳でよむと、読んでも読んでもさっぱりわからないのに、全集版で見たら単に言語学的なもので語っていて、すごく明晰なんですよ。
黒木　それってまさしく僕らがマラルメ研究ということで目の当たりにしてきた部分でもあるのだけれど、日本の中国文化受容にしても西洋文化受容にしても、過剰に解釈して独自の世界を作ってしまうというのが日本の伝統だと僕はずっと思っています。
助川　そこに日本のテクスト論受容の問題点もあると思います。勝手に過剰に解釈してどんどん意味を膨らませてしまうことと、空海のように実際にサンスクリットを唱えました、すると具体的にからだに変容がおこりましたという身体的な変容を伴う体験として言語体系を生きるということが区別がついていないことが非常に問題です。外国語で読まないで、日本語で翻訳したものを読んで、それで意味をどんどん取っていって、訳の分からない神秘化がおこる。日本のテクスト論は、ともすればそういう弊に陥りがちな気がします。
黒木　私たち日本人は、逆に日本語の文脈に置き換えて過剰に解釈するところから始まって、日本にしか存在しない「ガラパゴス」と言われるような文化を創ってきているのだから、一概にそれを全否定しようとは思わないんです。ただ、日本はもとからそういう国と思っていたら、竹内先生は、空海以前の日本は必ずしもそうではなかった、とおっしゃる。では、いわゆる現在私たちが日本的だと思っているような日本独自の文化が創られたのは、あくまでも空海以降の時空においてなのかなと感じています。

助川　石川九楊さんが『二重言語国家・日本』などで日本語というのは音声ではなくて書字中心主義だと書いています。だから結局「藤原ていか」と言おうが、「藤原さだいえ」と言おうが同じ人なんですね。同じ文字を思い浮かべればいいわけです。石川さんもまさに空海の時代以降文字が変わってくる、と言うんですね。要するにそれまでは中国語だと思って漢字を書いていたのが、日本語の漢字として漢字を書くようになってくる。同じ字を書いていても言語意識の変遷というのは相当あるだろうなというのがありますよね。

黒木　逆に言えばなぜ空海の時代に変わってしまったのか。

竹内　空海の時代の漢語というのは外国語という意識はないですよ。もちろん日本人同士が普通の生活の中で考えることばは日本語だろうけれど、一旦思想などの領域に出た時には道具が漢語しかない。しかもその漢語は、解釈して読み取るようなものとしてあったのではなくて、同じレベルで並んでいる。唐人になりきらなくては対等にはならない。それが文明化した日本が一番最初に経験したことだけれども、その時代に生きた人たちにものすごいエネルギーを要求したと思う。

黒木　なぜその空海時代にそれが「終わって」しまったんでしょう。

助川　やはりそれは中国動勢との関連で、ドメスティック化しないと日本の王権がもたなかった、ということでしょうね。

黒木　ヨーロッパの場合なんかだとラテン語と各国語という二重言語の問題がありますね。例えば、フランスだとモンテーニュなんかは完璧にラテン語を母語として習っている。デカルトも『方法序説』こそフランス語ですが、あれはかなりラテン語っぽいフランス語と見なされていて、やはり執筆の基本はラテン語です。パスカルくらいからようやく書き言葉としてのフランス語というのが整備されてくる。それにしたって、ラテン語とフランス語の二重化が前提ですが。だたし、フランス語はあくまでもラテン語から派生しているのであって、だから二重言語状態といっても同語族の範囲内です。対して、漢文と日本語の二重状態というのは西洋におけるラテン語との二重状態よりはるかに努力というかエネルギーを必要とすることになります。というわけで、二重言語状態ということを西洋との対比を念頭に入れた上で、もう少し詳しく聞かせていただけませんか。

助川 『古事記』と『日本書紀』は並行して成立していますが、『古事記』は今でいうとたとえば「よろしく」を「夜露死苦」と書くような、無理矢理な宛字をつかって、漢文というよりも変型和文を書いています。『日本書紀』は下手な部分もあるけれど一応漢文で、完全に中国の『史記』などにあわせた正規の歴史として書いてある。最近の説だと『古事記』はおそらく天武の王権の正統性を国内に流布させるために作られた文章だろうというのがありますが、やはり国内向けの文章とグローバルスタンダードの文章の二重化というのは『古事記』『日本書紀』の時代からあったようです。唐が滅びてドメスティック化を迫られた時、海外を意識しないで国内だけで流通する、ある程度閉じた状態で流通できるようなメディアを作っていく必要から和文はできていったんだろうと考えられますよね。それがちょうど『土左日記』の時代くらいにみてとれて、これはわりと新しいほうの『土左日記』の写本〈定家筆本〈前田育徳会尊経閣文庫蔵〉〉なんですが、和歌を本文とわけて書いています。ところが、もっと古い写本〈青谿書屋本〈東海大学桃園文庫蔵〉〉だと和歌をわけていません。要するにとにかく日本語の文字で和文の文章を作るという意識がまずあって、その中で後になってから和歌と散文の部分という区別ができてくる。おそらく土左日記が成立した段階では、とにかく「和文」を書くという意識だったと思うんですね。

竹内 それ以外はなかったですよね。方法はね。国が閉じられるという…

空海と仏教界

黒木 ここで、ちょっと竹内先生にお伺いしたいことがあります。かつて高野山の襖の絵を描いているという絵師の方と話をしたことがあるんです。その時、その絵師の方が言うには、空海の弟子と最澄の弟子を比べると、最澄の弟子筋のほうにその後の仏教界に大きな影響を与えることになる人物が出てくるのに対し、空海の方は高野山は作ったけれども重要な弟子は出ていません、とのことでした。とすると、空海が残した高野山の位置といったものは何なのでしょうか？　それほど日本の仏教界の歴史において重要な役割は果たさなかった、ということになるんですか？

竹内 「こうやさん」という山はないですよ。空海の時代もそれはまだ「たかの」だったわけでつまり誰も住まない山地の、狩人とかそういう人たちが出入りしていた山ですよ。「こうやさん」「たかの」という言葉は、ただ文字面だけではなくて、使い方のレベルが全然違うんだと思うのね。「こうやさん」といえば神性を帯びるよね、特別な場所というふうになるでしょう。「たかの」はそういう場所ではないものね。空海はそういうなんでもないところに自分の拠点を作ろうとしたけれど、端緒の段階で死んでしまったからね。

助川　それととても大事な問題として、空海みたいな体験はマニュアル化できないから弟子に伝えるとなると非常にむずかしいんだと思うんです。時代は飛びますが和歌の歴史で言うと、中世の時代に、和歌における音声と意味の重なり合いといったものをすごく厳密に追究していって、身体論的な視座が入ってくるような歌論を追究する人がぽつぽつと出るんですけれども、必ず次の世代が一方で神様のようにまつりあげつつ、マニュアル化して平板化するということが起こるんですね。

黒木　そうすると「たかの」の意義というのは空海にとってはまずは己（おのれ）自身にとっての修行の場だったという理解でよろしいのでしょうか?

竹内　闇夜から逃れるための、脱出する場所であった。

黒木　そこで弟子を育てて、日本の仏教界の主要な流れを作りたい、という要素はあまりない?

竹内　ないですね。考えていたかもしれないけれども、端緒にすらたどりつかなかった。だから何を考えていたのかわからない。ただ弟子を育てるという方向付けは最期の願文に書いているので、高野（たかの）を自分の考えている宗教の拠点にしようとしたことは間違いない。

黒木　やはり密教と言うと、おのおのが修行するのであって、体系的に授業をして、その内容を習得した人間を輩出し、彼らに教えを継承させるという具合にはなりにくいですよね。

竹内　密教というのはいまでは普通のことばになっているけれど、また空海も「ひみつのおしえ」という意味であるのかないのかわからないけれど、「密教」ということばを使っていることは事実です。密教というのは修行者の、修行を中核にしている仏教ですよ。自分たちが一生懸命修行することによって、世の中を支えたり、変えたりしていこうという期待はあるのだけれど、そのことを最終目的とはしていない。ただその修行の場であると空海はくり返し語っているから、密教であれ何であれ、自分の身を捨てて、衆生に奉仕する修行者といったものを育てる拠点として高野を選んだと、理念的にいえばそういうことだと思う。お寺を建てるとかそういうことは後から付会した作り話だと思いますよ。建物はあっただろうしシンボルとしての堂宇は必要だったと思うけれど、いまあるような立派なものではないわけだね。それは空海が死んだ後、ある意味空海を持ち上げて拠点作りを行おうとした弟子達が作り上げた蜃気楼だね。

黒木　そういう意味では、空海以降仏教の世界が最澄的なというか、言ってしまえば官僚的なシステムで排出される僧侶がより中心的な存在になり、言語のレベルで言うならば漢文と大和言葉の二重状態といったところから、いわゆる日本化という現象が出てくると言うわけですね。その辺の経緯といったものが、私は空海の原著を読んでいるわけではないながらも、非常に興味をそそられるところです。そこで、先生がある程度言語学的なアプローチからマラルメをご覧になっていたのは存じていますので、言語学の知識からするとそのへんの日本語の成立といった問題は空海を読んだ人間としてどう見えているのでしょうか。

空海の漢文能力

竹内　突拍子もないことをいまから言うことになると思うのだけれど、日本語の成立に空海はどんな関与もしていません。いろは歌をつくっただとかいろいろ付会して言われるけれども空海は少なくとも書いた文章は漢文、外国語の文章です。当時の知識層の人々は漢文を読んでいたから、当時は普通に使われていたんだという理解で納得している人たちが多いんだけれど、同じ漢文でも漢文に似た文章と本当の漢文というのは全然違うんだよ。われわれがフランス語で一生懸命書いてもちゃんとしたフランス語にはどんなに頑張ってもならないじゃない。空海の場合はまさに当時の漢人が唐の国で使っていた言語で、唐人の文章と同じもので書けた、ということだね。

助川　そうですね。師匠の恵果が死んだ時、弟子を代表して碑文を書いたのは空海です。いくら空海が免許皆伝の一番弟子だったと言っても、当時の僧侶というのはすごく教養があって、その中であいつに書かせてもいいと言われたということは、ネイティヴからみても相当な漢文がきちんと書けた人ということですよね。

竹内　まともというか普通よりかなり格上の文章だね。あの時代には中国に留学してそのまま中国に留まった日本人はいるから、そういう日本人はもしかしたら中国人と変わらないレベルの言語能力を獲得していたかもしれないけれども、その証拠が残っているのは空海だけ。どこで、そういう言語能力を手に入れたかというのはいまだに謎だけれどね。二十歳から三十歳の間に起きた出来事。

助川　ただ言語に関しては、数学みたいに天才だったらどこに生まれても絶対、ということではなくて、それなりの土壌がないと多分無理なんですよね。ということは当時の日本で空海は中国に行く前にあるレベルに行くだけの、もちろん空海の才能は否定しないにしてもその土壌があったということですよね。

竹内　日本国の都には中国人がいたんです。

黒木　そういう環境で漢語を学んだ、ということですよね。中国人の師がいる環境で、かつ、中国の言語習得システムは四書五経の素読ですから、それらの正典をそらんじることによって漢語をネイティヴ同様に身につけることは可能です。

それどころか、中国自体からして、いわゆる地方にいくと文字が書けない人間が大量にいるのは当然なこととして、正式な漢語が話せない人間すらごまんといる。そのなかで科挙のシステムというもの自体が、四書五経やしかるべき史書を暗記し勉強すれば立派な漢文が使いこなせるようになるというもので、そうやって育成した役人を住民たちが正式な漢語を話せない地方に派遣して統治するためのものですね。そういう意味においては、日本も中国文化圏という言い方が適切かどうかわからないけれど、そこに入っていたということなんですかね。

竹内　一部の人がね。

助川　結局科挙そのものは何のためにあるかを考えると、あの当時中国語は古典のフォーマットをなぞることでしか文章を書けない。ならば公文書をつくる公務員を選抜するには、古典をある程度全部読み込んでないと…、ということで科挙があったわけです。ということは科挙受験者と同じシステムで勉強すればおそらく外国人でも中国人並みの文章が書けるようになれるということですよね。

黒木　私の高校時代の世界史の恩師で中国研究をなさっている方がある日ご自分の研究について話してくれたんですよ。それによれば、よく中国文化圏というけれども、大中国主義を唱えれば、朝鮮半島から日本からモンゴルから全部中国になってしまう。その文化圏ではモンゴルだったらモンゴル語、日本だったら日本語を話しているけれども、一部のエリートが漢文文化に基づくエリート養成システムのなかでがっちりと育成され、彼らを中心に中国と朝貢貿易をしながら自分たちの国の政治体制を作り上げていたというわけです。その方は、そういった中国王朝の国家意識を研究なさっているんだとのことでした。それからすると空海の時代というのはまだそういうシステムが生きていた時代なんですよね。そして空海の後の時代にそれが変容する。そこからいわゆる日本語みたいな問題がでてきて、逆に言えば現代日本語の形成に空海は関係が無いというのはその通りなんですけれど、逆に語らないことによって語るというか、紀貫之なり源氏物語の時代と空海の時代を比較することによって、空海の時代から次の時代に何が起こったのか、空海が日本語の生成に手を貸さないことがいわゆるその後にどのように受け継がれているか、興味深いところです。

助川　たとえば源氏物語でいうと、源氏物語でよく「さへづる」という言葉がでてくるんですね。例えば貴族社会で使ってないような庶民のことばを聞いた時やあるいは源氏が須磨明石に流れていって、須磨明石の地元民が話す言葉を聞くと意味がとれないんです。それに対して「さえずるようなことをいう」というような言い方をするんです。要するに異言語が入ってきた時に、「これはノイズですよ」とノイズの存在は認めているのだけれども、具体的にどういうノイズか、源氏物語は表記しません。ノイズそのものは聞かせないんです。そういう意味では平安時代の仮名文学の世界というのはノイズが直接入ってこない世界ですよね。

竹内　宙に浮いた世界ですね。

助川　和歌などでも、馬はぜったい「駒」と言わなくてはならないとかお約束があって、もちろんそのあと中世和歌になって行き詰まっていくと、それまで読まなかったものを読むとか、入れなかった言葉を入れるだとか実験もまたおこってくるんですが、和歌の世界も物語の世界もある種そういう異物を排除して、ある一定の範囲でおさめていく世界なんですよね。そうなってくると当然のことながら、すでにある状態に影響して変えかねないものは排除されていくわけです。だから空海的な体験というのは非常に起こりにくい世界になっていきます。空海と最澄の対立で最澄がサンスクリットを拒んだから二人は仲が悪くなったんだというのが竹内先生のお考えなんですが、要するに意味がとれればという。

竹内　仲が悪くなったというと空海が最澄をいじめたような印象で、まあ皆そういう形で理解しているんだけれど、そうではないと思う。全く違う二つの世界が共存できなくなったということだろうね。

助川　おそらく、最澄的な「意味が判れば良いんだ」というものはその後の日本人にとってわかる世界です。でも空海の中で何が起きていたのかというのはおそらくその後なかなか引き継がれなかったものだろうなというのが、例えば仮名散文源氏物語の世界での「さへづる」のように、異言語そのものを入れてこないというようなところで起きているのだろうな、と思いますよね。

黒木　でもなぜ、空海があの時代にでてきたのでしょうか？空海の前の時代にも漢文をきちんと使いこなせる人はいたのでしょうが。

竹内　それはかなりいましたね。それに加えて唐人もいました。

空海の特異点――サンスクリット

黒木　黄昏の時代は天才が生まれるということも言われますけれども、結局その後の日本の体制からすれば最澄的なもの、つまり官僚的な体制と、それから和風の「もどき漢文」で正式あるいは公的な文章を綴ることが主流になっていく。もちろん唐の影響はあるのでしょう。しかし、修行にせよ文章の綴り方にせよ空海のようなあり方がなぜ後の時代の主流にならなかったのでしょうか。やはり空海の密教的な、つまり、とりあえず自分が修行する、という姿勢に由来しているのでしょうか。

竹内　空海の場合には漢文だけではないんですよ。空海の言語世界のなかにはインドの言語サンスクリットが直接入っている。サンスクリットの文字もそのままの文字で書き、読むということは中国でも行われていたのだけれど、当時インドの僧侶達がだいぶ逃れて中国にきていた、そういう状況の中で空海はサンスクリットを学ぶということの重要性を自覚し、そして学習もしたんだと思う。

助川　「サンスクリットをよく知っていてインド仏典に通じていたこと」が空海のインターナショナリズムの根底にあったんじゃないかと小西甚一さんが仰っています。サンスクリットやインド仏典は中国語や中国の仏典よりも抽象度が高く、すなわち一般性があったから、そういうことで中国人が説得されるようなレトリックの文章や弁論ができたんじゃないか、と。

竹内　それはそうだったかもしれないけれども、空海が中国に渡ったその時に唐の都長安にはインドからの亡命者がたくさんいた、そういうことが実現する時代はそんなにたくさんはないわけです。インドがイスラムに侵略され、唐の勢力が弱まって周辺の民族たちの活躍が大きくなっていて、東アジア世界が一種の文化的混乱状態に陥っていた。そういったある種の時代の大きな転換期にあるわけで、そういう時代には言語も生き生きするんだよね。人だけではなくてね。

助川　ということは、単に日本がどうこうではなくて、東アジア世界全体が人や物が行き交う非常にグローバルな状況にあったので、空海はその中で例外的にいろいろな言語とかものに直接コンタクトすることができた。ということですね。

黒木　漢文を中国人の上層階級と同じレベルで使いこなせる日本人というのは空海以前にもたくさんいたとおもうんですけれども、空海の特異点というのはサンスクリットが入っている、という理解でよろしいんですか。

竹内　特異な点といえばそれだけど、なぜサンスクリットが入っているかに関して言えば、空海が仏教の原点はインドだ、という認識をはっきり持っていたからだね。空海の死後、弟子にあたる人物（高丘親王）が空海の意を継承してインドに渡ろうとした事実があるので、空海は仏教というものをインド中国日本という大きな視野で見ていたのだとぼくは確信しているのだけれども

助川　逆に言うとそういう視野を空海が持てたというのはどういう理由背景があるからなんでしょうか

竹内　当時の中国にきていたインド人たちの存在ですよね。

黒木　やっぱり最初に助川さんがおっしゃった、外国語の文章を日本語に直して日本語だけで解釈する閉じた世界がある一方で、漢文、つまり中国語と日本語が並存している世界があったということですね。僕も専門がフランス文学ですから、フランスに留学したりなどして一生懸命フランス語を勉強し、ネイティヴには及ばないけれどもなんとかフランス語で論文を書けるようになりました。そのような学習を通して、私は自分が今まで基盤としていた思考体系を崩しさり、

今までとは全く違う体系を無理矢理にでも受け入れるという衝撃的な経験をしたわけです。外国語学習というのは、頭で分かれば良いというのではなく、実際の身体感覚を伴う体験を通して身につけなければなりません。それは日本語とフランス語でも大変なことですけれども、空海においては日本語と中国語という二つの言語でそれがあって、さらにその先にサンスクリット語の体験があったわけです。ラテン語とフランス語というのは同語族ですが、日本語と中国語の違いというのはそのレベルではなく別の語族なわけだし、そこからさらにサンスクリット語というのは古代ギリシア語との類似性が指摘されるように、まるっきり別次元にある言葉ですから、それを受け入れるというのは、自分の常識や価値観を突き崩すことに関して相当に寛容でないといけないわけです。普通の人ならば、拒絶してしまうと思うんですよね。

竹内　まあ、避けるよね。

黒木　そこを避けなかったことが空海のおもしろいところではないでしょうか。

助川　おそらく多分中国に行く前の段階ですでに、彼の中に抽象的な理解以外にも、身体的な変容によって新しい次元にいくという感覚が絶対あったんだろうなと思います。野山で修行するほうが先だったのか、中国語と出会うのが先立ったのかわからないですけれども、とにかくそういう体験が間違いなくあったんだろうなと。

竹内　野山の修行は別に独立してそれだけやっていたということではないからね。いずれにせよ空海の言語世界というのを日本語は表面化していないから、漢語というのでくくろうとしてもそれはいたるところで破綻してしまうことは認識しておいた方がいいですね。サンスクリットで書いた文章は実際に三十帖冊子に一部残っているし、それを学習しようとした痕跡は明白に残っているので、それを空海がなぜしたかというと、推測の域を出ないんだけれども、インドというのが、空海の視野にきちんとおさまっていたんだ、ということだろうと思います。

黒木　その話でいえばこの『空海の思想』を読んでいくと、後ろにちゃんと漢文が引用してあって、できれば空海の漢文の原典を味読してほしいというようなことが書いてありますね。私ももともと高校時代は『史記』の研究を志していたこともあって少々漢文には自信があったので、原典購読を試みてみたのですが、まったく歯が立ちませんでした。なぜかというと漢文とはいえ、仏教用語のところがわからないのです。この仏教用語はサンスクリット語の漢訳ということなんですか？

竹内　サンスクリット原文の漢字音訳ですね。

黒木　われわれは漢字を眺めて意味でとろうとしますが、音訳であるとすれば意味を取ることはまったく無意味ですよね。漢字の音だけを取り上げて言葉を作っているわけですから。以前日本人の中国語教師から伺った話なのですが、中国語の新聞を読んでいて何が難しいかと言えば、西洋語の固有名詞をあらかじめ知らないとそこで読解がストップするのだそうです。例えば、ベートーヴェンは「貝多芬」と書くそうなのですが、この三語の漢字が「ベートーヴェン」を指すことを知らなければ、それを固有名詞としてではなく、動詞、形容詞や名詞などと取り、作曲家の名前とは別の意味を読み取ってしまうのだそうです。つまり予め固有名詞を示す言葉を知っていれば読解できるけれども、知らないと固有名詞のところで一切読めなくなるということです。同じような事情が空海の文章を読む際に生じてしまい、漢文とはいえど、もうまったく太刀打ちできなかったんです。

竹内　仏教用語のなかにはサンスクリット語の漢字音訳がかなり混ざっているから、そういうことを知って、ある程度慣れていないとわからないからね、いろいろ間違って注釈をしている人がたくさんいますよ。

助川　確かに日本人ならたとえば「波羅密多」とあれば、「ミツが多い…」と読んでしまいますね。だけどサンスクリットの原音まで遡っていった空海なんかはわかっていて。

竹内　当時の中国のお坊さんたちは漢字音訳の形でサンスクリットに相当親しんでいたんではないかと思う。インドのお坊さんもたくさん来ていたし。実際の証拠がないからなんとも言えないけれどもおそらくある仏教集団の中ではサンスクリットはある程度普通に使われていたのではないかと根拠のない推測を僕はしているわけ。

助川　竹内先生がお書きになっていましたけれど例えば般若心経の「掲諦 掲諦」のところだって結局原音を知っていればサンスクリットの原音を連想できますけれど日本人はあの漢字を読んだら「ギャーテーギャーテー」で、かなりずれてしまう。空海はそのズレはよくない、という考え方なんですよね。でも最澄はそれでもいい、と。そこのところを空海ほどは重く見ていなかった。

竹内　あの時代はいまほどはなまっていなかったと思いますが、今はもうとんでもないなまり方だね。どうしてそう読むのかかえってわからなくなっている。

黒木　そうするとやっぱり当時の世界の政治状況でいえば唐の末期、ということがあります。イスラム教国のアッバース朝の脅威というのがあり、実際に唐はアッバース朝と戦って大敗していますよね。いわゆる唐を中心とした東アジアの政治システムが壊れていくなかで、今で言うグローバリゼーションみたいな、世界的な変動があった時代と言えると思います。そしてそれにいち早く反応したのが空海だということですね。残念だなぁと思うのは、その後日本の主流になるのは、当時の世界の流れに対して敏感に反応した空海の弟子筋ではなく、内向し籠もっていく流れなんですね。

竹内　海があったからそのおかげで。

助川　逆に言うと内向しないと日本の王権はもたなかったわけですよね恐らく。

黒木　白村江の後、日本の王朝は唐が攻めてくることを恐れて柵を作ったり土塁を築いたりしていますから、我々が想像しているより、大陸と日本の距離は近かったのではないかという説がありますよね。結局空海以降の時代になると、そういうことも無視されてしまうんですか。

竹内　感じなくなるんだろうね。

助川　やっぱり白村江は直に戦って負けていますので…。

　世界の情勢で言えば、以前の王権は清算されて全然新しいものがでてきてしまったりしていて、国内でも将門の乱などが起こってるということは、グローバル化すればますますそういう動きが時代の流れとして必然化してしまうわけですよね。それを止めるためには籠もったほうがいいわけですよ。日本の天皇とそれを取り巻く貴族が何を考えたかというとやはり、外部というものを可能な限り抽象化したり限定化することによってないものにして自分たちの現状を維持しよう、ひっくり返らないようにしようという原則だったと思いますね。

竹内　今の政権もよく似ているよね。

ナショナリズムと国語運動

黒木　中学や高校の日本史の教科書の記述でいうと、日本らしい独自の文化が出てくるのは室町時代だと言われます。しかし、今日のお話を伺っていると、室町時代をさらに遡った、空海に続く時代に内向化という現象が起き、それは今の言葉で言えば日本のナショナリズムの萌芽ともいうべき現象だったんじゃないかと感じました。興味深いのは、それと言語運動というものが関連しているということですね。例えば、ヨーロッパにおけるナショナリズムと言語運動を考えてみたいと思います。ドイツやフランスでは、ドイツ語やフランス語といった国語が標準語となり強固な国民国家を築く上での礎となっていくのは十九世紀のことですけれども、その母胎となる運動が起こったのは十六世紀から十七世紀の宗教改革以降の時代なわけですね。ドイツだったら聖書の翻訳運動、つまりプロテスタントのリーダーであるルターによる聖書のドイツ語訳がいわゆるお手本となってドイツ語が形成されていくわけですし、フランスだったらなぜか反政府文書のパスカルの『プロヴァンシアル』なわけです。そういうふうに、いわゆる近代的な意味のナショナリズムではなくて、ナショナリズムを準備するような運動と言語生成運動が非常に結びついていることはよく指摘されることだと思います。

対して、プロヴァンス大学時代の同僚だったポルトガル人のチエリ・ピンパオ氏によると、ポルトガルでは宗教改革以前の十五世紀には既にポルトガル語の生成運動といったものがあったらしいんですね。どうして宗教改革以前の時代に国語運動が起こったのか？と彼に聞いてみたところ、ポルトガルの場合スペインに対する対抗意識から、レコンキスタ以降、自分たちはスペインではない、ということを強調する必要があったため国語運動がフランスやドイツよりも早い時期に行われたのだ、という説明を受けました。それから考えると、源氏物語にしてもそうだし紀貫之の土左日記にしても、空海のように漢文でコミュニケーションをするのが基本、というそれまでの言語状況に対して、日本語をツールとして確立したい、という国語運動の萌芽であった、と捉えることも出来るように思うのです。日常会話に使う話し言葉としてだけではなく、書き言葉としても日本語を使えるようにしたいと思い、そこでまず手紙とか日記などを和文、つまり日本語で書いてみるという実験を始めたのが中古文学の最初だったのではないか、と思います。だとすれば、それは確実に国語運動だったということになりますね。

助川　そうですね。多分もともと日本の話し言葉はあっただろうけれども自覚的に日本語というものを作っていこうという運動がおそらくあった。要するにグローバルな中でやっていたのが、宇多天皇ぐらいが転機で、引きこもって神秘化する「引きこもり型王権」をつくるにあたって、コミュニケーションツールとしてドメスティックなものを作らなくていけないといったときに、自覚的に日本語というものを生成していく。それぐらいのときに勅撰和歌集ができてくる。勅撰漢詩集よりも後なわけですよね。ということは、それまでは国家がコントロールしなくてはいけない言語は漢文だけだったわけです。ところが勅撰和歌集がでてくるということは、日本語というものを国家が管理する意識自体が芽生えたのが紀貫之の時代だということですよね。さきほどの和歌をわけて書いていないというのを含めて、散文だけではない「日本語」生成運動というか、日本語を国家が管理しなくてはならないという自覚をもつようになったのがこの時代なんだろうなということですねきっと。

竹内　そうだとすれば、空海が漢文で書いたというのは、当時の学者としてはごく自然のことで、他の人も漢文で書いていたわけで、特別に空海に限ったことではない。

助川　空海に日本語で著作を書くという意識はあり得ないですよね。

竹内　空海だけではなくその時代の人たちはね。空海が死んだのが節目ですよね。唐の滅亡というのがそれに重なり合ってくるけれども、

助川　陽成天皇から宇多天皇の父光孝のところでそれまでの王統が一回切れるんですよね。その光孝の次が宇多です。院

政期になってからの慈円の『愚管抄』などを読むと、やっぱり京都の貴族のなかではあそこで歴史が切れたっていう意識があるみたいなんですよね。天皇の名前に光が付くのって王統が変わったっていうときなんですよ。あそこで歴史が切れたという意識があって、宇多天皇はドメスティック化政策を押し進めていって、例えば殿上人みたいな側近を使って、太政官を使うオフィシャルな形ではなく、殿上人を使った側近政治を始めるのがちょうど宇多の時代です。それから全国から集めた食事を椅子に座って食べていたのが、畿内の食材を畳の上で食べるようになったのが宇多の時代なんです。宇多の時代というのは王権の大きな切れ目なんです。

竹内　一つ教えて欲しいんだけれど、その時代というのは日本の周辺では何も起きていないんですか、つまり戦争とか。

助川　結局宇多の時代の前後に渤海が滅んだりとか新羅が滅んだりとかちょうど周辺国が滅んでいく時代ですよね。

竹内　中国の王朝も弱体化しますよね。周りは小さな小競り合いはあってもわりと平安な時代だったんですかね、日本から見ると。

助川　日本から見ると大きなファクターとしては、中国の商人がバンバン来るんですよ。遣唐使を廃止した一つの理由としては、遣唐使を送らなくても、商人と個人的にコンタクトをとっていれば唐の文物がキープできるルートができたからだという説がありますよね。

竹内　実際にも唐の商人たちが来てたんですよね。それも多く、確かに来ていたんですよね。

助川　遣唐使以降でおもしろいのは、大宰府で天皇の私的な貿易としてやるようになって、結局天皇家が利権を独占するわけですよ、それで、直接的な接触を断って、外部とコンタクトはとらないけれど、天皇家が文物を全部入れるという形にすることで、ある種王権の荘厳のために中国のものが使われるようになっていくんですね。天皇の即位式の時などいざというときには中国のものを使って荘厳することで、天皇は中国とも繋がっているすごいものなんだというのをプレゼンしていくというシステムが十世紀十一世紀の日本の王権という形になってきます。やはり中国が弱体化し、周辺国もごちゃごちゃしているわけですから、直接侵略にくるイメージではなくて、皆それぞれ自分のところが大変、というイメージですね東アジアは。

竹内　ある意味では、波は多少はたつけれども、静かな波だという状態？

助川　お互いちょっかいを出すよりも国内事情で大変という状態ですからね。なので、引きこもりが可能だったと思うんですよね。中国の王権がすごく強くて、元のように攻めてくるとなっていたら、また全然違う形だったと思います。そういう中で大きな転換点があって、閉じていかざるをえなかったというところだと思いますけれども。

お話を伺っていて、竹内先生が日本の歴史のこともすごくよくわかってらっしゃってさすがだなと

竹内　僕が一番弱いのは中世です。本当にわからない。十一世紀頃からの政治状況というのを僕はまったく理解できないんですけれども、それ以前のところまではある種の流れが感じられる。

助川　さっきの黒木さんのお話ではないですが、今インターネットなどの時代になって、結局若者が外国に行かなくても外国のことがわかったつもりになってしまうという状況がすごくあるんですよね。でも実際にいってその場の空気を吸ってみたりとか、言語をしゃべってみたり聞いてみたりしないとまさに空海の修行ではないですけれども身体レベルの変容っておこらない。いくら東京でインターネットでパリの町並みをみても、実際に自分が行ってパリの町並みを見たのとは全然違うわけですから。ある意味では、ますますある種日本的な、意味だけでわかったつもりになってしまうという状況になっていると思うんです。逆にそこで空海的な意味での変容体験がわかっているかどうかというのが外国人とコミュニケーションしたりとか、外国の事情を理解していく上ですごく肝になっていると思うのですけれど、時代に必要なことと、実際に起こっていることにすごく乖離があるなというふうに思うんですね。

竹内　奈良時代の終わりころ、空海の生まれた頃から空海が突然歴史に出てくるまでの二十～三十年間、そこのところで何が起きていたんだろうというのを知りたくて知りたくてならないんですよ。だけど正史などに記録されたものがあまりにも少ないでしょう。

ある人に聞くと何も起きていないように見えるけれどもすごい流動化が起きていたんだと言っていて、ならそういう中に空海がでてくるのは合点がいくなという気持ちになっているんですよ。ものすごい流動をしている世界の中で空海は生まれて、そして一旦平静になったところ（弘仁の時代）で空海がしたいろいろなことだけが空海の履歴のように理解されて流布していますよね。僕が知りたいのは空海が空海になった三十歳以前のところなんです。空海という人間がどうして空海になったか、知る鍵はそこにあるんじゃないのかと。

どっちにしても空海というのは極めて特異な人ですよ。自分のやりたいことをただひたすらにやり続ける。最澄と比べるのはなんなんですけれど、最澄は普通の人ですよ。最澄は最初空海に近づいていって空海の弟子になろうとしたんだけれど、けんか別れしますよね。けんか別れする時に空海のほうはほとんどたいしたことではないような対応をするんだけれど、最澄の方はものすごい頭にきてますよね。まあわからないことを穿鑿してもしょうがないのだけれども、空海のその三十歳までの時代、これをなんとかまともに知りたいと思っているんです最近は。

助川　最澄が普通、というところでいうと、先ほどの黒木さんのお話ではないけれど、空海は他人のために何かするということではなくて、空海の思想ってそれこそ即身成仏ですから、自分が修行して一生懸命やっていっていろんな変容体験を経ていけば、当然のことながら世界も変わっていくから自分が修行して道を究めるということと、他者のためとか世界のために貢献することは必ず連動しているはずなので、弟子を育てるだとか世界に貢献することと自分が修行するということは空海の中では全然分裂していないというか、別のこととは思っていないんですね。きっと。

竹内　弟子にも自分の好きなことをして、自分は自分のやりかたでやればいいんだと書いてあるからね。ただ一生懸命やれとは書いてあるね。中途半端にするなというのはくり返し言っているね。

黒木　動きの中で開いていく思想というか、自分の価値観を崩されていく。普通はそれで閉じてしまう人もいるけれど、崩されたことによって外があるんだと開いていく思考のほうに進んでいく。

竹内　自分が開いていくんだよね。

黒木　そうすると結局自分がしゃべっている日本語システムの外に中国語があって、またその向こうに何かあるのかもしれないぞとどんどん繋がっていくことができるけれども、一回そこで閉じちゃうと他を排除して内向きの思考になりますよね。わりと日本国内も動いていた、流動的な時代で、そういう体験があったとなると興味深いですね。

助川　そうですね。さきほど竹内先生が仰っていたように、日本社会自体の流動化というのがあって、その中でいまあるシステムみたいなものを盲信しない、システムは変わっていくものだというものが体感的に理解することができたというのはあるでしょうね。そういう意味では現代社会ももう少し流動化すればいいのかな。非常にいま変な意味でみんな固定化のほうにいっている気がして。

黒木　自分の留学の時の体験から、私が日本に関して大変危惧していることがあります。私はフランスに住んでいた時、エクス＝アン＝プロヴァンスという南仏の都市に住んでいたのですが、トルコ、チュニジアやモロッコなどの移民系の人たちと話す機会が割とあったんです。彼らからすれば、日本って憧れの国なんですよね。キリスト教の国ではない、つまり欧米の国ではないのに民主化しているし、科学技術も発展させているすごい国だと思われているんです。それで彼らから、僕らの国も日本みたいに民主化して発展するにはどうしたら良いと思うか、というような質問をよく受けました。最初は自分でもなんでだかわからず、うまく答えられていなかったんです。ところが周りにいるいろいろな留学生たちを見ていてある時気づいたことがあるんです。例えば、中国からの留学生には割と、できればそのままヨーロッパに住み着いてしまいたい、という風に考えている人が多いんです。少なくとも日本人留学生と比べた場合、日本人は学業終了後日本に帰るのが当たり前だと思っている人の割合が圧倒的に多い。これが日本の強みだと思うんですよね。つまり欧米で学んだ知見を母国に帰って母国のために役立てようという人が多いということです。こういう人たちの努力があって、日本は発展してきたのではないか、と思ったわけです。そこから考えると、モロッコやチュニジアなどを始めフランスの旧植民地系の人々は圧倒的に母国に帰りたがらないですね。彼らは自分の専門の知見だけではなく、民主主義思想を身につけていますから、民主主義が機能していない社会では為政者にとって煙たい存在でもあるんです。正直な話、下手すると政治犯として殺されてしまいますから。特に、イスラーム圏からの学生の場合、女性はまず帰らないですね。学問を修めた女性は生意気だとして、それだけで嫌悪の対象になる地域がまだまだありますから。フランスに住み続ければ、電気が通じていたり交通機関が整備されていたりするので物質的に恵まれた生活を享受できる、というのもあるんですけれども、それ以上に、もしかすると政治犯として殺されてしまうのではないかという不安があるので帰らないという人が多いのです。人によっては、本当は自分は国に帰りたい、国のために尽くしたい、だけど帰れないというケースも見聞きしました。

助川　やっぱり中国は文革のダメージが相当あるみたいですね。インテリは酷い目にあうんだっていう。

黒木　中国人の同僚の方と話したら、まだ文革の恐怖というのは拭い切れていなくて、知識人は殺されるんじゃないかという恐怖心がすごく強いから、やっぱりある程度アメリカなり日本なりヨーロッパの中に生活基盤を築いてしまうと、帰れなくなる、という話を伺いました。留学生が帰らなくなるとどうなるか、という例の一つが、フランスの旧植民地であったマダガスカルです。国から優秀な人材がどんどんいなくなり、西洋科学文明を敵視し自分たちの伝統文化を喧伝する政治家が主流となって、国がどんどん衰えていくんだそうです。マダガスカル出身の人から、昔はマダガスカルに自動車が走っていたり、冷蔵庫があったりしていたんだけど、今では人々は森の中で暮らしているよ、なんて話を伺いました。それを考えると、今の日本の状況には不安を覚えますね。情報に関して言えば、確実に二極化していると思います。世界を見たくなくて閉じちゃっている人もたくさんいるけれども、逆にネットを通じて日本にいながらも海外の友達とコミュニケーションをはかり、積極的に海外の情報を取り入れようとしている人たちも増えています。実際、海外からの情報をネットを通じて直で取り入れている人は私の研究者の同僚の方なども含めてかなりの数に及んでおり、確実に増えている印象です。

助川　ものすごい格差がひろがっていると思うんですよね。わかっている人はコミュニケーションするし、わかっていない人はわかったつもりで自覚のないままどんどん取り残されている。学生なんかみてもその格差はすごいですよ。

黒木　そういう意味においては源氏や貫之の時代から空海の時代に巻戻らないといけないのかな、と私は感じてしまいます。

竹内　流動的な時代のほうがいろんなものが新しく作り出されているね。安定した社会というのはどうしても沈滞するからね。しかも権力が確定しているから何も新しいものがでてこないわけだ。もちろん政権なんかは弱い方がいいよね、そういう意味では。

助川　空海のように、漢文しかない、いきなりグローバルスタンダードが眼前にあってという時代ではなく、英語で書けようがフランス語で書けようが日本語でも書くというのが現代では当たり前ですから、まったく同じ事は起こらないでしょうけれど、外部と直接接触していくことによって、広い視点をもって、それで日本国内でも活躍できるような人材というのがでてこないかなとすごく思いますね。

黒木　先日、リスト研究をなさっている国立音楽大学の友利(ともり)修(おさむ)氏がおっしゃっていたことなんですけれど、両大戦を挟んだ第二次世界大戦直前の時代というのは大陸のユダヤ系の人たちがたくさん亡命した時代ですが、彼らは新天地にたどり着いて主要言語を変えているんですね。それこそ四十、五十になって言語の変更を余儀なくされた人たちもいる。それまで、例えば、彼らはドイツ語で書いて、ドイツ語で思考していたわけです。もちろんドイツ語が母語です。ところが突然ドイツに住めなくなり、例えばアメリカに渡って生活をすることになる。文筆家の場合、仕事は当然文章を書くことです。この場合、使用する言語はドイツ語ではなく、英語ということになります。食べるためには仕事をしなければならない。しかしアメリカに住んでいる以上、言語はドイツ語ではなく英語なわけです。こういう具合に活動言語を変えなくてはならないような事態というのは、状況によっては平気で起こることなのです。もしかすると我々もそういった事態を覚悟しなくてはならないかもしれない。私がドイツに亡命を余儀なくされて、ドイツ語を習得しなくてはならないようになるという時代が来るかもしれないということです。そういう意味で、興味深いのがレヴィナスの例ですね。彼はドイツ語が母語なのだけれどもドイツ語の著作が一冊もありません。母語以外の言語でしか文章を残していないのです。フランス語の面白い面というのは、非ネイティヴの書いた文章がフランス語の名文としてフランス語に組み込まれ、フランス語を豊かにしていく現象があるということなんですね。実は、これはフランス語だけではなく、日本語もそうやって出来上がってきたものかもしれないのですけれど。

竹内　そうだね。ユニークなフランス語ということで。それはユニークなと言われる価値はあるんだよね。

黒木　そういったものを飲み込もうとする意識が今のフランス語の場合特に強い気がします。今の日本もだんだんそういう状況になりつつあるという感じがしているのですが、にもかかわらず、現政権も含めて今の日本人の中には逆に国内の安定性を求めようとして閉じた思考を持っている方が多い気がします。

竹内　多くの人が安定安定と言っているね。僕なんかは安定したら動けなくなって、いつかは死んでしまうけど大丈夫かい？、と思うけれども。もう少し暴れ回れる、動き回れる、ときには逃げ回らなければいけないようなそういう動きがないとね、新しいものはでてこない。

黒木　そういう状況でもう一回空海を見直してみる、要するに弘法大師ではなくて、人間空海と向き合ってみる、偏狭な意味でのナショナリズムではなくて、ナショナリズムの時代から空海の時代に巻き戻してみる指向性を考えてみることは十分に意義深いことのように思います。

助川　そうですね。特に竹内先生のおっしゃっている空海のできあがっていく三十年間に日本に何が起こったかということは改めてちょっと勉強してみたいなというふうに思いました。

竹内　空海自身は嵯峨天皇に保護されてやっているという出し方を嫌がっているんですよ。そのことを忘れてはいけないね。嵯峨天皇のために尽くしたというのは後世のデマだからね。

空海の痕跡

黒木　基本的な事なんですけれど、空海と四国との結びつきというのは…

竹内　ほとんどないです。戸籍は四国の讃岐、いまの香川県にあり時々は故郷に帰ったかもしれないけれども、兄弟たちも多くは都に住んでる。だからある意味ではそうやって出世できる時代にはなっていたんだね。嵯峨天皇の時代になってね。空海はそれを息苦しいと思っていた節がある。

黒木　僕は母が四国の松山出身なので、やっぱり母の実家の檀家も真言密教ですし、弘法大師というのは非常になじみのある名前なんです。そうするといまの四国の信仰というのは人間空海というよりも弘法大師のほうなんですね。

竹内　完全にそうですね。

助川　天皇とのつきあいを嫌がっているっていうにしても、インターナショナルな視点があるから、日本の天皇だからといって、多分相対化して見ているところがあるんでしょうね。他にも皇帝もいれば、世界中にどこでも君主はいるわけだから。数ある君主の one of them だと思っているわけだから、地上最強の人という見方ではないと思います。

竹内　ちょっと言っておかなくてならないけど、嵯峨天皇は強力に権力を確立して、しかもその権力を行使する皇帝だったから、空海はそれの息苦しさに苦しんでいるんですよ。決して喜んではいない。それは知っておいて欲しい。

助川　先ほどの弘法大師の話としておもしろいのは、司馬遼太郎の中で、誰もが一番おもしろくないというのが『空海の風景』なんですよね。多分空海をうまくとらえきれていなかった。官製のナショナリズムではなくて、草の根のナショナリズムをすごく評価していくのが司馬遼太郎の史観なので、最澄は官僚的で、対して民間的な活力を持っていたのが空海である、というようなとらえ方をするんだけれども、空海のいろいろなものがこぼれ落ちていってしまうんですよね。それで描ききれなくてうまくいっていないというところが逆に空海のキャラクターの特異さをすごく象徴している気がするんですよね。

竹内　空海研究者として、司馬遼太郎のああいう纏め方をされては、ぼくはとても腹が立つのです。

黒木　司馬遼太郎のまとめ方で満足する人って歴史研究者ではいないのでは…

助川　いないんだけれども、ただたいていの人物は、フィクションとしてはうまく造形されているんだけれども、空海の場合はホラとしてもうまくいっていないんですよね。小説だから史実どおりでなくてもいいとは思うんですけれども、空海の場合は全くホラとしても機能していない。というところが非常に空海の逆に立ち位置の強さとか、特異性を象徴しているのかなという感じがしますよ。

竹内　草の根からでてきた、というのがそもそも間違っているしね。

助川　でも司馬さんはそちら側の書き方ですよね。アンチ官僚派で…という考え方なので。だから市民講座などで、今度竹内先生と空海の話をするんだというと、『空海の風景』をわたしは唯一挫折したんですよと言う人すごく多くて、「なるほどね」とすごく感じたところです。

竹内　空海の著作っていうのはまだ確定されていないですから。この空海全集（『定本弘法大師全集』）に入っているのがすべてそのまま空海の書いた文章だとは、まず思わないことだよね。

助川　そうですね。竹内先生が書いていらっしゃいましたけど、テキストクリティークして『声字実相義』もやっぱり注が紛れ込んでいるところがあって、全部空海の言葉だと思わない方がよいと。

竹内　空海のお弟子さんが書いたものだという人もいますからね。それはそうかもしれない。

助川　マラルメの場合だと自筆稿に近いものだとか、同時代資料がかなり残っていると思うんですね。空海に関しては自筆稿はほとんどない。日本文学ではたとえば源氏物語なども紫式部自筆本というのはないわけですよね。そのあたり、資料の距離がある時にテキストクリティークの方法をどういうふうに変えていけばいいのでしょうか。

竹内　テキストクリティークのレベルまではまだいっていないですから。空海の『性霊集』、これは一応標準的なものとして信頼できますよね。だからそれが中心になります。『性霊集』の中にも書き換えだとか他の人の書き込んだものだとかがたくさん混じっていると思うけれども基本的な枠は大きく変わっていない。だからそれが空海研究の中核、資料と言えば『性霊集』の七巻だ。と断言できますね。

助川　あとのものはそれと照合して矛盾がないかどうか確認していくという形ですよね。

竹内　『補闕鈔』三巻これはもう信頼できません。皆これを並べて『性霊集』十巻としてまとめていますけれどもとんでもない話です。

助川　源氏研究でも本文研究とか盛んにやっているわけですけれども、とにかく証拠が足りないわけですよ。そういうときにどこで踏みとどまるかというのは古典の文献学では難しくて、特に同時代の資料が残っていないだとか、自筆本が残っていない時のテキストクリティークってものすごく難しくて、議論できるほど資料が揃っていないからわたしなどは場合によっては「わからない」というのが一番学問的かなと思う時があるんですよね。空海の場合は『性霊集』がかなり信頼できるので、そこを原点として、ということですよね。

竹内　インドや中国の資料はないんです。中国は全部燃やしてしまいますから。日本で残っているものから類推するしかない。それからある程度捏造が含まれているけれども正史がありますよね。それはかなり使えますね。

助川　逆に日本で残っているのは王朝が交替しなかったからですよね。

黒木　日本の素晴らしい面について例を一つ挙げます。能や雅楽の音楽は明らかに中国から朝鮮半島を通って入ってきたものです。ところが、元の中国では時代を経るに従って文物はどんどん変化していきます。朝鮮半島でも同様です。ところが、日本では空海や最澄の時代の文物がそのままの形で残っているんですよ。以前、高野山の声明と天皇家の雅楽の楽団が一緒に演奏したという記録が見つかって、では実際にやってみようと数百年ぶりに合奏したら、音の高さからリズムからぴったりとあったらしいんですよ。

竹内　日本は資料がたくさん残っている。まだ埋もれているのもまだまだある。

助川　これからまた新たに空海関連の資料は出てくる可能性はありますか？

竹内　可能性の方が少ないけれど、たまたま地震なんかで土の中に埋もれたりとか、中には大事に秘匿しておいてくれる人もいたかもしれませんけど、朝廷に関するものはほとんど燃えてしまって…。正史だけがこれですよと残っているだけですね。見事なシステムです。次の朝廷は前の朝廷をある意味では称讃するんですよ、きれいに。それを我々は受け継いだんだと。

日本語表記システムの特殊性

黒木　日本語特殊論というのがありますよね。特に一般には、日本語とは世界の中でも特殊な言語だと信じている人が多いようです。ところが、言語学的の立場から類型的にみて日本語はこれっぽっちも特殊ではないそうです。日本語は決して特殊ではない、それは一応正しいと私も思います。それでも日本語に特殊な部分があるとすれば、表意文字と表音文字の乖離が挙げられるのではないでしょうか。日本語、特に現代日本語は、音を聞いただけで発言内容がすべて理解できる言語ではないんですね。例えば「さだいえ」と「ていか」が同じ人物を指すというような事例です。漢字という書き言葉の特殊性はある程度指摘できるようです。だとすれば、その漢字を受容し、漢字を簡略化して音だけをあらわすような仮名のシステムを作り上げ、漢字と仮名を併用したところにある程度の特殊性は指摘できるように思います。

助川　結局引きこもるために、特殊な状況を自分で作ったんですよね。

竹内　だけどフランス語も英語もラテン語を結構いれてるよね。それほど特殊な状況ではないと思うけれどね。漢語がたくさん入ってきて、文法のほうはまるきり違うけれどというようなところから見ればラテン語を基盤とする近代語の構造と似ていると思うんだけれど。

黒木　外国語を入れるのはどこの国もありますけれど、それでもフランス語の場合表記はアルファベットだけで可能です。ところが漢字というのは、中国人にとっては表意文字であると同時に表音文字ですけれども、日本語のシステムの中では純粋に表意文字として機能することがありますね。これが少し不思議な感じがするんです。明治期になぜ日本が西洋の思想を導入できたのかというと、漢字を使って西洋の概念を翻訳できたからだという意見がありますね。そういう意味では、おそらく明治以前の日本語はそれほど特殊な言語ではなかったでしょう。ところが明治時代に、日本人は西洋の概念を表意文字としての漢字で訳すことにより大量に導入しました。例えば、自由、民主主義や真理などがそうですね。この「自由」という言葉は「liberty（英）/liberté（仏）」の意味は訳してはいますが、音の面では元の言葉と大きくかけ離れています。またこのようにして作られた言葉のうちのいくつかは、たとえ読み方は知らなくても字面を追って意味さえわかれば機能してしまうものがある。中国語において漢字は表意文字であると同時に表音文字ですから、このような文字の扱い方は中国ではあり得ません。漢字という文字の特殊性に由来することですが、それの使用法に関して本国の中国ともまた別の形で発展させてきたという意味において、日本語の表記システムは特殊だという言い方が出来ると思います。対して、たとえばハングルとの比較で言うならば、韓国語にせよ朝鮮語にせよ、ハングルだけで文章が書けてしまいます。実際、フランス文学の領域にいて、西洋の概念の漢字による訳語というのには接する機会も多く、さらに言語であるフランス語と訳語である漢字の両方を同時に意識することの多い立場から言えば、日本語の表記のあり方は、釈然としないというか、なにか変だなと感じるわけです。

繰り返しになりますが、相対的に見れば日本語というシステム自体はそれほど特殊なものではないと思います。例えば複数の言語をうちに取り入れることによって成立している言語というのも、例えば、オスマントルコ時代の宮廷語であるオスマンルー語もそうだと言いますし、他の文化を入れて混合的に高度な文化を作り上げた地域では十分あり得ることなので、日本語が決して特殊ではないというのはその通りです。ただ、自分が西洋文学をやっているので、西洋の概念を漢字を使って訳した時の気持ち悪さというのはどうしても抜けないいんですよ。

竹内　僕もいまベルクソンを訳しているとき、何度も書き直す。日本語ではとても訳しようがない。

黒木　僕はできるだけマラルメの翻訳を行わないようにしているのですけれど、学会発表の時などには訳をつけなくてはならない。そんな時に困る言葉のひとつが「イデ」なんですよね。「観念」や「理想」と訳しても、どれも違う気がするので、敢えてカタカナで「イデ」と記しています。マラルメの詩学の中でイデは重要な概念ですし。

それに、フランスで日本語を教えていた経験から言うと、私たちが中学や高校で学んだ日本語の国文法は、非ネイティヴの人たちに日本語を教える時にはまるっきり役に立たないんですね。最初は非常に驚きました。

助川　そもそも品詞分解というのが嘘で、品詞の概念自体がなくて書いてますから源氏の時代は。だから品詞分解して、意味をくっつけていくというのは確かに受験レベルでは便利だけれども、それをやってしまうとその単位で書かれていない文節を、ない単位で分節化してしまうわけだから絶対に読めないですよ。

黒木　そうですね。どうとでもとれるように、わざわざ両義的に書いてあるものを出題して、ここに書いてある意味を述べよ、というのはすごい強引な問題だし、そうすると結局一義的に意味が定められるところしか問題に出してはいけないことになってしまい、出題範囲がすごく狭まりますよね。すごくつまらない問題になってしまう。

助川　和歌の問題もそうですよ。散文に和歌が入り込んできて、結局掛詞とかをいかに上手に使うかというのが歌がうまいか下手かの大きな分かれ目ですから。そうすると散文にも当然掛詞みたいなところがいっぱい入ってくるわけですよね、それを現代語に訳そうとしても当然、無理が出てくる。

黒木　あと翻訳の問題で言うならば、在仏時、フランスの中国研究はすごく進んでいると聞いていたから、文庫版で『史記』のフランス語訳を買ってみたんですよ。それが十分に訳せていないんですよね。僕らはとりあえず中国語の発音はできませんけど書き下し文と訳があって、一応漢文自体は漢字ひとつひとつの意味をとらえて、読解することは可能です。ところが、フランス語訳は訳せないところは全部とばしてあるんです。訳というよりは、筋書きになってしまっている。そうするとやっぱり、古典漢文を欧米語に訳することができるんだろうか、と思うことがあります。

竹内　端折ればできますけどね。だけど意訳っていうものの持っている価値が、ヨーロッパと日本では大分違うから。中国人たちは意訳しないですよね。そのまま読んじゃう方が確かだから、それが正しいと思うね。

助川　それで言ったらこの間わたしが論文を書いたアーサー・ウェイリーなんかはかなり漢詩なんかは一生懸命訳していますよね。英文の場合だと例えば日本の七五調にあわせて能を訳してみたりだとか詩格として対応関係を作ろうとするんですよね。強拍弱拍のユニットが五音七音になるように訳してみたりだとか。

竹内　それはもう達人だよね。

文学外のディスクール

黒木　とくにマラルメ研究やっていると、マラルメ以降の流れみたいなものをすべて〝マラルメ的なもの〟として片付けられてしまうことが多いと感じています。二十世紀を研究する人たちが「マラルメってこうなんだよね」ともってくる話がどうも十九世紀末のマラルメと乖離していると感じることが多いということです。つまり「文学」といったものを前提にしてしまうんですよね。確かに「文学」というものの生成にマラルメが寄与したのは事実だとしても、マラルメというのは過去から受けついだものの中で「文学」になりきれない要素をきちんと見ている人なんです。ボードレールもそうです。ところがその近代的な意味での「文学」が成立した地点からしか、マラルメを見ないという現象がやはりあって、ちょっと困ってしまうことがあります。やはりフランス文学の領域で言うと、十七世紀のペローにしてもラ・フォンテーヌにしても、いわゆる文学という枠組みだけ見ることは不可能です。彼らの職業はルイ十四世の臣下、つまり政治家なのであって、彼らの作品というのは、政治という営みのの中から出現したものなんです。そういったものを同時代的に読み込まないと結局わからないというのはあると思います。

源氏にしても空海にしても明らかにそういうような「文学」という言葉では割り切れない部分が大きいのではないでしょうか？　当時の世界情勢だとか、天皇家を中心とした政治的な駆け引きというのがあって、彼らの言葉というのはその中から出てきたもののはずですから。ところが安易に近代の立場から、「文学」とか「平安文学」と言ってしまうと、やはりそこから何かが抜け落ちてしまいます。

助川　それは本当にそう思います。わたしなんかは思うのは、物語文学というのは王権の危機を表向きに言えないから、匿名の散文でそれを語る分野だったのではないか、ということです。竹取物語がなんで天皇の軍隊が負けてしまうのか、五人の求婚者ってすべて公卿補任に載っている一番最初の五人なんですよ。っていうことは天武の時代にできた律令体制が動揺して、王権を組み替えなくてはならないっていう恐怖のあらわれですよね。竹取物語は。うつほにしても源氏にしても王権の危機が必ず書かれてくるのはなぜかって言ったら、やっぱり今申し上げた、閉じなくてはいけない王権の危機というのを表向きには言えないから散文の物語で語っていったんだろうっていうふうにわたしは思っているんですが。

黒木　中国の童歌みたいに。そうすると最初の話に戻ると、弘法大師ではなくて、人間空海の書かれたものに焦点を当てるという、その辺の研究方法から、単なる仏教思想でもなければ文学でもないというところが浮かび上がってくる、と思うんですよ。

助川　そうなんですよ。逆に言うと光源氏と弘法大師伝説が重なってくるという問題があったりして、実際藤原道長なんかは自分は弘法大師の生まれ変わりだというのをわざと偽装することで、権威化をはかろうとするわけですよね。そういう意味では弘法大師伝説そのものが、すごく生々しい政治状況と重ね合わせて生成してくるわけです。

黒木　あり得る研究の話をすれば、人間空海に関する研究、つまり空海が書いた文言を存在する物質として丹念に読んでいくという研究と同時に、やっぱり弘法大師研究ですよね。つまり、人間空海を基にしてそれぞれの時代に応じてどのように弘法大師が作り上げられていったかという研究です。それは空海以降の時代において、弘法大師伝説と同時に書き言葉としての日本語がいかに作られていったか、という研究でもあると思います。本日の話題である紀貫之の和文体、つまり書き言葉としての日本語の生成運動が、当時の日本の国際的あるいは国内的な政治状況の中でどういう位置にあるのか、そしてそれが日本の歴史やアジアの歴史においてどのような意味を持つのかという研究です。このような視点を文学研究者が持たず、狭義の意味での「文学」に関する研究ばかりをやっていったら、それこそ今の情勢では、文学研究が役に立たないものとして大学から削減されてしまう事態になりかねないと思います。

助川　貫之の和文体については、そういう研究も始まっていますけれども、本当おもしろいですね。竹内先生が仰ったとおり、和文学の生成に、日本語を日本の政府が管理していくという状況に、弘法大師は一切関与していないのにそこの親玉にされていくわけですよね。

竹内　弘法大師というのが大きな創造だったわけだね。その時代の文学的創造だった。もちろん空海その人と一部重なるところはあるんだけれど、それは本来あるべき位置からは抽出されて、それだけがところどころに埋め込まれているという構造なんだよ。弘法大師物語と言った方がいいね。

黒木　僕からすると、マラルメが非常に神格化されているのに似ているなと思うところがありますね。マラルメはそんな人じゃないよ、というのをフランス文学の人ですらよく知らないということです。

助川　端からみていると、やっぱり仏文研究のマラルメって錦の御旗みたいにされて、何かあると最後にでてくるスーパーヒーロー的なイメージがありますよ。

黒木　だけどマラルメの時代というのはアカデミーも強かったわけだし、マラルメの友達の中には写実的な絵を描いている人もいるわけで、結局マラルメはその両方を見ているのです。ところがそのうちの現代の前衛につながる部分だけが取り出されて、いわゆる前衛芸術の理論家として祭り上げられているという状況を私は苦々しい思いで見ています。マラルメという人の文章をみていくと、確かに『骰子一擲（Un coup de dés）』のような破天荒な詩を書くマラルメというのは存在します。ところが、彼の実生活というのは非常に穏やかというか、非常に慎ましいものでした。また、前衛につながる流れはしっかり作りつつも、過去からユーゴーに到る文芸の伝統に対する愛着といったものも残している。

助川　そういう、実証に基づいた研究は大切だと思うのですが、そこにしっかりした史観のようなものがないと、雑然と事実が並べられているような報告ばかり、ということになってしまいます。このごろ日本文学関連の論文に時としてそういう雑然性を感じることがあります。

黒木　いくら資料がそろっているといえども結局歴史的に実証できるものって点でしかないですからね。

竹内　そうだね。点でしかないね。点ですらないかもしれないね。

黒木　最近の修正主義的な日本の意見を聞いていると、線じゃなければ事実ではないというような意見がありますね。線は無理だし不可能なのに、線じゃないから事実じゃないんだ、というような発言です。線ではなくても、その前後はある程度埋まっているんだし、だいたい研究なんてそんなものだということをご存知ないのか、そういう意見を主張されると正直困ってしまいますね。

竹内　存在していないところには存在してないよね。あるところにはある。

黒木　それだけのことですからね。

助川　そういうことで、だいたいお話は出尽くしたとおもいますので、今日はどうもありがとうございました。

竹内 信夫（たけうち のぶお）　東京大学名誉教授。著書に『空海入門――弘仁のモダニスト』（筑摩文庫）、『空海の思想』（同上）、『ベルクソン個人訳全集』（翻訳、白水社）など。

黒木 朋興（くろき ともおき）　慶應大学他非常勤講師。著書に『絶対音楽とマラルメ――ドイツ美学のフランス象徴主義に対する影響について』（水声社）、『マラルメの現在』（共著、水声社）、『グローバリゼーション再審』（共編著、時潮社）、『〈国語教育〉とテクスト論』（共編著　ひつじ書房）など。

助川 幸逸郎（すけがわ こういちろう）　横浜市立大学他非常勤講師。著書に『文学理論の冒険』（東海大学出版会）、『光源氏になってはいけない』（プレジデント社）、『謎の村上春樹』（プレジデント社）、『〈国語教育〉とテクスト論』（共編著、ひつじ書房）、『グローバリゼーション再審』（共編著、時潮社）など。

ナラトロジーのこれからと『源氏物語』
――人称をめぐる課題を中心に――

陣野　英則

はじめに――理論とナラトロジー――

「物語学」もしくは「物語論」と訳されるナラトロジー（Narratology）は、文学理論の教科書、入門書などにおいて必ずとりあげられる分野である。まずは、現代の文学研究における理論の位置とナラトロジーの内実について、確認することとしよう。

二十一世紀の文学研究の中で、理論はその影を薄くしているというべきだろうか。そう受けとられかねない傾向はたしかにあって、しかも世界の文学研究全般にみとめられるだろう。たとえば、ナラトロジーに関しては、百家争鳴の時代がしばらくつづく中で、ジュネット［一九八五］（←原著は一九七二年刊行）のように、体系的にきわめて整備された、またかなりの普遍性をそなえた理論が登場したのち、これに対する部分修正を迫るような議論は少なからずみられたとしても、ジュネットの体系的な理論を根本から覆すようなあたらしい理論が編み出されている、とはみとめにくい。同様に、ナラトロジー以外もふくめて、旧き理論が新しき理論に塗りかえられるという事態がくりかえされた時代は遠ざかり、対立する理論をめぐるはなばなしい議論なども減少しているようにみうけられる。

しかし、カラー［二〇一一］（↑原著は二〇〇七年刊行）が、いみじくもその書名 *The Literary in Theory* において示しているとおり、現在、「われわれは不可避的に理論の中にいる」（三頁）というべきであろう。理論の有用性が失われたわけではなく、むしろ理論そのものが定着し、それを前提とする議論も当たり前になってきたのである。ただし、一方ではコンパニオン［二〇〇七］（↑原著は一九九八年刊行）が示すように、「理論の本来の特徴」が「偏りのなさとは正反対のところにある」（七頁）という認識から、理論における性急さ、過激さ等々に対し、「常識 **sens commun**」から出発して再点検するという姿勢も、また不可欠であろう。その冷静な議論には学ぶところが大きい。

右のような認識をもった上で、ナラトロジーの基本的な内実をおさえておく。

増補改訂を重ねた文学理論の教科書であるバリー［二〇一四］（↑原著の第三版は二〇〇九年刊行）では、「物語論」の章のまとめとして、「物語論は何をするのか」という端的な問いに対する答えを次のように五項目に整理して示している。

（1）個々の物語のなかから、すべての物語に共通する構造を見つけ出す。

（2）批評的関心を物語の内容よりも、語り手と語りに向ける。

（3）主として短い物語の分析から得られたカテゴリーを拡張、洗練させ、長編小説の複雑性をも解説する。
（4）伝統的批評に見られる登場人物と動機に注目する傾向を弱め、行為と構造を前景化させる。
（5）少数の名作に見られる個性と独創性ではなく、物語全般に共通する類似性にこそ読みの快楽とおもしろみを見出す。

これらの五項目は、具体的なナラトロジーの成果にもとづく整理といえるだろう。そして、先に文学理論について確認したとおり、これら五項目の方法的態度は、現代の文学研究、特に物語・小説などを論じる上でおよそ当たり前のことになっているとおもわれる。

さて、ナラトロジーという分野が、文字通り narrative に関する学問研究であるとみるとき、物語ること、すなわち narrative それ自体を検討の対象とする右の（2）は、この分野の中でもとりわけ重要な課題といってよいのではないだろうか。本稿では、特に物語内容よりも物語がいかに語られているのか、という点を重視して、『源氏物語』の語り手と語ることに関する問題をとりあげる。ただし、こうした問題についての研究史の整理、特に最重要と目される諸論考の評価と位置づけなどは、二〇〇八年に「〈語り〉論からの離脱」と題して行っているので（陣野［二〇〇八］）、ここではほとんど割愛することを諒とされたい。

本稿では、近時の注目すべき議論の一例、すなわち、物語内で主体が確定しがたい和歌が散見されることについての議論を出発点とし、これからの『源氏物語』研究がとりくむべき課題が「人称 person」をめぐる問題とその近辺にあることを論じることになろう。

一　主体が確定しがたい作中和歌の問題から

土方［二〇〇〇］は、『源氏物語』における和歌の一部に、「語り手と作中人物の中間にあってそのどちらの主体にも明確には帰属しえないことば」があることを指摘し、それを「画賛的和歌」と呼んだ。土方論文の中でとりあげられている例から二つをあげてみる。

①〔靫負命婦ハ桐壺帝ニ〕かの贈り物、御覧ぜさす。亡き人の住みかたづね出でたりけん、しるしの釵（かむざし）ならましかば、と思ほすもいとかひなし。

たづねゆく幻もがなつてにても魂（たま）のありかをそこと知るべく

絵に描（か）ける楊貴妃のかたちは、いみじき絵師といへども、筆限りありければ、いとにほひ少なし、……

（桐壺、一七頁）

②入りもてゆくままに霧りふたがりて、…〔中略〕…かかる歩（あり）きなども、をさをさならひ給はぬ心地に、心細くをかしく思されけり。

山おろしにたへぬ木の葉の露よりもあやなくもろきわが涙かな

山がつのおどろくもうるさし、とて随身の音もせさせ給はず。

（橋姫、一五二〇頁）

諸注釈などで、①の和歌は桐壺帝の独詠、②の和歌は薫の独詠とされてきたが、土方論文は、これらを通常の独詠歌とは異なるものとみる。

右の①の歌については、夙に松田［一九六八］が、「登場人物以外の物語作者が、直後の散文を接合させるための表現上の効果的手段として用いた和歌」ととらえていた。こうした松田論文の問題提起を批判的に受け継ぐ土方［二〇〇〇］は、「物語作者」の直接的介入という見方を踏襲せず、「語り手と作中人物の中間に」位置するような主体を想定する。さらに、「歌に表現された作中人物の内面を読者もまた我がものとし、自らがその人物になり代わったような気持ちで読むことを可能にする」ようなしくみとも説く。のちに、土方［二〇〇六］では、「作中人物に焦点化し、語り手がその人物と半ば一体化しつつ」、「読み手にとっても自身の感慨として受け止めること」を可能にする「体験話法もしくは自由間接言説と呼ばれる話法」、あるいは「一人称として読みなされる言説」との接近により、物語が「ある種の内面性を獲得したこと」と「画賛的和歌」の方法との密接な関わりを論じている。

実は近時、山本［二〇一四］が土方論文の「画賛的和歌」に関する問題点を指摘している。元々は山本［二〇〇二］において、井手［一九九五］の先駆的な分析（一九五六年初出）をふまえつつ、散文と和歌の連接形式が論じられ、かつ土方論文と同様の問題がとらえられていた。山本［二〇一四］による土方論文への批判のポイントは、次の二点に整理されよう。

・「前後の散文が条件にかなって」いて、和歌が「独詠的なものであれば、どんな作品でもこの種の連接を生み出すことができる」のではないかという点。

・「画賛」という「あいまいな言葉」は、「学術用語として適切かどうか」という点。

後者の用語の問題についてはここでは措くとして、前者の問題をより詳細に検討してみたい。山本

［二〇一四］の末尾では、次のように総括され、また問題提起がなされている。

物語におけるこの種の連接事例の場合、前文で語り手や読み手の意識は、限りなく登場人物の内面に接近し距離を置かず寄り添っている。そのような前文に連接される和歌は、登場人物がただ一人思いを述べる詠嘆的独白として、何の前触れもなく示されることになる。その和歌が、そのような場合に限って、なぜ「物語の場面に外側から寄り添うように配置されている」ように見えることがあるのか。その現象の理由や意味するところについては、なおさまざまな視点からの考察が求められているように思われる。

本稿では、ここに示されている問いに応じるような「考察」を展開したいとおもう。そのことが、『源氏物語』を素材にしたナラトロジーのあらたな課題の提示ともなりうると予感するからである。右の土方・山本両論文を照らしあわせてみると、ほぼ共通している指摘がある。それらから、稿者は次の二つの着眼のポイントがあると考えた。

一つめは、和歌の前におかれている散文において、読者（読み手）の意識がこの和歌の方へと寄せられてくるという事態である。ここに、人称の問題に関わる大きなヒントがありそうだ。それが、一人称でも三人称でもないことはいうまでもないだろう。読者の意識が当該の歌に寄せられ、抒情を共有するという点では、二人称的ともいいうるのだろうか。

もう一つの着眼点は、和歌の前におかれた散文が、果たして常に共通するパターンをもつといえるかどうか、という点である。先に確認したとおり、土方〔二〇〇六〕は、「体験話法もしくは自由間接言説」、あるいは一人称的言説との関わりを重視していた。一方の山本〔二〇〇二〕では、たとえば『伊勢物語』第六段（芥川の段）のように「和歌の直前の散文が通常の終止の形で終わり、和歌を予告したり導いたりする記述がどこにも見られない」連接形式を「第三形式」と呼び、この形式が用いられる条件について、「散文の語り手が物語の世界に没入し、登場人物に密着して心情や光景を描写すること」と説いている。あえて「人称」という言葉を使って整理すると、両者ともに、和歌の前にその詠作者の一人称的な叙述がみられる、という基本のパターンをみているようである。

しかし、それは必ずしも決まったパターンとまではいえないのではないか。たとえば、先の本文①では歌の直前の文末が形容詞「かひなし」で、桐壺帝の内面にも関わる言葉ととらえうる。一方の②、「橋姫」巻はどうか。「心細くをかしく思されけり」と語られた直後に歌がおかれる。薫の心中の表現があるとはいえ、薫への語り手からの敬意が波線部の動詞「思す」に示されており、一人称的言説にも自由間接言説[注1]などにもあてはまらない。また、波線部には「けり」もある。藤井〔二〇一二〕であれば、時間の経過をあらわす「伝来の助動辞」と呼ぶだろう（一五八～一六一頁）。語り手の語る姿勢こそが示されている。

以上、問題のありかを整理してみたが、こうした課題を扱う際、「人称」という術語を用いるのが、これまでの常であった。本稿でも、ここまでは「一人称的」「二人称的」といった、ややぼかしたいいまわしをあえて用いてきた。しかし、こうしたぼかした説明がどこまで妥当性をもつのだろうか。次節以降では、この点もあわせて問題にしてゆく。

二　一人称でも三人称でもない世界

『源氏物語』のような平安時代の和文（仮名文）の人称について考える際、一般には一人称の文学とされる日記文学を先に検討してみると、問題のありかが鮮明にみえるのではないかと予想する。そこで、まずは『かげろふの日記』の冒頭をとりあげてみよう。

かくありし時すぎて、世の中にいとものはかなく、とにもかくにもつかで世にふる人ありけり。

（『かげろふの日記』上巻冒頭）

作者の藤原道綱母が、自ら体験したこと、感じたことなどを中心に叙述してゆくこの作品は、大雑把にいえば一人称の文学となるのだろうが、右の傍線部「人」について、たとえば犬養［一九六二］は、「三人称。一人の女の人生としてこの日記を跡づけようとする物語的表出」（九頁、頭注三）と説明する。諸注釈の多くも同様である。また、土方［二〇〇七］も、「厳しい自己対象化と自己規定」を実現した『かげろふの日記』の叙述の形成について、多角的、かつ詳細に検討する中で、「物語的発想を基盤としつつも」、「物語とは異質な一人称叙述の方向へと離陸している」と論じている。さらに、独自の人称論を展開する藤井［二〇〇二］は、日記文学のテクストの「基調が第一人称だか、第三人称だか、実を言うといまだに確信を持てない」と留保しながらも、右の「人」という「端的な言い方に、日記文学の持つ物語人称をうかがうことができる」とする

（第九章―第四節・第五節）。

右のように、物語からの影響、もしくは物語との近似する点をみとめる注釈・論考が多い一方で、今西［二〇〇七］は、『かげろふの日記』の序にみえる「人」は謙遜を表明する言葉であり、「三人称ではなく一人称」だとして、物語的な叙述の影響を否定する。そのような理解が正しければ、『かげろふの日記』は一人称で一貫しているともいいうるのだろうが、これに対して土方［二〇〇七］は、「初期仮名散文の起筆のあり方として、物語の冒頭の型を意識していることは否定できない」と反論する。

冒頭の型という点については、土方論文のいうように物語の叙述との関わりは否定しにくいとおもわれる。また、「人」という単語を一人称か三人称かという二者択一で考えること自体に意味があるのか、ということこそ問われなくてはならないともおもうのだが、一方で、今西論文が「人」は三人称ではないと論じた点は、かなり重要ではないか。つまり、「人」という語、さらには一般に三人称を表示すると目されるさまざまな語が果たしてそういうものなのか、と疑いを向けてみる余地があるようにおもうのである。

右の問題はあらためて後述するが、ひとまず『かげろふの日記』のような日記文学であっても、簡単に一人称とも三人称とも決めがたいということは確認されたかとおもう。

つづいては、唐突ながら、西行の有名な和歌に関する興味深い指摘に注目する。

心なき身にもあはれは知られけり鴫たつ沢の秋の夕暮　（新古今集・秋上・三六二）

この「心なき身」について、渡部［二〇一四］は、能因の「心あらむ人に見せばや津の国の難波あたりの春のけしきを」(後拾遺集・春上・四三)がふまえられていることに留意した上で、そこに謙遜だけでなく、他者への「伝達のための「ふるまい」」、あるいは「他者とのつながりを求めている」ような「訴求力」を読みとり、次のように説く。

「心なき身」がそういう作者の演技であるなら、どう見ても一人称にしか見えない「身」も揺らぎだす。その演技を見ている読者、つまり我々も、無心になり、その身になって「あはれ」を自ら感じることを迫られる。つまり「身」が二人称的な色彩を持ち始める。たしかに「身」には、「御身」という二人称の用法があった。

詠み手の抒情が中心にある和歌は、通常「一人称の文学」とされる。それが「二人称的な色彩を持ち始める」というのは、どういうことを意味しているのだろうか。

このような「揺らぎ」がみられることは、おそらく和歌固有の問題というより、日本語という言語に関する特性を示唆しているのではないだろうか。散文、特に物語叙述に関しても、二人称の潜在に言及する論考はある。物語とうたを享受し、解読するために必要な言語理論を案出するというもくろみで編まれた藤井[二〇一二]では、「読むとは第二人称を引き受けるということではないか」と説かれ(三二九頁)、さらにまた、「第一次的な聞き手が、二人称としているのでなければ、語りの場そのものがありえなかったことになる」とし、「語り手は読者の思いを代弁する共生装置ではなかろうか」と論じている(三三二頁)。

語り手に対する聴き手(聞き手)という問題は、小森[二〇一二]のように、近代文学でも議論がある。聴き手の存在を感知することは、とりわけ『源氏物語』のように語りの場の設定を草子地でわざわざ積極的に示している文学において、かなり重要だろう。このように聴き手、さらには読み手をも取りこむようなありようを、かつてヘテロフォニーの音楽になぞらえて説明したことがある（陣野［二〇〇一］）。

このように聴き手の潜在を察知した際に、当の叙述を「二人称の文学」と呼ぶことは妥当だろうか。藤井［二〇一三］も、そこまでつよくはうちだしていない。ただし、先に渡部［二〇一四］がとりあげた西行歌の場合は、「身」が二人称たりうるということに言及していたのに対して、『源氏物語』本文については、いわゆる地の文にあって二人称を（も）あらわす語を指定することは可能だろうか。それが不可能であれば、「二人称的」とぼかした指示であっても、ややためらわれる。

平安時代の和文（仮名文）の人称に関しては、藤井［一九九七］において「語り手人称」という新たな考え方がうちだされ、その後も藤井［二〇〇一］、藤井［二〇〇四］、藤井［二〇一三］などでたびたび唱えられている。その基本的な姿勢を確認すると、「日本語では、人称代名詞ならびに、敬語が人称表示となるほかには、人称的な明示がない」ということをおさえた上で、そこから、「逆にいうなら、一、二、三人称にあまり堅苦しく閉じこもる必要もなかろう」という構え方が導かれ（藤井［二〇一三］、三三七頁）、「一、二、三人称」以外に、無人称、ゼロ人称、四人称[注2]、さらには擬人称、自然称などが立てられている。ノーム・チョムスキーの精神的言語学、時枝誠記の国語学などにも根本のところで渉りあいながら、物語あるいは平安時代の和文の言葉そのものの理論・法則等々をうちだそうとする姿勢には、つよい共感をおぼえる。そのような力業が、今こそ必要であるにもかかわらず、そうしたある種の総合化にとりくめないままでいることを反省させられもする。

とはいえ、一連の藤井論文においては、先の二人称の例ばかりでなく、「人称的な明示がない」にもかかわらず、人称を積極的に立ててゆく点に、どうしても納得しがたい点がのこる。たとえば、藤井論文にいう「四人称」はどうだろう。語る私、という見方から、アイヌ語には明らかに存在する第四人称を応用するというのである。

> 叙述の文学は第四人称で語られるという、アイヌ語の場合の明示的な現象を、潜在的に日本語や朝鮮語の文学についても認めることができないか、と提案したい。そうすると、『土佐日記』『蜻蛉日記』『更級日記』や、あるいは『源氏物語』などの物語文学をふくめて、人称的には第三人称を越える、仮に第四人称と名づけたい人称が見え隠れする。
>
> （藤井［二〇〇一］、第九章―第五節、五八四頁）

アイヌ語の場合は「明示的な現象」があるからこそ、第四人称がみとめられるわけであって、明示的でないものを「…人称」と呼ぶこと自体に、無理があるのではないか。

そもそも、日本語において「人称 person」ということがどこまでいえるのか。中山［一九九五］は、『源氏物語』の本文とルネ・シフェールによる仏訳 *Le Dit du Genji* とを相照らし、「日本語とフランス語の言語（文法）構造に起因する」（一一頁）ずれを積極的にとりあげた画期的な成果だが、同書には、「人称」なる観念を日本語にもちこむことで「いたずらな混乱を招く恐れがある」（二五頁）という警告が示されていた。[注3] あえて、素朴にいえば、日本語あるいは和文の世界に、「人称」など元々なかった、ということではないか。

稿者は、藤井論文が展開する人称論とは、むしろ正反対の発想が必要ではないかと考えている。すなわち、明示されない人称を「潜在的」なものとみるよりも、一見して人称がみとめられるような語でさえ、実はそうとも限らない、ということを積極的に位置づけられないだろうか、という発想である。あるいは、より端的にいうと、人物が人物としてくっきりと客体化・対象化されていないことのとらえなおしである。

これに類する発言は、やはり中山［一九五三］にみられる。すなわち、人物が対象化されていることが、日本語文においては第三人称化したことを意味しない、というのである（三〇頁）。その点、特に『源氏物語』ではどのようであろうか。次節で具体的にみてゆく。

三　人物の対象化のゆるさ

1　物語の中心人物をいかに登場させているか

『源氏物語』では、それ以前の物語作品、あるいは前節でとりあげた『かげろふの日記』などとくらべても、人物の対象化が相当にゆるいのではないだろうか。それは、中心的人物を指示する語が、物語の語り出しにおいて主語となることが乏しい点に顕著である。

試みに、『源氏物語』成立以前の和文における素朴な物語の開始の例をみてみよう。

・むかし、男ありけり。（『伊勢物語』第二段ほか）

・むかし、紀有常といふ人ありけり。（『伊勢物語』第十六段）

・また、この男のこりずまに、言ひみ言はずみある人ぞありける。（『平中物語』第二段）

それぞれ「男」、「紀有常といふ人」、そして「人」（＝女）といった語が主語となっていることにより、人物がひとまずくっきりと対象化されているだろう。
しかし『源氏物語』の場合はどうか。いくつかの巻頭の表現をとりあげてみよう。

③いづれの御時にか、女御、更衣あまたさぶらひ給ひける中に、いとやむごとなききはにはあらぬがすぐれてときめき給ふ、ありけり。

（桐壺、五頁）

まずは「桐壺」巻である。高校の「古文」の時間に初めてこの文を習ったとき、担当教員のきわめて懇切な解説があってもなお、とてつもなく読みにくいと感じた。おそらく誰もがそう感じるだろう。その理由はさまざまあるが、最大の問題は、ここで紹介されているはずの人物、桐壺更衣を指示する語がどこにもない点ではないか。この「桐壺」巻の冒頭では、紹介すべき当人を指示する語をあえてはずしているようにすらおもえてくる。

つづく「帚木」巻はどうか。

④光る源氏、名のみことことしう、言ひ消(け)たれたまふ咎(とが)多かなるに、いとどかかる好きごとどもを末の世にも聞き伝へて軽びたる名をや流さむ、と忍び給ひける隠ろへごとをさへ語り伝へけん人の、もの言ひさがなさよ。

（帚木、三五頁）

いきなり、中心人物のあだ名が示される。しかし、ここの「光源氏」は、明確に主語にあたる人物として対象化されているのだろうか。この冒頭を現代語に置き換えてみよう。

a　光る源氏は、その「名」（名まえと評判）だけが仰々しくて、……

b　「光る源氏」、そういう「名」（名まえと評判）だけが仰々しくて、……

右の二通りに訳してみたが、aのように、冒頭を「光源氏は」と解することは無理がありそうだ。というのも、かつて陣野［二〇〇〇］で検討したことがあるように、『源氏物語』の本文中では、「光る君」「光源氏」などの呼称が用いられる例がきわめて少なく（「幻」巻までにおいてわずか六例）、しかもそれらは、あだ名の紹介として示されるか、光源氏との接点をもたない人物の発言中で用いられているのである。つまり、語り手の立場からの呼称としては用いないようである（「竹河」巻の用例のみ、やや微妙だがここでは詳述しない）。
また、④の「帚木」巻の巻頭は、次の「桐壺」巻末の表現と響きあうだろう。

⑤光る君といふ名は、こま人のめできこえてつけたてまつりける、とぞ言ひ伝へたる、となむ。

（桐壺、二八頁）

この「光る君といふ名」に対応させて、④の「光源氏」というあだ名が挙げられ、さらには「名のみことことしう……」というネガティヴな評価へと反転させている。したがって、④の「光源氏」もあだ名の引用であり、先の二通りの試訳ではbが妥当だと考えられる。

もちろん、『源氏物語』の全体にわたって右のようであるわけではない。

⑥斎院は、御服(ぶく)にておりゐ給ひにきかし。（朝顔、六三九頁）
⑦そのころ、世に数(かず)まへられたまはぬふる宮おはしけり。（橋姫、一五〇七頁）

「朝顔」巻、「橋姫」巻の主要人物の紹介からはじまるこれらの巻頭では、当の人物が明確に対象化され、かつ主語となっている。久しぶりに、もしくは実質的に初めて登場してくる人物の紹介として、こうした語り出しは必須であったろう。しかし、『源氏物語』にあっては、右の⑥・⑦のように人物をくっきりと示すことの方が、少ないのではないか。

2 作中人物、そして語り手の対象化のゆるさ

人物の対象化のゆるさを示す例は、もちろん巻頭に限られることではなく、『源氏物語』においては枚挙に遑がないだろう。ここでは、「玉鬘」巻の一部分、すなわち亡き夕顔の女の乳母子右近が長谷寺参詣の折に玉鬘と再会を果たしたあたりから、三例ほどあげてみる。

まず、本文⑧は、玉鬘を支えつづけてきた西の京の乳母（故大宰少弐の妻）と今後について相談をつづけた右近が、玉鬘と歌をかわしあったのちの一節である。相談をつづける中で右近は、夕顔と光源氏のこと、夕顔の死についても話さないわけにはゆかなかった。

⑧秋風、谷よりはるかに吹きのぼりていと肌寒きに、ものいとあはれなる心どもには、よろづ思ひつづけらて、人なみなみならむこともありがたきこと、と思ひ沈みつるを、この人（＝右近）の物語のついで

に、父おとゞの御ありさま、腹々のなにともあるまじき御子ども、みなものめかしなしたて給ふを聴けば、かかる下草頼もしくぞ思しなりぬる。

（玉鬘、七四一頁）

二重傍線部「ものいとあはれなる心ども」では、副詞「いと」が挟まっているが、「ものあれなり」という語が用いられている。「ものあはれなり」については、陣野［二〇一四］で検討したように、この語のあらわす情意がある種のひろがりをもたらすと考えられた。ここの「心ども」は、ひとまず西の京の乳母とその娘兵部の君ほか、玉鬘を支えてきた者たちと解されるだろう。そして本文の「人なみなみならむことも……」以下が、その「心ども」の抱いた感慨の具体的な叙述とひとまず解されるだろう。しかし、本文⑧の末尾をみると、波線部に尊敬語がみられる。別本とされる陽明文庫蔵本では「思ひなりぬる」で、その場合は「心ども」の感慨が語り続けられていると解されるが、「思しなりぬる」という波線部では、主体が玉鬘に切り替わったことになろう。どこから切り替わったとはいいにくい。というより、玉鬘に仕えてきた乳母たちと玉鬘とは、⑧の叙述が進む過程で両者の境界をなくしたようにみうけられる。つまり、玉鬘の人物像の輪郭は明瞭ではない。

次の本文⑨は、右近からの報告を受けた光源氏が、玉鬘の父（内大臣）に知らせずに自ら玉鬘を引き取ると決めたことが語られたのち、光源氏の書いた玉鬘宛ての手紙を、右近が玉鬘方へ届けるという箇所である。

⑨御文、〔右近ガ〕みづからまかでて、〔源氏ノ〕のたまふさまなど聞こゆ。御装束、人々の料など、さま

ざま有り。上にも語らひ聞こえ給へるなるべし、御匣殿などにも設けの物召し集めて、色合ひ、しざまなど殊なるをと選らせ給へれば、田舎びたる目どもには、ましてめづらしきまでなむ思ひける。

（玉鬘、七四五頁）

右近の派遣に合わせて、光源氏からは衣装類が届いている。⑨の傍線部末尾、「べし」という推量表現はどう解されるべきだろうか。たとえば新編全集（阿部ほか［一九九六］、一二三頁、頭注三一）では、「昔、夕顔と関係があったこと、また玉鬘が内大臣と夕顔の間の子であることなどを紫の上に語ったらしいという語り手の推測」と説かれているが、疑問がのこる。このあと、玉鬘からの返歌をみて安心した光源氏は、玉鬘が住まうべき六条の院内の場所について考慮するが、その直後で、「上にも、今ぞ、かのありし昔の世の物語聞こえ出でたまひける」（七四六〜七四七頁）と語られるからである。新編全集は、この波線部「今ぞ」と本文⑨の傍線部とを「同時のこと」（一二五頁、頭注三九）とするが、「今ぞ」のニュアンスを曲解しているといわざるをえない。

いささか迂遠な説明になったが、本文⑨の傍線部は、あくまでも衣装の調達に関する推量であり、語り手の立場ではなく、この場の当事者たる右近の推量をあらわしているだろう。ジュネット［一九七五］の術語を援用すれば、「焦点化 focalisation」に相当する。紫の上に途中から仕え、六条の院内におけるさまざまな営為について見聞している者だからこそ可能な推量である。この段階での紫の上は、光源氏の実子とおぼしき姫君を迎えるという話として相談を受け、衣装関係の差配をしたのだとおもわれる。

右のように、いわゆる草子地か、それとも作中人物への焦点化が読みとられるべきか、という判断も困難な場合が少なくない。なお、これは二者択一で決めるべき問題でもない。⑨の傍線部を純然たる草子地とは解せないが、推量する右近に焦点化した語り手の話声 narrative voice の重なりを聴きとることは可能であろう。このような箇所は、『源氏物語』のそこここにみられるもので、人物が明確に対象化されていないことを示しているだろう。

次にとりあげるのは、本文⑨のすぐあとで、光源氏のもとへ引き取られるのをためらう玉鬘に対し、右近、そして玉鬘を支えてきた西の京の乳母らの説得が語られる一節である。

⑩……〔玉鬘ハ〕苦しげに思したれど、あるべきさまを右近聞こえ知らせ、人々も、
「おのづから、さて人だちたまひなば、おとどの君もたづね知り聞こえたまひなむ」

「親子の御ちぎりは絶えてやまぬものなり」

「右近が、数にもはべらず、いかでか御覧じつけられむ、と思ひたまへしだに、仏神の御導き、はべらざりけりや」

「まして、たれもたれもたひらかにだにおはしまさば」

とみな聞こえ慰む。


（玉鬘、七四五〜七四六頁）

この本文で「おのづから」以下が会話文と解されることは自明であろうが、（旧）大系（山岸〔一九五九〕）以外の主要諸注釈は、「たひらかにだにおはしまさば」までをひとくくりにする。しかし、波線部に「人々も」とあるので、乳母、娘の兵部の君そのほか、複数名が発言していることは間違いあるまい。右の⑩のよ

うな切り分け方が唯一の正解とはいえないが、文の調子からみても、複数名がたたみかけるように玉鬘に向けて発言しているのだろう。[注4]ただし、複数名の「人々」の言葉が、地の文を挟まずにかたまりのようになっているのは確かであり、その点から人物の対象化のゆるさということは指摘しうるだろう。

本文⑩では、特に傍線部「右近が……」と始まる発言が注目される。新編全集（阿部ほか［一九九六］、一二四頁、頭注一〇）は「右近の言葉をそのまま写した様子もあり、語法がやや混乱している」とするが、これは、⑩のように校訂すれば何ら問題は生じない。つまり、傍線部はほかならぬ右近当人の発言であろう。その場合、波線部「人々」とは別扱いであったはずの「右近」が、ここでは「人々」と一緒になってしまっている。つまり、この場面で、光源氏の使者である右近でさえ人物としての輪郭はぼやけているのである。

以上みてきたように、そこここに対象化のゆるい人物がいる。三人称化どころか、人物の対象化さえ不充分であることこそが特質であろう。語り手と作中人物との関わりについても、本文⑨の例で明らかなように、相当にあいまいであり、そもそも語り手も対象化されることがきわめて稀である。こうした言葉が次々と重なりあわせられることで、ようやく『源氏物語』らしい仮名文になる。それは、人称のない世界というべきであり、よりふみこんでいえば、人物の対象化すらあえて避ける傾向をもつ世界ということではないか。

四　人物の対象化のゆるさと和歌の位置

前節までで人称に関わる問題のありか、そしてそのとらえなおしの方向を論じた。次いで、一節で示した二つめの着眼点について検討しよう。すなわち、通常の独詠歌とは異なる和歌に連接する散文の性質についての吟味である。先に引いた本文②、「橋姫」巻では、歌の直前が波線部「思されけり」であった。薫への敬意がみられ、かつ「けり」によって語り手の語る行為が示される。このように、語り手と作中人物との間に距離がうまれた直後であってもこうした和歌がおかれるのはどういう機微によるのだろうか。

ここで、山本［二〇〇一］が例示していた、『源氏物語』の他の例もとりあげてみよう。

⑪女君〔＝紫上〕の「こは、などかくは」とのたまふに、〔源氏ハ〕おどろきて、いみじくくちをしく、胸のおきどころなく騒げば、抑へて、涙も流れ出でにけり。今もいみじく濡らし添へ給ふ。女君、いかなることにか、と思すに、〔源氏ハ〕うちもみじろかで臥し給へり。

とけて寝ぬ寝覚めさびしき冬の夜にむすぼほれつる夢の短さ

なかなか飽かず悲し、と思すに、疾く起き給ひて、さとはなくて、所々に御誦経などせさせ給ふ。

（朝顔、六五七頁）

亡き藤壺の宮が光源氏の夢枕に立った直後、紫の上が光源氏に声をかけるところから引いている。ここの詠歌も、光源氏の典型的な独詠歌とは了解しにくい。その歌の直前をみると、光源氏の様子が波線部のように語られている。もちろん、語り手から光源氏への敬意が、「給へ」に込められる。また、波線部の直前、「思すに」の主体は紫の上であって、光源氏の心中が語られるのはかなり遡った箇所（「いみじくくちをしく」）である。ここでの光源氏の「臥す」という行為の叙述と、「とけて寝ぬ……」という和歌にみえる抒情とのギャップは相当に大きいといわねばなるまい。こうしたある種の飛躍はなぜ可能なのか。

土方［二〇〇九］では、「柏木」巻の巻頭、および「橋姫」巻の八の宮に関わる場面をもとに、以前の論述からよりふみこんで、こうした歌の主体について、作中人物でも語り手でもなく、また「テクストを外側から操作している主体」とも見なしえないことを確認した上で、引歌、歌ことばなどもふくめて、「引用主体を一義的に限定しようとする発想自体が有効ではない」とする。そこからさらに、「和歌共同体」という観念の機能する言語社会が想定されている。こうした画期的な議論により、『源氏物語』の言葉は、いきいきとした成立当時の生成ならびに享受の現場とむすびつく形で論じられる段階に入ってきたようだ。これからのナラトロジーは、そういう議論へと積極的に参与すべきであろう。[注5]

右の土方［二〇〇九］のおさえ方は、本稿で確認してきた人称の欠如という和文の特性、さらには人物の対象化をよりゆるくしようとする『源氏物語』の特性にマッチするだろう。作中人物でも語り手でもなく、さらには作者にも還元しえないような言葉が、たとえば⑪の光源氏の抒情の高まる箇所で歌として示される。それは、和文本来の特性を活かしつつ、よりいっそうそれを徹底させるために、人物という対象をゆるめにしてあることが下地にあってこそ、といえるだろう。それゆえ外側から添えられているようにも見えるのである。

⑪の「朝顔」巻では、「女君」という紫の上を指示する言葉がくりかえされるものの、光源氏を指示する語は、⑪の前後までふくめても見あたらないのである。これまで、一人称的叙述（体験話法、自由直接言説、自由間接言説等々）との関わりが重視されてきたが、それが必須ということではないらしい。主体のあいまいさとの関わりは、先の②、「橋姫」巻の薫の場合にもある程度はあてはまるだろう。②の引用箇所からさ

らに遡ったところに、「中将の君、久しく参らぬかな、と思ひ出できこえ給ひけるままに」（一五二〇頁）とあり、傍線部が薫であることを指示するが、それ以降一貫して薫を対象化する言葉を欠いていたのである。なお、このような対象化の希薄さという点でもっとも徹底しているのはおそらく「幻」巻の光源氏であろう。陣野［二〇〇〇］で指摘したように、「幻」巻では一貫して光源氏を指示する呼称がみられない。これについては、高田［二〇一四］が論じるとおり、この巻で光源氏は「作中人物として対象化されていない」のだが、語り手が「光源氏と一体化しているというのとは、ちょっと違って、敬語も使用されている」。つまり、光源氏は語り手から対象化されているはずなのに、それが極端にゆるいということなのである。

右は、五十四帖の中でもかなり特異な事例にみえるだろうが、一巻全体ではなく、個別の場面、表現に即してみると、先の本文⑪、「朝顔」巻の光源氏のように、実は相当な数におよぶ事例が共通しているのではないだろうか。一人称的叙述のみならず、人物の対象化のゆるさという点もあわせてとらえる必要があるだろう。

五　これからの課題 ―― むすびにかえて ――

以上、土方［二〇〇〇］が「画賛的和歌」として特筆したケースと、山本［二〇〇二］による散文と和歌の連接形式の分析からみえてきた同様のケースに関するこれまでの議論を手がかりにして、平安時代の和文、特に物語文学における人称の問題、さらに作中人物の対象化のゆるさの問題に注目してみた。ナラトロジーの示す知見を参照しながらも、『源氏物語』を研究対象とする以上、平安時代の和文の特質、さらに『源氏物語』

にみられる特質をおさえ、一般に通用している術語、概念などの再検討を促すということが今後も求められるだろう。本稿も、そのような試みとしてある。

※『源氏物語』の引用本文は、東海大学附属図書館桃園文庫蔵伝明融筆本の影印（「桐壺」「帚木」「橋姫」）、および古代学協会蔵大島本の影印（「朝顔」「玉鬘」）に拠り、稿者が校訂した。便宜上、各引用末尾の（　）内に『源氏物語大成』「校異篇」の頁数を記した。

※『かげろふの日記』の引用本文は宮内庁書陵部蔵桂宮本の影印に拠り、稿者が校訂した。

※和歌の引用は『新編国歌大観』に拠り、表記を適宜改めた。

注

1　free indirect discourse の訳語であり、三谷［二〇〇二］の言説区分に詳しい。なお、その区分の問題点については、陣野［二〇〇二a］と陣野［二〇〇二b］で指摘した。

2　藤井［二〇一二］の「人称一覧表」（三三九頁）によると、物語文学では、物語作者が無人称、語り手がゼロ人称（ただし草子地の「われ」は一人称）とされる。なお、「無人称」という用語に関わって、亀井［一九八三］が「作者を無人称と認定」しているとの言及があるが（三三八頁）、亀井論文は、二葉亭四迷が『浮雲』における当初の語り手を「作中人物のだれからも相対的に独立した無人称の語り手」（一七頁）としている。

3　中山［一九九五］による「人称」についての説明（二五頁）を挙げておく。

……「人称」という観念は、西欧語のものであり、しかも、主観を客観化した主観として記述するという西欧語の仕組みにのっとった観念であるということだ。

平安時代の和文（仮名文）では、「主観を客観化した主観として記述する」ようなしくみがなかったからこそ、土方［二〇〇七］が丁寧に跡づけたように、一人称的な散文の叙述が容易には形成されなかったということであろう。

4　山岸［一九五九］では、稿者の校訂とやや異なる分け方を示している（三六一頁）。なお、加藤［二〇一二］の第Ⅱ部、「句読を切る。本文を改める」および「「と」の気脈」などでも、複数名の発話をひと続きに解することへの批判がある。

5　清水［二〇一四］は、巻名と和歌の徹底的な調査・研究により、『源氏物語』が紫式部個人の作ではなく、「後撰集時代の天皇家や摂関家を中心とした歌の文化に基づいて」いるということを論じており、土方［二〇〇九］との関わりがあろう。また、陣野［二〇一五］は、紫式部のもう一つの伺候名を手がかりに、複数の人々が物語生成に関与した可能性を論じており、やはり重なる面があろうかとおもう。

引用文献

阿部秋生・秋山虔・今井源衛・鈴木日出男（校注・訳）［一九九六］『新編日本古典文学全集22 源氏物語③』小学館

井手至［一九五五］「和歌散文連接形式の変遷」『遊文録 国語史篇一』第七篇―第二章、和泉書院（←初出は一九五六年）

犬養廉（校注）［一九八二］『新潮日本古典集成 蜻蛉日記』新潮社

今西祐一郎［二〇〇七］「『蜻蛉日記』序跋考」『蜻蛉日記覚書』Ⅰ―二、岩波書店（←初出は一九八七年）

加藤昌嘉［二〇一二］『揺れ動く『源氏物語』』勉誠出版

亀井秀雄［一九八三］「消し去られた無人称」『感性の変革』第一章、講談社

カラー、ジョナサン［二〇一一］『文学と文学理論』岩波書店〈折島正司 訳〉（←原著は二〇〇七年刊行）

小森陽一［二〇一二］「聴き手論序説」『文体としての物語・増補版』第4部―第12章、青弓社（←初出は一九九〇・一九九一年）

コンパニョン、アントワーヌ［二〇〇七］『文学をめぐる理論と常識』岩波書店〈中地義和・吉川一義 訳〉（←原著は一九九八年刊行）

清水婦久子［二〇一四］『源氏物語の巻名と和歌――物語生成論へ――』和泉書院

ジュネット、ジェラール［一九八五］『物語のディスクール 方法論の試み』書肆風の薔薇〈花輪光・和泉涼一 訳〉（←原著は一九七二年刊行）

陣野英則［二〇〇〇］「光源氏の最後の「光」――「幻」巻論――」早稲田大学大学院中古文学研究会（編）『源氏物語と王朝世界――中古文学論攷 第二十号――』武蔵野書院（↓のち陣野［二〇〇四］にⅡ―第十一章として収載）

陣野英則［二〇〇一］「『源氏物語』のヘテロフォニー――重なりあう話声と〈読む〉こと――」『国文学研究』一三四、早稲田大学国文学会（→のち陣野［二〇〇四］にⅢ―第十七章として収載）

陣野英則［二〇〇二a］「『源氏物語』における作中人物の話声と〈語り手〉――重なりあう話声の様相――」古代中世文学論考刊行会（編）『古代中世文学論考 第七集』新典社（→のち陣野［二〇〇四］にⅠ―第一章として収載）

陣野英則［二〇〇二b］「三谷邦明著『源氏物語の言説』」『平安朝文学研究』復刊一一、平安朝文学研究会

陣野英則［二〇〇四］『源氏物語の話声と表現世界』勉誠出版

陣野英則［二〇〇八］「〈語り〉論からの離脱」今西祐一郎・室伏信助（監修）上原作和・陣野英則（編）『テーマで読む源氏物語論3 歴史・文化との交差／語り手・書き手・作者』勉誠出版

陣野英則［二〇一四］「『源氏物語』の言葉と時空――「ものあはれなり」をめぐって――」『国語と国文学』九一―一一、東京大学国語国文学会

陣野英則［二〇一五］「藤式部丞と紫式部＝藤式部――『源氏物語』における作者の自己言及――」『文学』隔月刊一六―一、岩波書店

高田祐彦［二〇一四］「源氏物語 長編の創造――ことばと時間――」『むらさき』五一、紫式部学会

中山眞彦［一九九五］『物語構造論――『源氏物語』とそのフランス語訳について――』岩波書店

バリー、ピーター［二〇一四］『文学理論講義――新しいスタンダード――』ミネルヴァ書房〈高橋和久 監訳〉（←原著〈翻訳に用いられている第三版〉は二〇〇九年刊行）

土方洋一［二〇〇〇］「源氏物語における画賛的和歌」『源氏物語のテクスト生成論』Ⅲ―第15章、笠間書院（←初出は一九九六年）

土方洋一［二〇〇六］「物語作中歌の位相」青山学院大学文学部日本文学科（編）『国際学術シンポジウム 源氏物語と和歌世界』新典社

土方洋一［二〇〇七］「『かげろふの日記』の文体・その形成基盤」『日記の声域――平安朝の一人称言説』Ⅱ―9章、右文書院（←初出は二〇〇三年）

土方洋一［二〇〇九］「『源氏物語』と「和歌共同体」の言語」寺田澄江・高田祐彦・藤原克己編『二〇〇八年パリ・シンポジウム 源氏物語の透明さと不透明さ――場面・和歌・語り・時間の分析を通して』青簡舎

藤井貞和［一九九七］「語り手人称はどこにあるか――『源氏物語』の語り――」後藤祥子・鈴木日出男・田中隆昭・中野幸一・
増田繁夫（編）『論集平安文学4 源氏物語試論集』勉誠社（→のち藤井［二〇〇一］に第二編―第八章―第一節として収載）

藤井貞和［二〇〇一］『平安物語叙述論』東京大学出版会

藤井貞和［二〇〇四］「物語人称」『物語理論講義』Ⅲ―11講、東京大学出版会

藤井貞和［二〇一二］『文法的詩学』笠間書院

松田武夫［一九六八］「源氏物語の和歌」『平安朝の和歌』有精堂出版（↑初出は一九五八年）

三谷邦明［二〇〇二］「〈語り〉と〈言説〉――〈垣間見〉の文学史あるいは混沌を増殖する言説分析の可能性――」『源氏物語の言説』第一部―第一章、翰林書房（↑初出は一九九四年）

山岸徳平（校注）［一九五九］『日本古典文学大系 源氏物語 二』岩波書店

山本登朗［二〇〇一］「伊勢物語における散文と和歌――連接形式の意味――」『伊勢物語論 文体・主題・享受』第一章―三、笠間書院（↑初出は一九九九年）

山本登朗［二〇一四］「散文と和歌の連接――いわゆる「画賛的和歌」をめぐって――」『むらさき』五一、紫式部学会

渡部泰明［二〇一四］「あとがき」安藤宏・高田祐彦・渡部泰明（編）『読解講義 日本文学の表現機構』Ⅲ―第7章、岩波書店

陣野 英則（じんの ひでのり） 早稲田大学文学学術院教授。専攻：平安時代文学、物語文学。著書に『源氏物語の話声と表現世界』『源氏物語論――女房・書かれた言葉・引用――』（以上、勉誠出版）、共編著に『平安文学の古注釈と受容』第一集～第三集（武蔵野書院）、『世界へひらく和歌』（勉誠出版）など。

〈理論〉から遠く〈離れ〉て
——小西甚一における「離れ」と〈架橋〉——

田代　真

Loin du Vietnam

あゝ麗はしい、距離(ディスタンス)、
つねに遠のいてゆく風景……

吉田一穂　『母』

はじめに

私に課された論題は、英米系の文学批評理論とのかかわりを中心に、日本古典文学の研究者であり、文献学者、比較文学者小西甚一（一九一五～二〇〇七）の源氏物語論を論ずるということである。

源氏物語を主題的に扱った彼の四本の論文（うち一つは主著『日本文藝史』の源氏物語を扱った章）を、彼の批評の方法論的概論ともいえる『日本文藝の詩学——分析批評の試みとして』（一九九八年。以下『詩学』と略記[注1]）と併せて、実際に読み進めた。本巻のテーマは、『架橋する〈文学〉理論』ということであるが、「理論」は、英語でいうならばtheoryの訳語として理解される言葉であろう。「見ること」を意味するギリシア語のtheoriaから由来した語である。「見ること」は「距離」と深くかかわることは言うまでもない。この観点から、本稿では、『詩学』をはじめとして四本の論文に頻出する「離れ」という概念（というか方法論的観点）の位相を探り、その意味を検討することにしたい。

現在、一般的に英米系批評理論における「文学理論」という言葉によって、端的に想起されるイメージは、岩波文庫にも収められ古典的名著とされるにいたった、テリー・イーグルトンの『文学とは何か――現代批評理論への招待』（原著一九八八年）におけるそれであろう。しかし、ここで論じられることになる英米系批評の「文学理論」とは、そのはるか前一九三〇年代に淵源をもち一九六〇年代まで教育から文学領域まで広く浸透していた文学作品の分析方法の理論のことであり、おそらく、これから論じることをイーグルトンらのイメージでお読みになった方のなかには、こういったアプローチは、〈理論〉以前の常識であるとお感じになるむきもあると思う。それは、ある意味でごく当然の反応であり、まさしく、拙論に冒頭のタイトルを冠した所以でもある。実は、本来、英米文学専門の研究者の方が、この論題で論じられたほうが、すっきりした論述になったものと思われるのだが、元来修士課程までフランス文学を学び、その後、比較文学・文化専攻を転じた私の場合には、イーグルトンらが出てきて、英米系の「文学理論」が世界的に隆盛を極める前の時代、彼らが摂取したフランスの文学・文化研究の新しい批評にほぼ同時代的に接していた経緯があり、いささか行論にバイアスがかかり、錯綜することについては、読者にも御寛恕を乞う次第である。

実は、前述の小西の論文、著作を読み進めるうちに、私の頭に想起されたのは、フランスの文学批評家であり、一九六〇年代のいわゆるフランスの構造主義、ポスト構造主義の代表的存在として知られていた、ロラン・バルト Roland Barthes（一九一五～一九八〇）である。小西とは同年生まれであるが、経歴的には対極といってもよいかもしれない。生涯アカデミシャンにして教育者として、教育制度内にとどまった小西に対し、バルトはジャーナリズム的な性格の強いフランスの文化知識人であった。しかし、テクストに対するとき、同じような問題に遭遇していたのではないか？ 結論的に言えば、ほとんどネガとポジのような反応をしているように思われるのだが、バルトという補助線を引くことで、正統的な英米文学専門の方が論ずる「正しい」「文学理論」からするのとは「離れ」たアプローチを試みるというのが、拙論の趣旨である。

小西甚一については多言は要すまい。東京文理科大学（一九四〇年）を卒業し、その後身である東京教育大学教授を経て、教育大の筑波大学への移転改組を推進し、筑波大学副学長も務める一方、空海の『文鏡秘府論』の文献学的研究（『文鏡秘府論考』）で文学博士となり、スタンフォード大学客員教授としての講義を母体に執筆された、遺稿も含めれば五巻別巻二冊にも及ぶ大著『日本文藝史』（第一巻～第五巻一九八五～一九九二年、未定稿の別巻二冊二〇〇九年）が代表作といえようが、同時に受験生向けの参考書『古文研究法』で彼の名前を知った方々のほうが多いであろう。

「日本（古典）文学」という文化の価値を比較文学によって極めて広い国際的視野で守り、文献学によって原典を確定することで保証し、主著たる文学史で階層化し、その価値を守る研究者を後継育成するための教育方法と教育制度の確立にいたるまで、かくまで一貫した組織的プロジェクトを貫徹した日本文学研究者はまれであろう。未完の遺著となった『日本文藝史別巻日本文学原論』から窺われるように、一九八〇年代半ばまでの、いわゆる文献学から文学理論、比較文学にいたる広大な学問領域を文字通り孜々として博捜し続けた、超人的な、と形容するしかない碩学であるといえよう。もちろん、その活動・業績の全貌や意義を明らかにすることは、私の能力と意図の埒外ではあるが、文学教育の方法として「かたち」の分析方法を重視し、アメリカで一九四〇年代から六〇年代にいたるまで、文学作品の研究・解釈の方法として、教育の場で支配的であった、〈ニュー・クリティシズム〉New Criticismを、咀嚼適用して導入した業績について批判的に検討することは、私の構想する「文化」の「かたち」の横断的比較文化的分析の方法論の構築にあたって、必須であると考えている。

一 「分析批評」における「離れ」とキーワード

読者の大多数を占めるであろう日本古典文学の研究者の内で「分析批評」「イメジェリ」といった術語を目にされて、その背景となった文学研究思潮をご存じの方は、或る年齢層以上の方ということになるのではないだろうか。実際、「分析批評」なる語をタイトルに含む前述の『詩学』は、一九九八年に刊行されるのだが、収録された論文は、一九六三年から一九七七年にかけて発表されたものである。

巻頭の論文「分析批評のあらまし——批評の文法」は分析批評のプログラムであり、「ニュウ・クリティシズムの立場」と題する一節から始まる。そこで、文学教育の方法として「表現」の分析方法を重視する、ニュー・クリティシズムがアメリカで一九三〇年代から四〇年代に隆盛したこと。そこに淵源を持ちながら、様々な改良を加えられ、より実践的な文学作品の研究・解釈の方法として、六〇年代にいたるまで、教育の場で支配的であった「分析批評」analytical criticismを、要領よく、取捨選択して、咀嚼適用して導入したのが、彼の唱える「分析批評」であることが説明される。「批評の本質」について、彼は次のように述べている。

わたくしの考えでは、批評の本質は「語りあい」ではないかと思う。つまり、わたくしがある作品から

> 強い感動を受けたとき、どうしても自分ひとりの胸に収めておけなくなる。誰かに、ぜひその感動を語りたい。相手がなければ、地面を穴を掘ってなりとも、語りこみたい。これは、自然な衝動だろう。もし相手が有れば、できるだけ詳しく語りあいたい。しかし、その際、互いの間に語りあえるような「共通のことば」が無いと、語ろうにも語れない。まして、詳しく語りあうなどは、とうてい期待できまい。そこで、他の人たちと共通なことばで、ある作品について感動を語りあう——という行為がなされる。これが批評の一番重要な過程だと思われる。[…]作品そのものについての「語りあい」を通じ、これまで気づかなかった点に新しく気づかされ、その作品への理解と感動が一層深まることこそ、批評の第一義でなくてはなるまい。
>
> (『詩学』一〇〜一一)

小西にとって、まさしく「批評」とは、「作品そのものについて」個々の読者がその感動を「語りあう」、つまり〈架橋〉する行為にほかならないことには、彼の批評論の根底にあるコミュニケーションへの志向として留意しておくべきであろう。

もう一点重要なことは、このような志向により、「語りあえるような「共通のことば」」は批評のもう一つの働きである作品の価値評価を無視するものではないが、むしろ「分析」こそそれに先行するべきであるがゆえに「分析批評」が要請されるということである。その基本的な特質は、ニュー・クリティシズム由来の「表現にぴたりと添った「精細な読み(close reading)」こそ文学研究の第一義」とする点にある。「分析」とは、一般に複雑な事情をそれを構成する要素に分け、その構成を解明することを意味する。小西の「分析批評」において、〈架橋〉のための「共通のことば」が、「分析」という、〈距離〉を生み出す営為と表裏一体である点は、強調してもしすぎることはないと思われる。

さて、そのニュー・クリティシズムは、一九四〇年代大いに隆盛を誇ったものの、一九五〇年代には「表現への過度な密着」という弊害が生まれ、「作品そのものだけを対象とした結果、その作品を支える歴史的・社会的条件も疎外され、結局はニュウ・クリティシズム自身がやせ細っていくことにな」(『詩学』一二)り、それへの反省から、「分析批評」は、歴史的・社会的コンテクストのなかで表現をとらえ、精密な本文批判を採り入れ、深層心理学や人類学から原像(archetype)の観点をまなび、[…]つまり、様々な角度よりする研究を尊重しながら、それらを統合する中心に表現分析を置くのである」(『詩学』一四〜一五)としている。小西は、それを、このように折衷化しつつも、「その中心に表現分析の据えられた批評」、「かつてのニュウ・クリティシズムを超えるものではあるけれど、また、決して別ものでもない」(『詩学』一五)と規定している。そして、従来のニュー・クリティシズムの日本への紹介が「理念についての解説」であるのに対して、ここでは、理念よりも、表現の分析にあたっての「実際の分析技術」の紹介がなされるということが述べられる。

実際、続く「表現分析のめやす」という章では、前章を受けて「作者・意図」にはじまり「評価」にいたるまでの簡潔な概念規定がなされる。第三章「どう分析するか」では「ジャンルさだめ」から「韻文のあつかい」まで実践的な分析の手順が示される。

巻頭に続き第一部を構成するもう一つの論文「日本のニュウ・クリティシズム」では、「ニュウ・クリティシズム」=「分析批評」における「表現分析」の観点と類比できるような日本古典文学の批評的系譜が、藤原俊成から本居宣長まで辿られる。第二部・第三部は、この分析の実践、適用例といえる。第二部は、日本古典文学への適用例で、「芭蕉発句分析批評の試み」という副題のものを含む、四篇の芭蕉論で構成され、「分析批評」における、芭蕉と漢文学の比較文学的アプローチの意義がよく理解できる。また、「分析批評」の原型である、ニュー・クリティシズムの草創期の代表的批評家、たとえば、アレン・テイト John

Orley Allen Tate（一八九九〜一九七九）やジョン・クロウ・ランサム John Crowe Ransom（一八八八〜一九七四）、ロバート・ペン・ウォレン Robert Penn Warren（一九〇五〜一九八九）は、同時に詩人でもあり、この派の批評の対象としてもっとも重きが置かれたのが詩であったことを念頭におくと、まずは、俳諧というジャンルを対象とすることは、当を得た選択といえる。第三部は、同時代の文学作品への適用例であり、古典との関係で三島由紀夫の三つの作を扱っている。

以下、小西の『源氏物語』解釈を、冒頭に述べた「離れ」という概念から検討するにあたって、まず、以上の『詩学』での説明からその概念について検討し、併せて、この概念の観点からする小西の解釈の検討に関連する範囲で、その「分析」の基本概念のいくつかを説明するという手順を踏むことにしたい。

1 「離れ」の導入

『詩学』のなかでこの「離れ」esthetic distanceという概念がはじめて登場するのは、第二部の「「鴨の声ほのかに白し」――芭蕉発句分析批評の試み」においてである。

小西は、貞享期に蕉風が確立したという定説にもかかわらず、従来、その表現の具体的な説明がなされてこなかったことを受けて、貞享期の代表的発句「海暮れて鴨の声ほのかに白し」を取り上げて論じ、貞享期の特徴を、「景色を景色として描くゆきかた」すなわち、分析批評の用語で「描写型（descriptive mode）」に当たるものと考え、それまで俳壇では心情表白を旨とする「説示型（expository mode）」や「表明型（declarative mode）」が支配的で、なぜそうした「描写型」の発句が出現しなかったのかという問題にぶつかる。そして、「芭蕉が接していたはずの古典でなにか描写型への傾倒を動機づけそうなもの」を探るうちに、南宋末期の周弼が編集した、中晩唐の詩がほとんどを占める『三体詩』に行き当たる。小西は、芭蕉における貞享期の表現上の転換に比較しうる中国古典詩史上の表現上のモードにおける転換を、「実」＝説示型に「虚」＝「説示型」「表明型」よりも重きを置く周弼の詩観や南宋末期の詩壇に見るわけである。「離れ」という概念が導入されるのは、この貞享期の蕉風の特徴である「描写型」と、近代俳句的な「写生」の違いを明確にするにあたってのことである。

貞享期における芭蕉の描写型表現は、ともすれば、正岡子規流の意味での客観写生と混同されやすい。が、両者は決して同じではない。子規及びその継承者たちがふりかざした客観写生なるものは、作者が経験したとおりを忠実に写しとることだと考えられる。それは、批評用語でいう「離れ」(esthetic distance)を持たない表現にほかならない。「離れ」とは作者(author)と享受者(audience)あるいは素材(materials)との関わる距離を言う。享受者に対する「離れ」がゼロであれば、たとえば、子規の作った句において享受者に何かを語りかけてくる話主(speaker)は子規本人だということになり、素材に対する「離れ」がゼロであれば、その句で述べられている事実はすべて作者子規の経験と一致し、少しも仮構をまじえないことになる。

このような意味での写生論は、実は、欧米のリアリズムに対する明治期文化人たちの誤解もしくは認識不足から生まれたもので、もちろん芭蕉の知ったことではない。（『詩学』九四〜九五）

文脈上、子規の「客観写生」的な観点で「貞享期における芭蕉の描写型表現」を解釈することに対する批判であることは、明らかである。ここで小西は、esthetic distanceという原語に対して、「離れ」という訳語を与えている。字義どおりには、「美的距離」あるいは「審美的距離」とでも訳される言葉である。先取り的に指摘しておけば、この翻訳は、小西のこの概念に対する解釈や彼の分析批評の理論的特質、さらには、代表作『日本文藝史』における独自な展開にいたるまで、極めて多くを示唆しているように思われる。原語の

esthetic とは、〈美的な〉、〈美学の〉〈審美的な〉という意味だが、語源的には、〈感覚によって知覚すること〉を意味する古典ギリシア語 aisthetikos に由来し、〈感覚性〉〈感受性〉を含意している。〈審美性〉といえば、芸術・技術にかかわるという意味で〈人工的なニュアンス〉を持つであろうし、〈感覚性〉といえば、より知覚の鋭敏さという〈自然的・身体的なニュアンス〉を持つであろう。また〈風雅〉〈雅〉といった両方を媒介し包括する美的・文化的存在様式の意味合いでも用いることのできる言葉である。esthetic distance とは、語義的には、こうした両義性を帯びているという点では〈架橋〉的な形容詞と、分析の本質ともいえる〈距離〉distance［ラテン語の動詞 distare = dis「分離して」+stare「立っている」から由来する］という名詞の接合ととらえることができよう。この言葉を「離れ」と翻訳することで、小西が、そこからいかなる「離れ」を産み出したのかというのが、拙論の主たる関心事となるであろう。

ニュー・クリティシズムの創設者であるジョン・クロウ・ランサムは、この概念について、次のように述べている。拙論で展開されるこの概念の基本的な意味合いを理解するうえで重要な規定である。

> 趣味に関する多数意見が、芸術家はフォームによって自己を表現すべし、と定めているとするなら、それは明らかに、芸術家をして自己を直接に表現させせまいという意図に出たものである。言いかえれば、フォームの伝統が、芸術家を対象への直接のアプローチからまもってくれるのである。この伝統の背後には、直接のアプローチは芸術家にとって危険である、時には命取りになるかも知れぬ、という意識があるのであろう。[…] したがって私は、芸術はつねに、たぶん必然的に、一種の回り道である、と言おうと思う。固定した芸術のフォームが、芸術制作の回り道を、審美的距離を保証してくれるのである。（The World's Body 所収 "Forms and Citizens" より。[注2]）

このような、表現=フォームと芸術家の「思想」を切り離す態度は、ニュー・クリティシズムが直面していた、先行あるいは対立する文学上の批評態度への対抗的な必要に起因するものであった。

一九二〇年代から三〇年代にかけて、文藝を社会的な観点から意義づけるゆきかたが流行し、[…]このゆきかたが、いちばん鮮明な形をとるのは、唯物史観を尺度にして作品を評価する場合である。それは、当然「思想」を思想として重視する態度に傾くが、作品から抽出された「思想」は、もはや文学研究の対象ではない　　（『詩学』九）

とする当時の左翼に対する批判的な態度を含意するものであり、分析批評も「あくまでも作品自身に密着する」という点でそれを引き継ぐものであったといえるだろう。

他方、「美的距離」は、左翼の作家の方法論にもなりえた。拙論の補助線であるロラン・バルトについて言えば、一九五〇年代に、一時ブレヒト演劇に熱中していた時期があり、当時書かれたいくつかのブレヒト論および演劇評を読むと、ニュー・クリティックたちとは思想的には逆に、以下のようにブレヒトの〈異化効果〉を通じて、〈美的距離〉を〈政治的距離〉として摂取していたさまが見て取れることは興味深い。

ブレヒトのドラマトゥルギーのすべては距離を、、、とるという必要性に従っており、この距離の実現にこそ演劇の本質的部分が賭けられている。問題なのはなんらかの劇的スタイルの成功ではなく、観客の意識そのものであり、したがって歴史をつくるその力である。[注3]

2　「素材離れ」を〈架橋〉する比較文学的間テクスト性

「「離れ」とは作者（author）と享受者（audience）あるいは素材（materials）との関わる距離を言う。」というすでに引用した「離れ」の二つのベクトルの内、「作者」と「素材」の「離れ」については、小西はどのように扱っているのだろうか。小西は、貞享期の蕉風を特徴を、分析批評の用語で「描写型」に当たるものと考え、それに対応する中国古典詩上の原像を、南宋末期の『三体詩』の編集者周弼の詩論における「虚」＝「説示型」「表明型」に対する「実」＝描写型の優位という主張に見出す。そして、「芭蕉が接していた」可能性が考えられる、寛永期に刊行された禅僧紫陽素隠の『三体詩』の講詩書『三体詩鈔』や同時期の他の禅僧による「抄物」の訓釈と原詩、そして、芭蕉の句の表現を比較検討して以下のよう述べている。

> この類の詩がほかにも少なくないであろうから、芭蕉は「何かシナの詩で見かけたようなとりあわせ」といった程度の意識で構成したのかもしれない。が、いずれにもせよ、拠り所になったのが何の詩であるか――という穿鑿は比較文学の立場から見れば、たいした問題ではない。注目されてよいのは、それよりも芭蕉が実際の経験にかかならずしも拘泥せず、シナ詩の世界を頭におくことにより、素材との間に「離れ」（以下「素材離れ」と称する）を持った点である。（『詩学』九四）

問題になっているのは、古典研究でいう、いわゆる典拠の厳密な解明ではない。むしろ、前節で引用したランサムでの言葉でいえば、「芸術家を対象への直接のアプローチからまもってくれる」「フォームの伝統」、「一種の回り道」の意識であろう。ここでは、「典拠」の「穿鑿」よりも、そういった〈審美的〉センスによる「迂回」の意識が「比較文学の立場から」提起されているという点であり、享受者の比較文学的素養＝〈間テクスト性〉が問われている点である。この点は、小西の『源氏物語』解釈においても、「準拠の問題」として言及されることとなろう。

こういう立場での「伝統」の参照枠を、〈文化〉一般にまで拡大し、一般化、原理化すれば、いわゆる、〈作者〉・〈読者〉・〈テクスト〉全体を循環するテクスト現象という過程と考える、前述のロラン・バルトのような〈テクスト論〉に逢着することになろう。小西の場合、参照枠が〈文学＝審美性〉〈学問的制度性〉の埒内であるという制限がかかっているとはいえ、態度的にはほとんどテクスト論といってよいのではないか。

〈テクスト〉とは、操作しうる対象ではなく、書物を開き文字に視線を落とすときにしか成立せず、そのたびごとに異なったテクストとしてのみ反覆されうる現象＝経験である。〈読者〉とは、既に読むという体験としての〈テクスト〉というハビトゥスの産物として、いわばすでに断片化した〈間テクスト〉の肉化した存在であり、〈作品〉とは、そうした〈読者〉を織り込むあるいは／かつ読者が織り込まれるテクストの口実に過ぎない。

ここから、読むことのいわゆる〈間テクスト性〉の問題を考えることが出来る。〈間テクスト性〉とは、すでに肉化した間テクスト断片である読者と、新たなテクストとの相互触発と考えられる。読むという経験を通じて、読者と読まれるテクストは、相互の内なるテクスト（の開口部）を発見するわけで、その時間的順序は、書かれた順序とは無関係といってよいことになる。

プルーストに時代的に先行するスタンダールや、フローベールの作品の一節を読むと、プルーストのテクストが想起されてくるという経験を述べながら、バルトは次のようにいっている。

> 私は常套句の支配、起源の逆転、先に書かれたテクストを後に書かれたテクストから由来させて読む気楽さを味わう。プルーストの作品は、少なくとも私にとっては、参考書であり、［…］文学の宇宙開闢説の曼荼羅である［…］。これは私がプルーストの《専門家》であるという意味では全然ない。プルーストは私にやって来るのであって、私が呼び寄せるのではない。それは《権威》ではない。単に、循環する記憶なのである。そしてこれこそ間〜テクスト、すなわち、無限のテクストの外で生きることの不可能性である——このテクストがプルーストであろうと、日刊新聞であろうと、テレビの画面であろうと構わない。本が意味を生む。意味が生命を生むのだ。[注4]

「曼荼羅」とは空海の文学理論の専門家であった小西にはもっとも親しいものではないか。そもそも、彼が研究校訂した『文鏡秘府論』自体、空海が編集した複数の漢詩文の理論からの抜粋要約の点綴であり、バルトにおけるプルーストのテクストに当たるものと相同的関係にあると考えることもできよう。すなわち、テクストとして読むこととは、他の断片と横断的に〈比較〉することを通じて、元のテクストの枠組みからある部分を析出し、それを織り合わせることによって、断片としてのテクストから新たなテクストを生成することにほかならない。地口好きなバルトの言葉を借りれば「比較〈コンパレゾン〉は理〈レゾン〉である」[注5]ということになろう。小西の解釈は、対象とするテクストの時間的順序こそ逆転してないものの（但し次節で見るようにその解釈が「素材離れ」や「共感覚」いったニュー・クリティシズム経由の方法概念から着想されていると考えれば、やはり逆転していることになろう）、『三体詩』と『三体詩鈔』と芭蕉の俳句を点綴することによって、新たな〈間テクスト性〉を産み出す作業といえるのである。

3　「素材離れ」の指標としての「共感覚」――イメージの「離れ」

小西は、具体的に、「海暮れて鴨の声ほのかに白し」という句の表現レヴェルの何をもって「素材離れ」と〈感じた〉＝のだろうか。つまり、〈審美性〉の指標の問題である。結論的にいうと、小西は、この句のイメージの用法を検討して、それを欧米の批評用語でいう「共感覚（synaesthesia）」に求めている。〈共感覚〉とは心理学用語としては、〈色聴〉のように、音を聞くと色が見えるというように一つの感覚への刺激が異なる領域の感覚をも引き起こす現象のことを言う。だが、それを論じるにまえに、分析批評におけるキーワードとして、「イメィジ」と「イメジェリ」についてみておこう。このキーワードは、小西の、最初の、かつもっとも有名な『源氏物語』論である「源氏物語のイメジェリ」（「解釈と鑑賞」昭和四〇年六月号所載）の題名にも含まれており、次章でも扱うので、彼の規定を引用しておく。『詩学』の「分析批評のあらまし」のなかでは、詩の分析の用語として取り上げられている。「共感覚」との関連で重要な規定は以下の部分であろう。

詩において、さらに重要なのは、イメジェリすなわちイメィジの用法である。批評用語としての「イメィジ」は日常的な使いかたといくらか違う。すなわち「事物の感覚による具体的な提示」が、イメィジである。この際、感覚は、視覚・聴覚・嗅覚・触覚・味覚のどれでもよいけれど、もともとイメィジの原義が「肖像」ということなので、自然視覚がいちばん多く使われるようである。（『詩学』一二四）

このように「イメィジ」は、「感覚」による〈事物表象〉として規定されている。では、問題の芭蕉の句の共感覚技法とはいかなるものなのか。

貞享期の作品におけるトーンが禅的なものに関わりを持つとすれば、それは、イメィジの用法を検討するうえにも、すくなからぬ示唆をあたえそうである。

海暮れて鴨の声ほのかに白し

の「白し」などに見られる用法が、禅的な表現と無縁ではないようだからである。本来「白し」は、色彩について言われるはずの語であるのに、右の句では、鴨の「声」に対して用いられている。このように、不可視の対象について「白し」といった例は、天和期より前には存在しないけれど、元禄期の句には見える。（『詩学』一〇八）

前述した心理学用語〈色聴〉の現象の詩的表現としたようなものである。小西は、こうした技法が、欧米の詩に見られるのが、ロマン派からボードレールを代表とする象徴詩においてであることから、十七世紀後半の芭蕉の句にこのような表現が見られることを高く評価するわけだが、重要なのは「感覚」との関連性で、支配的なのは「視覚」であるが複数の感覚（五感）にわたることである。実は、「離れ」esthetic distance の

esthetic が〈感覚的な〉の意であることを想起すれば、synaesthesia〈「複数の〉感覚」aesthesia が「共存」synすること〉は、同じ語源の語根 aesthesia を含み、「イメイジ」の感覚性とが通底しやすいことは容易に見てとることができる。「共感覚技法」synaesthesia を、「離れ」esthetic distance の指標として着眼した小西の手際のよさをうかがえる点である。

ここでも、小西が、「イメイジ」の「離れ」という技法自体が何から影響を受けたのかという点に関しての推論において拠り所を求めるのも、比較文学的な「審美的迂回」=「離れ」である。日本文学の伝統において和歌にも先立つ共感覚技法の例があることはみとめつつも、俳句よりも和歌の表現を摂取することに積極的であった連歌において、共感覚の例が見つかっていないことを理由に、それからの影響関係を退けて、その代わりに小西が導入するのも、やはり、禅林を通じて移入された「シナの詩」の影響、より精確に言えば、前出の禅僧紫陽素隠の講詩書『三体詩鈔』や同時期の禅僧によるの「抄物」にみられる、「禅僧による詩の「よみかた」」の〈美学〉esthetics である。問題の句の「鴨の声ほのかに白し」は、『三体詩鈔』における司空図の「寄永嘉崔道融」の一節「戍鼓和潮暗」についての素隠の釈「其ノ声ガ潮ノ音ニ和シテ、暗中ニキコヘタゾ」を媒介に、その訓「戍鼓潮に和して暗く」を共感覚技法としてよみ、摂取したのではないかと推測している。

わたしの問題とするところは、禅僧による詩の「よみかた」が芭蕉に共感覚技法を媒介するひとつの要因だったろうということなのである。（『詩学』一一三）

では、禅林における詩の「よみかた」の〈美学〉はいかなるものなのだろうか。小西はこれを以下のような、外国語を翻訳するにあたって見られる現象を手掛かりに説明している。

ところで、共感覚技法は、日常語のなかに融けこみ、それと意識されなくなることが稀ではない。たと

> えば、フランス語でvoix blancheといえば快活な声を、またnuit blancheといえば眠れない夜を意味するが、フランス人にとっては、これらの「白い」(blanche)が共感覚技法だとは意識されにくいかと思われる。われわれが「黄色い声」を共感覚技法だと気づきにくいようなものである。だから共感覚技法が詩の技法として効果を示すためには、日常語法との間にそうとう「離れ」が無くてはならない。すなわち、あまり見かけない共感覚技法であることを必要とするわけだが、この「あまり見かけない」という感じは、外国語の共感覚技法であるばあい、いっそう顕著である。[…]シナ詩にそれほど共感覚技法が多いわけではないのに、室町時代の禅林詩でそれがこのまれた理由のひとつも、禅僧たちがシナ詩に本国人よりも多く共感覚技法を認めたからではないか。
>
> (『詩学』一一二)

つまり、外国語の日常語法にみられる共感覚技法、たとえばnuit blancheを、字義通り和訳した場合の表現「白い夜」と、その外国語の共感覚技法の日常的な比喩的意味「眠れない夜」との落差=「離れ」を、フランス人よりも和訳する日本人のほうが意識しやすいということである。それは、そうした翻訳の過程で意識した表現に、禅林詩においては、いわば意識的に、本国人におけるのとは違った意味づけが与えられるということを意味する。

ちなみに、これから私たちが検討する『日本文藝史』には、英訳が存在するのだが、ここで問題にしている「離れ」は、引用符も付けられず何の違和感もなく英文のなかにおさまりかえっており、ニュー・クリティシズム由来の標準的文学教育を受けた読者は、原文にある特別なキーワード的としての強調の意識を感じることもなく、読み進めることだろう。むしろ、もとの日本語原文のほうが〈翻訳〉であるかのように感じられるのもこのような〈翻訳〉の観点から興味深い。[注6]

さて、芭蕉の共感覚技法は、禅僧たちが外国語の詩の表現を翻訳し摂取する過程で発見した〈異化効果〉、このような言葉に対する意識的な態度、小西の言い方では「よみかた」を採り入れることで、自国語を意識的に見直し、新たなポエジーに転生させたといえるだろう。小西は、こうした禅僧たちの「よみかた」のうちに、〈不立文字〉を旨とする禅の悟りの、言葉を超えた境地「閑寂」「静寂」の美学を見ているように思われる。

われわれが日常ありふれた事がらとして気にとめない事物を、思いもかけない在りかたにおいて提示し、その日常意識が破れる瞬間に永遠なる真理を感得させせようとするわけだが、こういった禅のゆきかたは、どことなく共感覚技法に共通する。（『詩学』一一三〜一一四）

日常言語から詩的言語への「離れ」、そしてその「離れ」を介してのこのような言語自体からの「離れ」＝日常意識の破れへという二重構造が、ここでは、「禅」という仏教思想とのかかわりで明らかにされているわけだが、のちに見るように、『源氏物語』論では、散文物語という別のジャンルにおける「イメジェリ」と仏教思想の関係が、『法華経』という別のテクストとの関係で問題にされることになる。

4　作者と享受者の「離れ」としての「語り」／「視点」

先に『詩学』において「離れ」が導入された際の引用における「離れ」の規定、「「離れ」とは作者（author）と享受者（audience）あるいは素材（materials）との関わる距離を言う」のうち、「作者」と「享受者」の「離れ」のほうはどうだろうか。

実際のところは、ここで小西が問題としているのが、現実の作家がその実生活を俳句の「素材」とするという正岡子規の客観写生の主張の場合であり、文脈上、小西の、子規の模写至上主義に対する批判と考えられる。分析批評は、基本的には、表現レヴェルの分析であるため、厳密に言えば、「作者」にせよ「享受者」にせよ表現レヴェルから〈読み〉と〈解釈〉を通じて再構成された〈機能〉としての「作者」であり「享受者」（小西も参照し摂取してもいる、シカゴ学派とよばれる修辞分析の文学理論家ウェイン・ブース Wayne C. Booth の用語でいえば「暗黙の作者」／「暗黙の読者」）であるわけだが、それらの「離れ」＝美的距離が「ゼロである」場合の例、つまりは、欧米のリアリズムに対する誤解に基づく「美的」でない文学論の例を指標として示しているわけである。

実際、扱う対象作品が、フィクションの小説や物語のように、「虚構」の物語内容設定による場合、「作者」と「享受者」よりも、「作者」の物語表現レヴェルの媒介者である「語り手」（小西は「話主」「述主」ともよんでいる）と享受者の「離れ」が問題になる。

ニュー・クリティシズムの後、こうした語りの形式分析によるアプローチは、ウェイン・ブースに引き継がれ、さらに、その問題意識および形式分類の方法は、フランスでの構造主義以降の言語学や記号学を導入した、前述のロラン・バルトやジェラール・ジュネット Gérard Genette らによるいわゆる「物語のディスクール分析」において精緻化されることはよく知られている。

ここでの小西の「語り」の表現レヴェルでの形式分析の規定は、ほぼクリアンス・ブルックスとペン・ウォレンの共著になるニュー・クリティシズムの教科書『フィクションの理解』*Understanding Fiction*（初版一九四三年）での規定を、ブースを参照しながら「語り」と「視点」観点からまとめたものといえる。

ある作品の中で、享受者に事柄をつたえる役が、すなわち「**話主**」である。〔…〕話主の在りかた、すなわち、場面や事件の進行などが、「誰の立場から語られているか」を示す「示しかた」が「**視点**」である。視点は三人称が古くから一般的であった。なかでも、話主が時間にも場所にも制約されず、作中人物たちの内心にまで自由に立ち入って語るようなのがいちばん古風で、これを「**全知視点**」という。

［…］近代小説では、同じ三人称視点でも作中の特定人物の眼を通じて書くことが多くなった。これを「**限定視点**」とよぶ。これがもうひとつ徹底すると、話主はまったく作中人物の内心に立ち入らず、［…］作中人物たちの心理は、すべてその対話と行動を通じて表出され、いちじるしく劇に近づく。これは「**客観視点**」とよばれ、ヘミングウェイの作品、とくに短編で多く用いられる。さらに一人称の視点もある。話主自身の経験を語るという形で、作中の事件が進行させられる。これは、一人称という性質のため、しぜん限定視点にならざるをえない。したがって、たんに「**一人称視点**」とよぶのが普通である。

（『詩学』一八〜二〇）

作者と享受者の「離れ」という観点からすると、文学作品における「語り」は、「話主」とその語りによる「視点」によって、この「離れ」を架橋する〈仕掛け〉だといえよう。前述の『フィクションの理解』によると、この仕掛けは作品の「作調」toneと関連性があるという。語られる内容にもよるのだが、「一人称視点」を採用することにより享受者の話主への感情移入を強め、感傷的な「作調」が生まれたり（話主と享受者の「離れ」が最少）、また、三人称で徹底した「客観視点」によって、先の引用文のヘミングウェイの短編におけるようにハードボイルドな新聞記事や報告書のような「作調」が生まれたりもするわけである（話主と享受者の「離れ」が最大）。

なお次章で見るように、小西は、『源氏物語』の属する「仮構物語」ジャンルは「全知視点」が一般的であるとらえており、『源氏物語』も全体的にはその視点に分類しながら、いわゆる「草子地」と、享受者に主人公の心理を推測させる役割を担った脇役、ブースの用語でいう〈反射人物〉による「限定視点」を作品の解釈にかかわる重要な特質ととらえ、この語りの観点から分析している。

5　フィクションにおける「主題」と「モティーフ」の「離れ」

主題とモティーフという用語をここで取り上げるのは、次章で小西の『源氏物語』解釈を論じるにあたって、『日本文藝史』の「仮構物語」というジャンルの展開における『源氏物語』に位置づけを考えるうえで重要な指標となっている。ながら、ひいては、小西自身の、作品の「解釈」という重要な問題にかかわる概念でありながら、上記の語りの構造における「作者」や「享受者」の問題と同じく、これだけでは、あまりうまく説明できていないように思われるからである。まず、彼の説明の概要をみてみよう。

散文作品のなかでも代表的なのは小説か物語だろう。この類について、まず主題とモティーフの区別から分析してみよう。主題とは、ある作品の思想的な焦点だが、モティーフとは、題材ぜんたいをひき締める中心的な事がらである。たとえば、浄瑠璃「仮名手本忠臣蔵」の主題が「忠義」なのに対し、モティーフは「仇討ち」である。（『詩学』四一〜四二）

主題theme＝物語の意味内容であり、モティーフとはその主題が展開されるにふさわしい、物語で中心的に取り上げられる出来事＝物語内容であると言い換えてもよいだろう。すでにみたように、小西は、「素材離れ」のところで、「離れ」を埋める間テクスト的「迂回路」として、享受者の側の比較文学的知見を持ち込んで、間テクスト的＝テクスト論的な立場を暗黙の裡に導入している。のちに見るように『源氏物語』論でも、さらに比較文学的知見を享受者の側からの迂回として導入している。すると、物語で中心的に取り上げられる出来事の取り上げ方も、その思想的内容である主題なるものも、彼の事後的な意味づけ＝「解釈」であると考えざるを得ない。

わたくしが何か小説を書くと仮定してみよう。すなわち、わたくしが「**作者**」となるわけ。しかし書くということは、何かを書きたいわけで、［…］この書きたい何かを「**意図**」とよぶ。それは、作者わたくしの心のなかに在るわけだから私以外にはどんなものかわからない。けれども、それが作品と書きあらわされると、私の意図をある程度まで察知させるような方向が、作品のうえに示される。それを「**志向**」とよぶ。［…］志向において示される思想内容を「**主意**」（message）、主意の焦点を「**主題**」（theme）とよぶ。

次に、わたくしが何かの考えを書くとしても、［…］小説として書くためには、何らかの「**材料**」を必要とする。材料をとおして、わたくしの考えが表出されるわけだが、その表出された材料を、「**題材**」と名づける。［…］題材は作品全体にわたり隈なく現れるが、それを貫き全篇の中核となる事がらがある。そうして、中核となる事がらは、その作品が形成されるにあたり、作者に「このことを書こう」という意思をもたせる。こういった中核的な事がらを「**モティーフ**」（motif）とよぶ。（『詩学』一六〜一七）

「物語論」の見地から言えば、これらの定義は、読者によって表現の読みから再構成された理念的な「作者」「主題」「モティーフ」の〈機能〉にほかならず、先に挙げたウェイン・ブースいうところの「暗黙の作者」といえよう。[注7] 小西自身、「主題」「モティーフ」について、「従来は、この両者をひっくるめて「テーマ」とよぶのが普通だった」（『詩学』四一）といっているが、ニュー・クリティシズム以降の表現分析にとっては、「テーマ」から「モティーフ」が区別され、表現レヴェルの中核が規定されることは、表現のレヴェルの一貫性が確保されるという意味合いがあったと考えられる。この点で、以後、本論においては、小西の『源氏物語』の解釈を分析するにあたっては、この「モティーフ」と「主題」というキーワードの意味づけそのものに留意して検討することにしたい。『日本文藝史』において『源氏物語』が分類されることになるジャンル「仮構物語」でのモティーフの扱いについては、次章でそのジャンルの展開との関連で、さらに踏み込んで見ることになろう。

二　小西の「分析批評」による『源氏物語』解釈と「離れ」の位相

以上の、「分析批評」のキーワードを踏まえて、小西の『源氏物語』についての「分析」から、気が付いた点をあげてみることにしたい。

小西が『源氏物語』を主たる対象として取り上げたものとしては、次の三本の論文がある。すなわち、「源氏物語のイメジェリ」(「解釈と鑑賞」昭和四〇年六月号所載)、「苦の世界の人たち――源氏物語第二部の人物像――」(「言語と文芸」第一〇巻第六号　昭和四三年一一月)、「源氏物語の心理描写」(『源氏物語講座第七巻　表現・文体・語法』昭和四六年　所収)であるが、ここでは、彼の代表作『日本文藝史』第二巻の「和文の表現」「(三)仮構物語」の『源氏物語』ついての言及を中心に考えてみることにする。[注8]というのは、この部分の記述は、前述の三つの論考のアプローチなり、主要な論点なりを凝縮し、彼の文学史観の中に組み込んだものとして最も一貫性のある緊密な論考と考えてよいと思われるからである。

1　仮構物語ジャンルの展開における「離れ」の位相

分析批評には、いろいろな観点からのアプローチがあるが、その一つにジャンル論があり、作品の構成要素の組み合わせの観点からその構造を分類するものである。小西は、平安期の虚構物語を、物語の主人公と物語の中心的出来事の特性の組み合わせ(ニュー・クリティシズム用語でいうところの「モティーフ」)の分類によって、虚構物語のジャンルの共時的構造を明らかにしつつ、その通時的展開として虚構物語の文学史を記述＝構築していくのである。指標となる物語の主人公の特性は、「卓人（すぐれびと）」／「常人（つねびと）」の二元性であり、物語の中心的出来事、つまりモティーフの指標は、「異事（あやしごと）」／「常事（つねごと）」の二元性である。卓人とは、「特性・知能・才藝・容貌・武勇その他、なにかの点でふつう水準より卓越している人物」であり、異事は「日常生活ではあまりおこらない、あるいはけっして存在しない非現実的な事象、事件」にほかならない。

容易に想像できるように、仮構物語の「仮構」たるゆえんは「事実」＝日常性からの離脱という点にある。享受者が、「作中事件が現実にはおこりえないこと充分承知の上で、それを事実らしく受け取ってやるのに合意する」（『文藝史Ⅱ』三四四）、制作者と享受者の「暗黙の契約」こそ、虚構物語の虚構性を保証する。小西によれば、「享受者が仮構の作中世界と「離れ」を保ち、仮構と現実を使い別ける態度は、仮構という意識なしに非現実と現実を混同して受け取る先古時代からの享受とは、次元が違う」（『文藝史Ⅱ』三四五）ということになる。「最初の虚構物語」である『竹取物語』は、「卓人-異事」の物語であるが、たとえばイザナギ神とイザナミ女神の「国生み」のような「先古時代の説話」が「日本民族が日本民族であるために、国生みの「話」があくまでも「事実」ではなくてならなった」（『文藝史Ⅱ』三四三）のに対して、前述のような「暗黙の契約」によって、「仮構作品の仮構度を著しく増大させ」（『文藝史Ⅱ』三四四）たという。

小西は、このような「説話から仮構物語への変換」は「漢籍との接触」によって、「推進された」（『文藝史Ⅱ』三四六）という。それは、六朝の志怪小説や唐代の伝奇の影響であり、具体的に例を挙げて、「漢籍に見られる話を素材として和文化することは、同時にシナの制作者たちが自分の素材に対して取った「態度」、すなわち作中の出来事からある程度まで、「離れ」を意識する態度も、やはり教えられることになったはず」（『文藝史Ⅱ』三四六）であり、同時にそうした漢籍に見られた「慰み・愉しみのために異事を語るという意識」（『文藝史Ⅱ』三四六）も摂取したのだろうと分析している。

ここまで、わずらわしいまでに引用を重ねてきたが、これによって、「説話」という先行ジャンルからの虚構物語というジャンルの成立（変質）＝時間的離脱と、仮構物語の虚構性の現実からの離脱＝想像力への離脱、そして、それを推進した「漢籍の和文化」という、いわば空間的他者文化の翻訳による離脱という緊密な論旨の展開が、先に取り上げた「離れ」という分析批評のキーワードに支えられていることが、よくうかがえるだろう。翻訳とは外国語（異文化）による母語（自文化）の遠隔化とも考えられるからである。そう考えてみると、先ほどの、イザナギ神とイザナミ女神の「国生み」にみられる「説話」享受のあり方から「仮構物語」享受のあり方への変化と、それを惹起した「漢籍の影響」の関係には、神話を歴史として信じることを強制された、戦前・戦中の国文学束縛から解放され、戦後、正しく、ニュー・クリティシズムというアメリカという異文化の、先端の文学研究・教育の方法論によって享受できるようになった自由な文学研究の可能性に対する、小西の清新な喜びを読み取ることができるのではないか。

さて、以下詳細に議論をたどることはできないが、『源氏物語』の位置づけを理解するうえで必要な範囲で概略するならば、このような仮構のいわば娯楽的な傾向の強まりに対しては、『三宝絵』のような反発、批判もあり、物語に「人生の真実」を求める享受者の志向に応えるかたちで、十世紀後半には、主人公は「卓人」であるが、「異事」が「常事」に近づく傾向（つまり「卓人–常事」）が見られ、小西は、その移行を、現存する作品では、『古宇津保』から『今宇津保』第一部への変化に見ている（さらに第二部の「国譲」では第一部の主人公の卓人は常人にすぎなくなる（「常人–常事」））。同様に『落窪物語』の道頼は、「卓人」であるが、「日常の限界内における卓越ぶりが強調されているにすぎず［…］脇役との関係から、相対的に卓人となる」（『文藝史Ⅱ』三五四）っていることから、「常人–常事」の物語に近づいていると見ている。

2 『源氏物語』第一部の「モティーフ」と「主題」――『史記』による「離れ」

このような流れの中で、『源氏物語』の物語構造が論じられることになるわけだが、すでにここまででも「主人公の特性-出来事の特性」という要素の組み合わせによるカテゴライズ自体に揺らぎがみてとれるが、『源氏』の扱いは、基本的には、先行する「常人-常事」化の延長線上にある「常人-常事」の物語ながら、まさに、仮構物語史上特権的な位置にあることを、明らかにする。彼の言葉によれば、「「常人-常事」の物語で享受者をひきつけるのは、特別な傑作だけで」あり、それが達成される「『源氏物語』第二部・第三部などをこそ例外的と見るべき」（『文藝史Ⅱ』三八九）なのだ。それゆえ、この物語の「高い文藝性」を明らかにするために、様々な見識が投入されるのだ。私が気が付いた範囲で、ニュー・クリティシズム的なものを指摘しておきたい。

一つは、すでに、分析批評のキーワードとして挙げた、「モティーフ」と「主題」の関係である。すでに述べたように「主人公の特性-出来事の特性」という物語の構造の分類の指標は、物語の「モティーフ」にほかならない。これに対して、「主題」について、小西は次のように述べている。

作主が「人の世」に対して抱く意見や批判が作品の核として凝縮されるとき、これを主題（theme）とよぶ。近代の小説では、主題を直接提示せず、叙述の奥に潜ませておくのが、常であり、享受者は、隠れた主題との結びつきにおいて作中の人物や事件を理解してゆく過程に知的な興味を持つ。十一世紀の『源氏物語』が現代の日本人だけでなく欧米の人たちにまで好評なのは、潜められた主題との関わりを享受の焦点にする近代の小説と共通点があるからなのだろう。しかし、中世日本の享受者たちは、大体主題などに関心がなかった。

（『文藝史Ⅱ』三六〇）

つまり、近代（欧米）の文藝の享受の分析概念の観点から、小西の文学史時代区分でいうところの「中世」（平安時代）のテクストを分析しようとするわけだが、『源氏物語』という、「主題」という概念を持たない十一世紀のテクストがそれに耐えうるのはなぜなのか。その際にも、「漢籍」という空間的他者文化による影響という媒介操作（=「離れ」）が導入されるのだ。それは、よく知られる、作者の『史記』へのアリュージョンのあり方に対する処理に見られる。すべての平安の読者たちが、「主題などに関心がなかった」わけではないのだ。その指標となるのが、『史記』であるのだ。

既に述べたように、小西は、『源氏物語』の全体のモティーフを「常人-常事」に分類している。ところが、源氏が准太上天皇にまで上り詰める第一部は、少なくとも物語の外面上は「卓人-異事」といったほうがよい内容であろう。この点について、小西は、第一部の第一次的な読者（依頼主=彰子）を「在来の仮構物語に対するのと同様な享受態度から抜けられない人」（『文藝史Ⅱ』三六〇）、つまり「主題などに関心がなかった」享受者と推測している。これに対して、『史記』の素養のある、非公式的な副次的読者（彼は、一条天皇、道長、公任は確実視しているが同様の素養のある成人男性も想定している）がいて、小西は、そうした享受者たちは、この物語の「直接提示せず、叙述の奥に潜ま」されている「主題」の如きものを、『史記』において各項の後におかれた「賛」――本文の歴史的事実に対する、知的な批判、意見――を享受できる知性によって享受したと考えている。

この両者に向けて書かれているがゆえに、表面上「卓人-異事」をモティーフとする物語であるが、「世の真実」が作品の主題として込められており、その「叙事作品における仮構と真実の関係」（『文藝史Ⅱ』三五九）を意識した、「蛍」における光源氏の有名な物語論自体まで含む、重層的な表現にまで到っているというわけである。

このように、欧米起源の近代小説の「主題」概念が、漢文学の古典である『史記』の「賛」を媒介にして、作品分析に持ち込まれる。この際、「主題」が「世の真実」と規定されていることは、興味深い。この規定は、十九世紀のヨーロッパ・リアリズム文学の「リアリズム」の一般的な規定である、「人生にとっての真実」描くという特質を容易に想起させるからである。小西は、このヨーロッパ的リアリズム規定で、『史記』という史書＝歴史的・政治的事実の記録と解釈というジャンルの正典のリアリズムを媒介することで、『源氏物語』の政治的リアリズムの側面をも浮き彫りにすることになるのだ。

実際、小西は、「第一部は『史記』のヤマト版という性質」（『文藝史Ⅱ』三六二）を持つものとの観点から、『源氏物語』の「脇筋ふうの帖を本筋の帖に介在させる」という「現代人にとって散漫」（『文藝史Ⅱ』三六一）と感じさせる構成が、「本紀・世家・列伝」という『史記』の構成を念頭に置くなら、当時の『史記』の素養を持つ知識人たちにとっては、「いわゆる紫の上系の十七帖を「源氏世家」と考え、それが「夕顔列伝」「玉鬘列伝」などを伴うのだ」（『文藝史Ⅱ』三六二）として、問題なく享受されたと考える。

彼によれば、『源氏物語』第一部は、「卓人‐異事」のモティーフではありながら、先行する『今宇津保』の第二部と政争という政治的リアリズムを共有することで「常人‐常事」の傾向を帯びているが、それは、『史記』へのアリュージョンゆえに、『今宇津保』とはかなり質の異なるものである。この第一部のモティーフを小西は次のように要約している。源氏は、「ひとつ判断を誤ったら政治世界で再起不能の危機を、周公さながらの明察で、自発的退隠という非常処置により切り抜ける」。では、そこから彼が読み取った第一部の「主題」とはなにか。小西は、すでに述べたように「主題」自体、近代小説の分析概念であり、それに近いものを『史記』に親しんだ当時の教養ある政治家が享受していたという認識から、一方では、「道長や公任の眼を借り」て、それを「光源氏が判断と行動の対象にした社会生活での「現実」」で規定とする。他方、それを近代小説作家である「三島由紀夫ふう」に「現実と明察」であると述べている。第二部以降のモティーフと主題との関係でいえば、正しく『史記』的な現世的な世界の「真実」が主題となっているという解釈だが、それ以降は、現世的な「卓人」の「異事」――〈卓越した明察による栄光〉＝〈光源〉からの「離れ」が展開することになるといえよう。

3 『源氏物語』第二部、第三部の「モティーフ」と「主題」

『源氏物語』第二部・第三部を、「常人‐常事」に分類しつつも「例外的」「特別な傑作」と評価する小西だが、それらは、どのような「モティーフ」と「主題」を持つものなのか。「第二部の中核」は、「正妻の女三宮が柏木と不倫の関係で生んだ薫をわが子として育てなければならない光源氏の苦悩」であるとされ、第一部の卓人が苦悩するという点で「常人」化されることになる。しかしながら、「第二部における「苦」は、日常的な意味での苦痛・苦悩とは違い、前世での行為すなわち業の余勢が現在の生存まで残り、その結果として生ずる業苦」という、仏教的な意味でのより普遍性をもつ「苦」なのである。生きている以上人間が普遍的に悩まなければならない「苦」なのであり、「常事」がこの点で宗教的な幅を持つことになる。そこから、小西は、第二部の「主題」として、「宿世と業苦」を導き出してくる。同時にそうした「苦」の原因を、「劣りの血」の意識であると解釈している。その根拠として、当時の貴族社会においては「身分の基礎となるのは血統であり高い血統すなわち「優りの血」への意識は、極めて強かったらしい」ことをあげている。いわば、光源氏の公的生活と私的生活の交点ともいえる動機づけといえよう。

興味深いことに、第三部については、小西は、明示的に「モティーフ」は規定していない。むしろ「モティーフ」は、「イメジェリ」の分析のなかに溶解し、さらには、以下に見る「主題」をも含みこむようなかたちで述べられているように思われる。私なりに彼の行論をまとめて仮に「モティーフ」を示せば、以下のようになろう。主人公の薫は、第一部の光源氏のように卓人的な強い性格や現実的な行動力を与えられていない。源氏と同様「業苦」を免れることはできず、現世を厭うて彼岸での救済をもとめて、道心の厚い八宮の生き方にひかれるが、「こうした薫の道心は、しかし、なかなか定まらず、とめどなく漂い」、かえって、迷いを深め、八宮の息女たちをも迷わせる、というところであろう。同時に、小西は、「第三部の主題は、「道心と無明」である」と規定しているわけであるから、「モティーフ」の思想内容である「主題」を規定する「道心」という観念が、含みこまれていることになるし、後で見るように「薫」の「漂い」などは、すでに「イメジェリの分析」の領域であろう。ある意味では、「テーマ」を、「主題」と「モティーフ」という概念に〈分ける〉ことによって、表現レヴェルを「思想内容」から切り離した領域で扱うことが、「分析批評」のねらいであったとしたら、ここではすでにそれが破綻していることを意味するだろう。この問題は、「イメジェリ」との関連でのちに論じることにしたい。

また、第一部から第三部の主題の相互関係は、単純なものではない。その関係を次のように述べている。

第一部しか存在しなかった時、その主題は、たしかに「現実と明察」であった。しかし、第二部が出来あがったとき、第一部の主題は第二部のそれのなかに包みこまれ、その主題「宿世と業苦」を形成するための要素となって解消する。つまり「宿世と業苦」は、第二部の主題であると同時に、第一部にも共通する包摂的な主題となる。しかしまた、第三部が出来あがると、その主題「道心と無明」は、第一部・第二部の主題を要素としてそれのなかに包みこむのであり、同時に『源氏物語』ぜんたいの主題となる。（『文藝史Ⅱ』三七四）

このことは、第一部の「現実と明察」という矛盾した関係にある主題が、第二部の「宿世と業苦」という矛盾した否定的関係に、否定的解消され、その第二部の「宿世と業苦」という矛盾した否定的関係自体が、第三部の「道心と無明」というより否定的な矛盾の内に否定的に解消していくという、一種の否定による解体の弁証法的な運動を形成していることを意味する。そこには、観念＝理念の矛盾が、より深く、より普遍的な矛盾のなかで解消していく構造が見て取れよう。そして、それによって人生と世界の深淵が開示されるということになる。こうして『源氏物語』の「主題」についての小西の議論を辿ってみると、テクストの分析というよりは、むしろ、弁証法的な総合的解釈であり、〈思弁的〉speculativeな性格が強く、あたかも、儒教・仏教的な普遍的人間観・世界観を、十九世紀ヨーロッパ近代写実主義小説にみられる、普遍的な「人生の真実」を描くという理念で換骨奪胎し、それに対応するドイツ観念論の弁証的論理構造とアメリカのニュー・クリティシズムの表現分析＝美学で緊密に組み立て直したもののように思われてくる。

4　『源氏物語』第二部の主題と〈語り分析〉における「離れ」

先に『詩学』において、「語り」という、「作者」と「享受者」の「離れ」について検討した。小西は、『源氏物語』の属する「仮構物語」ジャンルは、「全知視点」が一般的であるととらえており、『源氏物語』も全体的にはその視点に分類しているのだが、前述の節で指摘した通り、いわゆる「草子地」という技法と、享受者に主人公の心理を推測させる役割を担った脇役、ブースの用語でいう〈反射人物〉reflectorによる「限定視点」という技法とを、作品の解釈にかかわる重要な特質ととらえ、この語りの観点から分析している。

「草子地」については、小西の議論がその後の『源氏物語』をはじめとする〈物語〉の「語り分析」の隆盛の草分け的な役割を果したという、研究史上の意義を持つものであることは、いうに及ばぬことであろう。

小西の分析批評的な〈語り分析〉の規定によれば、「「草子地」とは、全知視点の語り手が、作中場面から離脱し、語り場面に移動して、自身の考えを一人称的に表明する部分」(『詩学』四〇)である。

まず語り手＝述主が重層化され、「享受者に対し『源氏物語』の作中から語りかけてくる述主」を第一次述主とすると、この第一次述主に、第一次述主が直接見聞していない出来事を語り伝える第二次述主がいる。こうした複数次の述主を設定することで、「享受者は作中の人物や状況との間にかなりの「離れ」をもつ」(『文藝史Ⅱ』三七八)。第二次以上の述主が介入しなければ、その「離れ」は小さくなり享受者は作中場面の人物や状況に近づく。ところが、第一次述主が自身の考えを一人称的に表明したりすると第一次述主の語り場面に戻ることになる。小西は、「このような技法は、作中人物の心理を表現するのに極めて効果的であり」、これを活用することで、全知視点が支配的であった当時の仮構物語の語りの単調さを緩和することができるようになった、としている。

逆に、ちょうど「自由間接話法」のように、述主自身ではなく作中場面の人物の感じた印象や観察を第一次述主が代弁するような技法もうまれ、「作中人物から「離れ」をもちながらその心情に触れてゆく」(『文藝史Ⅱ』三七九)ことが可能になったと、十一世紀の仮構物語ジャンルにおけるその技法的な斬新性を評価している。

一方、〈反射人物〉reflectorによる「限定視点」という語りの表現技法は、小西の解釈にとって、「草子地」よりもはるかに重要な意味を持つ。

まず、小西によるこの技法の規定は、「作中人物が奥深く潜めている考えを、直接には語らず、享受者にそれと悟らせるような手懸りだけ示しておく複雑な技法」であり、「それは、むしろ「限定視点」(limited point of view)を用いる近代小説、たとえばヘンリイ・ジェイムズの後期作品をさえ思わせ」、「主役人物の隠れた心に、脇役や端役の側から光を当て、それを推測させる技法は、ヘンリイ・ジェイムズの得意とするところであり、そのような任務をおわされた脇役や端役は、reflector とか center of consciousness とかよばれる」というものである。

この技法の例として挙げられているのは、「若菜上」における、女三宮の乳母と左中辨のやりとりである。小西は、女三宮との結婚を朱雀院から打診されると、それまであまり気の進まなかった光源氏があっさり承知してしまうことについて、述主による説明がないことを問題にする。そしてこの点について、朱雀院の内意を察する女三宮の乳母と光源氏の側近の左中辨を、そうした reflector に近い機能を果たす登場人物ととらえ、そのやりとりのなかに、「その決心にいたる光源氏の心情」のヒントを読みとるのである。

女三宮の乳母から朱雀院の意向を伝えられた左中辨は、紫の上という存在がある以上無理であろうといいながら、光源氏が内々に「女の筋にてなむ、人の謗きをも負ひ、わが心にも飽かぬこともある」と不満を漏らすということだし、自分からみてもそう思う、「光源氏の世話していられる女性がたの生まれが最高級とはいえないので、真に適切な配偶者としては、女三宮が降嫁されるなら「いかに類ひたる御あはひならむ」と考えた」(『文藝史Ⅱ』三八一)。この側近の推測による解釈を裏づけることが、実はこの前に、女三宮の乳母から朱雀院に語られているというのである。

光源氏さまが種姓の尊貴な女性を得たい願望がお有りのため、朝顔前斎院(孫王)を思慕なさっている――というのも、乳母の意見にすぎず、そうした「優りの血」への願望を光源氏自身が意識したとは、他のどこにも書いていない。乳母の意見を聞かれた朱雀院は、光源氏の女癖だけは心配だね――とおっしゃるが、かれの「やむごとなき御願ひ」についてはお触れにならない。しかし、否定もされないことは、注目されてもよかろう。これらの言及を総合していくと、光源氏が女三宮との結婚を決意したのは、意識的か無意識的かは不明ながら、どうも「優りの血」への願望らしい――と享受者は考えさせられることになる。

（『文藝史Ⅱ』三八二）

第二部の主題「宿世と業苦」の原因が「優りの血」であるという小西の論拠が、極めて〈思弁的〉speculativeな解釈であることが窺われるのではないだろうか。この推論自体の可否は、拙論の範囲の外であるが、「光源氏自身が意識したとは、他のどこにも書いていない」「「優りの血」への願望」という解釈を、光源氏を不可視の〈光源〉として、その〈反射鏡〉speculum =〈反射人物〉reflectorである脇役の「限定視点（limited point of view）」の反射光から主人公の心理を〈推論する〉speculateことを許す、「語り」による「離れ」は、小西のいうとおり、ヘンリイ・ジェイムズら「一九世紀末から二〇世紀初頭に完成した」欧米の心理小説の技法の美学であることは、念頭に置いておいた方がよいだろう（文藝史三八一〜八二）。つまり、この解釈は、徹底的に近代的なものなのであり、ヘンリイ・ジェイムズの小説技法との比較文学的間テクスト性という〈架橋〉を通じてなされており、暗黙の裡に、「起源の逆転、先に書かれたテクストを後に書かれたテクストから由来させて読む」（ロラン・バルト）ことが作動しているのだ。そのことは、「準拠」について、地の文に、「枕詞や序詞に類する」和歌の表現方法を導入し、「本歌取り」の意識、つまり本歌と重ね合わせて不即不離の詠みぶりに興ずるのと同じ性質のものとして、享受者が「それらしい人物」「それらしい事件」と重ね合わせて楽しんだのだとして、「準拠とは、作主の心の内にあるものではなく、むしろ享受者が頭のなかに思い描くべき先蹤、作品でいえば、ジェイムズ・ジョイスの『ユリシーズ』に対する『オデッセイアー』なのである」ことからしても明らかだろう（文藝史三七六〜七七）。

5　『源氏物語』第三部における「主題」概念の変質と『日本文藝史』における「離れ」

第三部については、すでにみたように、主題は、「道心と無明」と規定しているが、「イメジェリ」の分析が主導的である。「モティーフ」は明示的に言及されておらず、「テーマ」を、「主題」と「モティーフ」という概念に〈分ける〉ことによって、表現レヴェルを「思想内容」から切り離した領域で扱うことが、「分析批評」のねらいであったとしたら、ここではすでにその破綻を意味することになるだろうと指摘しておいた。

実は、小西は、彼の源氏物語論を、第二・三部についての「イメィジ」分析の部分に対応する原形の論文から発表し始めている。それが、「源氏物語のイメジェリ」（「解釈と鑑賞」昭和四〇年六月号所載）である。そして、物語の展開に遡って、第二部を、まず主人公と主題について論じ、さら前節で検討した第二部の「語り」の技法についての部分の原形となる論文を発表しているのだ。このような発表の（おそらく執筆の）時間的順序からいっても、「宇治十帖は、まことにイメジェリが豊か」というように、第三部における「イメジェリ」についての関心が、彼の『源氏物語』の分析を主導していることがうかがえるだろう。

「卓人」である光源氏は文字通り「光源」であるから、第一部の主題「現実に対する明察」を象徴をする「イメィジ」は「白日」であり、第二部の主題である「宿世と業苦」を象徴する「イメィジ」は「斜陽」を経て「光の不在」＝「闇」は、第三部の主題「無明」を象徴する「イメィジ」となる。

光源からの「離れ」が視覚的イメージで表象されると視覚の不在に触発されて、臭覚イメージや聴覚イメージが起動し始める。「共感覚技法」synaesthesia のヴァリエーションといってよいであろう。一方の、臭覚イメージの系列は「匂宮」と「薫」という登場人物の名前から「梅の香」のイメージがつむぎだされ、匂宮にはその名に含まれる「匂ふ」という言葉が持つ視-臭覚イメージの共感覚性から「紅梅」が、また臭覚イメージの優位性ゆえに薫には「白梅」が、割り振られる。他方、聴覚イメージとして、八宮の邸の側を流れる宇治川の「水音」は登場人物たちの嘆きの場面に反復して表れる。そこから「川」「橋」「船」「霧」

「時雨」などのイメージの系列が浮かび上がる。一方、宇治川の「耳障りな」「水音」を避けて八宮が赴く、宇治山の山寺は、「静かなる所」である。こうして、「道心」と「無明」を象徴する「山と川からなる景観」という想像的なトポスが立ち現れる。

興味深いのは、宇治川を「憂し川」と掛ける伝統的な和歌の準拠に加えて、小西は、ここで『法華経』のイメージを比較文学的「離れ」を〈架橋〉するテクストとして、享受者の側からの美的迂回として、導入することである。

> 愛執・憂苦に充ちた人間世界を、川や海で譬えることの多いなかでも、いちばん著名なのは、いわゆる「盲亀浮木」として知られる『法華経』（妙荘厳王品）の例であろう。盲の亀や浮き木は真理を知る確率が極小値に近い衆生を、それらの流れ漂う海は無明の人間世界を譬えたものである。この譬喩は、ヒロイン浮舟の呼び名を想起させる。（『文藝史Ⅱ』三八五）

こうして、イメージが象徴として、「モティーフ」を介さずに、「主題」に直結させられる。

> 「道心」に対する「山」、「無明」に対する「川」、道心と無明との間をさまよう人間に対する「舟」は、それら全体を包む「薄闇」と共に、第三部を象徴するイメジェリである。（『文藝史Ⅱ』三八六）

いわば、イメージの象徴性による要約が「主題」であることになる。こうした読み方は、むしろ、分析批評においては、「モティーフ」の鮮明でない叙情詩の分析で用いられる。

こうして、明らかに享受者主導の解釈の多様性の許容が、経典という間テクストを口実として導入される。

> わたくしは「川」が無明の象徴だと考えたけれども、それは、そう考えれば作品の意味が深まるというだけのことであって、その本旨［tenor 象徴が象徴する内容…引用者注］だけに限るわけではない。別の本旨を考えるほうが深い意味になるというのであれば、それでもよい。［…］作主としては、作品の

奥に何か「言われていること以上の意味」を把握してもらえばよく、その意味が何であるかは、享受者次第だからである。宇治十帖のイメジェリをこのように考えるのは、仏教経典におけるイメジェリがそうした性質のものであることによる。

（『文藝史Ⅱ』三八六～七）

小西は、宇治十帖のイメジェリのような多義性は、「シナの詩」にも「シナの典籍」にもみられず、典拠としては仏典しか考えられないのだが、当の仏典のイメジェリというのは、確定的な解釈というのはなく、宗教的な体験の深まりに応じて各自の解釈の正当性も許容されるのだ、として、そうした解釈論的な相同性の観点から、『源氏物語』の世界の達成の独自性を評価するのである。

文藝のばあいでいうと、制作者は「言われていること以上の意味」を考えさせる枠組だけ作品のなかに与えておき、それに対する解釈は享受者の器量に従い複数の正しさを認めることになる。わたくしが試みたのも、わりあい確からしい解釈のひとつにすぎない。

（『文藝史Ⅱ』三八七）

ここに、テクスト論や、読者反応論、脱構築などの反響を読み取ることもできようが、主導的なのは、むしろ、宗教的聖典の秘教的解釈にみられる考え方であるように思われる。何よりも小西が空海という真言密教の導入者の研究者であったことが想起されなければなるまい。確かにここで問題となっているのは、真言宗の密教上の根本経典ではないが、仏典の秘教的解釈における象徴解釈の態度論が、ひとつの裏付けになっているということはいえるのではないだろうか。すでに述べた、小西の『源氏物語』の「主題」の複雑な弁証法的な構造もこうした解釈論と関連するのではないだろうか。すなわち、空海の『秘密曼荼羅十住心論』において、宗教体験の段階を踏んで初めて秘儀に参入できるように、『源氏物語』の享受者にも、人生経験の深まりに応じてテクストの意味が開示されていき、第三部のイメジェリの象徴性の曼荼羅を感得するにいたるというように。もちろん、小西が解釈のなかで選択した範囲で見る限り、彼の読み出したイメィジの象徴

＝主題の解釈は、現在の眼からすれば、穏当という範囲にとどまるようにおもわれる。

もう一点、間テクスト性ということでいえば、漢文学における仏典の位置づけの問題があると思われる。小西は、第一部の間テクストとして『史記』を導入し、いわば、第一部を『史記』のヤマト版に見立てたわけだが、後篇の間テクストである『法華経』自体は、漢文学の他者である、インドの仏典の漢訳であるという点である。翻訳が母国語のテクストの解釈にもたらす問題については、すでに、芭蕉の句に対する禅林の漢詩解釈の影響について論じた際に述べておいたわけだが、ここでも、二重の「離れ」が演じられるわけである。こうして、表現レヴェルの破れ＝「離れ」から、無媒介に思想内容である「主題」が開示されることになるわけである。

私がこの部分を読んで想起したことは、テクスト論の原型ともいえる、ほぼ同時代のフランスの批評方法であった〈テーマ批評（テマティィズム）〉のことである。結論を先取りしていってしまえば、この批評のヴェクトルは、前述の分析批評とは真逆であるといっても過言ではない。「主題」を表現レヴェルに解消してしまおうというのである。この場合の「主題」＝〈テーマ〉thèmeとは、その原義に従って「置かれたもの」ととらえられる。

前出のロラン・バルトは、特にその初期においては、テーマ批評の代表的存在とみなされていた。彼は、〈テーマ的なるありかた〉une thématiqueを〈妄念の組織的なネットワーク〉un réseau organisé d'obsessionsと規定する。妄念である〈テーマ〉は、簡単にまとめると、思想内容として明確に概念化される以前の、執拗に反復され、物質的な実体性を有し好悪など価値観を帯びた、依存し合い、相互に置き換え可能な在りかたということになる。[注9]こうした在りかたであれば、文学作品に限らず、音楽や美術であろうと、映画であろうと対象として扱えるということになる。実際、音楽や美術においてはむしろこうした意味での〈テーマ〉のほうが一般的であろう。例えば、蓮實重彦氏によって、映画批評の方法として転用された所為である。〈ネットワーク〉＝網状組織という点に注目すれば、「織物」を意味する〈テクスト〉概念との間に親近性を容易に見て取ることができよう。ついでに言えばいわゆる「経」も解字上、「織り糸」を含むし、その原語サンスクリットでも、「糸」を意味する。

拙論も、ある意味では、〈「離れ」によるテマティック〉といえないこともない。esthetic distance のニュー・クリティシズムの文脈における概念規定についてはすでにみたとおりだが、漢語的に〈審美的距離〉と訳すのと「離れ」のように大和言葉的に訳すことにもかなりの径庭があるのではないか。esthetic distance を「離れ」と訳すこと自体、「離れ」を引き起こすのではないか？ とりわけ、西洋文化・及びその言語の摂取以前の日本において、圧倒的な中国文学・文化の移入の方法であった漢文学という翻訳装置に知悉した小西であってみれば、括弧を付して大和言葉的に訳し、しかも執拗に繰り返すさまには、何か〈妄念（オブセッション）〉＝〈憑りつかれているような在りかた〉を感じないだろうか。

「離れ」には、分析批評の〈分析〉にかかわる〈分離〉、〈分割〉、〈切断〉というイメージ――すでに語源的にラテン語の動詞 distare ＝ dis「分離して」＋stare「立っている」という組成であることは指摘した――だけでなく「離る」の動詞的な持続的連続的運動性、すなわち〈離脱〉〈逸脱〉〈偏心〉〈突出〉〈緊張〉とか〈開放〉のイメージ系も作動しているのではないか。「共感覚」も異なった感覚の緊張した離れであろうし、光源氏の不在＝光源からの遠ざかりのもたらす、視覚からの嗅覚や聴覚の「離れ」も重要な契機となっており、小西のイメジェリの連想が「ハナレ」から突起したものとしての〈鼻〉＝嗅覚や同じく植物の突出した部分としての〈花〉へ、「ハ」＝「端」から大地から垂直軸での突出した境界空間「山」や水平軸の境界「川」へ、離れを架橋するものとしての橋や浮橋としての舟へと、その読みの現場では、一義的な解釈のできない仏典のテクスト性を口実（『法華』も「蓮の花」にほかならない）に、テマティックを形成している考えることもできよう。最終的には妥当な学問的解釈の範囲内の「思想的内容」に落としどころをおいてはいるものの。

いずれにせよ、小西は、その「分析批評」という西洋由来のもっとも近代的な分析方法という一見透明な光を、漢文学（と漢訳された仏典）という二重の間テクストの〈反射鏡〉reflectorに一遍反射させることで、そこからの「離れ」として、光と闇との交錯として日本文学の最高峰『源氏物語』を浮かび上がらせるのである。

最後に、今まで見てきた「離れ」のテマティックという限られた観点からではあるが、『日本文藝史』について気が付いた点を指摘しておきたい。それは、この日本文学史の時代区分の特異な構成との関連である。よく知られているようにこの文学史は、極めて特異な時代区分を行っている。中世が異常に長く設定されていることが目立った特徴であり、通常の文学史における上古、中古（平安）、近世（江戸）という時代区分が存在しない。指標は、「シナ文化」と「西洋文化」という二つの外来文化の受容、変質というものである。「日本独自の文化」が「シナ文化」と「西洋文化」という二つの外来文化をどのように受容し変質していったのか、特に、「シナ文化の摂取による変質を受けながらも、原始的な表現意識が多く残存」していた「古代」を経て、「［文藝の」主導的ジャンルにおいて表現意識がシナ文化の受容により変質」した日本文化史の大部分を占める「中世」という時代区分は、ほぼ通常の文学史における「中古」「中世」「近世」を包含し、「シナ文化」における六朝文化、唐代文化、宋代文化という大きな時代文化の特徴に対応して、「風流」を理念とする中世第一期、「道」を理念とする中世第二期、「情理」を理念とする中世第三期という三つの下位区分がなされている（『文藝史Ⅰ』八八〜八九）。

極めて興味深い点は、このように「シナ文化」の区分を指標としているため、日本文学の時代区分が、約三五〇年遅れで対応させられていることである。例えば、中世第一期の起点となる延喜五年（九〇五）『古今和歌集』撰進下命は、三百五十八年ほど前のシナにおける原像として太清永年間（五四七～四九）『玉臺新詠』の成立を持ち、中世第二期の起点となる元久二年（一二〇五）に撰進された『新古今和歌集』の対応点は、三百三十五年さかのぼってその「妖艶風」の原像温庭筠の没年（八七〇頃）に求められる。「印刷技術の改良により多様な方面にわたる出版活動が推進された」中世第三期の象徴である慶長二年（一五九七）慶長勅版開始の原像として、三百五十年ほどさかのぼる十三世紀の中頃の臨安の陳氏による印書の最盛期が対応させられる。こうして、「中世第三期までは、シナ文化との対応で展開をたどることが可能だと思われる」ということになる（『文藝史Ⅰ』八八～八九）。では、西洋文化受容時代はどうか。

> ［…］鎖国を撤廃し、西洋文化に原像を求めた時点で、日本の文化速度は急激に加速された。きわめて短い時期のうちに西洋文化と歩調を揃えようとしたから、その原像がほとんど時差の無い十九世紀に求められたのである。この時点においてシナ文藝との関係は位相幾何学的な意味での「破局」(catastrophe)を迎えたから、それまでのような対応が無くなり、［…］日本近代文藝における周辺圏へと後退していくのであり、西洋に原像を求めた中心圏のなかには、残念ながらもはや留まることができなかった。
> （『文藝史Ⅰ』一〇一～一〇二　［ ］内引用者省略）

こうして、「離れ」は、歴史的＝時間的な「離れ」＝「遅れ」に転換される。日本近代文藝は、時差の少ない西洋文藝を原像とすることで、近代化される。小西は、日本における「雅」を、「シナ文化の写像」（『文藝史Ⅰ』一〇三）と規定し、「シナにおける原像を日本に写し取るためには、シナ文化についての正確かつ豊富な知識すなわち「漢才」が必要不可欠であ」り、彼が研究した空海はそうした「漢才」の人であった、としている（『文藝史Ⅰ』九四）。

いまや、小西は、「西洋文化の写像」たるべく「洋才」を備え、当時、最も普及していたアメリカの文学研究教育の方法を請来し、その光を、漢文学の知識を「反射鏡」に反射させて、かつての文化的中心からの時間的・空間的「離れ」として、日本文藝史という物語＝歴史を描き出すのである。時間的に遅れるために、常に不在化した漢文学は、その時間的距離ゆえに日本文学にとって非在の美であり続ける。こうして、西洋文藝と漢文学と日本文学が〈架橋〉されるのである。

三　最後に――今後の問題の展開に向けて

最後に、二点今後の検討課題を提示しておきたい。ひとつは、「分析批評」の教育への展開である。一九七二年に、小西の弟子で、当時高校の教師であった井関義久氏によって、『批評の文法――分析批評と文学教育』が出版される。同書の改訂版のあとがきによれば「その頃［昭和三三年］、私は東京の高校教師であったが週一日の研修日を利用して小西博士のセミナーに出ているうちに、この方法を大学の研究室のなかにとどめておくことは、いかにももったいないないと思われて、一年生の文学の授業にそのまま持ち込んでみた。昭和三十七年のことである。[注10]」とあり、「分析批評」が高校国語教育の方法として導入された経緯がわかる。当初、井関氏は高校の国語教育を対象に分析批評を実践していたが、向山洋一氏が、小学校教育に取り入れ、教育技術の法則化という形で全教科に展開し、ＴＯＳＳ（トス：Teacher's Organization of Skill Sharing 教育技術法則化運動）として、現在もひとつの潮流をなしている。

実は、私事にわたって恐縮であるが、このことを知って、私の脳裏によみがえった記憶がある。私は、東京教育大の協力校であったある私立中・高等学校の出身なのだが、実際東京教育大出身の若い国語の教員のひとりが、授業でこの分析批評らしきことをやっていたような記憶を、持っているのである。高校一・二年のことだから、一九七一、二年のことで、ちょうど前出の井関氏の本の出版時期ということになる。漠たる記憶で、内容そのものは忘却のかなたなのだが、「分析批評」が、体系的でなく部分的ではあれ、場合によっては、小学校段階から国語教育に何らかのかたちで浸透しているといえよう。これは、私たちのなかに、すでに分析批評的な態度がハビトゥスとして刷り込まれている可能性があるということを意味することになろう。拙論の冒頭で指摘した、分析批評の構えが「文学理論」以前の常識という感覚は、こういうことから起因するのかもしれない。

さらに、前節まで見てきたこととの関連でいうならば、このことは、国語教育から国文学教育さらには国文学研究に至るまで、分析批評という導きの糸によって、極めて一貫し、しかも階梯化された教育方法が構築されていることを意味しないだろうか。小学校以来の「国語」、「古典」「漢文」などのカリキュラムを順々にたどっていけば、「分析批評」のハビトゥスの上に、いわば無理なく日本古典文学の最高峰であり世界文学の古典である『源氏物語』の理解に接続し、しかもそれを、世界に流通しうる小西の『源氏物語』解釈を組み込んだ『日本文藝史』という一貫した文化的価値体系とともに、理解することができるというわけである。そうした教育システムと連動させてみると、あの、『源氏物語』解釈における主題の複雑な扱いも、西洋文化の価値観を前提に、東洋、漢文学といった要素をそれからの「離れ」として構成された『日本文藝史』の構造自体から要請されたものとして、改めて理解することができよう。

井関氏は、自身が受けた戦前・戦中の教育について、「文学作品を読む、ということも、思想書を読むと基本的には同じであった。[…]「国漢」は基本的に古典であったし、文芸としてよりも思想書として扱われたこといういきさつがあったことも、読解を権威づけた。[…]一九四〇年代の「国漢」が主として思想教材であった頃の話である。」と述べている。[注11] そうした彼にとって、「作品を作品としてじかに読むこと、その表現の中から思想を読みとること」を趣旨とする「新批評」に基づく「分析批評」は、まさしく来たるべき「文学教育の改革」として映ったに違いない。小西が井関氏に与えたこの本の「序」には、そうした、日本の文学研究と文学教育、そして国語教育と、「分析批評」＝ニュー・クリティシズムとの出会いが語られている。

小西は、一九五七年スタンフォード大学から客員として招かれる。彼の任務は、「研究の場所を与えられ、何でも好きなことをしていればよい」というもので、彼はその意図を「どうせ学者は研究のほかにすることが無いはずだから、放っておいたところで、研究をするにきまっているし、本人のやりたい事をやらせておくのが、いちばん充実した成果の得られるゆえんだ」と推察している。小西は、そこで二人のアメリカ人の日本文学研究者と和歌について論じあううちに「話がよく通じない」ことに気付く。英語の巧拙以前に「批評のしかたがまるきり違う」ことを実感する。そのとき、アメリカ人の教授にブルックスとペン・ウォレンの『詩の理解』などニュー・クリティシズムの三冊をあたえられ、「これらの本をよみながら、そのゆきかたで和歌を論じてゆくうち、だんだん話が通じるようになってきた」という。そこで、「これを日本の学界に紹介することは、アメリカに招かれた最初の国文学者として、私の責任であると感じ」、帰国後、勤務校でこの分析批評の演習ずっと続けていたが、「教室での作業に加わることによって確実に把握した[…]長年にわたる受講者」である井関義久氏が、「分析批評を高等学校の段階で成功させた」ことをもって、「スタンフォードの人たちが期待した連鎖反応のひとつは、このようにして日本におこった」とする。[注12]

拙論の冒頭で指摘したように、小西にとってまさしく「批評」とは、「作品そのものについて」個々の読者がその感動を「語りあう」ことであり、「語りあえるような「共通のことば」」創り出すことであるはずであった。スタンフォードで、たしかに彼は和歌についてアメリカ人の大学教授たちと「語りあって」いる。しかし、「話がよく通じない。」しかも、「批評のしかたがまるきり違う」のだ。では、「語りあえるような「共通のことば」」をともに創り出そうとしているだろうか。ニュー・クリティシズムの基本図書をあたえられて、それを習得することで「だんだん話が通じるようにな」るという、非対称な力関係そのものではないだろうか。「研究の場所を与えられ、何でも好きなことをしていればよい」という〈自由な〉雰囲気と自発性の尊重。ここでの事態は、アントニオ・グラムシやエドワード・サイードのいわゆるヘゲモニー支配の典型といえるだろう。

日本の教育方法の研究、普及の中核を担う大学の極めて優秀な中心的人物によって、極めて一貫した国語、国文学教育の近代化が急速に推し進められることになったということがうかがえる証言である。このようにして、ニュー・クリティシズムという〈理論〉によって、当時のアメリカの文学教育と、日本の中等教育を含む文学教育の〈架橋〉もなされたのである。

補助線としてきた同年代のロラン・バルトが、小西とパラレルな問題意識を展開しているように思われるが、ジャーナリズムで批評家としても活躍しながら、構造主義の代表的存在となってからはアカデミズムで記号学の体系化に向かったものの、やがて、体系を拒否するような断章形式のエッセイを発表するようになり、最終的には、『明るい部屋』という写真論で、「ストゥディウム（コード化できるもの）」＝〈教えること・学ぶことができること〉に対して、「プンクトゥム（コード化できないもの・コードを破壊するもの）」＝〈教えること・学ぶことのできないもの〉の逸脱性を強調するようになっていったことにも、教育によるイデオロギー再生産への強い違和感、危機感を感じていたことがうかがえる。

ここからは、イーグルトンからイメージされるような、最近の、日本の正統的な英米文学研究者たちの

「正しい」「文学理論」の知見に、席を譲ることにしよう。

最近の日本の英米文学者たちのなかには、ポスト冷戦という枠組みで、冷戦期の英米文学を扱おうとする研究者がいる。そうした観点から見ると、ニュー・クリティシズムと、これまで見てきた小西の仕事は、どのように位置づけられるのだろうか。

アメリカ文学者、越智博美氏は「新批評、冷戦リベラリズム、南部文学と精読の誕生――トランスパシフィックな国語教育と川端康成」という論文で、「何物にも邪魔されずにテクストに相対するという無私の態度、客観的中立な態度は、その後の冷戦期のリベラリズムにとても馴染みやすい[注13]」として、新批評（ニュー・クリティシズム）の淵源から冷戦期までの動きを論じているのだが、それを、拙論に関連する範囲で骨子を要約すると以下のようになる。

新批評とそれを支える精読は、テクストを自立した存在と捉えるため、非政治的といわれてきたが、ランサム、テイト、ペン・ウォレンらの元来の思想は反近代・反産業主義の政治性を帯びていた。一九二〇年代、近代化から取り残された後進的な南部の支配層の知識人として、反動的な農本主義を主張したが、同時に産業化によって疎外された人間性回復の処方として「詩をよむこと」という「審美形式」を唱えた。ニューディール期に福祉社会に転換しつつあったアメリカにおいて、そうした政治的反動性が受け入れられるはずはなったが、一九三〇年代には、「審美形式」を前景化することで、そうした南部からアカデミズムに活動の重点を移す。フォークナーを頂点とする新批評に親和的なモダニズム文学の土地として南部を語り直すことで南部文学を刷新した彼らは、アメリカから英国に移ったエリオットの影響を受けており、言語形式を重視するモダニズムを評価するのに馴染みがよい、I.A.リチャーズやW.エンプソンの「精読」という言語技術を採り入れることによって文学作品を自立的なものとして、他の領域から切り離す批評方法が確立した。

一九三〇年代後半になると、ナチス台頭の時期、農本主義者はファシストの嫌疑をかけられる一方、反ファシズムの態度をとっていた共産主義シンパの知識人たちは、独ソ不可侵条約を契機に、反全体主義というかたちで従来の共産主義支持の方向を転換せざるを得なくなっていた。アメリカの対戦参加とともに、政府の愛国戦意高揚文学の要請が強まると、モダニズム文学の政治的に超然とした態度が批判されることになる。共産主義色を脱色したい左翼知識人と、ファシスト嫌疑を晴らしたい元南部農本主義者であった新批評の中心的知識人たちとの、政治的脱色の志向が合致したなかで、前述の戦意高揚の批判に対して、アレン・テイトは、そうした戦意高揚による動員もゲッペルスのモダニズム批判も戦時協力を強制する限り、全体主義そのものだ、むしろ徹底して政治的でない態度をとることによって、民主主義が擁護され、したがって愛国的なのである、と反論する。注14

越智氏は「たとえ、民主主義であれ、そのイデオロギーから自由であり続けることが真の民主主義であるという一見逆説的なこの主張こそが、冷戦期を支えるリベラリズムのとなるのだが、その萌芽の少なくともひとつはここある」として、「文学の非政治化とそれを体現する新批評とは、このようにしてイデオロギー無きイデオロギーという冷戦リベラリズムの文化を支えてきたのである」と、その政治的イデオロギー性を分析している。こうして、冷戦期において「政治から切り離された精読が文学作品から読み取る人間は、したがって「普遍的な人間」ということとなる」。同時に、ビル・レディングスやスティーヴン・シュライヤーを引きつつ、「文芸文化」は、冷戦期、国民国家アメリカの拠り所となる「国民文化」の中核をなす「規範」として、「中等教育」に支えられており、「新批評家」は、その「教員養成」において、「テクノロジーの合理性に対する倫理的な重しのような役割」を果たし、「冷戦期におけるフォーディズムと福祉国家体制のア

メリカ文化を支えていた」とする。[注15]

こうした文脈のなかで、小西のニュー・クリティシズムの国語・国文学教育への受容を検討すると、越智氏の言う「日本が終戦後、アメリカの主導で再度国民国家として立ち上がり、国際社会に再参入する際の国語教育」における「文学」の位置づけに、極めて重要な意味を持っていたことは理解できるだろう。[注16]

小西のニュー・クリティシズム＝「分析批評」の大々的な展開は、昭和四〇年六月号の『国文学　解釈と鑑賞　特集　文学研究とニュー・クリティシズム――あなたにも文芸批評が出来る――』においてである。そこには、執筆者として前述の井関義久氏を含む国語教育関係者、日本古典学研究者、高橋康也ら英文学者、鍋島能弘らアメリカ文学者、文学評論家磯田光一、歌人岡井隆氏などが名を連ねているが、その多くは、この後、冷戦期に各界で活躍することになる人々である。「分析批評入門(1)作品をとく鍵」として、英文学者川崎寿彦の日本文学作品を対象とした長期連載が開始され、また拙論で言及してきた小西の「源氏物語のイメジェリ」の初出の所載もこの企画である。このなかで、小西は、「日本文学と分析批評」と題する座談会を、文学評論家でアメリカ文学者・比較文学者であった佐伯彰一（一九二二〜二〇一六）、やはり文学評論家で英文学者であった篠田一士（一九二七〜一九八九）とともに行っている。「文芸文化」の刷新が、ある意味では各界の横断的・組織的な連携によって展開され、小西はその中心であったことが、うかがわれるのである。

とりわけ、日本近代文学研究者の佐藤泉氏の研究を踏まえた越智氏の次にみる指摘において、佐伯彰一が「メタフィジック批評」の一人であったことを念頭におくと、文壇における批評の動きと国文学研究や国語教育の冷戦イデオロギーとの関連の解明が今後の課題として浮かび上がってくる可能性があるように思われる。

このように脱政治化して見える［…］「歴史と社会を排除」した「日本」と、佐藤泉が「批評の五五年体制と呼ぶ流れとはおそらく連動している。「佐藤によれば、一九五五年を境に批評は「政治と文学」を腑分けし、政治性を排除した文学へと舵を切る。明らかにエリオット的な伝統を念頭においた福田恆存のエッセイ「人間・この劇的なるもの」（一九五六年）では、「全体主義」とは別ものの、生の様式としての「全体」が、マルクス主義者や私小説に対置される。五五年には新批評の日本版ともいえる「メタフィジック批評」が登場して、階級闘争をはじめとして、美学以外のもの一切を文学から排除する（佐藤『戦後批評』一八九〜二〇九）それとともに教育からは文学史が、佐藤が「文化をその歴史性と社会性において理解する理解様式」（『国語教科書』一一五）と呼ぶものが後景に退くことになり、結果として脱政治化した精読制度だけが生き残ることになった。この事態を「政治性が透明化される動きであり、別の形でのイデオロギー生産だった。」（『国語教科書』一一五）とする佐藤の見立ては重要である。このとき国語の「静止した名作」を鑑賞するのは、普遍に開かれた世界市民ではなく、高度成長期の「個人」となる（佐藤一一七）そして「心情」を重視するお馴染みの国語読解はこの時点で確立したといえるだろう。むろん、日本にはすでに戦前から、三読法などの精読の歴史があるために、精読イコール新批評ではない。しかし、冷戦期における精読の実践が、その政治的文脈に置かれたときには、日本の冷戦期の位相と繋がるものであったことは間違いのないことだろう。[注17]

「メタフィジック批評」と小西の「分析批評」が連動しているとすると、拙論で見てきた小西の『日本文藝史』の構造の特異性も、異なった意味を持ってくるのではないか。すなわち、「美学以外のもの一切を文学からから排除する」過程で、「教育から後景に退」いた「文学史」や「文化をその歴史性と社会性において理解する理解様式」を代補しようとする、いわば〈美学と化した文学史〉と考えられるのではないかということである。少なくとも、彼が「時代の基本的な性格が定まっている」と考えている、「古代・中世」についてはそういえるような気がする。また、「普遍に開かれた世界市民」から「高度成長期の「個人」」への変質という佐藤氏の指摘を念頭におけば、『源氏物語』解釈における主題の展開――第一部の「普遍的人間」の物語から第二・三部におけるその解体――という複雑な弁証法的構造との相同性を検討する新たな展望も開けるだろう。

今回、小西甚一の『源氏物語』解釈について考察して感じたことは、その解釈の近代性である。冷戦期に、〈イデオロギー無きイデオロギー〉という冷戦イデオロギーを体現するニュー・クリティシズムという最も支配的であった解釈の美学のコードを、教育方法から文献学を含む文学研究方法、日本文藝史というかたちで結晶化された「日本」という文学の美的価値、その同時代文学との連動に至るまで、極めて近代的に一貫したかたちで統一化しようとする彼の仕事を見ていると、「教育」＝「文化」のある種の究極のような姿を感じてしまうのは私だけであろうか。おそらく、そうした不可視＝透明なイデオロギー構造はイデオロギー批判の〈理論〉によって可視化されることになるのだろう。しかし、冷戦の崩壊以降、散種された美学の断片はどのように再帰してくるのだろうか。専門分化の進む古典研究においても、今こそ、文献学、テクスト解釈、国語教育を〈架橋〉するような新たなテオリアが必要とされているのではないか。

注

1 小西甚一『日本文藝の詩学――分析批評の試みとして』みすず書房、一九九八年。以下『詩学』と略記して頁を表示する。［…］引用者省略および補足。

2 小川和夫、橋口稔共編『ニュークリティシズム辞典』研究社　一九六一年、二一～三一頁 aesthetic distance（審美的距離）項目からの引用。なお原文は横書きのため傍線は原文では下線。

3 ロラン・バルト『ロラン・バルト著作集五　批評をめぐる試み』吉村和明訳、みすず書房、二〇〇五年、七三頁「盲目の〈肝っ玉おっ母〉」という一九五五年のブレヒト劇評。傍点部分の原語は la distance。

4 ロラン・バルト『テクストの快楽』沢崎浩平訳、みすず書房、一九七七年、六八頁。一部行論に即して変更した。

5 ロラン・バルト『彼自身によるロラン・バルト』佐藤信夫訳、みすず書房、一九七九年、七五頁。〈 〉内は引用者による補足。

6 Konishi, Jin'ichi. A History of Japanese Literature Volume Two : The Early Middle Ages. Aileen Gatten trans. Earl Miner ed. 拙論で扱った範囲の仮構物語の該当箇所は、305–346。

7 「作者」author とウェイン・ブースの「暗黙の作者」implied author との区別がここではこの区別がなされていないが、「苦の世界の人たち——源氏物語第二部の人物像——」（『言語と文芸』第一〇巻第六号　昭和四三年一一月所載）一八頁の注（九）では、「作主とは、implied author の訳語で、ある作品を通じて推察される作者のこと。原則として、現実の作者（author）との間には、大なり小なりの差がある。われわれは作者すなわち実際の紫式部について、あまりよく知らない。しかし『源氏物語』を述作した人のことは、作品を通じて推察できる。それが作主としての紫式部である。作者が全く不明の作品もある。しかし、作品のある限り、作主はいつも存在する。」と説明しており、この区別は、明確になされている。おそらく術語の訳に揺れがあったためであろうが、それ以降『詩学』の刊行年に至っても統一がなされていなかったことになる。

8 小西甚一『日本文藝史』第二巻、講談社、一九八五年。以下『文藝史』と略記して巻、頁を表示する。［…］引用者省略および補足。

9 Barthes, Roland. Oeuvres Completes I p. 295, pp. 429–432 邦訳の該当箇所は、ロラン・バルト『ミシュレ』藤本治訳、みすず書房、一九七四年、三頁、二五三～五八頁。行論の都合上、引用者の拙訳及び要約。

10 井関義久『批評の文法〈改訂版〉——分析批評と文学教育』明治図書、一九八六年、一八五頁。［ ］内引用者補足。

11 同前　八～九頁　［…］引用者省略。

12 同前 i ～ iii ［…］引用者省略。

13 越智博美「新批評、冷戦リベラリズム、南部文学と精読の誕生——トランスパシフィックな国語教育と川端康成」（三浦玲一編著他『文学研究のマニフェスト――ポスト理論・歴主義の英米文学批評入門』研究社、二〇一二年所収）。アメリカ南部詩人＝批評家と冷戦については、越智博美『モダニズムの南部的瞬間――アメリカ南部詩人と冷戦』研究社、二〇一二年参照。冷戦とアメリカについては、山下昇編著他『冷戦とアメリカ文学――二一世紀からの検証』世界思想社 二〇〇一年、村上東編著他『冷戦とアメリカ――覇権国家の文化装置』臨川書店、二〇一四年、宮本陽一郎著『アトミック・メロドラマ――冷戦アメリカのドラマトゥルギー――』彩流社、二〇一六年参照。以下、越智氏の論文で言及される、第二次大戦後の国語教科書については、佐藤泉『国語教科書の戦後史』勁草書房、二〇〇六年、およびそれと戦後批評との関連については、佐藤泉『戦後批評のメタヒストリー――近代を記憶する場――』岩波書店、二〇〇五年参照。

14 同前九三～一〇一頁の引用者による要約。

15 同前一〇三～〇四頁

16 同前一〇四頁

17 同前一〇五～六頁

謝辞：まずは門外漢の私に、さまざまなアドバイスを惜しまれなかった本巻担当編集委員の助川幸逸郎氏に感謝申し上げたい。また、鈴木泰恵氏（岐阜女子大学）には、終始相談に乗っていただいた。英米文学研究における冷戦イデオロギー研究については、村上東氏（秋田大学）、大田信良氏（東京学芸大学）、宮本陽一郎氏（筑波大学）から多くのことをご教示いただいた。国語教育における「分析批評」については、同僚の山室和也氏（国士舘大学）にご教示いただいた。拙論中にお名前を挙げさせていただいた方々以外にも、以上の方々のお力が無ければ、拙論はあり得なかった。併せて深く感謝の言葉を申し上げたい。

田代 真（たしろ まこと）　国士舘大学教授。専攻：比較文学・文化論、映画論。主要論文：「柳町光男『カミュなんて知らない』における「不在」の構造」（『国士舘大学文学部人文学会紀要』二〇一〇年三月）、「愛としての文学と映画の遭遇」（『国文学』二〇〇八年十二月）、「『スペインの大地』の詩学――人民＝大衆の誘惑――」（日本ヘミングウェイ協会編『ヘミングウェイを横断する――テクストの変貌――』本の友社、一九九九年）など。

『源氏物語』における作者と作中人物
――源氏研究へのバフチンの方法の導入をめぐって――

中村　唯史

一　はじめに

一九八〇年代から九〇年代にかけて日本で刊行された『源氏物語』の研究書には、「ポリフォニー」や「カーニバル」等の概念で知られるロシア（ソ連）の文芸学者ミハイル・バフチン（一八九五～一九七五）への言及が数多く見られる。たとえば高橋亨は一九八二年刊の自著に『源氏物語の対位法』という書名を冠した理由を、「この論文集では、源氏物語が内在する主題の重層的な展開と、それを表現することばのしくみを解明しようとした。「対位法」は「多声法」と同じく、polyphony（ポリフォニー）の翻訳語である[注1]」としたうえで、次のように述べている。

西洋の近代音楽と日本の伝統音楽とのちがいがたぶんそうであるように、ポリフォニーの概念規定に厳密であろうとすれば、源氏物語の表現構造をそうよぶのには、かなり無理があることは承知している。例えば、M・バフチンが『ドストエフスキイ論』でいう「ポリフォニー小説」の規定に従うなら、源氏物語はやはりモノフォニーということにならざるをえないであろう。登場人物たちのそれぞれが、完全に自律した対話をなしとげているのではないし、会話と地の文との境界は、ときに不明確なまま連続的である。語り手の話声が、登場人物たちの話声をつむぎ出し、多元的に分化しながらも、その中に交錯してふたたび包含するのが、源氏物語の文体の特徴だといえる。

にもかかわらず、あえて「対位法」というのは、「もののあはれ」や「みやび」といった単旋律（モノフォニー）に解消して源氏物語を読む伝統を相対化し、批判したいからである。[注2]

西郷信綱も一九八三年刊の『源氏物語を読むために』で次のようにバフチンを高く評価し、その方法を『源氏物語』の文体分析に適用する必要を説いている。

言葉の機能が詩と散文とで質的にどう異なるかを分析し、正面から小説の文体論的解明に初めて乗り出したのはバフチンである。その業績は、小説の文体をかたろうとする以上、無視することのできぬ普遍性をもっているはずだが、さてそこでとかれていることのうちもっとも大事なものの一つは、「管弦楽化（オーケストレーション）」という概念で、『源氏物語』を読む上にもこれは不可欠のものと思われる。[注3]

『源氏物語』の言説分析にバフチンの方法をとりわけ一貫して応用したのは、三谷邦明である。その成果は、『物語文学の方法Ⅰ・Ⅱ』（有精堂、一九八九年）、『物語文学の言説』（一九九二年、有精堂）、『源氏物語の言説』（翰林書房、二〇〇二年）などに結実している。

これらの言及が、これに少し先立つ時期に盛んに行われたバフチン紹介と無関係でなかったことは、改めて指摘するまでもないだろう。実際、一九七〇年代から八〇年代半ばにかけては、バフチンの主要著作が矢継早に日本語に翻訳されている。主なものを挙げるなら、『ドストエフスキイ論』（新谷敬三郎訳、冬樹社、一九七四年）、『フランソワ・ラブレーの作品と中世・ルネッサンスの民衆文化』（川端香男里・鈴木晶訳、せりか書房、一九七六年）、『マルクス主義と言語哲学』（桑野隆訳、未来社、一九七六年）、『小説の言葉』（伊東一郎訳、新時代社、一九七九年）、『作者と主人公』（齋藤俊雄・佐々木寛訳、新時代社、一九八四年）などである。

もっとも、受容というものが多くの場合にそうであるように、『源氏』研究者のバフチン理解には、ときにバフチンの思想自体に対する拡大解釈や齟齬が指摘できる。たとえば高橋亨は、前述の引用箇所に先立って、バフチンの用いた概念「ポリフォニー」から発想を得た「対位法」という鍵語に「〈光〉と〈闇〉との象徴的な両義性、〈都〉と〈宇治〉などの物語空間の主題的な対照、一対の登場人物たちの構図[注4]」等の二項対立をも含意させているが、これは明らかに記号学的・構造主義的な理解である。だがバフチン自身は、たとえば記号学の鍵概念の一つである「コード」について、ある手記の中で「コンテキストとコード。コンテキストは潜在的には完成することがない。コードは完成していなければならない。コードは技術的な情報手段に過ぎない。［…］コードは故意に設けられた、既に殺されているコンテキストである[注5]」と否定的に言及していることからも窺われるように、記号学や構造主義と自分の思想とのあいだに、明確に一線を画して

いた。[注6]

だが私はここでバフチンの思想を金科玉条として、日本の『源氏』研究者の「誤謬」をあげつらおうと言うのではない。そのような姿勢こそ、バフチンが何よりも忌避していたものだった。彼は晩年の小文『より大胆に可能性を活用せよ』[注7]の中で、ある時代、ある国の文化現象は、シュペングラーの言うような「閉じた完結した」ものではなく、「開かれた統一体」にほかならないと主張している。たとえばバフチンの思想にしても、本人の自己理解・自己認識に尽きるものではなく、後世あるいは異なる文化伝統に属する者――「外部に位置している」他者の理解や解釈によって、新たな意味と深みを獲得していくということである。

他者の文化は、もうひとつの文化の眼にとらえられてはじめて、みずからをいっそう従前にかつ深く明らかにする。[…]ひとつの意味は、もうひとつの〈他者の〉意味と出会い、接触することにより、みずからの深層をあきらかにする。両者のあいだにはいわば対話がはじまり、この対話がこれらの意味、これらの文化の閉塞性や一面性を克服するのである。わたしたちは、他者の文化にたいして、それ自身はみずからに提起しなかったような新たな問いを提起し、そこにこうしたわたしたちの問いに対する答えを求めるのであり、他者の文化はわたしたちに答え、わたしたちのまえにみずからの新たな側面、新たな意味の深層をうち開く。みずからの問いなしには、他者の問い（ただし、もちろん真摯なほんものの問い）のどれひとつとして創造的に理解することはできない。[注8]

私が本稿で素描したいのは、まさにこのような意味での対話である。『源氏』研究者は、単に当時流行の思想を追ったのではなく、『源氏』というテキストと向き合うなかで生じてきた自己の思想を言語化するのに好適な枠組や概念を、バフチンという異なる文化体系に属する他者のなかに能動的に見いだしたのだ。一九八〇～九〇年代の研究者たちが『源氏物語』のどのような「意味の深層をうち開き」、それを語るためにバフチンの思想のどのような側面に着目したか——『より大胆に可能性を活用せよ』に即して表現するなら、『源氏物語』、『源氏』研究者、そしてバフチンという三者のあいだの「対話」のさまを記述することが本稿の目的である。

二 『源氏』研究者はバフチンの何に注目したか

バフチンが自分の思考を語るために用いた概念は多岐に及ぶ。その代表的なものは、本稿の冒頭にも一部挙げた「対話」「ポリフォニー」「管弦楽化」「カーニバル」などだが、『源氏物語』と対峙していた高橋、西郷、三谷等の研究者は、このうち文化人類学や文化記号論で重視された「カーニバル」には、ほとんど言及していない。彼らが注目したのは「ポリフォニー」と「管弦楽化」、とりわけ後者であるが、これらの概念は、バフチンのほぼ半世紀に渡る活動の前期——具体的には一九二〇～三〇年代前半の思考から生じたものだった。以下にまず、『源氏』研究者が着目したバフチン前期の思想がどのようなものであったかを概観しよう。

バフチンの思考の出発点にあったのは、既成価値観の崩壊と混乱のなかで、生の現実に表象や言葉が追いつけなくなっているという現状認識、両者の断絶に対する危機感だった。彼は最初期の論考『行為の哲学に寄せて』[注9]で、現代における「互いに対立する二つの世界、けっして相互に交流し浸透することのない二つの世界」の分裂を指摘している。「我々が創造し、認識し、観照し、生き、そして死んでゆく唯一の世界」すなわち「生の世界」と、それらが「客観的な統一」というかたちをとる「文化の世界」との分裂である。実践と認識、生きることと表象することとは、どちらも人間にとって必須の営みだが、現代という時代には両者を「一個の統一へとまとめあげるような、そうした単一で唯一のレベルというもの」が存在しないとバフチンは言う。

この分裂をいかに克服するかを追求するために、ほぼ同時期に書かれた論考が『美的活動における作者と主人公』[注10]である。この論考では、『行為の哲学に寄せて』における「生の世界」の主体が「他者」、「文化の世界」の主体が「わたし」とされている。「わたしと他者は絶対的な、できごとの性格をもった相互矛盾の関係にある」。だがバフチンによれば、正にそのことによって両者は切り結ぶことが可能であり、その切り結んだ地点に表象が立ち上がるのである。

バフチンはこれを「外在」という概念で説明している。刻一刻と現在進行形で生きている「他者」は、自分自身を省み、認識し、表象する可能性を、原理的に持たない。たとえば、ひとが日記を書いているとき、その日記に書かれている内容は、たとえわずかでもすでに過去であり、したがって完結してしまっているのであり、いま現在の瞬間の生を表象することは本人には絶対にできないのだ。一回限りで唯一の生をひたすらに進んでいる者を認識し、表象できるのは、必ずやその外部に存在している者である。「他者」の生を表象できるのは、その生を進んでいる本人ではなく、時間的、空間的、あるいは意味的に「外在」の位置から「他者」の生を見ることができる者――「わたし」の方だとバフチンは言う。

この論考において、バフチンはさらに、現実の生における「他者」と「わたし」の関係をそのまま小説における「主人公」と「作者」の関係に敷衍している。主人公や作中人物は、作品世界という彼らにとっての現実の中を、自分の生の行き着く先を知らぬまま、現在進行形でひたすら進んでいく。そのような作中人物たちの生に外側から形を与えるのは、彼ら自身ではなく、彼らに対して外在している作者である。作者は作中人物たちの生をその外から観照し、形象し、作品世界の文脈の中に位置づけていく。表象は、作中人物の「認識的で倫理的な生のコンテキスト」と、「作者の完結させるコンテキスト」「形式的・美的なコンテキスト」とが切り結んだ地点に生じてくる。その際、「二つの価値的コンテキストは相互に浸透し合っているが、しかし作者のコンテキストは、主人公のコンテキストを包み、閉じようとする」。

『美的活動における作者と主人公』のバフチンの議論のうち、「外在」は比較的わかりやすい。たとえば、「他者」の顔を直接に認識・表象できるのが本人（「他者」）ではなく、本人以外の者（「わたし」）の方だというのはよく言われることだが、バフチンの表現に倣えば、これは「わたし」が「他者」に対して空間的に外在しているからこそ可能なことなのである。だが、日常的現実における「わたし」と「他者」の相関関係と小説における「作者」と「主人公」の相関関係とのあいだにバフチンがほとんど差違を認めていないことや、「主人公」（作中人物）があたかも別個に存在する、「作者」にとっての他者であるかのような議論には、違和感を持たれる方も多いと思う。

本稿でこの点を詳細に論じている暇はないが、バフチンが物質的世界ではなく、そのような世界に対する人間の認識、そしてその表れである言葉の方をこそ実体と見なす思想の系譜に属していたことは、バフチンが盛んに紹介されていた時点ではあまり言われていなかったことなので、ここで指摘しておきたい。ロシアの言説において伝統的に、そしてとりわけ二十世紀初期に、現実と表象とを区別せずにむしろ同一視し、芸術や思想による知覚や認識の刷新がそのまま現実における変革の実践であると見なす傾向が強かったことは、これまで多くの研究者によって指摘されてきたところである。[注11] そしてバフチンが自分の思想を形成したのは、正にこの時期だったのである。

主人公や作中人物が、作者の創造物ではなく、作者から自立した「他者」であるかのような主張もまた、認識や言語をこそ実体と見なす思考に即している。やはり『美的活動における作者と主人公』のなかで、「作者の意識とは、意識の意識、つまり主人公の意識とその世界とを包み込む意識である」と述べているように、バフチンにとって主人公や作中人物とは、まず何よりも彼らの意識（世界に対する認識）であり、さらにその意識の表れ――発話、言葉だった。

一九二九年刊の『マルクス主義と言語哲学』[注12]を初めとして、意識や発話の社会性を重視する姿勢は、バフチンの生涯に一貫している。ひとの意識とは外界から孤絶したものではなく、むしろ逆に外界に対するさまざまな認識こそが意識なのだが、その認識は彼を取り巻く諸々の環境や状況（社会、時代、思潮等）の強い影響を受けている。作者が作中人物を創り出すのであることは言うまでもないが、それはまったくのゼロからの創造ではなく、むしろ現実の社会に存在・流通している様々な認識（広義のイデオロギー）を、作者が主人公たちの意識として作中に導入し、作品世界に配置しているにほかならないとバフチンは言う。もちろん、作者によるこの配置には、その時代の環境・状況に影響された作者自身の意識が反映している。

このような言語観・小説観に立つバフチンにとって、特権的な作家となったのがドストエフスキーである。この作家の手法は、一九二九年刊の『ドストエフスキーの創作の問題』[注13]の中で、小説というジャンルの可能性を最大限に引き出したものとして高く評価されている。バフチンによれば、ドストエフスキーの独創は作者の役割を極限まで縮減したことにあった。本来、作者は作中人物をその外から形象し、確固とした作品世界の中に定位するものだが、ドストエフスキーの小説では、そのような作者の立場が弱体化している。その結果、主人公たちを囲繞しているはずの状況や環境（作品世界）は、客観的な安定した存在感を失って、彼らの「自意識のプロセスに導入され」、「主人公の視野の中へと移し換えられる」。「現実のすべてが主人公の自意識の一要素となる」。このように状況や環境が後景に退いている世界では、多様な作中人物の意識や発話が、作者の介在も介入もなしに直接に響き、交錯し、呼応しあう。バフチンが「ポリフォニー」と呼んだのは、このように複数の意識、声が前景化し、共存し、共鳴する小説のあり方だった。

バフチンはこの著作で、ドストエフスキーの「ポリフォニー」をほとんど小説のあるべきかたちのように、共感を込めて論じているが、一九三〇年代前半に書かれた『小説の言葉』では視野を広げ、作者と主人公（作中人物）の関係を通時的・歴史的に捉え直している。[注14] 西郷信綱が重視した「管弦楽化」は、この『小説の言葉』に出てくる概念である。

「小説におけるいかなる言語も、現実の社会諸集団およびそれらを具体的に代表する者の視点であり、社会・イデオロギー的視野である」――この本でも、バフチンにとって言葉とはまず社会的なものである。それは世界や社会等々に対する認識や意識の表出だが、作者は「言語の社会的多様性とその基盤の上に成長する様々な個人の声たち」を作中に導入し、自身の意図にそって配置・構成していく。バフチンが「管弦楽化」と呼んだのは作者によるこの配置構成のことだが、構成する作者と構成される言葉（から成る作中人物）とのあいだには、ジャンルの別や時代状況とも連関して、多様な関係がありうる。『小説の言葉』で検討されているのは、この問題である。詩の場合には、作者が多様な声を自分自身の志向に奉仕させる度合いが強い。その対極が、作者がその外在性を自ら放棄し、さまざまな意識＝声を自立的に響かせていくポリフォニー小説である。時代に即して言えば、価値観が権威ある体系に収斂している時代や社会では「管弦楽化」は求心的な志向を強める。逆に価値観の動揺が見られる過渡期や転形期などには、遠心的な志向が強まり、作者の統制は弱体化して、言説中に導入された多様な意識＝声の自立性が高まっていく。

だが、もちろんこれは理念的に想定される両極であって、実際には作者と多様な意識＝声、作中人物とのあいだには、複雑な相関がさまざまに切り結ばれている。ある作品、ある作家における「作者と主人公」の関係の個別的で具体的な考察が求められるゆえんだが、それはさらに個々の場面、ときには一文一文における分析が必要となる場合もある。その理由を、バフチンは次のように述べている。

さらに念頭に置かねばならないのは、あらゆる奥深い散文的形象の次のような特質である。すなわち作者の志向は形象の中を曲線に沿って移動し、言葉と諸志向との間の距離が絶えず変化する――屈折角が変化する――のである。つまり曲線の頂点では作者のその形象への完全な同化、両者の声の融合が可能であり、曲線の最下点では逆にイメージの完全な客体性［…］が可能になるという特質である。形象と作者の志向との融合と、形象の完全な客体性とは、作品の小部分の中でも、鋭く交替しうる。[注15]

優れた散文の場合、一つの文の中で作者と作中人物の意識や価値観が屈曲したり、重なり合ったりしている。したがって、バフチン自身の表現を用いるなら、一つの文のうちでのこれら「二つの個性化された言語意識」、すなわち「描き出す作者の個人的意識および意志と描き出される登場人物の個性化された言語的意識および意志」、「二つの意識、二つの意志、二つの声」「二つのアクセント」の相関が問題なのである。バフチンは、このような二声性を分析する手がかりとして、すでに『マルクス主義と言語哲学』の後半部で、「疑似直接話法」（＝自由間接話法）の考察を試みている。だが、この相関は一つの作品、いや一つの場面の中でさえ、めまぐるしく移ろい替わる。

高橋、西郷、三谷らの研究者が、「ポリフォニー」や「管弦楽化」などのバフチンの概念を『源氏物語』の考察に適用するに至ったのは、バフチンのこのような言語観・小説観が自分たちの研究に好適であると判断したからにほかなるまい。だが、それでは当時の『源氏』研究はなぜ、このような概念、方法を必要としたのだろうか。私たちは、『小説の言葉』以降、ユートピア的な「カーニバル論」へと転回して行ったバフチンのその後を追うことはせずに、一九八〇～九〇年代の『源氏』研究にバフチンの枠組が招聘された理由を考えてみよう。

三　源氏研究とバフチンの「対話」あるいは共鳴

一九八〇～九〇年代の『源氏物語』研究において、バフチンがしばしば重要な参照項となったのはなぜか。私たちはここで、本稿冒頭に引用した高橋亨の「にもかかわらず、あえて「対位法」というのは、「もののあはれ」や「みやび」といった単旋律（モノフォニー）に解消して源氏物語を読む伝統を相対化し、批判したいからである」という一文を再想起してみても良いだろう。おそらく一九七二年初版の藤井貞和『源氏物語の始原と現在』（三一書房）などを先駆として、『源氏物語』のテキストを閉じて完結したものと見なし、その内的な論理を緻密繊細に読み解く方向から、これをテキストの外部との関連の下に捉えようとする方向への転換が生じたのだ。ただしその際、高橋亨、西郷信綱、三谷邦明らは、テキスト内の諸要素についての個別的な考証よりも、外部から入り込んでくる時代のコンテキスト、さまざまな意識や認識（広義のイデオロギー）等がテキスト内で互いにどのような相関をなしているかの分析を重視した。『源氏物語』というテキストを、外部に向けて解体するのではなく、あくまでも一つのまとまりとして――バフチンの表現を借りるなら「開かれた統一体」として――捉えようとしたのである。

このような関心のありかを思えば、彼らがテキストとその外との関係、テキスト内における外部からの諸要素の配置と定位をめぐるものだったバフチンの概念と方法を参照項としたことは頷けるだろう。実際、高橋、西郷、三谷らの論考の問題意識とバフチンの思想とは、いわば時空を超えて、驚くほどの共鳴を示している。もしバフチンが日本に紹介されなかったとしても、『源氏物語』の分析を通して、いずれ彼ら自身がバフチンと類似の概念と枠組を作り出したに違いないと思えるほどだ。

たとえば西郷は『源氏物語を読むために』の中で、「浮舟」から「蜻蛉」の巻にかけての「雲の上びとではなく、いうなれば地につながれた、卑近な生活者」[注16]の存在感の強さ、薫や浮舟に助言するなど、彼らが作中で果たしている役割の大きさを指摘している。このような下層の人々とその言葉の作中への導入は、たしかに「夕顔」の巻で八月十五日の逢瀬の後の明け方に光源氏が耳にする「隣の家々、あやしき賤の男の声々」ほか、『源氏物語』の大きな特徴だが、西郷は『源氏』のような「性格や運命を異にするいろいろな人物が登場してきて複雑な模様を織りなす長編小説」が現れた理由を、当時起きていた古代社会とその価値観の崩壊に見いだしている。

古代社会の地すべりにも似た瓦解がこのへんで加速され、その階層的分化と多様化が進み、それとともに公的な統一のかげに隠れていた諸力が蠢動し始め、これまで聞こえなかったさまざまな声がざわめき出したゆえんを納得できるだろう。[注17]

西郷がバフチンの「管弦楽化」への言及を行い、それを「作中人物のなかに自分を屈折させ、そっと忍び込ませ、そのことばを二重化」する「作者の志向性」と定義しているのは、この問題と連動してのことである。[注18]『源氏物語』を転形期の文学と捉え、旧来の価値観が権威を喪失した時代の多様な意識や世界観の交錯のさまをその中に探ろうとする西郷の姿勢は、前節で概観したバフチンの思想とよく呼応していないだろうか。

西郷ほかの研究者が特に「管弦楽化」の概念に着目したのは、直接には、高橋が「登場人物たちのそれぞれが、完全に自立した対話をなしとげているのではないし、会話文と地の文との境界は、ときに不明確なまま連続的である。語り手の話声が、登場人物たちの話声をつむぎ出し、多元的に分化しながらも、その中に交錯してふたたび包含する」[注19]と表現したような、入り組んで複雑な『源氏物語』の語りの問題を考える枠組としてであった。だがこのような語りは、権威的で支配的な、安定した価値観が存在している時代には生じえない。西郷たちにとって、『源氏物語』の屈折した語りは、単に文体論に留まらず、すぐ優れて歴史的（文化史的・思想史的）な問題でもあったのだ。「管弦楽化」の求心性・遠心性が時代とジャンルによって異なるとするバフチンの思想は、この点でも、一九八〇~九〇年代の『源氏』研究者にとって参照に値したのである。

音声の比喩を用いているにもかかわらず、バフチンの「管弦楽化」は、身体論的な概念ではない。それはあくまでも二つ、ないし複数の価値観・思考の交錯と力関係を語るための枠組であり、だからこそ『源氏』の言説を分析するうえで好適だったのである。西郷は『更級日記』中の一節を根拠にして、若き菅原孝標女が『源氏』を孤独に黙読していたに違いないことを鮮やかに指摘しているが[注20]、一文の内でさえ作者の志向と作中人物の志向とが「二声的」に切り結ぶことの多い『源氏』の語りは、それが誰に帰属する言葉かを特定することが往々にして不可能であり、肉声に還元しきれない言葉なのである。

西郷たちにとって、『源氏物語』の言説分析は、一つの文に二重化されている二つ以上の声――作者の声と作中人物たちの声との相関の考察へと収斂する。『源氏』の言説の大きな特徴の一つを「自由間接話法」に見ていた三谷邦明は、「自由間接言説は、二声仮説で理解すべきなのだが、その二つの声は二項対立的なものではなく、どちらかが優位/劣位にある歪みとして読み取る必要があるのである。図式化すると二項対立のように見えるが、どちらかのベクトルが強く働いていて、アクセントが付けられるのである[注21]」と指摘している。実際、二つの声の優劣、そしてそのベクトルやアクセントの強度の度合いと相関の分析は重要だった。そのような相関が、『源氏物語』という「開かれた統一体」の内でのさまざまな意志や意識の交錯のさまを反映していたからである。

三谷は『源氏物語の言説』の中で、『源氏』のいくつかの巻について、このような分析を徹底的に行っている。たとえば第六章「篝火巻の言説分析」では、篝火の巻冒頭部の「ともあれかくもあれ、人見るまじくて籠もりゐたらむ女子を、なほざりのかことにても、さばかりにものめかし出でて、かく人に見せ、言ひ伝へらるるこそ、心得ぬことなれ。いと際々しうものしたまふあまりに、深き心をも尋ねずもて出でて、心にもかなはねば、かくはしたなきなるべし。よろづの事、もてなしがらにこそ、なだらかなるものなめれ」という一節を取り上げ、これが地の文ではなく、光源氏の内的独白とも言うべき内話文を通じて語られていることを重視する考察を展開している。

これまでの研究では、「際々し」という形容は、しばしば頭中将という人物の定義、客観的な性格付けとされてきた。だが、あくまでも光源氏の判断であるこの箇所をもって、これを頭中将の自己同一性であると見なすことは誤りである。三谷は「根源的に言えば、源氏物語では、あらゆる登場人物の自己同一性など表象されていない[注22]」と指摘しているが、『源氏』における意識や認識の交錯を言い得て妙である。

三谷はまた、直接には近江君を引き取った内大臣に対する光源氏の批判的な感情を表しているこの内話文の内容が、じつは玉鬘を強引に引き取った源氏自身の行動と、貴族社会での価値基準からは好評と悪評との差異はあるものの、出来事としては同じではないかと指摘する。むしろ内大臣のように実子をではなく、養女というかたちで女性を引き取ったという点で、じつは光源氏の方が倫理的な危殆に瀕し、自他を瞞着していると言わなければならない。源氏自身はそれを無意識の深層に追いやっているけれども、彼に外在する作者と、そして作者と同じ審級に立ちうる読者は、源氏自身が意識してはいない彼の虚構と欺瞞を、彼の外側から認識できるのだと三谷は言う。

概して三谷は、『源氏』研究者のなかでも、バフチンの思想を最もバフチンに即したかたちで理解してきたひとりであるが、『源氏』の語りの重層性、視点の多元性に対するその考察には、瞠目すべきものがあるように思われる。

四　源氏研究とバフチンの「齟齬」およびその背景

『源氏物語』を日本古典文学の最高峰として礼賛するに留まることなく、重層的なその語りに潜む多様な価値観とその交差を読み解くこと、日本的美意識の枠として観賞するだけでなく、その中に既存の社会体制と権威的な価値観の崩壊の痕跡を見いだすこと——を課題とした一九八〇～九〇年代の日本の研究者と、現実と認識・表象との断絶を克服する可能性を言説内での複数の意識の「ポリフォニー」に見いだし、「管弦楽化」の名の下に、その多様なあり方の探求をジャンル論や史的考察へと展開したロシアの文芸学者の方法との出会いは、前節に見たように、実り豊かな、真に「対話」と呼ぶにふさわしいものだった。

だが、対等で自律的な二者間の対話がおそらく必ずそうであるように、この幸福な遭遇にも齟齬は生じている。そしてその齟齬は、受容した側の誤認や曲解の結果ではなく、『源氏』研究者とバフチンがそれぞれ属している文化体系に伝統的な思考の差違に根ざしていたように思われる。

その齟齬とは「作者」をめぐる理解である。ただしそれは。紫式部という生身の人間が具体的にどのような人物だったかというような意味ではない。現代の私たちに残されている『源氏物語』というテキストにおける作者の審級、その位相をこそ問題にするという点では、日本の『源氏』研究者はバフチンと枠組を共有していた。齟齬はむしろ、そのような意味での作者を、どのように見なすかという点に存していたのである。

くり返しになるが、「管弦楽化」とは任意の言説における作者と作中人物の相関——言い換えれば、それらが代表する価値観の交錯のことである。『源氏物語』におけるこの「管弦楽化」の分析の結果として導き出された「作者」のイメージは、日本の『源氏』研究者のあいだでは、ほぼ一致している。

作家は、各々の登場人物に自己の主体を対象化するばかりではなく、語り手にも自己を散在化して、〈対話〉しているのであって、作家は無限に主体を解体しているのである。（三谷邦明[注23]）

語り手が実録者として現れ、しかも実体化した登場人物の女房ではないという、重層化された〈作者〉が、源氏物語の表現の主体である。〈作者〉は黒衣のような影の存在として、作品世界内で目を凝らし耳をそばだて、背後や外部へと移動しつつ、叙述をすすめる。それをたんなる全知視点とも限定視点とも言いがたい。女房のまなざしから登場人物の心中へと一体化し、さらにそこから連続的にぬけ出て、全知の視点にまで上昇しうる〈作者〉を、もののけに例えてよいであろう。（高橋亨[注24]）

『源氏物語』は構造を持つ。だが、本質的には、構造以上の何ものかである。『源氏物語』には内発的な展開がある。一部の研究者はそれを作者の精神の発展であると説いた。しかし作品の虚構性によって作者の自己が社会化されたことは言えても、もはや作者そのひとへの還元不可能性として作者は作品のむこうがわへ消えている。作者の精神が問題なのではなく、作品の精神が、いや精神の作品であることが問題なのでなければならない。（藤井貞和[注25]）

これらのうちでは高橋の表現がもっとも具体的かもしれないが、『源氏物語』の語りは、文の途中でさえ、作中人物の心内語から、ふいに他の人物の内面に焦点化した表現に切り替わることがある。全知全能の視点からの記述があったかと思えば、作中人物に同一化し、その視点から他の人物の言動を記述したりもする。すでに一度引用した、作者と作中人物の関係に関するバフチンの表現を借りるなら、『源氏』の作者は、作中人物や語り手への「屈折角」を自在に変えつつ、完全な同化・融合の極と完全な客体化の極とのあいだの様々な段階を自由に往還している。作者はいわば作中に遍在しているのだ。

『源氏』における作者にはまた、次のような位相もある。御法巻冒頭部の記述「紫の上、いたうわづらひたまひし御心地の後、いとあつしくなりたまひて、そこはかとなく悩みわたりたまふこと久しくなりぬ。いとおどろおどろしうはあらねど、年月重なれば、頼もしげなく、いとどあえかになりまさりたまへるを、院の思ほし嘆くこと限りなし。しばしにても後れきこえたまはむことをばいみじかるべく思し、みづからの御心地には、この世に飽かぬことなく、うしろめたき絆だにまじらぬ御身なれば、〈あながちにかけとどめまほしき御命〉とも思されぬを、年ごろの御契りかけ離れ、思ひ嘆かせたてまつらむことのみぞ、人知れぬ御心の中にもものあはれに思されける。」についての三谷の分析によれば、この箇所では、紫上の病気が長引いていることに関して、光源氏から紫上への視点の移動が見られる。第一文は自由間接話法であり、紫上の病状の客観的な情報と、源氏の不安と詠嘆の心情とが二重になっている。その後、第三文の「いみじかるべく思し」までは源氏の内面に焦点化がなされているが、「みづからの御心地には」からは主体・視点が紫上に移行している。[注26]

御法巻冒頭部では、紫上の喪失を恐れる源氏の志向と死を恐れない紫上の志向とがそれぞれ直接的に表出され、並置されることで鋭く対照をなしているわけだが、じつはこの叙述には作者の能動的な志向は現れていない。あたかもバフチンのいう「ポリフォニー小説」のように、作者の立場は弱体化し、その個性化された言語的意識および意志をほとんど無化して、いわば源氏の志向と紫上の志向とが直接に交わる場そのものと化している。だがそのことによって、作者は明らかに作中人物と別の次元に立ち、彼らに対して超越している。

先に挙げた引用で、三谷、高橋、藤井は、このような『源氏物語』の作者の「遍在」と「超越」の位相をそれぞれに説明しているが、留意すべきは、彼らが共通してこの位相に「消失」のイメージを充てていることだ。作者は「黒衣」と化し、「解体」して、「作品のむこうがわへ消えている」のだ。

これは、本稿で取り上げてきた『源氏』研究者全員に共通した「作者」イメージであると言って良い。高橋は別の箇所でも「語りの複雑な表現構造により、自己の存在を非在化し解体し分散させて、〈作者〉は物の怪のように物語の時空を翔けめぐり、限定視点と超越視点のあいだをさすらって、ことばをつむぎ出し織りなして消えた[注27]」と述べている。西郷は、やや禁じ手であることを自覚しつつ、あえて『紫式部日記』中の一首「年暮れて我が世ふけゆく風の音に心のうちのすさまじきかな」に言及し、そこに自身の内面の言語化に対する作者・紫式部の断念を見いだしている。[注28]

一方、作者に「遍在」や「超越」の位相を与えているという点では、バフチンの枠組も同様である。だがそのような作者をバフチンは、日本の研究者のように「消失」のイメージでは捉えていない。「作者」に関するバフチンの手記の一節を見てみよう。

作品の作者はただ作品全体の中にのみ存在するのであって、この全体から切り離された特定の契機の中にはいないのである。［…］

真の作者は形象となることができない。作品内のあらゆる形象、すべての形象的なものの創造者であるからだ。［…］作者――創造する者は、彼自身がその創造者である圏域では創造されえない。これは **natura naturans**［生成する自然］であり、**natura naturata**［生成される自然］ではない。私たちは創造者をその創造の中にだけ見るのであって、その外ではけっして見ることができない。[注29]

バフチンが抱いている、「遍在」し「超越」する作者のイメージが、日本の『源氏』研究者の「消失」とは異なることがわかるだろう。作者と作中人物、および作品との関係は、明らかに創造主＝神と人間、およびこの世界との関係に擬せられている。そしてそれが単にアナロジーではなく、作者というものをバフチンが真剣に、作品世界における神（ただし崇高な旧約の神ではなく、愛と福音の新約の神）として考えていたことは、たとえば『美的活動における作者と主人公』中の、次のような表現からも窺われるのである。

主人公を完結させるこの全体［…］は主人公への賜物として、別の能動的な意識である作者の創作意識から下される。[注30]

フォルムは他者たる作者の内側から、主人公とその生への作者の創造的な作用として基礎づけられる。

［…］この創造的な作用とは、美的な愛である。外在的な美的フォルムが、内側から捉えた主人公とその生に対してもつ関係は、愛する者が愛される者に対してもつ比類なき関係であり（もちろん性的な要因はすべて除外して）、対象に対する動機なしの評価という関係であり（「彼がどうであろうと、わたしは彼を愛する」のであり、その後に初めて能動的な理想化、フォルムという賜物がくる）、是認し受容する者が是認され受容される者に対してもつ関係であり、賜物が必要に対して、赦しが罪に対して、天恵が罪人に対してもつ関係である。[注31]

現在ではバフチンが敬虔なロシア正教徒だったことが明らかになっているが、彼自身の思想に即して言えば、「管弦楽化」とは、作者という創造主＝神が、無償の愛をもって作中人物の意識を是認し、形象化し、作品世界の内に位置づける恩寵、賜物なのである。

バフチンの思想のこのような面は、本稿で扱ってきた『源氏』研究者たちには共有されなかった。バフチンが遍在する神の愛を見ていたその場所に、彼らはいわば不在、空虚を見いだしていたのである。くり返しになるが、日本におけるバフチン理解の正誤を問うことには、いかなる生産性もない。むしろ、バフチンも一九八〇～九〇年代の『源氏』研究者も、それぞれが属していた文化体系（超越した領域に神を見る伝統と形而下の彼方に無を見る伝統と）によって何ほどか規定されていたこと、そしてそのことが後者による前者の受容にも少なからず影響を及ぼしていたという事実の方が、着目すべき、重要なことであるように思われる。

注

1 高橋亨『源氏物語の対位法』（東京大学出版会、一九八二年）、i頁

2 同前、ii頁。

3 西郷信綱『源氏物語を読むために』（平凡社ライブラリー、二〇〇五年）、二八二頁。

4 高橋、前掲書、ii頁。

5 Рабочие записи 60-х – начала 70-х годов. // М. М. Бахтин: собрание сочинений. Т. 6. М., 2002. С. 431. 著者訳。以下、バフチンの著作からの引用は、日本語訳のあるものについては、その出典を示し、日本語訳のないものについてのみロシア語文献の出典を記すことにする。

6 もっとも、高橋のこのようなバフチン理解は、必ずしも彼ひとりのことではなかった。一九六〇年代のフランスでロシア・フォルマリズムを再評価し、これを記号学や構造主義の先駆と位置づけたロラン・バルト、ツヴェタン・トドロフ、ジュリア・クリステヴァなどフランス記号学の旗手たちは、同時期にソ連で急速に高い評価を得るようになっていたバフチンの紹介も、並行的に進めていた。多分にフランスの批評界の動向に刺激されてロシア・フォルマリズムやバフチンに着目するようになった日本で、しばしば両者を同一視する傾向が生じたのは、このためである。だが興味深いのはむしろ、『源氏物語』の研究者たちがバフチンの思想をときに誤認しつつも、しかし後述するように『源氏』分析へのその適用に当たっては、極めてバフチンに即した手続きを取っていたという事実の方である。

7 ミハイル・バフチン『ドストエフスキーの創作の問題　付・より大胆に可能性を活用せよ』（桑野隆訳、平凡社ライブラリー、二〇一三年）、三三三～三四七頁。

8 同前、三四六～三四七頁。

9 『ミハイル・バフチン全著作第一巻：［行為の哲学に寄せて］［美的活動における作者と主人公］他・一九二〇年代前半の哲学・美学関係の著作』（伊東一郎・佐々木寛訳、水声社、一九九九年）、一七～八六頁。なおこの論考の執筆年代は一九二〇～二四年頃と推定されている。

10 同前、八七～三六八頁。執筆年代は、同じく一九二〇～二四年頃と推定されている。

11 例として、Isiah Berlin. A Remarkable Decade, Russian Thinkers（Penguin Books, 1979）, p. 116. / Hilary L. Fink. Bergson and Russian

Modernism 1900-1930 (Northwestern University Press, 1999), p. xv. ほか。

12 この本は一九二九年に、バフチンの仲間だった批評家ヴォロシノフの名義で出版された。事実上はバフチンの手になるものか、あるいはヴォロシノフとの共著なのか等々、この本の著者については種々の主張があり、まだ定説はない。だが、バフチンとヴォロシノフが当時思想的に近い関係にあったことや、この書の内容とバフチンの他の著作の主張とのあいだに呼応する点が多いことなどから、『マルクス主義と言語哲学』は、マルクス主義への接続を除いて、基本的にバフチンの思考を反映していると考えて良いと思う。なおこの著作は、先に挙げた桑野訳のほかに、一九八〇年に新時代社から『言語と文化の記号論』という邦題の下に出版されている（北岡誠司訳）。

13 バフチンのドストエフスキー論発表の経緯、及びその日本語訳との関係は、少し複雑だ。バフチンが最初に刊行したドストエフスキー論が一九二九年のこの『創作の問題』だが、その直後にバフチンが宗教的な理由で逮捕・流刑になったこともあって、この本はほとんど忘れ去られてしまった。一九五〇年代末にモスクワの若い文芸学者たちが偶然この本を読んで驚嘆し、それまでほとんど無名だったバフチンと連絡を取って、一九六三年に再版にこぎつけたのが『ドストエフスキーの詩学の問題』である。ただし、この再版の際にバフチンは大幅な増補修正を施している。日本語訳は、先に挙げた新谷訳と一九九五年刊の『ドストエフスキーの詩学』（望月哲男・鈴木淳一訳、ちくま学芸文庫）が一九六三年刊の『詩学の問題』を底本としている。一九二九年刊の翻訳が晩年の小文「より大胆に可能性を利用せよ」を付して、桑野隆によって翻訳されたのは二〇一三年のことである（書誌については注7参照）。

14 ミハイル・バフチン『小説の言葉・付：「小説の言葉の前史より」』（伊東一郎訳、平凡社ライブラリー、一九九六年）。

15 同前、二八四頁。

16 西郷、前掲書、二四五頁。

17 同前、二八三頁。

18 同前、二八五頁。

19 高橋、前掲書、ii頁。

20 西郷、前掲書、一四～一六頁。

21 三谷邦明『源氏物語の言説』（翰林書房、二〇〇二年）、三四一頁。

22 同前、一七九〜一八〇頁。
23 同前、二二二頁。
24 高橋、前掲書、二二六頁。
25 藤井貞和『源氏物語の始原と現在：付 バリケードの中の源氏物語』（岩波現代文庫、二〇一〇年）、三〇六〜三〇七頁。
26 三谷、前掲書、二五二〜二六〇頁。
27 高橋、前掲書、一一頁。
28 西郷、前掲書、二九四頁。
29 Бахтин. Там же. С. 422-423. 著者訳。
30 バフチン「美的活動における作者と主人公」、前掲書、一三二頁。
31 同前、二三二頁。

中村 唯史（なかむら ただし） 京都大学文学研究科教授。専攻：ロシア文学・ソ連文化論。主要著訳書に『再考ロシア・フォルマリズム——言語・メディア・知覚』（共編著、せりか書房）、バーベリ著『オデッサ物語』（群像社）、ペレーヴィン著『恐怖の兜』（角川書店）、『ポケットマスターピース04 トルストイ』（共訳、集英社文庫）ほか。

源氏物語を〈解釈〉するとは?
——解釈学と源氏物語研究——

片山　善博

はじめに

ヘーゲルの講義を受講生が筆記した「芸術哲学講義」（一八二三年）に「芸術作品は独立に存在するのではなく、私たちに対して存在する」とある。このことの意味を考えてみたい。私たちとは無関係に存在していた古い作品が、私たちに〈対して〉存在するとはどういうことか、である。この〈対して〉を少し厳密に解すれば一〇〇〇年以上前に書かれた源氏物語は、それを読み解こうとする私たちとの関係の中で成り立つということになるが、これはどのようなことなのか。

本稿では、「源氏物語研究」の歴史の一端を振り返ることで、源氏物語を〈解釈〉するとはどういうことかを問うてみる。近代の西欧文献学を積極的に受容し、またそれを自覚的に遂行した時期に焦点を合わせて、その時期に源氏物語がどのように解釈されていたのか、そこからそもそも解釈するとはどういうことか、を問うてみたい。

筆者は、作品に対する解釈者の立ち位置には（あえて分けると）二つあると考える。一つは学者としての立場である。作品の背景や成立過程などを探究し、対象に客観的に向かう立場である。もう一つが、作品の中に何かを見出したり感じ取ったりする、今を生きる私たちとしての立場である。前者が作品を文献としてみる研究者の立場だとすれば、後者は作品を芸術作品としてみる鑑賞者の立場であるとでもいえようか。そして、作品そのものも、この解釈者の側の二重のあり方に対応して、二重のあり方をする。前者は、作品を客観化し、誰もが納得できる知識を提供しようとするため、作品は客観的で自立したあり方をし、後者は、作品を主観化し、自己の解釈の尺度を当て嵌めるため、作品は主観的で依存的なあり方をする。しかし、作品としては同一であるので、外部から見れば、そのどちらかに重点を置いるかの違いであり、解釈者は、実際には客観化と主観化の緊張関係・矛盾関係の中で、作品を捉えていくことになるだろう。

源氏物語という作品も、私たちにとって、こうした矛盾の中に存在している。なぜなら、源氏物語という作品が自立的・客観的なものとしてあるためには、それを私たちが読むという行為（作品の依存性）がなければならないし、逆に読むという行為（依存性）が成り立つためには、源氏物語が自立的・客観的でなければならないからだ。

本稿で考察する源氏研究の歴史においては、この自立の面と依存の面が別々に扱われ、それが文献学と解釈学の対立となってきたように思われる。近代の文学研究は、前者を軸に展開されたといえるだろう。しかし、解釈者が、作品を独立したものとしてのみ扱い、テクストを構成している要素を客観的に解明しようとする限り、解釈の中に依存の面が知らぬ間に紛れ込む。そのとき解釈者は、自分の特定の尺度によって作品を解釈しているということに無自覚になるということが起こる。

この独立・自立の側面について言うと、近代の源氏研究に大きな影響を与えたものが、西欧（特にドイツ）の文献研究の方法論である。最初に、この方法論を積極的に摂取した芳賀矢一を中心に、その継承者である藤岡作太郎、そして、西欧の方法論を受容しながらも芳賀とは異なる視点から解釈を行った五十嵐力を取り上げ、近代的文献学の受容とその問題を見ておく。次に、芳賀の文献学を自覚的に発展させ、近代の源氏研究に大きな影響を与えた池田亀鑑の方法論を取り上げ、ドイツ文献学の基礎を構築したベークの方法論と比較しながら、その特徴を見ていく。また池田とは異なる視点から、日本文芸学を提唱した岡崎義恵についても触れておきたい。第三章では、現代ドイツの解釈学の基礎を作った人物でもあるガダマーを取り上げ、近代文献学の問題点をみると同時に、ガダマーがハイデガーとともに大いに依拠するヘーゲルの視点を取り入れながら、解釈学の一つの方向性を考察したい。

近代的文献学の受容と源氏物語研究

三谷は、ある「解説」の中で近代の源氏研究の出発点として坪内逍遥を挙げている。

近代の源氏物語研究の出発点は、やはり坪内逍遥の『小説神髄』に求められるだろう。逍遥は源氏物語を「上流社会の情態を写した好き世物語」と規定しているのだが、この言葉の上に現代の研究は様々な、そして莫大な認識を礎いて来たのである。[注1]

三谷は、近代の源氏物語研究の歴史を四つの時期に分けて、その特徴を次のように述べる。「第一の時期は国学的理解の中で、近代的源氏物語論をどのように確立するかという課題を担い、それを文学的直観性として確立した時期」、「第二期はこの近代的直観をどのように裏付けるかという試みがなされた時期で、そのために、種々な科学的方法が模索された時代」、第三期は「直観は鑑賞主義・印象主義として排除され、知的理解の自律が研究であるという認識が支配する」時期、「第四期はこの客観主義を主体性の確立という点で批判を試みている時期である」。そして近代の源氏物語研究は、この直観と知覚のシーソーゲームとして展開されたと整理する。

本稿では、検討の対象をこの三谷の区分した第一期と第二期に絞りたい。この時期の西欧文献学の受容の仕方に近代の源氏研究の方向性が示されていると考えるからである。三谷は「芳賀矢一の文献学は、ドイツ文献学の直輸入であったが、本文批評から美的批評までもの幅を持ち、近代的直観性に貫かれている」と評したが、その芳賀から見ておこう。

芳賀矢一（一八六七〜一九二七）は、ドイツの文献学を基に国学を作り直すことを試みた。この試みは、近代以前の源氏研究の歴史を一旦断ち切り、近代の文献学の下で、国学を位置づけなおすという、近代化の中での伝統の作り直しの一環であったといえるだろう。芳賀は「日本文献学」[注2]で次のように述べている。

余がここに所謂「日本文献学」とは、「Japanische Philologie の意味で、即ち国学のことである。国学者が、従来やって来た事業は、即ち文献学者の事業に外ならない。

伝統的な国学は、文献学と同一のものとされる。このことで江戸までの源氏研究と、文献学に基づいた源氏研究の連続性（同一性）は確保されることになる。つまり、文献学を媒介することによって、江戸までの国学は、日本のアイデンティティを確立するための国学になるのである。[注3]

ここ（文献学）に於いて、国学は、単に歴史・有識・語学・文学等の雑然たる知識の集合にあらずして、とにかく、文献を通じ、之を根拠として、日本の真相を知る学問であることが知られるであろう。即ち国学は、Nationale Wissenschaft である。　（（　）内は筆者）

このとき芳賀が、西欧の文献学者として取り上げているのが、アウグスト・ベークである。August Böckh（1785–1867）が、Encyclopädie und Methodologie der philologischen Wissenschaft に於いて、Erkennen des Erkannten を唱えたのは、従来の学者の為し来りし事業に、一層明白なる根拠を与え、近世文献学といって、之を近代の国々に応用するに及んで、その言は、尚用いられているようである。

ベークについては後に改めて触れるが、ベークが文献学の目的とした Erkennen des Erkannten、すなわち「認識されたものの認識」を、芳賀は「日本文献学」の中でベークのドイツ語を引用しながら次のように説明する。

（ベークは）Das Erkennen des Erkannten geht dann über in ein Wissen des gewußten in eine Reconstraction der politischen, sozialen, literarischen, u.s.w. Constraction bei einem gegeben Volke. といっている。これは伊勢貞丈が「古の眼」といっているのに同じい。けれども、それを単に認識するだけでは不十分である。それをそういう風にならしめた事情までも認識しなければならぬ。それがどうして成ったか、如何に変化したかという原因結果をも研究しなければならぬ。即ち、一旦存在したものの存在を以てだけ満足しないで、新しく或物を構造しなければならぬ。今の人の眼と、昔の人の眼とは異ならなければならぬ。これが文献学者の立場であって、我が国学者も之を応用すべきである。　（（　）内は筆者）

この「認識されたものの認識」とは、ある民族において自覚されていた知が何であるのかを解釈者が知ること、つまりある民族において政治的、社会的、文学的等々に作られていたものを知として再構築することである。芳賀は、「古の眼」を持つことがこのことを可能にすると考える。この古の眼とは、今の時代の眼ではなく、研究対象であるその時代の人間の眼であり、その眼を持つことによってその時代が認識できるとするのである。しかも、芳賀は、その人が認識していた以上に認識（古の人が見ていた時代の成り立ちなどの認識）しなければならぬという。

そしてこのような「認識されたものの認識」とは、批判と解釈によって遂行される。芳賀によると、「批判とは、先づその書の年代・作者・真贋等を研究し、その成立の目的等を定るのであるが、次に本文批判に於いて、その入・脱落等を或は加え、或は除くのである。そして、本文の解釈に於いて、十分にこれに注釈を加えて理解するのである」。批判を尽くしたうえで解釈を加えていくという手法は、のちの池田亀鑑にも引き継がれる。そしてこのことが具体的になされる場が、文学史である。

芳賀によると「文学を歴史的に研究するのが文学史で、文献学の研究中にて最も重要なるものである」。そして、時、場所、人物（作者）、さらにはその時代の読者を知ることで、「作品の出来た事情、動機等が明瞭になって来る。そこで、文学其のものの研究が必要になる。作者即ち人が、時代、場所、社会の子であると同じく…〈中略〉…その文学の種類を明らかにすることが、その文学の本質を定る上に必要である」。批判（本文批判）をしたうえで、解釈をすること（文学のジャンルを知ること、例えば源氏物語を写実主義と解すること）によって、文学の本質が理解できるというのである。

芳賀の手法を継承したのが藤岡作太郎（一八七〇〜一九一〇）である。藤岡も『国文学全史　平安朝編』[注4]（一九〇五年）で芳賀と同じ立場をとる。

> 今日のわが学問文学はなほ江戸時代の余慶を被るもの多く…〈中略〉…前代の旧套を脱せざるもの多し。西洋文学およびその研究法を学べるものは、わが古代文学に通暁せず、古代文学に通暁するものも、またみづから古代の人となりて観察せず、かくて平安朝の文学も、これが真相を解するものは、極めて稀なり。

作品を正しく解釈するためには、その時代の人物（あるいは作者）の眼を持たなければならないと藤岡も説く。そのうえで、源氏物語を次のように解釈する。

> 源氏物語五四帖、甚だ浩瀚なりといえども、秩序整然、一絲乱れず、その間、抑揚あり、昂底あり、好んで対照法を用い、人物境遇の相似てしかも相反せるものを並べ比したり。

こうした解釈は、源氏物語の内在的論理をうまくとらえていると思われる。このような視点から人間を生き生きと描き出すさま（その背後に仏教の因果応報があることを指摘しつつ）を、藤岡は、式部の内面に即して理解しようとしている。

> 事件よりも更に複雑なるは、著者が人生の解釈なり。宇津保が個々の人物を写すや、甚だ単純にして、ただ種々の才芸を人化したるもの、手足ある書籍はあり、談話する財宝はあり、衣冠せる楽器はあり、いまだ肉あり、血ある人間を見ず…〈中略〉…式部は人間の決して仲忠、涼等の如く単純なるものにあらず、変化常なくして、善に究極の善なく、悪に一徹の悪なく、表裏反覆の間に人生の妙味の存するを知れり。

藤岡には「源氏物語の文学としての価値を追求した」[注5]との評価もあり、著者の立場を想定しながら、作品の内的価値を読み取ろうとしたことは近代的手法の積極面であると思われる。

しかしながら、芳賀、藤岡の解釈尺度には、近代日本の倫理観が紛れ込んでいる。例えば、河添は、逍遙に「続く明治の国文学者たちも、逍遥を継承するかのように、好色乱倫の文学という批判に対しては、宣長の「もののあはれ」論を持ち出すか、『源氏物語』が平安の社会風俗をさながら写した写実小説であるという解釈によって、お茶を濁すほかなかった」[注6]と指摘する。つまり彼らは、好色乱倫という批判はその時代に向けられるべきであり、それを客観的に写し取った紫式部に向けられるべきではない、むしろ、紫上を理想の女性として描いた紫式部を近代的倫理観にかなった人物として評価すべきとしたのである。このとき彼らは、源氏物語の近代的尺度に合わない部分に眼を伏せ、合致する部分に意義（価値）を見出したのである。文献学は、こうした解釈の正当化に用いられた。つまり、文献学に基づいているのだから、彼らの解釈にもそれなりの正当性があるのだという見せかけを作る手段とされた、のである。

同時代の五十嵐力（一八六四～一九四七）の研究についても見ておこう。三谷は五十嵐を、直観主義の系譜に位置づけているが、五十嵐は、近代の自然主義的尺度で、源氏を解釈し、とくにその尺度に合うものを近代的なるものとして高く評価する。五十嵐は、芳賀、藤岡とは異なり、いわゆる文献学の立場に立っていない。むしろ、近代的な文学観にもとづいて、彼の時代の文学と対比しながら、源氏物語を解釈していく。たとえば、紫式部の物語観を次のように述べる。

彼（式部）は小説の本領は、見るに飽かず聞くにも余る人情の黙して止み難きものを活き活きと写すに在って、其の価値は正史以上であると考えた。彼は今の古に劣ることが数々あるけれども、仮名といふ新利器を使う点は前古無比の盛事であると考えた。彼は素直に男に欺かれるのが当代の女性の当相であると考えた。彼は、本領においては文学に正史以上の価値を認め、思想発表の機関に於いては自由の利く新利器を用い、而して男に弄ばるるを当然とする当代の女性と女を弄ぶを当然とする男子とを描いたのである。[注7]　（（　）内は筆者）

五十嵐は、当時の自然主義文学の立場から、源氏物語の文章表現の特徴（や欠陥）を指摘し、また、源氏物語で描かれる男女の関係性について写実小説として評価する。

愚見を以てすれば『源氏』に対しては、東西いづれの修辞論によるよりも寧ろ近世の文学評論に加ふるのが相応である。

修辞上より見れば、『源氏』の作者は唯だ人情の哀れを、美しい磨き上げた文章で、人の気に障らぬやうに写そうとしたので、種々の文章上のあやは此の目的を成さむとつとむる際に自然に流れたものである。

紫式部が時代的な制約の中で、人間の感情をとらえやすい仮名を用いながら、近代に通ずるような、人間の個性や性格を的確に描き出したのだと、五十嵐は高く評価する。このような近代的な自然主義文学の人間観や社会観を尺度として、源氏物語は解釈される。その意味で、五十嵐は、外在的な近代的尺度を用いて、源氏物語の近代化を試みたといえるだろう。

文献学と解釈学――池田亀鑑とベーク

池田亀鑑（一八九六～一九五六）は、芳賀の導入した方法論を実際の研究に用いることで、近代の源氏学の基礎を作ったとされる。池田は、みずからの研究を文献学に収れんさせ、その実質を本文批判に限定していく。池田は文献学を批判（底部批判）と解釈（高部批判）に分けるが、「批判は一定の原則に基づいて伝来の諸文献を検討し、文献の信憑性、原本的なる適正、乃至は偶然的なる又は故意の侵犯を価値判断し、もし出来るならば、文献自身を本来原作者によって作られたままに還元するが、少なくともこれらをその嘗て在りし歴史上の正当の地位にまで復帰せしめようとし、解釈はそれ等の文献を正しく理解し、更に他人に理解せしめ、その成立と生成とを説明しようとする」[注8]。池田も芳賀同様に、文献学について批判（テクストの原型を確定する作業）を経ての解釈（正しい理解と成立過程等の説明）という枠組みで考えている。正しい原本に基づいてはじめて正しい解釈が可能となるという立場の表明でもある。ただしこの解釈も、池田にとっては広い意味での批判である。

池田もまたドイツ由来の文献学に依拠する。前著において「特に文献によって成立する古代学的、歴史的な諸学は、この批判という形式的方法によって処置されることがなければ、成立し難いのである。かの文献学を古代学と同義に考えたヴォルフやベック（ベーク）等によって示された古いドイツ文献学が「批判」と「解釈」との理論を素材的学科を処置する文献学的形式理論として、それらの諸科学の先頭に位置せしめた事は周く世に知られた所である」（注：ドイツ語部分は省略、（　）内は筆者）と述べ、批判の重要性がドイツ文献学に由来するものとしている。また池田は、芳賀や藤岡と同様に、作品の正当な解釈には作者自身の理解が不可欠であると説く。池田は『古典学入門』で、「古典的作品を正しく理解するためには、われわれは先ず原作者の立場に身を置かねばならない。原作者の立場とは、彼の時代の一般的な影響の中に包まれた精神的教養の要素と彼の精神的賦禀及び彼の特殊な精神的方向の個人的要素、ならびに彼の新しい創造的諸理念、さらにまた特殊な言語の独自性との緊密な結合を通して、彼自らが獲得したものである」[注9]。解釈者が作者の立場に身を置き換えることができなければ、原作者の意図のみならず、その時代精神も理解できず、作品の正しい理解はかなわない。池田は、みずからは積極的に取り組まなかった文芸学的解釈についても、その重要性を指摘する一方で、やはり文献学的基礎づけを強調する。前著によると「文芸学的な読み方では、「あるべきもの」が指示されねばならない。そうして、何がゆえにこの作品は傑作であるか、この作品はあるべき通りにあるのかということが示されなければならない。文献学は、個としての作品の純粋性を再建して、文芸学のために安心して使用のできる本文を提供し、歴史学は個と個とを結ぶ関係を明らかにして、文芸学のために、その作品の社会的評価もしくは享受というものの実態を報告する。文芸学のゆるぎない体系と機能はそこからはじめて可能となるわけであろう。古典の読み方はこの三方面からなされるべきものであり、それらは協力してはじめて所期の目的を達しうるものなのである」。文献学の基礎の上に、はじめて文学の本質に迫る文芸学的解釈が成り立つのだという理解を持つ池田にとって、文献学を批判に限定したことは当然のことであった。

では、池田が依拠したベークの文献学はどうであろうか。ベークの研究については、近年、安酸敏眞によるベークの翻訳およびドイツ解釈学の歴史についての詳細な研究[注10]が公表されている。本稿ではその成果の一部を使わせていただく。ベークによると、本質的な意味で「……文献学は——あるいは同一のことが言えるが——、歴史学は認識されたものの認識である。その場合、認識されたもののなかにはあらゆる表象も含まれている。というのは、例えば、詩歌や、芸術や、政治史において再認識されるのは、しばしばいろいろな表象のみだからである」[注11]。ベークは、文献学を歴史学と重ねたうえで、芳賀も受容した「認識されたものの認識」を文献学の課題とする。この「認識されたもの」には、政治や文学などの中に現れるその時代固有の事柄（時代精神）も含まれる。そして、ベークは文献学にとっての哲学的思考の重要性を説く。文献学と哲学の関係について次のように言う。

文献学と哲学は相互に制約しあっている。なぜなら、ひとはおよそ認識することなしには、認識されたものを認識することはできず、そしてまた他者が認識したところのものを知ることなしには、端的に認識へと到達することはできないからである。

哲学なしには文献学的認識はないし、文献学なしには哲学的認識はない。両者が結びつくことによって「認識されたものの認識」は十分なものとなるのである。では、両者はどのように結びついているのか。

哲学が概念から出発してあらゆる所与の歴史的状況に含まれている本質的なものを構成しようと欲するとすれば、それは歴史的現象の内的実態を把握しなければならない。だがそのためには、その本質的なもののまさに外的表現であるところの、こうした現象についての知識が無条件に必要である。…〈中略〉…文献学は歴史的に構成するのであって、概念から構成することはしない。けれども、文献学の究極的な目標は、概念が歴史的なものにおいて現れ出ることである。文献学は校正作業における哲学的活動なしには、ある民族の認識の全体を再生産することができない。それゆえ、文献学は哲学のなかへみずからを解消する。

文献学と哲学の間の循環構造が指摘されている。内在的理解のためには外在的知識が、外在的知識を取りまとめるためには内在的理解が必要なのであり、両者には循環構造がある。源氏物語のような文学作品を内在的に解釈するためには、文献による外在的知識が不可欠であり、その文献自体も、単に外在的な知識の寄せ集めではなく、内在的な知識になるための哲学的思考が不可欠なのだ。

ところで、その後の文献学あるいは解釈学（ドイツだけでなく日本においても）に大きな影響を与えた考え方が、作品の理解のために、解釈者は、その時代の著者の立場に身を置き換えて、著者の意図を明確にしなければならないということである。こうした考え方は、例えば、アダム・スミスの『道徳感情論』（一七五九年）の中の imaginary change of situations に通ずるものがある。スミスは、想像力を用いて他者の立場に自己の身を置き換えることが、他者理解の方法として有効であるという。この他者理解とこの文献学の作者理解の方法は共通している。ベークは次のように述べる。

それゆえ、まずもって掲げられるべき要求はこれである。すなわち、他人のものを自分のものになりつつあるものとして再生産することである。そうすればそれは外的なものにとどまらず、それによってまさに文献学の寄せ集め的状態も止揚されるようになる。

解釈者は、作者の立場に身を置くことによって、作者の内面性を自己の中で再生産するのである。「著作家に素材を求めて、彼らの中へと深く入り込むことを本務とみなさない人は、よい解釈者とはいえない」のであり、解釈者はさらに著者家以上に彼らのことを理解しなければならないのである。

著作家は文法と文体論の原則にしたがって文章を作るが、たいていはもっぱら無意識に作る。これに対して解釈者は、その原則を意識することなしには、完全に解釈することができない。というのは、理解する人は何しろ反省するからである。ここから帰結してくることは、解釈者は著者自身がみずからを理解するのと同じくらいだけでなく、さらにより良く理解することをしなければならない、ということである。

作品の十分な解釈のためには、解釈者は、作者の意図と同時に、作者が意図せざるものを知ることもできなければならないのである。こうした点は、日本の文献学者、解釈学者の別を問わず、受容されたのではないか。

さて、再び池田に戻ると、自らの研究を文献研究に限定した理由の一つに、当時の日本の状況があると、三田村は指摘する。

『源氏物語大成』は、時代の要請が「古典遺産」としての源氏物語にあることをいち早く察知し、源氏物語研究に必須の実証的本文研究を進めると同時に、源氏物語の中身については用心深く口をつぐみ、一切話題に上がらないように慎重に身を処すという二つの方針によって国家的大プロジェクトとして成功したのであった。[注12]

したがって、池田の示した解釈は、写実主義と理想主義という当たり障りのないものであった。池田は、作者の確定、紫式部の略歴、日記を通した作家的性格を示したうえで「紫式部は、源氏物語の筆をとるにあたって、先づ何を書こうとしたか、即ちこの巨大な小説の創作は何が主題なのか」[注13]を問い、「作品の主題が、明らかに光源氏的なる人とその生活、薫大将的なる人とその生活、その二つのもののあり方を対象し、それぞれの真実をうつすと共に「罪」に対する見解を示すにあったこと」とする。真実をうつすという写実主義と、罪に対する見解としての理想主義とが並立している。このように池田の解釈は、近代的な写実主義と理想主義の枠組みに囚われた解釈だと言えるだろう。

また、文献学者と時代性について鈴木は次のように指摘する。

さて、戦後あるいは現代における〈近代の注釈観〉なるものとは、わかりやすい注釈を創造する理念と、基礎作業＝本文校訂をする理念との、ねじれた関係のはざまから掬いとられる。すなわち、戦争を挟んで、解釈学と（本文）批判とに生じた理念およびその背後にあるイデオロギーのねじれを、時代に流れに沿い、受容する・受容せざるをえないままに、それを不在視してしまうことであった。〈近代の注釈観〉なるものが、右のようになっている事情も十分に理解できるが、今後の本文観がどのような方向に行くにしても、また、注釈観が連動するにせよしないにせよ、時代のイデオロギーとは無縁ではありえない。わたしたちはそこに自覚的であるべきなのだと思う。[注14]

前章でも見たように、藤岡は、近代的倫理観と合わないところを、写実主義、つまり時代状況を書き写したものと位置づけ、近代的倫理観と合うところを、理想主義と位置付けた。芳賀の場合も、近代的倫理観に合わないところは、写実小説にせざるを得なかった、つまり、解釈に立ち入ることができなかった。これは源氏物語に対する批判を避けるためでもあったが、同時に源氏物語に近代的意義（例えば近代国家主義の中での源氏物語の確立、近代的個人主義のもとでの源氏物語の解釈など）を与えるためでもあったのではないか。

美学的な思考に基づく文芸学を提唱した岡崎義恵についても触れておこう。岡崎義恵（一八九二～一九八二）は、美学・芸術学を踏まえた文芸学の提唱をする。「池田の文献学研究と対蹠的というべきが日本文芸学を提唱した岡崎義恵であった[注15]」と評されるが、彼が解釈の尺度の一つとして採用したものが本居宣長が到達した「物のあはれ」である。美が描かれる具体的な場面を取り上げ、美という理念が作品に内在化される、その具体相をとらえていくことが、岡崎の提唱する文芸学の課題であった。岡崎は、「物のあはれ」が源氏物語の美を捉えたものとしながらも、それではとらえきれない他の美的要素にも目を向けていかなければならないとする。もちろん、岡崎も文献学的側面を軽視しているわけではなく、むしろその成果を文芸学のなかに生かしうると考えている。その典型例が、本居宣長の『玉の小櫛』であるとする。しかし、文芸学の目的は、文献学に在るのではなく、美学に基づく文学の内在的研究である。こうした考えは、同時代の美学者である竹内敏雄の『日本文芸学序説』にも見られる。

岡崎は、これまでの研究者（たとえば藤岡）の解釈を批判し、宣長を高く評価する。

宣長の後、これほど画期的な文芸学的解釈を「源氏物語」に対して加え得た人があるであろうか。女性の評論であると言ったり、大いなる愛の表現であると言ったり、人の世のためしを示したものであるといったり、恋愛心理の細緻な描写であるといったり、平安貴族社会の典型的な形象化であるといったりしてみても、いずれも一面的であり、且つ文芸の本質としての美的意識に触れ得ないうらみがある。「物のあはれ」ほど美的意義を摑んだものとはいえないのである。何といっても「物のあはれ」は、宣長の芸術体験を傾倒して把握し得た美的価値を、的確に言いあらわしているものである。[注16]

しかし他方で、「「物のあはれ」の主情性からは、ロマンの抒情的系譜は摑めるが、叙事的系譜は摑めず、浪漫的情調美は解釈し得ても、写実的知性は没却される傾向がある。それから、「物のあはれ」は結局優美に帰する方向にあるが、「源氏物語」の中の崇高、悲壮、フモール、その他、細かな美的様態はふるい落とされてしまうであろう。このような点を十分に究明するためには、近代美学の成果を利用して、美的成分の精密な分析を試みなければならないであろう」とし、岡崎は、美学という一つの学問を尺度として、源氏物語を解釈するべきと主張する。そして、明らかに芳賀や池田を批判するかのように、「すなわち文芸学的解釈とは、一つの作品を文献や歴史的個体として見ることではなく、一つの美的・芸術的言語作品として見ることであるという点を、はっきり印象づけて置きたいと思うのである」と述べる。

ただし、岡崎の美学的解釈の普遍性については、次のような批判も可能だろう。美という理念を持って作品を解釈していくのは十八〜十九世紀に特有の西欧美学の捉え方だとも考えられるからである。例えば、カントは『判断力批判』（一七九〇年）で美の判定基準を主観の側の反省的判断力の能力に求め、悟性と構想力の調和にあるとした。ヘーゲルも、美を精神と形態の一致（理念が形態において十分表現されたもの）にあるとした。しかし、芸術を美としてとらえる考え方は、二十世紀に入り、大きく変わったのではないか。個人の行為が時代の必然性と一体化した姿を描いた古代ギリシアの悲劇は別として、偶然に左右される主観性を表現せざるをえない近代の文芸においては、美以外の要素が重要や役割を果たすことになる。感性の形式では表現できない要素（概念性）が作品を構成する。こうした時代の変化を踏まえる必要があるのではないか。この意味では、岡崎の言うところの美学的解釈の尺度も、近代に特有なものである。もちろん、岡崎も本居宣長の「物のあはれ」論について、その意義と限界を指摘しているが、美ということの限界性も視野に入れる必要があるのではないか。岡崎の意図を受け継ぐならば、美以外の要素をくみ入れた芸術という観点から、源氏物語をどう解釈できるのかを問うことも必要であろう。

ガダマー解釈学とテクスト解釈

文献学では、テクストの原本的性格の解明が求められていた。そのためには、テクストを批判的に構成することと、解釈者が著者の立場に身を置き換え著者の意図を知ることが必要であった。そして作者以上に、歴史的状況について知ることが必要であった。ところが、ガダマー（一九〇〇～二〇〇二）はテクストの背後に、著者の意図を想定することはできないと主張する。つまり、著者の意図を明確にすれば、テクストが正しく解釈できるとは考えないのである。

ガダマーは『真理と方法』で次のように述べる。

ある伝承された作品がその本来の使命を全うしていた諸条件を再構成することは、作品の理解にとってたしかに基本的な補助作業である。ただし問題は、ここでえられるものが本当にわれわれが芸術作品の意味として求めていたものであるのか、また、われわれが理解とは第二の創造、つまり元来の創造の復元だと考えれば、理解が正しく規定されたものであるのかという問いである。[注17]

文献学的知識と芸術の意味は違うので、文献学の知識をいくら積み重ねて、原本を再構成しても、その作品の意味は明らかにされないという。ガダマーはヘーゲルに言及しながら、自らの立場を次のように語る。

歴史的精神の本質は過去の復元の中にではなく、思考による現在の生との媒介の中にあるとする限りにおいて、ヘーゲルは決定的な真理を語っていた。ヘーゲルはこの思考する媒介を外面的で後追い的な関係と考えず、芸術の真理そのものと同一の段階に置いたのは、正当なことであった。

つまり、解釈者は、思考により過去と〈現在の生〉とを媒介し、そのことによって芸術の真理を認識できるとするのである。そのうえで、ガダマーは、現在の生（解釈の尺度）を規定する働き、つまり解釈者の解釈の仕方をも動かしている作用（働き）を自覚することが重要だと説く。

歴史意識が自覚しなければならないのは、自らは作品ないし伝承に直接あい対していると思っているが、実は別の（作用史という）問題設定が…〈中略〉…いつもそこに働いていることである。私たちの解釈学的状況を全体的に規定している歴史の隔たりから歴史現象を理解しようとするとき、われわれはいつもすでに、作用史のさまざまな作用にさらされている。…〈中略〉…歴史的客観主義は批判的方法に訴えることにより、歴史意識それ自身も巻き込んでいる作用的連関を隠蔽してしまう。（（　）内は筆者）

いわゆる実証的・客観的方法は、この解釈の尺度を規定している働きの歴史を見逃しているというのである。

歴史的客観主義は統計学に似ている。統計学がじつに卓抜な宣伝手段であるのは、まさに、〈事実〉という言葉を研究者に語らせて客観性を装うからである。…〈中略〉…しかし全体としてみれば、作用史の力は、それが承認されるかどうかに左右されない。このことはまさに、有限な人間の意識に対する歴史の力であって、方法信仰によって自己の歴史性を否認している場合にも、作用史の力は依然として働いているのである。…〈中略〉…哲学的解釈学は、あらゆる主観性のなかに、その主観性を規定している実体性を指摘するものである限り、ヘーゲルの精神現象学の道を遡らなければならないのである。

解釈には、解釈する者の尺度の介入は避けられないと考えるのである。解釈者は、歴史的な文脈の中で作品を解釈しているからである。したがって、文脈抜きに歴史を見ることは、自らの立ち位置に無自覚なことを証明しているようなものなのである。こうした立場から、ガダマーはこれまでのドイツ文献学を批判するのである。テクスト解釈には、解釈者自身が、歴史的意識を規定する働きの歴史の中にいる（歴史の中で規定された問いを以て研究している）ことを自覚する、つまり一方的（外的）に作品を解釈するのではなく、解釈者自身が「解釈の仕方を規定する歴史」に居合わせながら解釈していることを自覚することなのである。

そのためには、解釈者と作品（テクスト）との関係を自己と他者の対話のモデルによって考えなければならないと、ガダマーは言う。しかしテクストは、解釈者にとって、他者のように、主体的にふるまうことはできない以上、解釈者が作者に身を置き換えるにしても、解釈者の側の一方的な行為であることは避けられない。

歴史的地平に身を置き換えるというのは、相手を知る、つまり、その人の立場や地平を見極めるという目的のためだけに行う対話の場合とまったく同じである。それは本当の対話ではない。すなわち、そこではある事柄についての合意が求められておらず、そこで話し合われている事柄はすべて、相手の地平を知るための手段にすぎない。

身の置き換えによる理解は、自己の尺度をそのままにして、テクストを理解することにもなりかねない。自己の尺度を自覚したりあるいは問い直す契機は、他者が主体的にふるまうことでもたらされるからである。では、テクストの他者化はいかにして可能か。ガダマーは、テクストが語りかけてくることを聞くことによって可能だ、という。聞き取るためには、解釈者が、みずからの尺度を括弧に入れておけばよいと考えるかもしれないが、そもそも自らの尺度が何であるのかを知らなければ、括弧に入れられない。ありのままに聞くことができるのではないかという反論もあるかもしれないが、そもそもありのままに聞くということが、物事を客観的に捉えることと同じように、ある種のバイアスのかかったものの見方でしかないかもしれない。ヘーゲルが『精神現象学』（一八〇七年）「意識」章の「感覚的確信」で、直接的な認識が、言語を解さなければ、そもそも成り立たないと述べたように、認識は何らかの媒介（知）から始めざるを得ない。現に今ここにいる私たち自身の尺度から始めるしかない。そしてその尺度を実際の解釈に適用する中で、尺度の吟味（否定と再構築）がなされていく。これまでの研究史から得られた尺度もこうした点から吟味される必要があるだろう。ヘーゲルが『精神現象学』の中で述べるように、この否定と再構築のプロセスが学問の必然性をかたちづくる。ガダマーもこう述べる。

つまり解釈学的経験にも一貫性、すなわち迷わされることなく耳を傾けるという一貫性がある。解釈学的経験に対しても、事柄は経験独自の努力なしには現れないが、この努力もやはり「自己自身に対して否定的である」ことを主眼とする。

みずからの尺度の変更は、テクストが他者として主体的に語り出すようにまで、解釈者が受動的になり、聞き取ることができるとき、はじめて生じるのである。

ガダマーは、解釈とは「地平の融合」であるという。ただしこの点については、検討が必要である。この言い方であると、二つの地平が前提としてあると見なされる。つまり、現代の私たちの解釈の尺度と、テクストの書かれた時代の解釈の尺度である。つまり、二つの別々の地平が何か固定された上で融合すると見なされる余地が残る。むしろ、初めから一つの地平しかなく、それがつねに動いていくとした方が、ガダマーの趣旨にも合っているのではないか。

さて、「はじめに」の冒頭のより正確な引用とその続きはこうである。

芸術作品は独立に存在するのではなく、私たちに対して存在する。そして私たちはそこに親しみを感じなければならない。役者は相互に語り合うだけでなく、私たちにも語っているのである。そしてこうしたことはすべての芸術作品に当てはまる。[注18]

作品は、私たちから自立して存在すると同時に私たちに依存する。この矛盾があるから解釈者は、解釈という行為の中で(ヘーゲルの言い方であれば私たちに親しみを感じられるようなものにするために、つまり私たちの時代からの承認を得るために)、つねに尺度を変更し(あるいは尺度が変更され)、問いかけと聞き取ることの繰り返しと深まりの中で、作品を私たちの時代の作品としていかなければならないのである。つまり解釈の尺度は、作品からの承認だけでなく、私たちの時代からの承認も求めて、吟味・変更されていかなければならないのである。

「蛍」の巻に有名な物語について語りあう光源氏と玉鬘の物語がある。二人は語り合っている。しかし同時に読み手に対しても語っているのである。その意味で、読み手も作品の成立にかかわっている。それは、平安時代の当時の読み手にとってもそうであるのと同時に、現代に生きる私たちにとってもそうである。こうした作品の構造に紫式部は自覚的であったと推測される。解釈者が作品の成り立ちにかかわりながら、解釈していく。読み手や聞き手は作品の成り立ちに関わりながら、読み、問い、聞き取っていく。そのとき私たちは作品から承認されるのではないだろうか。相手を想定しない語りなど存在しないとすれば、聞き手の視点も語り手には意識されているはずである。玉鬘や女たちが古い物語に共感し、心動かされているように、あるいは光源氏が物語を虚構だと言いながらもそこに史実以上の真実を見たように、読み手も、源氏と玉鬘の語り合いに、心動かされ、真実を見出すのである。こうした物語の構造に紫式部は自覚的であったといえるだろう。光源氏の口を通して、物語の意味を私たちに示してくれる。そうだとすれば、こうした物語の反省構造は、源氏物語のいたるところにあるのであり、源氏物語は、いまを生きる私たちの求め（問い）に応じて、さまざまなことを語ってくれる。

まとめにかえて

本稿では特に以下の点に留意しながら、論を進めてきた。一つ目は、芳賀や池田に代表される日本の文献学は、特にベークの文献学を受け継いだが、ベークの文献学をせまい意味で受容したのではないか、ということである。ベーク自身は、文献学の視点から、文献学と哲学の統合を構想していた。つまり文献学の遂行には、哲学的思考が不可欠であると考えていた。しかしこうした考え方は受容されなかったと考えられる。二つ目は、文献学的な立場に対して、直観的な解釈学に重点を置いた立場においても、狭い意味で捉えられた（一面的に受容された）文献学を批判するにとどまり、解釈学の自己反省的な視点が考慮に入れられてこなかったのではないか、ということである。例えば五十嵐の直観主義は、近代の文学論を、岡崎は美学的尺度を普遍化し、かえって解釈の幅を狭めてしまった面もある。三つ目に、日本に影響を与えたドイツの文献学にもこれと同様の問題があるのではないか、ということである。この点については、現代の解釈学の基礎を作った一人であるガダマーによる、文献学の方法論（例えば客観的方法や著者の意図から解釈する方法）への批判、そして解釈学の解釈の仕方（自己の尺度で読み込むこと）への批判を取り上げたが、これは、近代日本の源氏研究だけでなくベークらの文献研究にも当て嵌るものだと思われる。ただし筆者はガダマーの「地平の融合」に対しては、ある解釈の地平が、解釈において吟味されて変容していくという立場に立ちたい。筆者は、「蛍」の巻の「物語論」とヘーゲルの「作品論」との共通性に物語解釈の普遍的尺度を見出したい。すべての作品は私たちにとって存在するという尺度である。私の解釈（私が作品に見出したもの）は、作品からの承認だけでなく、同時に今を生きる私たちからの承認を求めているのである。しかし、承認を得るためには、自己と他者との対話のように、常に自分の尺度の吟味が求められる。

島内景二の次の指摘は重要である。

物語の中盤の「蛍」巻では、物語とは何かについて、光源氏と玉鬘の二人が話し合う。「物語の中に物語論が入っている」。…〈中略〉…源氏物語は、ある意味で夏目漱石の『吾輩は猫である』と似ている。どちらも「議論小説」の趣がある。偶然か必然かはわからないけれども、漱石は源氏物語の「批評的側

面」を近代に復活させたのである。注19

注

1　三谷邦明「解説」（日本文学研究資料刊行会『日本文学研究資料叢書　源氏物語1』有精堂、一九六九年、所収）。本文中の三谷の引用は、これによる）

2　芳賀矢一「日本文献学」（『芳賀矢一遺著』冨山房、一九二九年、所収）。また本文中の引用はこれによる。

3　例えば芳賀は、国文学と日本国民の関係について次のように述べている。「歴代の国文学は、祖先国民の思想・感情の流露せるものにして、吾人は之によりて現に祖先の言語に接し、直ちに古人の肺腑に入るを得べし、各時代には皆其の特徴を備え、合しては日本国民の特性を印象す。国民としての国文学の大要を通せざるべからざるは、猶国民としての国史の一斑を知らざるべからざるが如し」（芳賀矢一「国文学概論」国文学史編『芳賀矢一選集』第二巻、所収）

4　藤岡作太郎『国文学全史（平安朝篇2）』東洋文庫、一九七四年。本文中の藤岡の引用は、これによる。

5　阿部秋生、岡一男、山岸徳平編著『国語国文学研究史大成4　源氏物語　下』三省堂、一九六一年

6　河添房江「近現代における『源氏物語』の受容と創造」（竹村和子・義江明子編著『ジェンダー史叢書3　思想と文化』明石書店、二〇一〇年、所収）

7　五十嵐力『新国文学史』早稲田大学出版部、一九一二年、本文中の五十嵐の引用は、これによる。

8　池田亀鑑『古典の批判的処置に関する研究　第二部　国文学に於ける文献批判の方法論』岩波書店、一九四一年

9　池田亀鑑『古典学入門』岩波文庫、一九九一年

10　安藤敏眞『歴史と解釈学――〈ベルリン精神〉の系譜学』（和泉書院、二〇一二年）は、シュライエルマッハー、ベーク、ディルタイなど近代ドイツの解釈学の流れを丹念に追い、その根本にある精神の継承の解明を目指した良書である。

11　A．ベーク著『解釈学と批判――古典文献学の精髄――』安酸敏眞訳、知泉書館、二〇一四（原著 *Encyklopädie und Methodologie der philologischen Wissenschaften*, Hrsg. von Ernst Bratuscheck, zweite Auflage besorgt von Rudolf Klussmann (Leipzig: Druck und Verlag von B. G. Teubner, 1886（『文献学的諸学問のエンツィクロペディーと方法論』の一～二六〇頁、八八〇～八八一頁を翻訳したもの）。訳文を一部変更した箇所あり。

12　三田村雅子『記憶の中の源氏物語』新潮社、二〇〇八年

13 池田亀鑑「解説」（池田亀鑑校註『日本古典全書　源氏物語一』朝日新聞社、一九四六年、所収）

14 鈴木泰恵「近代の注釈観――基礎作業と創造の狭間で――」（助川幸逸郎、立石和弘、土方洋一、松岡智之編『新時代の源氏学7　複雑化する源氏物語』竹林舎、二〇一五年、所収）

15 阿部秋生、岡一男、山岸徳平編著、前掲書

16 岡崎義恵『岡崎義恵著作集5　源氏物語の美』宝文館、一九六〇年

17 Hans-Georg Gadamer, *Wahrheit und Methode*, Dritte Auflage, J. C. B. Mohr（Paul Siebeck）Tübingen, 1960（轡田収、麻生健、三島健一、北川東子、我田広之、大石紀一郎訳『真理と方法　Ⅰ』法政大学出版局、一九八六年、轡田収、巻田悦郎訳『真理と方法　Ⅱ』法政大学出版局、二〇〇八年、轡田収、三浦國泰、巻田悦郎訳『真理と方法　Ⅲ』法政大学出版局、二〇一二年）、訳文を一部変更した箇所あり。

18 G. W. F. Hegel, *Vorlesungen uber die Philosophie der Kunst*, Hrsg. Annemarie Gethmann-Siefert, Felix Meiner Verlag Hamburg, 2003

19 島内景二『源氏物語ものがたり』新潮新書、二〇〇八年

片山　善博（かたやま よしひろ）日本福祉大学社会福祉学部教授。専攻：哲学。主著：『ヘーゲル「精神現象学」の方法と経験』（創風社、二〇〇二年）、『差異と承認　共生理念の構築を目指して』（創風社、二〇〇七年）。共著：『西洋思想の16人』（梓出版社、二〇〇八年）、『21世紀における語ることの倫理　〈管理人〉のいない場所で』（ひつじ書房、二〇一一年）。

三島由紀夫の『源氏物語』受容
――「葵上」・「源氏供養」における女装の文体（エクリチュール）――

関　礼子

はじめに――「中世」という呪縛

われ能楽を好み、わきてかの鬘物（かづらもの）には興動かぬ折とてなきに、その幽婉の色は冥界（みやうかい）を離るゝとき褪せ、その哀調の響は悼歌に添はでは止むと知りぬ。なべて鬘物と名付くるは、今は亡き王朝の佳人に奉る悼歌にこそあらめ。衰へし天人がなぐさむ方なき舞や歌や。なほきのふの艶容は、豊けき目許、うらがれし頬のあたり、名残はつかにとゞめたれども、来しかたの煩悩は忽ち冥界の笞（しもと）となりて、打たるゝ砧の夜々ぞはかなき。煩悩多き女人が世にすぐれてめでたかりし面影をば、悼歌の節のまにまに招きて、見し世の夢に、現にも物狂ほしかりしは中つ世なり。[注1]

これは「三島由紀夫、昭和廿年孟春」と記された生前未発表の「小説中世跋」の一部である。この跋文をもつ「中世」[注2]は、嫡男義尚を二十五歳で失った足利将軍義政の度外れな悲傷が、室町将軍家周辺の文化的頽廃のなかで異様な光彩を放って描かれている。引用文は「冥界」や「悼歌」などという語に象徴されるように、「今は亡き王朝の佳人」に託して死者たちへの追悼が擬古文で綴られている。三島は出発作「花ざかりの森」（『文藝文化』一九四一年九月〜一二月）を発表後、初の出版に際して幾つかの序を残しているが、そのひとつ「昭和十八年秋立つころ」と末尾に記されたものには「北のかたみんなみの方神々のみいくさは　きよらかな剣のしたに花は咲かせ　剣の前に夷をはらうて　言向けの古へぶりををろがみつ」[注3]と記していた。

真珠湾攻撃による日米開戦を経てまさに「神々のみいくさ」の渦中にあった東京大学法学部一年生の三島は、勤労動員によって群馬県中島飛行機小泉工場の総務課の机上で、冒頭の文章を書くことになる。[注4]よく知られているようにここでは零戦闘機が製造され、多くの若者が「死者」となることを迫られる場所でもあった。その意味で禅師・老医・能若衆・巫女・大亀などいささか仰々しい人物たちが繰り広げる「中世」の世界が「能楽」の世界と一直線につながることは見やすい。いわば「中世」とは、戦後に書かれることになる『近代能楽集』[注5]を先取りしたテクストということができるだろう。

だが三島という文学的知性において「中世」および謡曲というテクストは、文学という領域だけに留まらない。三島は歌舞伎にも深く関わっているが、そこにはある余裕が感じられるのに対し、謡曲との関係はもっと切実である。前者が「治世」における庶民的な文化的表象なら、後者は「乱世」の治者である武家階級と深い関係をもつ表象であるという意味で彼の実人生と密接に関係する。昭和という年号と年齢が重なる三島にとって、文学という表象体系と別次元に属するものとして「天皇」という表象の問題が存在するからである。

戦時下、「中世」および「小説中世跋」を執筆していた若き三島に死を迫った人こそ、ほかならぬ昭和天皇である。三島は晩年、東大全共闘学生との討論の場で、十九歳の折り学習院高等科の卒業式で総代として銀時計を天皇から下賜されたとき、「三時間も全然微動もしない姿」に接した逸話を感慨深げに述べている。[注6]真偽のほどは定かではないが、二十歳前後の頃の三島が一方で文学表象としての「中世」的なるものに呪縛されつつ、他方で軍の長としての「神聖にして不可侵」の天皇表象に深く捕捉されていたことは確かであろう。

実は三島の天皇表象にはもう一つ別の側面があった。十二歳の折りに直面した二・二六事件を回想して彼は記者に対して次のように述べる。

人間なら、自分の愛するぢいやが殺されればおこるのは当然だが、しかし神である陛下は、さうであつてはならなかつた。もし、青年たちと接触があれば、あの事件の底にはなにがあつたかわかつたはずだし、憂国の青年がいだいた真心をあんなに無残にじうりんなさるはずがなかつたと思ふんです。[注7]

小説「英霊の声」(『文藝』一九六六年六月)発表の折りに語った一文であり、事後的な再構成による脚色があるはずだが、ここにはイギリス的な帝王学を身につけ、決起した青年将校たちを断罪する天皇に対する不信が率直に吐露されている。佐藤秀明は「村上春樹の「王殺し」」という文章のなかで、王には「自然的身体」と「神格的身体」という二種類の身体があり、三島もこの「王権二体論」を思考し、「英霊の声」では「自然的身体の人間的側面に殺意と解釈される呪詛を加えた」と指摘している。[注8]二・二六事件での天皇への不信とは、その「自然的身体」に対し、観念的に権威化された神格的身体を三島が求めた結果であろう。
しかし天皇は一九四六年に「神格否定の証書」、いわゆる「人間宣言」を発令する。三島の死後に発表された「昭和廿年八月の記念に」[注9]によれば、玉音放送の時点までは三島は少なくとも「玉音」で「臣民」に語りかける天皇を信頼していた。その後に齟齬を来たすのであるが、佐藤も述べるように三島は村上春樹のように文学において「完全な王殺し」を行うことができない。彼の文学的営為には「天皇殺しは尊王とほとんど同じ発想」（佐藤）というべき矛盾する次元が絶えずつきまとうことになるのである。

それでは、このように幾つかの審級が混在する天皇表象をもつ三島にとって、王朝の天皇家とそれを支える公家たちの物語である『源氏物語』（以下、『源氏』と表記）とは、どのような存在だったのだろうか。思えば『源氏』の世界とは桐壺・冷泉など種々の「人間的」な帝たち・皇子たちと女性たちによる性差（ジェンダー）やセクシュアリティを媒介とした王権をめぐる物語である。「花ざかりの森」以来、王朝と中世という二つの表象の間で引裂かれた三島は先の「昭和廿年八月の記念に」のなかにもあるように「ますらをぶり」から「たわやめぶり」への旋回を志す。まさに文化表象としての性差を寓喩として、戦後の文学的出発を遂げようとしていたのである。上野千鶴子の言うように三島が「マリエリスム（様式主義）とクリシェ（常套句）」の文体によって「擬古調のロマン」を創成した[注10]のなら、彼の『源氏』受容とは文体と主題の両面から論じられなければならないだろう。

三島は中世的世界を「変質した優雅」[注11]と見なしたが、その世界は「懸詞や枕言葉による一見無意味な観念連合」[注12]によって表現された詞章から成り立つ謡曲として結実している。三島と謡曲との関わりは『近代能楽集』のほかにも先の「英霊の声」があるが、興味深いことにこのテクストも能の修羅物に準じる形式をもっている。三島にとって「中世」を起点とする謡曲に関係するテクスト群は、戦後の出発期から晩年近くまでの時間のほとんどをカバーできるほどであるが、その文体は「中世跋」のような擬古文体とは異なる現代文である。これは何を意味するのだろうか。

一般には聴覚的にも視覚的にも解読困難な文体で記された天皇による「終戦の詔書」が、戦後の平易な現代文で記された「日本国憲法」に変わったことに象徴されるように、文体の問題は戦後文学にとっても三島にとっても喫緊の課題だったと言ってよい。与謝野晶子や谷崎潤一郎のように『源氏』を現代語訳しなかった三島は、彼の創作戯曲『近代能楽集』において戦時下で間歇的に試みていたような擬古文を捨て、現代文でその世界を創造した。

ではそのとき、テクストを統括する書き手や登場人物たちの性差は文体とどのようにクロスするのだろうか。本稿は『近代能楽集』のなかでも、特に『源氏』への深い洞察と同時に屈折が混在する「葵上」と「源氏供養」を取り上げ、戯曲を構成する文体(エクリチュール)を「女装」という観点[注13]から考察してみたい。

一　戯曲の文体(エクリチュール)を求めて——戦後出発期の三島

「中世」を執筆した二十歳の三島は徴兵検査が誤診によって回避されると、戦時から敗戦への時期を併走した学習院時代の同窓生三谷信への書簡にあるように、「自分一個のうちにだけでも、最大の美しい秩序を築き上げたい」と文学への旋回を熱く語る。[注14] 一九五〇年から六〇年までおよそ十年間に集中することになる『近代能楽集』収録のテクストを初出順に並べると「邯鄲」・「綾の鼓」・「卒塔婆小町」・「班女」・「葵上」・

「道成寺」・「熊野（ゆや）」・「弱法師」・「源氏供養」の九曲となる。最初の「邯鄲」がドナルド・キーンによる英訳の後、ホノルルで初演されたことに表われているように、三島による中世を背景とする伝統的文化の発信をキャッチしたのは、まさにオリエンタリズム的な視線だったといえるかもしれない。たとえば、三島と併走して彼の演劇と密接にかかわった堂本正樹は「本来「近代」と「能楽」は相反する概念である。それをふと結びつけた時の、三島の会心の笑みを想像したい。大衆の嗜好の間隙、知識人の古典へ不義理の後ろめたさ。そのアナを埋める高尚な料理が、このシリーズとなった[注15]」と敗戦後の日本の「大衆」と「知識人」の「間隙」を縫うように突如出現したこの戯曲集の性格を端的に表現している。敗戦国にとって戦勝国の西洋から認知されることは、今日では想像できない位相があったのである。

三島における『源氏』受容の文脈で、「近代」と「謡曲」という両面をもつ『近代能楽集』を語るうえで問題となるのは冒頭でも記したように、一つは詞章という戯曲文体の問題、二つ目は劇で繰り広げられる主題の問題であろう。

たとえば『源氏物語』の文体について「邯鄲」と「綾の鼓」を発表した頃、三島は舟橋聖一の「源氏物語草子」について次のように述べている。

源氏物語といふ古典は、中古以来、だれしも一生のうちに一度はしてみたいと憧れる大旅行のやうなものであつた。（中略）舟橋源氏の文体は、原文とは何のかかはりもないもので、それは文体の上にではなく、小説的興趣の上に古典を現代化しようと試みたものであり、はからずもこの「源氏物語草子」は、船橋氏の小説論の体を成してゐる。（中略）ここで舟橋氏は、源氏物語といふ巨代な女体の核心に迫らうとする無遠慮でアケスケな嗜欲が小説家の嗜欲の本質的な好色さを象徴することを信じてをり、その自信は一見美学をおきざりにした文体の闊達さにありありと現はれてゐる。[注16]

『源氏物語』を「だれしも一生のうちに一度はしてみたいと憧れる大旅行のやうなもの」と嘯く引用文から、作家としての三島の『源氏』観を探ることはかなり困難である。だが、この三年まえには『仮面の告白』（河出書房、一九四九年一〇月）を、さらにこの同じ時期に『禁色』（『群像』一九五一年一～一〇月）を発表していた三島の主たる関心は「小説家の嗜欲の本質的な好色さ」を実現する「一見美学をおきざりにした文体の闊達さ」、つまり「小説文体」の獲得にあったことはほぼ間違いがない。引用文の他の箇所には戦前から続いていた谷崎潤一郎訳『源氏物語』のような「忠実な擬古典的方法」には関心を示さないことが指摘されていたように、戦時下の強いられた死を回避した三島の課題は、まずもって「小説文体」の創成にあったと言ってもいいだろう。

もうひとつ、この引用文で気になるのは「源氏物語という巨代な女体」という比喩である。エクスキューズとも取れる言葉だが、意外と三島の紫式部観の一端が表出されているかもしれない。戦後二十五年におよぶ三島の文学活動のなかで『源氏』への言及はさほど多くはないが、たとえばこの文章から十数年後に瀬戸内晴美・竹西寛子と共に行われた鼎談[注17]で、「ぼくは本質的に女流作家というものはあり得ない」と断言しつつも、「男性的客観性というものが小説」と考えるゆえに「紫式部だけはどうも例外」と持ち上げている。同席の瀬戸内晴美（寂聴）の率直な物言いに影響されたのか、この時の三島は自由闊達に発言している。興味深いのは現代語訳については与謝野源氏を「漢語をとても自由に駆使して、その漢語を使うことになにもとが窺える。

抵抗がない」とし、与謝野訳には「ある意味の明治ハイカラ的要素」があると称賛していることである。谷崎源氏ではなく与謝野源氏を評価する三島からは古典の現代語訳を核心とする、広い意味での古典の受容という問題があったと言えるかもしれない。[注18] 次の文章からは三島自身もこの点について十分自覚的であったこ

小説の法則と戯曲の法則とは、截然とちがっている。小説は人間的必然に拘泥し、事件乃至事物の論理は制約を受けてゐる。小説の中に置かれた事件は、決して人間的動機を放棄することはできない。（中略）これに反して、戯曲は、俳優の生きて動いてゐる肉体が前提とされるので、古い希臘の劇のやうに、運命がたやくす主題に扱はれ、それと同時に、人間的必然は、かなり自由に、放任されることもできたのであつた。

（「卑俗な文体について」[注19]）

「小説の中に置かれた事件は、決して人間的動機を放棄することはできない」という言葉から、この評論の二年後に発表される『金閣寺』（『文藝』一九五六年一～一〇月、新潮社、同年一〇月刊）などを想像することはたやすい。[注20]『近代能楽集』に収められることになる戯曲を矢継早に発表していた時期に書かれたこの文章には、小説文体を一方で模索しつつ、他方で近代戯曲の文体を創成しようとしていた三島の良い意味での気負いと迷いが揺曳している。引用のあとの個所で三島は王朝時代に「漢字漢文が男子」、「仮名和文が女子」というステレオタイプな性差の二分法を用い、「戯曲の言葉としての女性の言葉には、心理的なアクチュアリティーがたやすく躍動する」と断言している。その結果、「戯曲の文体」は「日本語のように韻律

を持たず、史劇の伝統を持たない国」では、「卑俗さとすれすれの、わるい品質の文体に近づいてゆく」と結論づけている。三島において戯曲の文体を「卑俗な文体」で書くことの論理的根拠が示されていると言ってもいいだろう。

さて、三島にはこのほかにも『源氏』についての言説が存在する。それは晩年に近い時期に書かれた『日本文学小史』（『群像』一九六九年八月〜七〇年六月）に収録されている『源氏』観である。ここで彼は『源氏』を「文化意志そのものの最高度の純粋形態」とし、五十四帖のなかで最も好むのは「花の巻」「胡蝶」の二つと明言して、理由を次のように述べる。

> 退屈な「栄華物語」のあの無限の「地上の天国」のくりかへしを、凝縮して短かい二巻に配して、美と官能と奢侈の三位一体を、この世につかのまでも具現し、青春のさかりの美の一夕と、栄華のきはみの官能の戯れの一夕とを、物語のほどよいところに鏤めることが、源氏物語の制作の深い動機をなしてゐたかもしれない。逆に言へば、もし純粋な快楽、愛の悩みも罪の苦しみもない純粋な快楽が、どこかに厳然と描かれてゐなかつたとしたら、源氏物語の世界は崩壊するかもしれないのである。人はしばしば大建築の基柱ばかり注意するが、「花の宴」と「胡蝶」とは、おそらくその屋根にかがやく一対の鴟尾である。源氏の罪の意識を主軸にした源語観は、近代文学に毒された読み方の一つではあるまいか。
>
> （『日本文学小史』[注21]）

『源氏』の価値を「愛の悩みも罪の苦しみもない純粋な快楽」が描かれていることに求める三島は、あえて歴史物語や近代文学との差異化を強弁しているように見える。歴史物語との差異化だけでなく、近代文学を仮想敵とするかのような一文からは、文学者としてではなく行動する思想家を選んだ晩年の三島像が窺えるが、「花の宴」と「胡蝶」の二巻の称揚と返す刀による「源氏の罪の意識を主軸にした源語観は、近代文学に毒された読み方」という言い方には注意が必要である。さきほど引用した「卑俗な文体」にある「心理的なアクチュアリティーがたやすく躍動する」という言葉を想起すれば、当然ながら俳優の身体が介在する戯曲では、登場人物すべてにおける「アクチュアリティー」およびそれを担保するリアリティが強く求められるのは当然だからである。私たちは三島の挑発的な誘導に安易に与してはならないだろう。小説とは異なる作劇法が必要とされる近代の戯曲において、古典からの翻案、いや創造的な更新が成功しているかどうかは、場面を構成するリアリィティと主題との接合が求められるからである。

次章ではこの点を検証するために、『近代能楽集』のなかでも最も『源氏』との関連が強いとされる「葵上」を取り上げてみたい。

二 「ト書き」の効果――「葵上」の文体（エクリチュール）

『源氏』に題材を取った謡曲は約十種にも及ぶが、なかでも六条御息所は「葵上」のほか「野宮」にも登場する古来より強度を有する女性表象である。三島の戯曲「葵上」[注22]ついて堂本正樹は「発想がその儘に熟したような、自然さに満ちた仕上りは、作者の感興の混り気のない昂ぶりが見て取れる」[注23]と評した。確かに、六条康子・若林光・葵・看護婦の四者で構成される本曲は、『近代能楽集』でもっとも完成度の高いテクストといえる。三島も『近代能楽集』のなかでは「一番気に入ってゐる」[注24]と述べているだけでなく「源氏物語から能楽へ移され、能楽からかうして近代劇に移されながら、「身分の高い女のすさまじい嫉妬の優雅な表現」といふ点では、諸外国にも例を見ない、日本独特の伝統の不滅の力に負うてゐる」[注25]とこの曲が舞踏劇として上演される際に語っている。だが、表面的にも主題的にも女性の「嫉妬」が前景化されていることは確かだとしても、三島の戯曲でそれはどのように描かれ、劇的効果を収めているのだろうか。

舞台は深夜の病院の一室、そこに病妻を見舞う夫の若林光が駆けつけるところからはじまる。幕開きは、病光と看護婦のテンポのよい掛け合いの会話がつづく。この看護婦は「ツレの巫女」[注26]というにふさわしく、病床の葵の病気は決して軽くないのにしだいに光との問答を弾ませていく。まさに「卑俗さとすれすれ」(「卑俗な文体」)の文体が採用されている。ここで想起したいのは一九一〇年代、島村抱月や森鷗外によって翻訳劇や創作劇などのいわゆる「近代劇」が現代語に改められたことである。特に鷗外は一時期、小説文体を口語化するのと軌を一にして創作の一幕物を精力的に発表した。両者とも科白(ちなみに当時は「科」を仕種、「白」をセリフとして区分した)は比較的スムーズに現代語化されたが、ト書きについては逸早く現代語化した抱月に対して、鷗外が手間取ったことは意外に知られていない。[注27]セリフが小説における会話のパーツなら、ト書きは描写やときには間接話法による内言(心中思惟)なども担う戯曲の構成要素である。

戯曲「葵上」が成功しているのは(大変目立たない形であるが)、ト書きによる情景描写が丁寧に行われているからといえる。たとえば「今は静かな寝顔をしていらつしやいます」(五七頁)と答える看護婦の「今は」という言葉を聞きとがめた光を語る箇所は、「ふうむ」(五八頁)という彼の科白につづいて「ト枕もとに下げられたカルテを読む」と記されている。このト書きは、やがて病院に泊まることを覚悟した彼が看護婦に夜具などの問い合わせを行うなどアクションの一連の動きを示している。いっぽうベッド近くに置かれている卓上電話から「かるくチリチリチと鳴る」（同）と記されたつつましやかな深夜の電話の呼鈴の描写。これによって無機質的で孤独な病的空間が、決してそこだけで完結しない外部と接続していることが告げられる。この外部とはリアルな「外」であるだけでなく、異次元としての「外」であるがゆえに、その後、光によって放置された受話器から聞こえてくる康子の声の場面でも効果的に響き渡るのである。

「葵上」上演に際し、武智鉄二は三島戯曲に内在する「自然主義の残滓」としての「演劇的イメージを限定するトガキ」[注28]に対して疑問を投げかけた。しかし、ト書きに集中的に見られる「自然主義の残滓」こそ、抽象化され洗練された中世以来の謡曲舞台にはない、まさに三島の「近代能楽」の重要な構成要素なのである。上演に必要な小道具・大道具や照明、さらに俳優の声と身体演技によって構成される戯曲において、それは小説での描写に該当する重要なパーツである。このような細かな情景設定が為されているからこそ、夜伽を決めた光はやおら煙草に火をつけ、看護婦と話しつづけることが可能となる。もちろん、その内容は異空間での深夜の病室にふさわしく、健全さとはほど遠い俗流フロイティズムに基づいたと思しいかなり露骨な性的問答であり、珍問答でもある。おそらく観客の笑いを誘う仕掛けであったのであろう。

やがて看護婦は毎晩ここにやってくる見舞い客のことを告げる。空疎な長口舌が弄されたあと、ト書きは次のように記される。

あわたゞしく上手ドアより退場。間——。電話がチリチリと、もつれたやうに低く鳴る。間——。上手のドアより、六条康子の生霊（いきりやう）があらはれる。贅沢な和服。手には黒い手袋をしてゐる　（六二頁）

ここでも「チリチリと、もつれたやうに低く鳴る」電話の呼鈴を合図に、本曲のシテともいうべき六条康子が『源氏』の「牛車」になぞられた「銀色の自動車」に乗って登場する。ここから妻の病床で繰り広げられる康子と光の会話はある意味でかなり理不尽である。これみよがしに病床の葵に「苦痛の花束」を差出し、「花からのいやな匂ひ」（六二頁）を部屋に満たそうとする康子。それは露悪家の行為そのものである。だが穿った観方をすれば、異なった解釈も可能である。たとえば『源氏』の「葵」の巻は、古代の習俗によって決してこのような悪趣味の「三者面談」とならない見えないバリアーに隔てられていた。だが隔離ゆえにかえって不在者への思いは募り、ときには生霊となって距離を縮める必要も生じる。ところが三島の謡曲や戯曲においては、三者はひとつの舞台空間において絶えず男女の三角形を意識させられざるを得ない。よく知られているように「小袖」だけで存在を暗示する謡曲の葵上に比べ、病床で意識のないように見える三島戯曲の葵が、会話には参入せずとも「助けて！助けて！」や「うーむ、うーむ」などの呻き声を発しているのを見れば、身体的にも場としてもその三角形を担っていることは一目瞭然である。『源氏』では三者の隔てや距離によって創られていた「想像的表象」が、三島劇では舞台上の「いま・ここ」の劇として病床の葵とともに残酷に視覚化されるのである。

康子が持前の「高飛車な物言ひ」（六六頁）を止め光の膝に頬ずりをすると、事態は変化しはじめる。表層的には会話に参加できない病床の葵を押しのけ、饒舌な康子が勝利した形ではあるが、どうしたことか観客（読者）は痛ましさの極みに置かれた葵に同情しつつも、悪女的とも悪魔的ともいえる康子の力にいつしか同調していることに気づく。病む妻に侍る男のもとへ駆けつけることさえ厭わない康子の力、と言ってもいいかもしれない。もちろん光もその同調者の一人であることは言うまでもない。

ふしぎな音楽。下手から、大きなヨットが辷り出る。ヨットは白鳥のやうに悠々と進んで来て、両人とベッドの間に、丁度ベッドを隠すスクリーンのやうな具合に止る。両人はヨットに乗つてゐるやうな様になる

（六八頁）

「ふしぎな音楽」と「大きなヨット」を唐突に連結させるこのト書きの効果は大きい。観客は錬金術の暗示にかけられたように光とともに、しばし異空間に連れて行かれる。このような舞台上での異次元導入による異化効果は『近代能楽集』の他の曲でも認められる。たとえば「葵上」の二年まえに発表された「卒塔婆小町」における、うらぶれた若い詩人と老婆が話を交わす街の夜の公園が、いつしかさんざめく声に賑わう鹿鳴館の舞踏場へと接続する場面のように。ここでは若者が「君は美しい」と言ったために命を落とすが、その死は「何かをきれいだと思つたら、きれいだと言ふさ、たとへ死んでも」（五四一頁）という詩人の誇りによる死である。つまり彼の死は決して敗北ではない。

ところが「葵上」では異なる。光と康子が過去の記憶のなかで暫しとは言え、双方とも風や水や風景などを共有している間、病床の葵はしだいに病勢が亢進し、ついには生霊と現身という分裂した二つの康子に祟られる形で息絶えてしまうのである。病める現身ひとつの葵に、現身においても生霊においても壮健な（？・）二つ身の康子に対して勝ち目はない。こうして「葵上」は葵の完敗で幕を閉じるのであるが、果たしてこれを「悲惨」といえるだろうか。少なくともここにある葵の死は完敗であっても悲惨ではない。では罪

は康子にあるといえるであろうか。それも答えは否である。つまり、三島はこの戯曲では決して「近代文学に毒された読み方の一つ」としての「源氏の罪の意識を主軸にした源語観」をストレートに否定してみせたわけではなかった。一幕物にふさわしい簡素さのなかに光・葵、そして生霊と現身に二重化された康子という三者を配して『源氏』の世界を引用しつつ、終盤では本説（原典）とも謡曲とも異なる緊張感のあるカタストロフィーを実現させたのである。

三　謡曲「源氏供養」からの離陸

先に三島が瀬戸内晴美（寂聴）らとの鼎談で、『源氏』について語ったことに触れたが、不思議なことに、三島は竹西が『近代能楽集』の話題を持ち出したのにも拘らず、その三年前に発表した「源氏供養」（『文藝』一九六二年三月）についてはまったく言及していない。この座談会で沈黙しただけでなく、三島は最晩年には自ら「源氏供養」を「廃曲」扱いしたことでも知られている。[注29]「結局あとになつてみると戦争中の少年期に私が親しんだ古典のうち、最も私に本質的な影響を与へ、また最も私の本質と融合してゐたのは、能楽であると思ふ」[注30]と三島が述懐するのは、さらにその二年前の一九六八年一月のことである。すでに述べたように、戦後、本格的に作家デビューする三島の前には、戦中からの継続課題として「中世」という主題と、その文学的形式としての「謡曲」があった。三島が谷崎源氏を「忠実な擬古典的方法」ゆえに範としなかったように、単なる古典の継承としてではなく戯曲家として現代の日本語によってその世界を創生しようとしたのである。

しかし、現代語で謡曲を綴るという営為自体、矛盾の産物であろう。いわゆる「幽玄」を宗とするはずの詞章がアケスケな「卑俗な文体」で語られるのだから。しかし、『近代能楽集』の他のテクストではほとんど問題にならない現代文体の問題が、なぜか「源氏供養」では突出している。それは「近代能楽」という戯曲がもつ必然的な問題なのだろうか。ここで改めて三島の「源氏供養」という戯曲が五十四帖からなる『源氏』論であるというよりも、それを創出した紫式部という作家についての論、つまり「作家論」であることを確認しよう。この点を検討するために、そもそも三島が典拠とした謡曲「源氏供養」の性格を見定めておく。

たとえば田村景子は中世において成立したこの謡曲の特質を次のように指摘する。

> 詞章に「心中の所願を発し。一つの巻物を写し」とあるように、この曲は法華経を写す「源氏供養」を受け継いでいる。同時に、名文として知られる謡曲「源氏供養」のクセ（引用者、「韻文の楽曲」）は、『源氏物語』の巻名を歌に詠み込む「源氏供養」の流れをも受け入れていた。謡曲はこうしたふたつの供養を重ねつつ、ついには紫式部崇拝の確認という大団円に至る。だが、さらに重要なのは、謡曲「源氏供養」が既存の「源氏供養」と比べ、より広い意味での狂言綺語を肯定したことだろう。（中略）それ自体遊芸のひとつでありながら、仏教と切り離すことのできないし、しかも武士階級の後援で大成した能楽は、中世以降の強い仏教的彼岸の讃美と、現世的な虚構の肯定とを結合させる。[注31]

ここには「法華経」の仏教的救済と「詞章」という文学における文体の問題が接合されているだけでな

く、それが時代の享受者たちによって受容と新たな更新をおこなっていることが指摘されている。特に中世の「謡曲「源氏供養」が既存の「源氏供養」と比べ、より広い意味での狂言綺語を肯定した」という箇所は興味深い。現代の私たちは謡曲「源氏供養」の仏教的救済の側面ばかりが気になるが、おおきな歴史的コンテクストにおいて公家文化から武家文化へと享受の主体が変容した『源氏』受容は、「仏教的彼岸の讃美と、現世的な虚構の肯定」という二側面をもつことになるからである。[注32]

しか能楽の大成の意味するものはそれだけに留まらない。その受容は単に劇を観る「観客」やときには「演者」をも登場させたことに注目したい。よく知られているように足利将軍以降の庇護者であった豊臣秀吉が自らも能を演じたように、戦国時代を経由した武士たちはときに「演者」となることも厭わなかった。これは時間的様式化を経て厚化粧で造られた顔をもつ近世の歌舞伎と異なる。能面やときに直面（素面）で演じられることに象徴されるように、抽象的かつシンプルな空間構成をもつ能舞台や演能空間をもつ能楽が、きわめて「現世的な虚構の肯定」を可能にする上演的（パフォーマティヴ）な劇であることを物語っているのではないだろうか。

このようなコンテクストを視野に入れると、三島の『近代能楽集』に収められた「源氏供養」の世界の特質が浮かび上がってくる。それは第一に『源氏』の武士的エートスによる受容形態である「謡曲」であることに加え、近世後期に幕府の武家式楽として採用されて以降、近代にいたって謡曲が改めて「能楽」として再編成されてからも、[注33]一般庶民というよりも受容主体が武士的なエートスの持ち主だったことである。たとえば一般に「国民作家」と言われる夏目漱石が謡曲を好み、「草枕」（『新小説』一九〇六年九月）が、ワキとしての画工とシテとしての那美から構成されている小説ともいえること、[注34]さらにたとえば近代における謡曲本刊行が漱石門下の野上豊一郎によって担われてきたことなどを想起すれば、近代以降の謡曲受容が近代文学の担い手たちとも重なっていることが理解されよう。

ではこのように強く武士的なものと結びついた謡曲を近代作家が受容すると、どういうことになるのだろうか。すでに指摘したように、文体の問題は彼の「卑俗な文体」でクリアされている。ならば次の課題はその戯曲的完成度ということになろう。小説とは異なる戯曲においては、劇的時間の創出、演じる俳優の身体性、あるいは劇場で舞台を見つめる観客等々、基本的には「演劇的現在」が創出されているかが戯曲としての成否のポイントになるが、いわゆる「本説」をもつ『近代能楽集』において、劇としての成否をささえる大きな要素は女性表象であろう。

たとえば『近代能楽集』の「邯鄲」では前半は「菊や」という守役の中年女性と彼女に愛され、いまは十八歳となった「次郎」との軽妙な掛け合いのなかで過去と現在の時間が巧みに構成されているが、「菊や」は原作のもつ「夢の時間」を現代の戯曲時間のなかに置き換える媒介者としての役割を果たしている。「綾の鼓」は舞台の下手を法律事務所、上手を高級洋裁店に二分するという大胆な舞台設定が採用され、元女スリでいまは貴婦人然とした華子を愛する岩吉という小遣いとの叶わぬ片恋の模様が繰り広げられる。シテ役の彼は一度、周囲の嘲笑によって自死したのち、亡霊となって音の鳴らない「綾の鼓」を打ち続け、舞台から消えると、ツレ役の華子があたかも勝利宣言するように「あと一つ打ちさへすれば」（五〇六頁）と決定的な一言をつぶやき、幕となるのである。

「弱法師」（『声』一九六〇年七月）ではヒロインではないが、家庭裁判所の調停員という養父母と実父母の間を媒介する女性が登場する。彼女は「この世のをわり」（四二三頁）の光景を長広舌で活き活きと語り、共にそれを「眺め」たことの承認を求める彼に対して、断固として「見ないわ」と言い切る。実母でも養母でもない調停員の女性はまさに第三項として、「狂気」という「聖性」の世界に埋没しようとする俊徳を、彼の世界を肯定したうえで改めて「俗性」によって断固否定することでこの世に送り返すまさに「調停」的な存在なのである。

これらの劇に登場する女性表象はいずれもかなりステレオタイプであるが、舞台で俳優によって演じられることが前提となる戯曲において、観念的な女性表象は必ずしも不都合ではない。むしろ観念が先行する三島戯曲にはふさわしい表象だろう。すでに触れた戯曲にくわえ、女性二人と男性一人で構成される「欲望の三角形」を描いた「班女」なども、観念が劇的展開のなかで女性表象によって巧みに具現化されていると言ってよいだろう。

四　戯曲「源氏供養」の女性表象

『近代能楽集』に登場する女性表象を検証してきたが、彼女たちは多少アブノーマルの気味はあるが、自らの恋や愛に翻弄されているという点ではごく普通の女性たちといえる。だが「源氏供養」のヒロイン野添紫だけは異なる。第一に彼女は戦後的近代における女性作家である。第二に売れっ子の女性作家で、その自死によって海岸近くの断崖に文学碑が建立されており、そこにあまたの読者たちが「参詣」に訪れるという卑俗化を蒙っている。もちろん、あらゆる領域で「スター」を必要とする戦後的時空において、卑俗化とは聖別化と紙一重であり、もちろん文学もその例外ではない。まさに聖性と俗性が二重化される「文学」という職業に従事するのが作家という存在なのだから。確かに今は亡者となった紫は一面で聖なる存在かもしれない。しかし彼女の聖性を構築したうえでそれを壊すような脱構築的な展開はここには不在である。海の見える崖上から投身自殺をした紫を記念して文学碑が建てられている場所へ、彼女のベストセラー小説「春の潮」の愛読者である青年AとBがやってくる。彼らの役柄は前ワキに近いが、三島は二人から差異や個性を消去している。まさにアルファベットにふさわしい固有性の無い匿名的な存在であり、共感を抱くのははかなり難しい。[注35]

もっとも疑問なのは紫のベストセラー作品「春の潮」のヒーロー藤倉光を紫の語りのなかでしか存在させなかったことである。確かに彼女は「本当の光を見せてあげるの」（六二六頁）と青年たちに語り、それを実証するかのように光は「絹の背広」（六二四頁）を着て何度も海へ身を投げる。一言も「声」を与えられない光が実際の舞台でどのような効果を発揮したのか定かではないが、戯曲で読むかぎり影のような存在としてしか感受できない。彼が紫の言うように「特別な実在」（六三一頁）として「いつも太陽の救済の光りに照らされて輝やいてゐた」存在なら、それを語りだけでなく劇中で見せつける必要があったはずである。

あるいは光の非焦点化は、おそらく太陽に照らされる「月のやうな実在」（六三一頁）としての意味をもたせるための演出上の処理だったのかもしれない。だが、すでに「葵上」の箇所でも指摘したように「ト書き」は三島戯曲の重要な構成要素であった。「源氏供養」のト書きは場面を説明することに急で、「月」としての光を描き出すことに成功していない。「描写」とは「ミメーシスの錯覚」だとしても、それは「声のミメーシス」を担うセリフとともに戯曲文体の構成要素なのである。いわば光は、古来、和歌や物語で愛されつづけてきた「月」であるよりも、遍在する匿名的な影のような存在として、青年たちの匿名性のなかに溶解してしまっている。このような匿名性の突出を、いったいどう理解したらよいのだろうか。これは田村景子が指摘したように、「源氏供養」というテクスト自体が三島の自己否定をふくむ「『近代能楽集』供養」[注36]という側面をもつからだろうか。

そのような解釈とは別に一篇の戯曲として見たとき、饒舌な野添紫に比して光がまったく無言であるだけでなく、彼女によって「あの男の姿は私の姿」(六二八頁)と同一化されてしまっていることに気づく。たとえば紫が自らを滅ぼした子宮癌を「紅い潮」に譬えるのもその著書「春の潮」とあまりに近接していることに象徴されているように、女性作家と彼女の創出した男性登場人物との同一化は劇的な緊張を殺ぐことになる。ヒロインが「女性作家」として設定されるとき、そこには近代/女性/作家という歴史的・文学的なコンテクストが召喚されてしまうのは避けられない。謡曲で女性を演じるのは「女装」の男性演者であるのが当然視されているように、近代劇では(たとえ上演されなくとも)女優の存在が当然視されるのである。言わば「能楽」が近代劇に移行したとき、そこには面を被った「女装」の能役者ではなく女性身体をもつ「女優」という問題が浮上するのである。

むろん「女優」も同性による「演じられる身体」という意味では「女装」なのだが、そこには観念では蔽えない女性身体に起因する過剰なものが付加される。あるいは観客によって「見られる」ことを前提とする近代劇には、観客のイメージする「女性身体」と舞台の上に現存する女優との間に差異や葛藤が生じてしまう、と言ってもよいだろう。たとえば小平麻衣子は一九一〇年前後に登場した自ら女優体験をもつ女性作家の田村俊子が、同時代において演劇と文学の両面で直面した「演じる」ことをめぐる抑圧の様相を論じた[注37]。本稿の文脈で言うと、自然主義全盛の時代、現代文によって小説を書かなければならなかった俊子には、擬古文や雅俗折衷体で小説を書いた樋口一葉にはない困難が存在したのである。

では「源氏供養」ではどうか。「葵上」をはじめとする『近代能楽集』の他の演目において女性登場人物のほとんどを女優が演じた。[注38]能が女装男性で演じられるのが当然視されるように、近代劇において「女優」が女性を演じることはほとんど当然視される。そのような文化史的コンテクストを意識すると、「源氏供養」の作中人物である女性作家野添紫は光と一体化され、女性性をもつ前者と男性性をもつ後者を別箇の存在として描き出していないことが大きな違和感として浮上してくる。男を愛したことはあるかという青年の問いに、「私は男も女も愛したことありません」（六三三頁）と答える紫は、劇中人物としてあまりにも非現実的なのである。非現実的なままに長広舌を弄する彼女に読者や観客が共感を抱くのは困難であろう。

もちろん長広舌が悪いと言っているのではない。「夢幻能」などにおいてシテなどが自己語りを行うのは謡曲という様式のもつ必然でもある。しかし、紫が現代語で自らを語るとき、そこには謡曲としての詞章の枠が取り払われ、新劇的な舞台空間だけが現出してしまう。[注39]光による投身自殺の反復という仕掛けが、基本的には「リアル」を信条とする新劇的な舞台空間と齟齬をきたしていると言ってもよい。「光」が実は「回転式灯台」からの光の幻影であることが語られるなど、劇の末尾は謎解きと団体客を率いるバスガイドの解説、さらには青年A・Bの哄笑で終わる。卑俗化された読者を代表表象させたこのような幕引きに、観客は泣くことはもちろん笑うことも出来ないのである。

おわりに――女装の文体（エクチリュール）

最後に三島の小説「女方」（『世界』一九五七年一月）[注40]を一瞥することで、前章で取り上げた「源氏供養」

における文体としての「女装」の問題をまとめてみたい。
「女方」はタイトル通り、「男性による女装」が公然と前提化されているテクストである。能楽に登場する女性表象もみな男性演者による「女装」で演じられるが、近世歌舞伎において「女方」（女形）は仮面を用いず、化粧・衣装・仕種・舞いなどを様式化することでその表象に洗練を重ねてきた。このテクストではそんな女方（女形）のひとり佐野川万菊の「芸に傾倒してゐる」（五六三頁）増山という「国文科の学生が作者部屋の人」（同）となった青年増山の視点から語られる。

万菊は衣裳を脱いでも、その裸体の下に、なほ幾重のあでやかな衣裳を、着てゐるのが透かし見られた。その裸体は仮りの姿であつた。その内部には、あのやうに艶冶な舞台姿に照応するものが、確実に身をひそめてゐる筈だつた。（傍点、引用者）[注41]

よく知られているように小説「女方」も戯曲「朝の躑躅」（『文学界』一九五七年七月）も歌舞伎の女形六世中村歌右衛門をモデルとした小説だが、ここには芸による「女装者」としての「女方」が描きだされている。したがって「主人公」をヒロインやヒーローという呼ぶことが無効になるような小説である。小説のなかで増山の万菊への傾倒は切実である。そこには舞台／楽屋、夢／現実などの常套的な二項対立が、常套的であるがゆえのリアリティをもって描きだされている。しかし同時に増山にはもうひとつ、隠された願望が存在する。それは引用の傍点部に見られるように、女方を恋するという行為が倒錯的であるという認識をもつゆえに、自己処罰としての「幻滅」を味わうことを求めるという願望である。

物語の幕切れにおいて、新劇畑の演出家川崎に恋をした万菊は、増山を置いて二人で夜の街に消えていく。若い誠実な信奉者然とした増山ではなく、浮薄な新しさを身にまとう川崎を選ぶ万菊に対して、一旦は「幻滅」しながらも最後に新しい感情としての「嫉妬」に目覚める増山が描きだされて物語は終わる。言い換えると川崎・増山・万菊という欲望の三角形を成立させて小説は終息しているのである。

繰り返すが、増山は万菊の身体を欲望しているのではない。「女装」という男性身体による「異性装の芸という観念」を欲望しているのである。だから万菊のように女装者が他の男性を愛する、つまり芸によって創られた架空の身体が「自然」の領域に限りなく近づくことは観念の完成であると同時に崩壊を意味する。このような展開は「小説は人間的必然に拘泥し、事件乃至事物の論理は制約を受けている。小説の中に置かれた事件は、決して人間的動機を放棄することはできない」(「卑俗な文体について」)と述べた三島らしい小説的帰結だったと言える。ここには小説というジャンルがもつ卑俗さゆえの揺動するセクシュアリティがあるのではないだろうか。それは宗教的救済や解脱よりも現世に拘泥する、卑小さや卑俗さを糧にしていかざるをえない近代小説固有の「人間的動機」や「人間的必然」であったのだから。

だが、晩年の三島は「源氏供養」の廃曲だけでなく「歌舞伎の女方が女のまねをするのはほんとうの女方の堕落」[注42]と言い、小説「女方」の世界をも否定するかの発言さえ残した。ここで晩年の三島をめぐる問題から、その廃曲理由をあれこれ詮索することに意味があるとは思えない。彼の『源氏』受容をテーマとする本稿の文脈にとって必要なのは、以下に引用する一文であろう。これは三島の文学的習作期にあたる学習院中等科五年次に書かれた『源氏』についての文章である。生前はもちろん彼の死後の一九八〇年まで未発表のこのテクストには、一六歳の三島による『源氏』観が力強く率直に述べられている。

紫式部は、宮廷生活のゆたかな感情の歴史を目のあたりに見て、かうした人生的な心理的な「流れ」といふもの、偉大さに心を搏たれたのであつた。かの女の企てた作品は、それ故に、これまであつたやうな和歌、日記、物語等の如き限定された視野から見、且つ描写された文学作品であつてはならなかつた。しかも伊勢物語に依つて予め暗示されてゐた「人生描写」「心理の流れの描写」の試方法——すなはち、多くの人々の人生によつて形成される流れが汪洋として永続的なものであるが故に却つて、固定された一点である個人の頭脳より見たその流れはある程度まで断片的であらねばならぬ—といふ定律を、伝統的なものへの思慕と共に敢へてその正しさを確信しつゝ、その断片的手法によつて五十四帖の段落にわけたのであつた。

（「王朝心理文学小史」注43）

ここには、後年書かれた『日本文学小史』で『源氏』を「文化意志そのものの最高度の純粋形態」と見なし、「花の宴」と「胡蝶」の二巻を称揚してみせたのとは異なる『源氏』観がある。この文章からは、『源氏』が文学としての必要条件である「人間的動機」や「人間的必然」にもとづき、「人生心理」「心理の流れの描写」によって書かれたテクストであることが浮かび上がってくる。デビュー作「花ざかりの森」で、いみじくも「珍らしいことにわたしは武家と公家の祖先をもつてゐる」注44と記した三島はその後、「武家」（軍人）的なものと「公家」（文人）的なものの間で引裂かれるように戦中から戦後の時間を生き抜いた。その時間のなかで『源氏』批評としてのテクスト「葵上」と「源氏供養」の二戯曲を残したが、前者が「源氏の罪の意識」を否定することでその世界を成立させたのに対し、後者では女性作家野添紫に自己否定させ、彼女が創作した「春の潮」の作中人物にその罪を「反復」させつづけるという不徹底な終わりかたを示すことになった。カタストロフィーを回避して矛盾を抱えたまま劇を収束させてしまったのである。

謡曲では違和感のない「女装」が、「近代能楽」という近代劇に移行したとき、そこには面を被った「女装」の能役者ではなく女性身体をもつ「女優」が登場する。すでに述べたように「女優」も女性による「女装」なのだが、そこには観念では蔽えない女性身体に起因する過剰なもの、三島の言葉で言えば「多くの人々の人生によつて形成される流れが汪洋として永続的なものであるが故に却つて、固定された一点」が付加されるはずである。舞台上で「女優が演じる女性作家という表象」には、このような過剰なもの、「固定された一点」が必要不可欠であった。「女装」のエクリチュールの所有者であった三島が「源氏供養」におけるこの一点の不在に気づかなかったはずはない。同曲を廃曲とした理由はここにこそ求められるべきである。

注

1 引用は『決定版三島由紀夫全集』第二六巻（新潮社、二〇〇三年一月）五二〇頁。なお、以下原則として三島作品については作家・出版社名は略し『決定版全集』と表記。

2 「中世」は第二回の途中までが『文藝世紀』（一九四五年二月）に発表されたが、第三回は空襲によって雑誌が消失。第四回は『文藝世紀』（一九四六年一月）、同年一二月に『人間』に全編が初めてまとめて発表され、『岬にての物語』（桜井書店、翌年一一月）に収録刊行された（「解題」同右全集、第一六巻、二〇〇二年三月、七四一頁）。

3 その後『花ざかりの森』は七丈書院から一九四四年一〇月から刊行されたが、数種の序をもち、「花ざかりの森」用2）」はそのうちの一つ。引用は注1三八九頁。

4 小泉製作所とは一九四〇年に現群馬県大泉町に建設された「東洋一の大工場」といわれた飛行機の機体製造工場。主に

「零式艦上戦闘機（零戦）」が主力であり、一九四一年から四五年までの間に約九千機を量産したといわれる（「中島飛行機株式会社の軌跡　Nakajima Aircraft Industries ltd.1934~1945」による）。東京大学法学部在学中だった三島は一九四五年一月、二十歳の誕生日を迎える前後に学徒動員され、その後入隊するまでの時期に「中世」を執筆していた（『決定版全集』第四二巻「年譜」、二〇〇五年八月、九九～一〇三頁）。

5　『近代能楽集』中の初出・初演は以下のようである。「邯鄲」（『人間』一九五〇年一〇月、一九五八年、ホノルル初演）、「綾の鼓」（『中央公論』一九五一年、一九五二年二月、初演）、「卒塔婆小町」（『群像』一九五二年一月、一九五四年二月、初演）、「葵上」（『新潮』一九五四年一月、一九五五年六月、初演）、「班女」（『新潮』一九五五年一月、一九五七年六月、初演）、「道成寺」（『新潮』一九五七年一月、一九七九年六月、初演）、「熊野」（『声』一九五九年四月、一九六七年一一～一二月、初演）「弱法師」（『声』一九六〇年七月、一九六五年五～六月、初演）、「源氏供養」（『文藝』一九六二年三月、一九八一年七月、初演）。

6　『討論　三島由紀夫 vs.東大全共闘――〈美と共同体と東大闘争〉』（新潮社、一九六九年六月）一一〇～一一一頁。

7　「三島由紀夫氏の〝人間天皇〟批判――小説「英霊の声」が投げた波紋」（『サンデー毎日』一九六六年六月五日）。引用は『決定版全集』第三四巻、一二八～一二九頁。

8　佐藤秀明「村上春樹の王殺し」（日本近代文学会関西支部編『村上春樹と小説の現在』）一〇九～一一七頁。なお佐藤の論は『王の二つの身体』（エルンスト・H・カントローヴィチ原著、小林公訳、ちくま学芸文庫、二〇〇三年五月）に基づいている。

9　「昭和廿年八月の記念に」（注1、五五一～五五九頁）。なお文章末尾に「昭和廿年八月十九日」の日付がある。

10　上野千鶴子・小倉千加子・富岡多恵子鼎談『男流文学論』（筑摩書房、一九九二年一月）での上野の発言。同書、三三四、三三一頁。

11　三島由紀夫による観世銕之丞の「大原御幸」観劇の折りの一文「変質した優雅」（『風景』一九六三年七月、『私の遍歴時代』講談社、翌年四月初刊）。

12　同右「「班女」拝見」（『観世』一九五二年七月）。引用は『決定版全集』二七巻、六六三～六六四頁。

13　ここで言う「女装」とは文体における女性表象の造形を指す。女性作家も男性作家も表象創出において「装う」点で同一である。なお文学的な「女装」については夙に「女装文体」という語で指摘したことがある（拙著『姉の力』筑摩書房、一九九三年一一月）。

14 注4、一〇二～一〇三頁。三谷信「八月二十二日の便り」(『級友三島由紀夫』笠間書院、一九八五年七月)一一三頁。

15 三島由紀夫「近代能楽集について」(『国文学解釈と鑑賞』一九六二年三月、『決定版全集』第三二巻、四二～五〇頁)、堂本正樹「近代能楽集の「能」と「近代」」(『劇人三島由紀夫』劇書房、一九九四年四月、一六五頁)を参照した。

16 「源氏物語紀行――「舟橋源氏」のことなど」(『東京新聞』一九五一年三月三〇日)。引用は『決定版全集』第二七巻(二〇〇三年二月)三九一頁。

17 座談会「『源氏物語』と現代」(『文藝』一九六五年七月)。引用は島内景二他編『批評集成・源氏物語』第三巻「近代の批評」(ゆまに書房、一九九九年五月)一七八・一七七頁。

18 拙稿「与謝野晶子『新訳源氏物語』が直面したもの　歌/物語/翻訳」(関『女性表象の近代　文学・記憶・視覚像』翰林書房、二〇一一年五月)を参照されたい。

19 「卑俗な文体について」(『群像』一九五四年一月。引用は『決定版全集』二八巻、二〇〇三年三月)二二五～二二六頁。なお三島は同年同月の「芝居と私」(『文学界』)で「地獄変」を擬古文体で脚色したが「現代にあつて、擬古文を書くといふことの、生理的違和感はどうしやうもなかつた」と率直に吐露している(同全集、二三一頁)。

20 この意味で「金閣寺」は三島が「中世的呪縛」を超えるための試みだったのかもしれない。なお「金閣寺」については拙稿「小説『金閣寺』と映画『炎上』――相互テクスト性から見えてくるもの――」(岩波書店『文学』二〇一五年九・一〇月)を参照されたい。

21 『日本文学小史』(講談社、一九七二年一一月、引用は『決定版全集』三五巻)五三四、五九五頁。

22 以下、『近代能楽集』の戯曲からの引用は「邯鄲」・「綾の鼓」・「卒塔婆小町」は『決定版全集』第二一巻(二〇〇二年八月)、「葵上」・「班女」(同、二二巻、二〇〇二年九月)、「道成寺」・「熊野」・「弱法師」・「源氏供養」(同、二三巻、二〇〇二年一〇月)。なお必要に応じて適宜引用頁を記した。

23 堂本正樹「「葵上」私の演出プラン」。引用は『三島由紀夫の演劇　幕切れの思想』(劇書房、一九七七年七月)八四頁。

24 「「葵上」と「只ほど高いものはない」」(『毎日マンスリー』一九五五年六月)。引用は『決定版全集』第二八巻、「解題」(二〇〇三年三月)四九三頁。

25 「女の業」(『花柳滝二リサイタルプログラム』一九六三年九月)。引用は『決定版全集』第三二巻(二〇〇三年七月)五九一頁。

26　増田正造「夏目漱石「草枕」――婆か爺か」『能と近代文学』（平凡社、一九九〇年一一月）三七三頁。
27　拙稿「「山椒大夫」・「最後の一句」の女性表象と文体――鷗外・歴史小説の受容空間――」（中央大学文学部『紀要』二〇一六年三月）を参照されたい。
28　武智鐵二「三島由紀夫・作「葵の上」」（『芸術新潮』一九五五年九月）。
29　三島由紀夫・三好行雄対談「三島文学の背景」（『国文学』一九七〇年五月、臨時増刊）での三島の発言による。
30　「日本の古典と私」（『山形新聞』一九六八年一月一日）。引用は『決定版三島由紀夫全集』第三四巻（二〇〇三年九月）六二一頁。
31　田村景子「ふたつの「源氏供養」」（『講座源氏物語研究　第六巻　近代における源氏物語』おうふう、二〇〇七年八月、引用は二〇〇八年九月、二刷）二八九～二九〇頁。
32　この点については三田村雅子『記憶の中の源氏物語』（新潮社、二〇〇八年一二月）を参照した。
33　堂本正樹、注15、一七一頁。
34　増田、注26、二三六～二四〇頁。松岡心平「謡と能と漱石　能に近づけて人間を視る」（『別冊太陽　夏目漱石の世界』二〇一五年八月）。
35　たとえば原田香織は彼らを「狂言の「笑い留」めそのもの」（「声なき叫び――三島由紀夫『源氏供養』論――」『山形女子短期大学紀要』一九九五年三月）と評している。
36　田村、注31、二四五頁。
37　小平麻衣子『女が女を演じる　文学・欲望・消費』（新潮社、二〇〇八年二月）には一九一〇年前後に登場する「女優」の問題が集中的に論じられている。
38　堂本正樹「三島演劇総覧」（『三島由紀夫の演劇　幕切れの思想』劇書房、一九七七年七月）一七八～二五四頁を参照した。
39　先田進は「後半のほとんどが、女流作家の仮面を被った作者のモノローグに塗りつぶされてしまった」（「三島由紀夫作「源氏供養」論――《自己処罰》のモチーフを中心に――」『新潟大学人文学部国語国文学』一九九三年三月）と指摘している。
40　以下、「女方」からの引用は『決定版全集』第一九巻（新潮社、二〇〇二年六月）による。
41　同右、五六八頁。

42　小西甚一・ドナルド・キーン・三島由紀夫鼎談「世阿弥の築いた世界」（『日本の思想』八、世阿弥集、月報、筑摩書房、一九七〇年七月）。引用は『決定版全集』第四〇巻、二〇〇四年七月、六六七頁。

43　「王朝心理文学小史」（『学習院輔仁会雑誌』一九八〇年二月）。本文からの引用は『決定版全集』第二六巻（二〇〇三年一月）二八二～二八三頁。注4「年譜」によれば、この文章の起筆は一九四一年一一月中旬、擱筆は翌年一月三〇日とされている。

44　「花ざかりの森　その二」。引用は『決定版全集』第一五巻（二〇〇二年二月）四八九頁。

付記
引用は原則として出典本文によるが、適宜表記等を改めた箇所があることをお断りしておく。

関　礼子（せきれいこ）中央大学文学部教授。専攻：日本近代文学。主著に『語る女たちの時代　一葉と明治女性表現』（新曜社、一九九七年）、『一葉以後の女性表現　文体・メディア・ジェンダー』（翰林書房、二〇〇三年）、『女性表象の近代　文学・記憶・視覚像』（翰林書房、二〇一一年）がある。近年は男性作家のテクストを文体とジェンダー、映像や画像などの視覚像と文学の観点から考察している。

「浦島」をめぐる分節と連想
——源氏物語研究における文化研究の可能性——

岡﨑　真紀子

一　文化研究・和歌・古注釈

『源氏物語』が成立当初から広く読まれ、早い段階で注釈の対象にもなっていたことは、世尊寺伊行『源氏釈』や藤原定家『奥入』によって知られるところである。注釈書の記述は、ある読み手がどのような姿勢で物語を享受したかをうかがわせる証左であるが、読み手の側の姿勢とは、もとより『源氏物語』の本文自体の側に内在するものと無関係ではない。たとえば、『奥入』（定家自筆本）の夕霧巻を例にとると、その記述は、和歌の挙例が一八首、「無言太子」に関する仏説の引例が一つで、和歌が圧倒的な比重を占める。『源氏物語』には、総数八〇〇首弱の作中和歌はもちろんのこと、文章においても和歌を踏まえた言い回し（いわゆる引歌）や発想が満ちており、『源氏物語』と和歌が相互に深く関わっていることは言を俟たない。草創期の源氏物語注釈がもっぱら和歌を指摘することから始まったのは、けだし当然であった。

夏の夜はうらしまのこがはこなれやはかなくあけてくやしかるらむ

（奥入定家自筆本・夕霧巻[注1]）

右の歌は、『拾遺集』夏歌に「題しらず」で入集する中務の歌である。夕霧巻において、落葉宮が母の御息所の亡きあと小野から帰京する時の心情を、仙境から故郷に帰る浦島子説話を引き合いに出して語る本文「浦島の子が心地なん」（詳しくは後述）についての注として、『奥入』はこの歌を掲げる。現行の主な注釈である新編日本古典文学全集、新日本古典文学大系、新潮日本古典集成では、同じ箇所の注に和歌を掲げていないが、『光源氏物語抄』『紫明抄』『河海抄』『孟津抄』は、『奥入』と同様の歌を引く。「浦島の子が心地なん」という物語本文に接すれば、「浦島の子」という語を詠み込んだ先行の和歌を思い浮かべるというのが、『奥入』をはじめとする古注釈の姿勢だったのである。

では、このように和歌に焦点をあてる古注釈に見られるような姿勢を、「文化研究」の理論的な枠組みと思い合わせて『源氏物語』を捉えてみたら、どのような読みが拓けてくるだろうか。物語の読みというのは、時代・社会・個人によって異なるから、古注釈の姿勢と、「現代の文化を分析する比較的新しい手法」（クリス・ロジェク『カルチュラル・スタディーズを学ぶ人のために[注2]』）とされる「文化研究」の考え方の節合を試みようというのは、我田引水の謗りを免れないかもしれない。だがそれを試みることによって、「源氏物語研究における文化研究の可能性」を問うという課題に、和歌研究および注釈史研究の枠組みも絡めた立場から一石を投じることができるのではないかと思うのである。

そこで、まずは『架橋する〈文学〉理論』と題する本巻における「文化研究」の意味するところを考えることから始めるべきだろう。それは「カルチュラル・スタディーズは「文化研究」と訳すことができる」（上野俊哉・毛利嘉孝『カルチュラル・スタディーズ入門』[注3]）の言にひとまず従っておけばよい。一九六〇年代半ば頃から本格的に発信され、広告や映像などのメディアやコミックおよび映画といった「大衆文化」の分析をはじめ、性・民族・政治力学の問題に至るまでの広範な領域において世を席巻した、カルチュラル・スタディーズの潮流が、日本で受容されたのち源氏物語研究を中心とする古典文学の読みにおいて実践されるようになったのは、千年紀の画期である二〇〇〇年前後のことである。たとえば、安藤徹「王朝文学をめぐって　カルチュラル・スタディーズのテーマ集20」（『国文学』四五巻一四号、二〇〇〇年一二月）に、視座の指針を示して関連文献も掲げる要を得た論があり、安藤徹・金子明雄・高木信・ツベタナ・クリステワ・藤森清・松井健児「〈座談会〉テクストと語らう技術――カルチュラル・スタディーズと古典文学」（『テクストの性愛術』森話社、二〇〇四年四月）に具体的な提言がある。カルチュラル・スタディーズは、社会に息づくあらゆる文化事象を分析可能なテクストと捉える理論と実践であるが、その基本にあるのは、「文化と、経済や政治、社会や知の構造や傾向とのより広範な関係を問題にする」（S・ホール「カルチュラル・スタディーズの翼に乗って、旅立とう[注4]」）という考え方である。そこで、階級・ジェンダー・地域・権力・国家などといった社会的領域との関係から、文化事象を捉える実践が積み重ねられた。では、『源氏物語』にそくした形で、同時代の「知の構造」すなわち「何らかの制度」（富山太佳夫「突出するホール[注5]」）との関係からテクストを捉える文化研究を実践するならば、どのような切り口があり得るのか。具体的な切り口はいろいろあろうが、同時代の和歌との関係から『源氏物語』を捉えるという古くて新しい考察も、その実践の一つたり得ると考える。

というのも、『源氏物語』が書かれた時代における言語文化には主に、漢籍や仏典の享受および漢詩文や文書の作成といった漢字・漢語による表現の領域と、和歌を詠み仮名文を書くといった仮名・和語による表現の領域があり、両者の差異が意識されたり、相互に関係したりして、具体的な言語表現がかたちづくられていた。[注6] そして、『源氏物語』の古注釈が和歌を引例することにとりわけ力を注いでいたことが示しているように、仮名・和語による言語文化の中核にあるのは、ほかならぬ和歌だったのである。『源氏物語』にとって和歌は、『源氏物語』自体が多くの作中和歌や和歌を踏まえた文章を有するという意味では、内なるものである。しかし、それらの作中和歌や文章を生み出す思考に、和歌からくる発想が強い影を落としているという意味では、和歌は『源氏物語』の外にあって、その叙述を規定する「知の構造」であるとも言えるように思われるのだ。

そこで本稿では、『源氏物語』に見られる浦島子説話を踏まえた叙述を主にとりあげ、古注釈の言説も参照しながら、和歌との関係性のなかに『源氏物語』を定位することによって、[注7] 源氏物語研究における文化研究の可能性のほどを探ってみたい。その際に予め留意しておきたいのが、文化研究が、しばしばとりあげられるように「「分節＝節合」(articulation)の概念」をその「出発点」としているということである（上野・毛利前掲書）。ここで言う分節（＝節合）という概念は、「文化は言語のように構造化されている」（ロジェク前掲書）と考える「カルチュラル・スタディーズへの構造主義的ないしは言語論的アプローチ」（吉見俊哉『カルチュラル・スタディーズ』[注8]）に由来する。文化研究の実践においては、文学テクストをはじめとするさまざまな文化事象を分析するにあたって、「異質な文脈におけるそれぞれ特異な要素をつなげたり、切り離したり、関係を作ったり、非連続性や断絶をはっきりさせ」（上野・毛利前掲書）ようとする。そして、「つなげたり」「関係を作ったり」することの前提には、まずもって境界線を引いて「切り離」すこと、すなわち分節することが先行するものであろう。では、そのようなアプローチによって『源氏物語』の具体的な叙述を見ようとした場合、どうなるだろうか。

二　浦島子説話と『源氏物語』

前置きが長くなったが、先に触れた夕霧巻の本文[注9]を振り返るところから始めたい。

人々はみないそぎたちて、おのおの櫛、手箱、唐櫃、よろづの物を、はかばかしからぬ袋やうの物なれど、みな先だてて運びたれば、独りとまりたまふべうもあらで、泣く泣く御車に乗りたまふも、かたはらのみまもられたまて、こち渡りたまうし時、御心地の苦しきにも御髪かき撫でつくろひ、下ろしたてまつりたまひしを思し出づるに目も霧りていみじ。御佩刀(はかし)に添へて、経箱を添へたるが御かたはらも離れねば、

　恋しさのなぐさめがたき形見にて涙にくもる玉の箱かな

黒きもまだしあへさせたまはず、かの手馴らしたまへりし螺鈿の箱なりけり。誦経にせさせたまひしを、形見にとどめたまへるなりけり。浦島の子が心地なん。

落葉宮は、母御息所を喪った悲しみにくれて、胸の内では出家の決意を固めている心境なのだが、周囲の

説得もあって、再三思いを寄せてきた夕霧の待ち構える京へ帰ることになった。出発の車に乗りこむ段になっても、いまさら男に迎えとられるなど気乗りがせず、心を占めるのは亡き母への思いばかりである。以前京から小野の山荘へ移ってくるときには御息所と共に車に乗っていたが、帰京する今は独りで、傍らの空席から母の不在を痛感せずにはいられない。御息所の形見である経箱を携えつつ、その「形見」の「箱」に寄せて、母を恋う思いを吐露した歌「恋しさの」を詠んだ。この場面での落葉宮の心境を捉えたのが「浦島の子が心地なん」の一文である。京へ帰るといっても、夕霧が落葉宮を迎える準備を整えている一条宮の様子は、以前とはすっかり変わっている。それを、異界である仙境から帰還すると故郷がすっかり変わり果てていたという浦島子説話になずらえたのである。では、引用した部分において浦島子説話は、『源氏物語』の叙述にどのように踏まえられているのだろうか。[注10]

浦島子説話は、上代から平安期までに時代を限っても数多くの文献に記されている。[注11]『日本書紀』雄略天皇二十二年、『丹後国風土記』(『釈日本紀』巻十三所収逸文)、『萬葉集』巻九「詠水江浦嶋子一首并短歌」といった上代の文献をはじめ、『続浦嶋子伝記』(平安初期か)、『本朝神仙伝』(大江匡房)、『扶桑略記』『浦島子伝』『注好選』『古事談』などといった漢文体の伝記・説話・史書類、そして、和歌の実作や『能因歌枕』『綺語抄』『俊頼髄脳』『和歌童蒙抄』『奥義抄』といった院政期の歌学書にも掲出される。それぞれの文献によって叙述の詳しさや話の筋立ての要素に違いがあるが、『源氏物語』を考えるうえで見ておきたいのは、和語の文章によって浦島子説話の筋立てを記した歌学書の叙述である。『俊頼髄脳』[注12]には、前掲の『奥入』所掲の中務歌「夏の夜は浦島のこがはこなれや」の初句が「みづの江の」と異同を生じた歌を掲げたうえで、次のように記されている。

みづの江の浦島の子がはこなれやはかなくあけてくやしかるらん

これは、みづの江の浦島の子といへる人のありけるなり。みづの江の浦島とは、所の名なり。おほきなる亀を釣りいでておきたりけるに、浦島の子が寝たりけるに、女になりて居りけるを見て、妻にしてありけるに、女、「いざ給へ。わが住む所へ」と誘ひければ、釣りしける船に乗りて、えも知らぬ所に行きて住みければ、まことにたのしく、思ふ事もなかりけり。しかはあれど、ふるきみやこの恋しかりければ、「わがありし所へかへしやり給へ。あからさまに行きて、また帰り参らむ」とあながちにいひければ、「しか、さおぼさば、はや帰り給へ」とて、かへしけるときに、小さき箱を、ゆひ封じてとらすとて、「この箱をかたみに見給へ。あなかしこ、あけ給ふな」と、かへすがへす、いひ語らひてとらせつ。その箱をとりて、船に乗りて帰りぬ。もとの所へ帰りつきけるままに、いつしかとゆかしかりければ、みそかにと思ひて、何のいりたるとぞ思ひて、おづおづ細めにあけて見れば、けぶりいでて、空にのぼりぬ。その後、老いかがまりて、物もおぼえずなりぬ。はや、この人のよはひをこめたりけるなり。あけける事をくやしと思へどかひなし。それが心を得てよめるなり。

「浦島の子」が亀を釣り上げたところ、亀が女の身に化し、その女に誘なわれて仙境へ赴く。しばし仙境で暮らすが故郷に帰ることになり、別れ際に女から、これを決して開けてくれるなといって箱を贈られる。故郷に戻って箱を開けてしまうと、煙が立ちのぼって老いた姿に変わり果て、この世では長い時間が経過していたことを知った。説話の中心人物の名前は、古くは「筒川嶼子（しまこ）」（丹後国風土記）、「丹波国余社郡管川人瑞江浦嶋子」（日本書紀・雄略天皇二十二年）とあるが、[注13]平安以降の和歌では「あけてだに何にかは見むみづのえの浦島の子を思ひやりつつ」（後撰集・雑一・一一〇四・中務）[注14]とあるように、「うらしまのこ」の語形で定着し、「うらしま」は「所の名」（地名）と理解され、歌に用いられていた。たとえば、『源氏物語』と同時代の『実方集』に次のような贈答歌がある。

おなじ中将（藤原道信）、宿直所（とのゐどころ）にて、枕箱忘れたる、返すとて、

あくまでも見るべきものを玉くしげ浦島の子やいかが思はむ　（三〇、道信集・三〇）

返し

玉くしげなにいにしへの浦島にわれならひつつおそくあけけん　（三一、道信集・三一）

たち返りやる

おそくてもあくこそ憂けれ玉くしげあなうらめしの浦島の子や　（三二）

宿直所での枕箱の忘れ物を翌朝になって返す時のやりとりで、夜が明けるの意に「浦島の子」が「玉くしげ」（箱の美称）を開ける意を掛ける。その時その場にそくした言葉の機知に興じた応酬である。このように浦島子説話は、人々の間で共有の知として浸透しており、箱といえば「浦島の子」、という連想によって記憶から喚び起こされるものなのであった。

前掲の『源氏物語』夕霧巻の一節において、牛車の空席から母の不在を悲しむ落葉宮の心境は、『蜻蛉日記』康保元年秋における、母を亡くした道綱母が山寺から帰京する部分の発想に重なり、男からの再三の説

得によって不本意ながら牛車に乗って帰京する状況は、『蜻蛉日記』天禄二年六月における、鳴滝籠りから連れ戻されるくだりを踏まえていると考えられる（日本古典文学全集・新編日本古典文学全集）。一方、落葉宮が経箱を携えていることは、浦島子説話を下敷きとしていなければ出てこない発想であろう。その経箱が瀟洒な「螺鈿の箱」であることについては、「裹以二五綵之錦繡一、緘以二萬端之金玉一」（続浦嶋子伝記[注15]）といった表現との関わりが指摘されている。

とはいえ、浦島子説話の箱は、「若欲レ見二再逢之期一、莫レ開二玉匣之緘一。言畢約成、而分レ手辞去」（同右）とあるように、再会を期して贈られたものだ。箱を開けるなという禁忌と、開けた結果老いてしまったという説話の構造も、再会を誓う生別だからこそ成り立つと言っていい。それに対して、落葉宮が手にしていたのは、亡き母御息所の形見の経箱である。夕霧巻における箱は、死別した母を恋うよすがであって、箱にまつわる根幹をなす発想が、浦島子説話とは異なるようにも見受けられる。[注16]この差異に着目するならば、落葉宮の詠「恋しさの」について、より近い参考歌として、次の歌を指摘する注釈となるのだろう（日本古典文学全集・新編日本古典文学全集）。

かたらひける人の元に、櫛の箱を置きたりけるを、其人なくなるとて、たしかにゆひなどして、おこせたるを見て

なき人のむすびおきたる玉匣あかぬかたみと見るぞ悲しき　（玄々集・一一一）

紫式部の父藤原為時が亡き人の形見の櫛箱を詠んだ歌である。しかし、前掲の『俊頼髄脳』の浦島子説話

で、箱を渡すときの女の発言が「この箱をかたみに見給へ」と語られていたことに注意すべきではないだろうか。浦島子説話の箱を、「かたみ」という和語で表現することは、『日本書紀』『丹後国風土記』および『続浦嶋子伝記』以下の漢文体の文献には無論なく、『萬葉集』巻九所収歌にも見られない。一方、平安和歌においては、『俊頼髄脳』から遡って、『源氏物語』以前にも見出されるのである。

みづのえのかたみと思へば鶯の花のくしげもあけてだに見ず　（伊勢集・三五八）

宮中での箱合にあたって梅花を入れた櫛笥を献上する際に交わされた贈答の返歌である。『綺語抄』では「うらしまのこがはこ」の項の例歌としてこの歌を引く。「かたみ」は、「死んだ人や、別れた人の記念となるもの。また、過ぎ去ったことを思い出させるもの」（小学館古語大辞典）のこと。すなわち、「なき人のかたみと思ふにあやしきはゐみても袖のぬるるなりけり」（拾遺集・雑下・五四二・麗景殿宮の君）のような死別の場合にも、「あふまでのかたみとてこそとどめけめ涙に浮かぶもくづなりけり」（古今集・恋歌四・七四五・興風）のような生別の場合にも言う。「かたみ」という和語は、過去を思い出させるよすがを広く表す意味範疇をもつのである。しかも、「如何せん忍ぶの草もつみわびぬかたみと見えしこだになければ」（拾遺集・哀傷・一三二〇・よみ人しらず）とあるように、形見に筐（かたみ）の意を掛けて詠まれることから、箱との縁語的な繋がりも深い。

母御息所との死別の悲しみを浦島子説話と結びつけて語る、夕霧巻の落葉宮帰京の場面の叙述が生まれる土壌には、和歌において浦島子説話が受容され、箱を仙境の女の「かたみ」と捉える言語表現が定着していたことがあったと言えるのではないだろうか。『源氏物語』が、当時の貴族社会のなかで知られていた、和歌をめぐる語りを旺盛にとりこんでいることは、後藤祥子氏の研究などによって明らかにされている（『源氏物語の史的空間』[注17]）。浦島子説話の受容もその一例と言えるだろう。ただ、『源氏物語』が下敷きとした浦島子説話が、特定の漢文体の文献に依拠するというよりも、和歌を媒介としてやわらげられた発想を含むものであることは、改めて強調しておいてよいように思われる。

そこで前掲の『玄々集』所収藤原為時詠を再度見てみたい。「あかぬかたみ」は「開かぬ」に「飽かぬ」を掛け、（浦島は箱を開けたが）開かない箱はいつまでも見飽きない形見であるの意。為時詠も、「かたみ」という和語を介して死別の悲しみと浦島子説話を結ぶという、夕霧巻と同じ発想で詠まれているのである。と言って、夕霧巻の叙述が、為時詠を直接の典拠としているかどうかを問いたいのではない。ここで確認したいのは、『源氏物語』の叙述が、人が和歌を詠む際に、用いる言葉を選んだり言葉続きを組み立てたりする発想と、同じような構造をもった思考によって生み出されているということである。

三　和歌と『源氏物語』に潜在するもの

言い換えれば、『源氏物語』と平安和歌の関係性を、たとえば引歌表現とその典拠となった和歌は具体的にどの歌かを指摘するといった直接的なレベルだけではなく、物語の叙述を生み出す思考と和歌を詠む思考が通底するといった、潜在的なレベルで捉えてみたい。それによって、『源氏物語』の書かれた時代の言語文化の根底にある構造の一端を窺えるのではないだろうか。

前掲の夕霧巻から遡って、賢木巻にも、「浦島」という言葉が重要な役割を果たしている場面がある。その部分を例にとって考えてみよう。藤壺出家後の新年に、源氏が藤壺のいる三条の宮を訪れた。以前は新年には藤壺のもとに大勢が参集したものだが、今は世の趨勢が変わり、みな右大臣家のほうへ赴いたためか、人も少なく寂しいばかりである。

客人も、いとものあはれなるけしきに、うち見まはしたまひて、とみにもののたまはず。さま変れる御住まひに、御簾の端、御几帳も青鈍にて、隙々（ひまひま）よりほの見えたる薄鈍、梔子の袖口などなかなかなまめかしう、奥ゆかしう思ひやられたまふ。解けわたる池の薄氷、岸の柳のけしきばかりは時を忘れぬなど、さまざまながめられたまひて、「むべも心ある」と忍びやかにうち誦じたまへる、またなうなまめかし。

ながめかるあまのすみかと見るからにまづしほたるる松が浦島

と聞こえたまへば、奥深うもあらず、みな仏に譲りきこえたまへる御座所なれば、すこしけ近き心地して、

ありし世のなごりだになき浦島に立ち寄る浪のめづらしきかな

とのたまふもほの聞こゆれば、忍ぶれど涙ほろほろとこぼれたまひぬ。世を思ひすましたる尼君たちの見るらむも、はしたなければ、言少なにて出でたまひぬ。

尼となった藤壺の住まいの、鈍色のしつらいはかえって奥ゆかしい魅力がある。それを見た源氏が「むべ

ている。

も心ある」と誦し、歌を詠み、藤壺が返歌したというこの場面の叙述は全体に、次に掲げる歌を下敷きとし

西院の后、御ぐしおろさせ給ひて、おこなはせ給ひける時、かの院の中島の松を削りて書きつけ侍りける

音に聞く松が浦島今日ぞ見るむべも心あるあまは住みけり（後撰集・雑一・一〇九三）[注18]

出家した后の情趣ある暮らしのさまを、尼に海士の意を掛けて詠んだ歌である。「松が浦島」は、現在の宮城県松島湾一帯の景勝地（『歌枕歌ことば大辞典』角川書店）。『枕草子』「島は」に見え、『五代集歌枕』『和歌初学抄』『八雲御抄』に陸奥国の歌枕として掲出する。また、同じ後撰集歌を下敷きとした表現は、『源氏物語』初音巻にもあり、『増鏡』にも『源氏物語』を踏まえた叙述が見られる（第十五・むら時雨）。

右の源氏の歌「ながめかる」は、後撰集歌に拠りつつ「あま（海士・尼）」との縁によって「しほたる」「ながめ（長布・眺め）」を用いて、尼となった藤壺の住まいを目のあたりにして涙を禁じ得ない思いを詠む。藤壺の返歌「ありし世の」は、かつての名残もないこのような所へよくぞ立ち寄ってくださいましたとの思いを表現した歌である。だが、藤壺詠の「浦島」という言葉をどう解釈するかをめぐっては、室町期以降に二通りの注釈があった。三条西公条『明星抄』[注19]には細字書入で、

御説ニ云、此うら島、浦島が子の心にて用かへたり。仙境より帰てあらぬ世にあふよしと、そこにもち

て松が浦島といひかけたる也云々。尤甘心也。

とある。源氏の歌では後撰集歌にもとづく陸奥国の歌枕「松が浦島」を詠んでいたが、それを浦島子説話の「浦島」にとりなして詠み替え（「用かへ」）、仙境から帰った浦島子の変わり果てた故郷のさまに、往時の名残もない藤壺の住まいを重ね合わせたとする理解である。同様の理解は、早くは今川範政『源氏物語提要』に見え、[注20]『岷江入楚』所引の秘説や、里村紹巴がまとめた公条の講釈の聞書『紹巴抄』にも、「是は浦島太郎仙郷より帰りたるに古郷かはりはてたる心歟。宮中みし様にもあらぬと心得て可然也、松が浦島をうけての御返歌、立よるは源氏の問給ふ也」と文言はやや異なるが同じ主旨の注が記されている。この説を押し出したのは公条であり、公条の説を後世の読み手が拠るべき権威と受けとめることによって継承されていったことがわかる。[注21]「浦島伝説の、変り果てた故郷に驚く浦島子の心境に重ねた」（新日本古典文学大系）とあるように、新潮日本古典集成・新編日本古典文学全集など現行の主要な注釈の多くがこの見解をとる。

一方、公条の父三条西実隆の『細流抄』では当該の藤壺の歌について次のような注釈を記していた。

源のたちより給をたぐひなくめづらしとみ給と也。うら島とよみ給へる、源のよみ給松がうら島をうけたり。松がうら島を只うら島とよめるにや、めづらしき事也。

「松が浦島」を単に「浦島」と表現したところが「めづらしき事」であるとして、藤壺の歌を、陸奥国の歌枕から浦島子説話へのとりなしの返歌として読む理解を示していない。公条の注は、この実隆の注を礎としつつ乗り越えようとした見解だったようだ。『源氏物語聞書』（肖柏）と『弄花抄』や『一葉抄』も記述は若干簡略だが主旨は『細流抄』と同様の注で、日本古典全書、日本古典文学大系ではこちらの方向で注釈がなされている（日本古典文学全集は両説併記のかたちをとる）。

賢木巻の当該場面について、『源氏釈』『奥入』『光源氏物語抄』『紫明抄』『河海抄』では、後撰集歌「音に聞く」を掲出するのみである。『花鳥余情』には、この部分を立項した注記がないので一条兼良の見解は確かめられない。『細流抄』『明星抄』以前の古注釈の記述に、藤壺の歌の「浦島」という言葉が源氏の歌に対してどんな意味合いで応じているのかを解釈する姿勢は確認できないのである。一方、実隆や公条の注釈姿勢は、『源氏物語』の作中和歌の言葉が『源氏物語』の文脈上どのような意味で機能しているかを、解釈しようとする読み方であると言えるだろう。そして、こうした室町以降の古注釈で浸透する「文意文脈を理解し[注22]」ようとする読み方で追究したとき、一通りの注釈には収斂されず、複数の説を生じさせてしまうような意味のゆるやかさ、言い換えれば、文脈上の意味の限定しにくさを、『源氏物語』の叙述は持っているようである。

では、文脈上の意味が限定しにくいような叙述とは、どのような思考から生み出されているのだろうか。思い合わせられるのは、やはり同時代の和歌に見られる発想のあり方である。賢木巻と同様に、出家した高貴な女性のもとで「松が浦島」と「浦島」の語を用いて交わされた、次のような歌のやりとりが『公任集』にある。

月のあかかりける夜、一品の宮に殿上人あまた参り給ふるに、口すさびに「松が浦島」とのたまひ

たりけるを聞きて、うちの人

波だにもよることかたき浦島をいかでかあまのあるなしを知る　（三八九）

返し

浦波の昔のあとのしるければたづねて来つる心あるらし　（三九〇）

うち

いかでかは昔のあとをたづぬらんさかしき人もなしとこそきけ（三九一）

又

さかしがる人もなければ行末の契りにきつる松が浦島　（三九二）

寛和二年（九八六）正月に落飾した村上天皇第九皇女資子内親王（「一品の宮」）のもとでの歌のやりとりで、四首全体に後撰集歌「音に聞く松が浦島今日ぞ見るむべも心あるあまは住みけり」を基調としている。詞書に、公任が後撰集歌を口ずさんだとあるが、このふるまいは賢木巻の源氏のふるまいにも通うところがあろう。三九一番歌は女房の歌で、どうして昔の跡のような所を訪れてくださったのだろう、そんな賢い人もないと聞いていましたのに、といって訪問した公任への挨拶の心を詠む。三九二番歌は公任の歌で、賢ぶる人もないので、行く末の約束を交わそうと尼（海士）の住む松が浦島へ来たのです、と応じたもの。「行末の契りにきつる」が表す意味は、仏門に入った内親王の所に「来世の極楽往生をお約束いただこうと思って尋ねて参りました」（新日本古典文学大系『平安私家集』後藤祥子校注）ということだろう。しかし、「行末」の「契り」を交わす「浦島」といった言葉を取り合わせる発想は、仙境を訪れて女と約束を交わした浦島子説話と全く無関係に生み出されたものだろうか。後代の歌だが、「かひなしや浦島の子が玉くしげやがて明け行く夜半の契りは」（新千載集・恋歌三・一四一九・権中納言為明）のように、「浦島の子」と「契り」を詠みこんだ歌もある。また、その前の三八九番歌に「浦島」と詠み、三九〇番歌で「たづねて来つる」と応じる呼応も、仙境を訪問した浦島子説話を思わせるものがある。もとより、ここで公任が口ずさみ、四首の下敷きとなった後撰集歌の「松が浦島」は陸奥国の歌枕であって、浦島子説話の「浦島」と意味上の関わりを持たない。『公任集』の四首について、『公任集全釈』（伊井春樹・津本信博・新藤協三著、風間書房）および新日本古典文学大系の脚注では、後撰集歌を典拠として掲げるのみで、浦島子説話との関連を指摘するところはない。その通りで、歌の意味を注釈する姿勢としては、おそらくそれでよいのだろう。ただ、言葉の意味のレベルまで立ち現れてこない潜在的なレベルで、「松が浦島」から「うらしま」の同音を介して浦島子説話を思い浮かべるという思考が流れているのではないだろうか。[23]『公任集』の四首はそれによって、詠みかけられた歌に対して切り返す言葉を次々と繰り出したやりとりではなかったかと考えられる。

そして、『公任集』の四首と質的に同じ思考が、賢木巻における源氏と藤壺の歌のやりとりにも潜在しているように思われる。ここに、『源氏物語』と同時代の和歌が共有する、言語文化を生み出す思考の構造の一端が見出せるのではないだろうか。ただし、藤壺の歌「ありし世のなごりだになき浦島」の場合には、『公任集』の場合よりも、「松が浦島」から浦島子説話を思い浮かべる連想が、いささか意味のレベルに及ぶところまで顔を出しているようだ。それを『源氏物語』の文脈上の意味として読みとり、注釈の言葉によって顕在化させたのが、『明星抄』の「此うら島、浦島が子の心にて用かへたり」という解釈だったのである。

四　分節以前の連想

右にとりあげた賢木巻における「浦島」の例で見えてきたのは、物語内の歌と歌のやりとりにおける、言葉から言葉への繫がりがどのような思考にもとづいているかという問題であった。同じようなことは、『源氏物語』の地の文の文章と和歌が連接するところでの、言葉から言葉への繫がりにおいても見出せるはずである。

姉妹(いもうと)たちも、年ごろ経ぬるよるべを棄てて、この御供に出で立つ。あてきといひしは、今は兵部の君といふぞ、添ひて夜逃げ出でて舟に乗りける。大夫監は、肥後に帰り行きて、四月二十日のほどに日取りて来むとするほどに、かくて逃ぐるなりけり。姉おもとは、類ひろくなりてえ出で立たず。かたみに別れ惜しみて、あひ見むことの難きを思ふに、年経つる古里とて、ことに見棄てがたきこともなし、ただ松浦の宮の前の渚と、かの姉おもとの別るるをなむ、かへりみせられて、悲しかりける。

　浮島を漕ぎ離れても行く方やいづくとまりと知らずもあるかな
　行くさきも見えぬ波路に舟出して風にまかする身こそ浮きたれ

いとあとはかなき心地して、うつぶし臥したまへり。

玉鬘巻の一節である。筑紫で育った姫君（玉鬘）に随行して、乳母とその長男豊後介と娘の兵部君も上京することを決意し、姫に強引に求婚してきた大夫監から逃れるように船出する。兵部君の姉は留まることになり、兵部君は姉との別れを悲しみつつ歌を詠んだ。その「浮島を漕ぎ離れても」歌は、長年暮らした故郷も基盤の無い「浮島」のようなものだが、ここを離れたところで落ち着き先も知れないといった、先々への不安を詠む。二首目の姫君詠の「身こそ浮きたれ」は、兵部君詠の「浮島」に呼応して、行く先の定まらぬまま漂うように船出する我が身の不安定さを表したものである。引用部分について室町期の古注釈を見ると、兵部君の歌の「浮島」をめぐって、次のようなことがらが注釈の対象とされている。

うき所をと云心有。兵部卿宮(ママ)歌。うき島、こゝにては非名所。しほがまのまへに浮たるなどは名所也。（弄花抄）

うき島は名所也。されど是は名所にあらず。只うきたるばかり也。（細流抄）

実隆の注釈二種を掲げた。『弄花抄』は「浮島」に「憂き所」の意も響くとし、『細流抄』では「浮きたる」を含意するのみであるとして少々違いがあるが、ともに「浮島」は名所の地名ではないと敢えて注する。この注釈姿勢は以降、「「浮島」は、歌枕としては奥州塩竈の浦の島々をいうが、ここはその意味はない」（新潮日本古典集成）、「「浮島」は、普通、宮城県塩竈市の南方にある歌枕をいうが、ここは山口県大島郡大島付近の島名か」（新編日本古典文学全集）のように、現行の主な注釈にも踏襲されている。

平安和歌において「浮島」といえば、「この河原院に、昔、陸奥(むつ)の国に塩竈の浦、浮島、まがきの島、うつしつくられたりければ」（安法法師集・一三）とあるように、陸奥国の塩竈近くの歌枕を詠むことが通例であった。それを前提に玉鬘巻の叙述を詠むと、肥前国の「松浦の宮」をのぞむ渚が語られる場面で「浮島」を「漕ぎ離れ」るとあるのは地理的に合わないことになる。また、玉鬘巻においてこの場面より前に、姫君（玉鬘）が京から筑紫へ下向した時のさまが語られているのだが、そこでは「大島」「金の御崎」と筑紫の地名が具体的に連ねられている。そのような下向時の語り方に比して、上京時のこの場面で歌に詠まれている「浮島」は当地の名所ではない、という理解から、『弄花抄』以下の諸注釈は、「是は名所にあらず」と注することが必要と考えたのだろう。ここにも、『源氏物語』の叙述を文脈に従って理解しようとする注釈姿勢が見てとれる。

たしかに、この場面で陸奥国の「浮島」が出てくるはずはなく、右の諸注釈は、ここでの「浮島」という言葉の意味を絞り込む解釈として頗る順当である。しかし、たとえば『源氏物語』の強い影響のもとに書かれた『狭衣物語』に、玉鬘巻の当該歌を踏まえた歌「いそげども行きもやられぬ浮島をいかでかあまの漕ぎ離れけん」（巻四）があるが、陸奥国の歌枕と特に関わりなく詠まれているのである。そもそも『源氏物語』の叙述は、玉鬘巻の歌の「浮島」に歌枕としての意味はない、と指摘して解釈するような論理とは、質的に異なる思考から生み出されていたのではないかと思われる。

そこでもう一度、「浮島」という言葉が、『源氏物語』と同時代およびそれ以前の和歌においてどのように詠まれていたかを見てみたい。

〔一条殿の御障子に、絵に人人歌詠み侍りしに〕浮島の春

水のおもによるべさだめぬ浮島もしづえに春はかへらざりけり　（兼澄集・一一九）

右の歌があるように、歌枕「浮島」は、「浮き」のイメージから、海上に浮かぶ島のさまと、人がよるべ定めず浮遊するさまを重ね合わせて詠まれていた。それが「浮島」にまつわる発想の類型となっていたのである。

前掲の玉鬘巻の叙述では、「年ごろ経ぬるよるべ」を捨てて、玉鬘の姫君とともに京に向かって船出するときの心境を、浮遊するごとき不安として語っていた。そうした地の文を承けて、「浮島を…」と詠み出す歌へと繋がる『源氏物語』の叙述の流れは、「浮島」を詠む和歌の発想の類型と無関係ではあり得まい。ただ『源氏物語』にとっては、歌枕としての「浮島」と地理的に辻褄が合うかどうかは、おそらく問題ではなかった。というよりも、辻褄が合うかどうかを問題にする発想自体が存在しなかったのではないか。言い換えれば、『源氏物語』の叙述は、ここでの「浮島」は名所ではないと敢えて注記するような注釈ではかえって掬い上げられない、言葉から言葉へのゆるやかな連想の所産なのである。

ここまで、夕霧巻、賢木巻、玉鬘巻の一節を例にとって、『源氏物語』と平安和歌の関係性について考察してきた。改めて振り返ると、『源氏物語』が書かれた時代の言語文化のありようとして、言葉の意味となって立ち現れてこない潜在的なレベルでの言葉から言葉への連想が、和歌の詠作や物語の叙述といった言語化された表現を支えているという、複層的な「知の構造」（本稿第一章掲出、S・ホール）があることが見えてきた。そして、その連想を掌るのは、たとえば「うらしま」という同音を介して「松が浦島」と「浦島」を重ね合わせる掛詞的な発想であったり、歌枕「浮島」を詠む歌例を背景とする類型的な発想であったりという、和歌を基盤とする思考なのであった。

ここでいう思考とは、「コトバの意味作用とは、本来的には全然分節のない「黒々として薄気味悪い塊り」でしかない「存在」にいろいろな符牒を付けて事物を作り出し、それらを個々別々のものとして指示するということだ」（井筒俊彦『意識と本質　精神的東洋を索めて』[注24]）という言を借りるならば、いわば意味作用以前、分節以前の働きである。ただし、「黒々として薄気味悪い」といったグロテスクな言い方で、『源氏物語』を生み出す根底にあるものを捉えてしまうのは、似つかわしくないだろうか。ならば、「思想、思考形態、理念として世界の内に定着するために」言葉にされることによって「変形」してしまう以前の「生き生きとしたもの」（ハンナ・アーレント『活動的生』[注25]）、と換言しておこう。

先に、『源氏物語』の叙述はゆるやかな連想の所産である、という言い方を使って述べた。ゆるやかとは、未だ言葉によって分節されていないもの、との謂いなのであった。それは、言語化による意味作用以前のものであるゆえに、『源氏物語』の叙述に対して、読み手が注釈の言葉を費やして解釈を見定めようとすると、どうなるか。一つには、賢木巻の「浦島」の例のように、複数の説が生じたうえで、ある説と他の読みの差異を意識したり、ある個人や家の説を権威と見なして継承することで正統化する意識（たとえば三条西家の「家の説」というように）を喚び起こすことがある。つまり、単なる読みの多様性を生むばかりでなく、ある説を別の説に優先させる読みの階層化を生み、源氏物語注釈に社会的構造が反映したことによる、読みのなかの権威・権力をも発生させる。これは、文化研究に言う、読みの「多声性（polysemy）の概念」（吉見俊哉前掲書）に通ずるであろう。

もう一つには、玉鬘巻の「浮島」の例のように、読み手の解釈としては掬い上げられないこともある。ここで本稿第一章で、文化研究における分節（＝節合）という概念に留意すると記したことを思い起こしたい。では、『源氏物語』が書かれた時代の言語文化の根底に、言葉によって分節される以前のゆるやかな連想が潜在するとするならば、分節をむねとする文化研究によって、それをどれだけ抉り出すことができるのだろうか。

「源氏物語研究における文化研究の可能性」を問うとは、抉り出せるものを見定める可能性の探究であるとともに、抉り出せないものがあることを明らかにする不可能性の定位でもあるのかもしれない。そして、この相反するせめぎあいは、現在の読み手が、『源氏物語』という古えのテクストに対して、近代的な言語と思考によってしか向き合えないというジレンマを抱えていることをものがたる。ただ逆説的に言えば、そのジレンマがあるからこそ、現在の社会と文化における今日的な課題にそくした新たな読みを生成してゆけるという面もあるのだろう。

五　『源氏物語』と言語文化

右のように、研究の方法論の可能性を自己言及的に問うよりも、最後にもう一度、具体的な『源氏物語』の叙述に立ち返りたい。これまで『源氏物語』と和歌の関係性について、両者の根底に同じような思考が流れていることのほうを強調してきた。だが物語と和歌とでは、かりに根底にあるものが同じでも、言語表現となって立ち現れるあり方には差異があるものではないだろうか。

たとえば、若紫巻の次のような叙述をとりあげてみよう。源氏が、未だあどけなさの残る若君（のちの紫上）への思いを乳母の少納言に対して訴えかけた発話である。

何か、かうくり返し聞こえ知らする心のほどを、つつみたまふらむ。その言ふかひなき御ありさまの、あはれにゆかしうおぼえたまふも、契りことになむ心ながら思ひ知られける。なほ、人づてならで聞こえ知らせばや。

あしわかの浦にみるめはかたくともこは立ちながらかへる波かはめざましからむ。

歌は、若君に会うことは難しくてもこのまま帰りはしない、との思いを、「あしわかの浦に来寄する白波の知らじな君はわれ思ふとも」（古今六帖・第五「いひはじむ」・二五四三、新勅撰集所収）を踏まえて詠む。「あしわかの浦」には、若君の若々しさを暗示する「葦若」と「和歌の浦」を言い掛け、「海松布」に「見る目」を掛け、「波」を若君に迫る源氏自らになずらえた歌である。少納言の返歌は「寄る波の心も知らでわかの浦に玉藻なびかむほどぞ浮きたる」で、「あしわかの浦」に「わかの浦」と応じている。源氏の歌に詠まれた「あしわかの浦」は、古今六帖歌にもとづく語だが、『元真集』に物名歌で用いた例がわずかにあるものの、ほかに『源氏物語』以前には用例を見出しがたい。『源氏物語』以後も、中世後期から近世初期の正徹、細川幽斎、飛鳥井雅敦の歌などにわずかに見られるのみである。[注26]つまりこの若紫巻の歌は、同時代の和歌に比して特異であるのみならず、後世に至るまで長く詠まれ続ける和歌のなかでも異彩を放っているように見えるのである。このことから何を考えればよいだろうか。

若紫巻の前掲の部分から少し遡ると、次のような歌がある。

いはけなき鶴の一声聞きしより葦間になづむ舟ぞえならぬ

源氏が尼君の病気見舞の消息に、若君へのつのる思いをしたためた歌である。若君への思いになずむ源氏の心情を、葦間を行き悩む舟に見立てて詠む。右の歌が詠まれた部分の叙述と、前掲の源氏詠「あしわかの浦にみるめは」歌が詠まれた部分の叙述は、物語の筋立てや出来事の因果関係のレベルで直接繋がるわけではない。だがこのように、「葦間」という言葉とともに若君への思いを表現した歌が、叙述上先行する部分にあることから、「葦間」から「あしわかの浦」という言葉が連想されて[注27]、源氏詠の「あしわかの浦にみるめは」という和歌表現が生み出されたのではないだろうか。このように、『源氏物語』には、筋立てや因果関係といった物語内容上の意味の文脈があるばかりでなく、それとは必ずしも直接関わりない、言葉と言葉が連想によって繋がることによって次の言葉を生み出していくといった、叙述上の連想の文脈とでもいうべきものがあるように思われる。そして、『源氏物語』の和歌は、『源氏物語』の文脈にあるからこそ息づく発想や表現を含む。そのため、文脈から切り離して一首の和歌表現として捉え、同時代（および後世の）和歌と引き比べたとき、他に類例がなく特異な表現と見えることもあるのである。

ここまで考えてくると、まとめに代えて、賢木巻における源氏と藤壺の「浦島」をめぐる歌のやりとりが、再度思い起こされてくる。

ながめかるあまのすみかと見るからにまづしほたるる松が浦島（源氏）

ありし世のなごりだになき浦島に立ち寄る波のめづらしきかな（藤壺）

歌のみを改めて掲出した。後撰集歌を踏まえて源氏が詠んだ「松が浦島」を浦島子説話の「浦島」にとりなす藤壺の歌の発想は、尼となった藤壺の住まいは、情趣があるけれども往時とはすっかり変わっているといった、賢木巻に語られる文脈のなかで息づいていると言えるだろう。

そして、この発想に通底するものは、『源氏物語』の文脈から離れて、時代が下った中世和歌においても、いささか形を変えて現れる。

程もなくあくべき夏の夜半なれど月はのどけし松が浦島

（鳥羽殿影供歌合　建仁元年四月　七番右「海辺夏月」・小侍従）

右の小侍従の歌は、「松が浦島」にのどかに照る月を詠んでおり、「あくべき夏の夜」という語句は、本稿冒頭で掲げた『拾遺集』の中務歌「夏の夜は浦島の子がはこなれやはかなくあけてくやしかるらむ」を踏まえる。「松が浦島」と浦島子説話の「浦島」を重ね合わせる発想が、小侍従の歌においては、和歌一首を詠作する際の修辞的な言葉の組み立てとなって現れているのである。

陸奥国の歌枕である「松が浦島」のみならず、浦島子説話の「浦島」も地名と理解されていたことは既に述べた（前掲、俊頼髄脳）。同音の地名を重ね合わせる発想は、和歌において実はさほど珍しいことではない。たとえば、「白河院にて花を見て読み侍ける」の詞書のある、「東路の人にとはばや白河の関にもかくや花はにほふと」（後拾遺集・春上・九三・民部卿長家）は、京の白河と東国の関所白河を重ね合わせて興じた歌である。賢木巻の源氏と藤壺のやりとりの発想は、和歌表現として取りたてて特異なわけではないのであった。ただ、「浦島」という言葉を一例にとって捉えてみるならば、『源氏物語』の叙述に潜在する知の構造は、和歌を中核とする和語の言語文化の根底に流れ続けているものであることが窺われるのである。

注

1　引用は源氏物語大成（中央公論社）による。

2　渡辺潤・佐藤生実訳、世界思想社、二〇〇九年。

3　ちくま新書、二〇〇〇年。なお、中川成美「文化研究とカルチュラル・スタディーズ――〈文化研究〉とは何の謂いか――」（『日本文学』五〇巻一一号、二〇〇一年一一月）は、日本近代文学研究においてカルチュラル・スタディーズを「文化研究」と言い換えたことがもたらした諸問題を批評する。

4　本橋哲也訳。花田達朗・吉見俊哉・コリン・スパークス編『カルチュラル・スタディーズとの対話』（新曜社、一九九九年）。

5　『現代思想』二六巻四号、一九九八年三月臨時増刊「総特集　スチュアート・ホール　カルチュラル・スタディーズのフロント」。

6　関連する文献は多いが、平易にまとめたものに『古典日本語の世界――漢字がつくる日本』（東京大学出版会、二〇〇七年）、『古典日本語の世界二――文字とことばのダイナミクス』（同、二〇一一年）などがある。拙著『やまとことば表現論――源俊頼へ』（笠間書院、二〇〇八年）参照。

7　『源氏物語』と和歌の関係を論じた先行研究は枚挙にいとまがない。『源氏物語と和歌　研究と資料』『同　Ⅱ』（武蔵野書院、一九七四年・一九八二年）、秋山虔「源氏物語の和歌をめぐって」（『王朝の文学空間』東京大学出版会、一九八四年）、鈴木日出男『古代和歌史論』（東京大学出版会、一九九〇年）、小嶋菜温子・渡部泰明編『源氏物語と和歌』（青簡舎、二〇〇八年）鈴木宏子『王朝和歌の想像力　古今集と源氏物語』（笠間書院、二〇一二年）など多数。
8　岩波書店、二〇〇〇年。
9　『源氏物語』の引用は新編日本古典文学全集（小学館）による。
10　夕霧巻のこの部分から読みとれる『源氏物語』における浦島子説話（浦島伝説）の享受について論じたものに、林晃平『浦島伝説の研究』第一章第二節「『源氏物語』と浦島伝説」（おうふう、二〇〇七年）、増尾伸一郎「〈浦島の子が心地なん〉考――『源氏物語』における虚構の真実をめぐって」（『日本文学』五七巻五号、二〇〇八年五月）、本橋裕美「「浦島の子」落葉の宮の造型をめぐって――御佩刀と経箱の象徴性」（『源氏物語〈読み〉の交響』新典社、二〇〇八年）などがある。
11　浦島子説話をとりあげた先行研究は少なくない。主なものを掲げれば、坂口保『浦島伝説の研究』（新元社、一九五五年）、小島憲之『上代日本文学と中国文学』中（塙書房、一九六四年）、水野祐『古代社会と浦島伝説』上・下（雄山閣、一九七五年）、渡辺秀夫『平安朝文学と漢文世界』（勉誠社、一九九一年）、三浦佑之『浦島太郎の文学史』（五柳書院、一九八九年）、荒木浩「浦島説話の周辺――『古事談』再読――」（大阪大学『語文』七〇号、一九九八年五月）、林晃平前掲書など。
12　引用は冷泉家時雨亭叢書（朝日新聞社）により、適宜句読点濁点を付し、表記を改めた。
13　『丹後国風土記』の歌では「宇良志麻能古（うらしまのこ）」、『萬葉集』では「浦嶋児」とある。
14　以下、和歌の引用は新編国歌大観（角川書店）により、適宜表記を改めた。
15　引用は群書類従による。
16　浦島子説話の箱のもつ意味を、諸資料をあげて検討した論に、増田繁夫「タマ筥をもつ浦島は死なぬ」（大阪市立大学『人文研究』四四巻一三冊、一九九二年一二月）がある。
17　東京大学出版会、一九八六年。
18　『後撰集』の配列において、前の一〇九二番歌の作者表記に「素性法師」とあるが、新日本古典文学大系の脚注（片桐洋一校注）に「素性の歌とするには、時代的に無理。坊門局筆本・堀河本・承保本・正徹本は遍昭の作とし、雲州本・中院本は真静法師の作とする」とある。
19　『明星抄』の引用は源氏物語古註釈叢刊（武蔵野書院）、以下の源氏物語古注釈の引用は、源氏物語古注集成（桜楓社）による。

20 同書の注説は「三条西家源氏学の源流との関係」があると考えられる（源氏物語古注集成「源氏物語提要　研究編」）。
21 公条の説を記す古注釈の成立と関係については、伊井春樹『源氏物語注釈史の研究』（桜楓社、一九八〇年）に詳しい。
22 伊井春樹「『弄花抄』注記の性格――『花鳥余情』から『弄花抄』へ」（源氏物語古注集成『弄花抄　付源氏物語聞書』桜楓社、一九八三年）。室町期に至って、「これまで重んじられた出典考証よりも、文脈に沿った読みを優先」（大和書房『源氏物語事典』）するといった、源氏物語注釈の姿勢に変容が見られるようになるが、その画期は一条兼良『花鳥余情』であるとされる。
23 徳原茂実「清涼殿東庭の松が浦嶋――西本願寺本躬恒集の本文校訂――」（『和歌　解釈のパラダイム』笠間書院、一九九八年）は、「松が浦島」に「浦島子を連想させるその名の神仙的なめでたさ」を受けとめる意識が存在したとする。
24 岩波文庫、一九九一年。初版一九八三年。
25 第3章12「世界の物的性格」。同書は、アーレントの主著『人間の条件』のドイツ語版からの新訳。森一郎訳、みすず書房、二〇一五年。
26 中世物語の『白露』に歌例があるが、これは『源氏物語』若紫巻の濃密な影響による詠である。
27 同じ語句の繰り返しによって物語に一定の脈絡がつくられる「語脈」（鈴木日出男「語脈」〈『国文学』二八巻一六号、一九八三年一二月〉）に近いが、本稿ではそのような脈絡を生む根底にある思考とはいかなるものかについて考える。

岡﨑　真紀子（おかざき　まきこ）　奈良女子大学准教授。専攻：和歌文学・中古中世文学。著書『やまとことば表現論――源俊頼へ』（笠間書院、二〇〇八年）、共著『高校生からの古典読本』（平凡社ライブラリー、二〇一二年）、論文「院政期における歌学と悉曇学」（『和歌文学研究』一〇七号、二〇一三年一二月）、「『極楽願往生和歌』の一首」（『叙説』二〇一五年三月）など。

元型批評 vs インターテクスチュアリティー

――王朝物語と近代小説の類似性をどう読むか？――

川田　宇一郎

原爆やコンピュータの開発で著名なフォン・ノイマンは、「生命は自己を複製する。同じことは、情報処理能力をもつ機械にも可能か？」という命題を出した。そして彼は、二次元の無限の広さの正方セル上において、機械にも自動自己複製ができる数理的な可能性を証明した。

このノイマンの自動自己増殖は、現代のコンピュータ空間でも、完全なシミュレートは困難というが、すでにコンピュータウィルスは、無限の自己増殖を行っている。

しかし彼らコンピュータウィルスは、その複製には宿主のリソースを必要とする。ウィルスプログラムをメモリに読み込み、命令を解釈・実行するのは、あくまでウィルスが寄生したパソコン環境だ。このパソコン環境ごと複製していくような存在こそが、ノイマンが考えた「生命＝情報プロセス」の自己増殖である。

ノイマンは、この『自己増殖オートマンの理論』において、「増殖するシステムは、動いている状態でコピーすると、論理矛盾に直面する」といっている。それこそ生物のＤＮＡも、あくまで静的な構造である。これが何を意味するか……「未来において、どんな技術が進歩しても、私になりうる可能性があった分身はつくれるが、私そのものはコピーできない」ということかもしれない。

さらに、我々がほんの五秒前の「自分」を凍結し、記憶の全て、脳のニューロンや、電気・化学的な状態までスキャンし、全て情報に還元し、完全に再現できたところで、これは「自分」なのだろうか。「自分」や「自意識」とは、唯識論的には結局、幻覚としても、朦朧として分裂したら、その瞬間から、自分の中の他者である（フロイトが発見したのも、「他者としての無意識」である）。

この「自分」の唯一無二は、「一人称」というように、「自分」という言葉の定義にも内在する。「私」は、精巧につくられた五秒前の「自分」を見ても、「偽物」と判断するだろう（相手も、五秒後の「自分」を偽物と判断するだろうが）。「私である」とは、コピー内容の精度とは無関係な連続なのである。

さて、輪廻転生とは、一度死んだ人間が、また違う生物に生まれ変わる。要するに、過去に死んだ人間の肉体以外のなんらかの情報の再構成と考えられる。

フィリップ・ホセ・ファーマーの『リバーワールド』という長編SFなどは、原人から二一世紀までの全ての人類三六〇億人が、死んだ後すぐの記憶をもって、全長一千万マイルの巨大な大河のほとりに復活している世界である。この世界ではいくら死んでも、すぐにまた蘇る。実は、仏教的輪廻観のカリカチュアで、超未来人が、彼らなりの倫理コードに合格するまで、死んだ直前の記憶で、過去の人間を人工的に復元し続けている（?）世界である。だから、この世界でヘルマン・ゲーリングを名乗る人物は、「おまえは、記録と、エネルギー・物質転換機の産物だ。合成物なのだ」と言われる。

しかし仮に、自然な「魂」自体のリサイクル・システムが実在しても、ほとんどの「私」が前世を覚えていない。それがリアルである。

ここで、前世の記憶は、覚えていないのではなく、そもそも、一度、死んで途切れた以上、「私や自分そのものはコピーできない（引き継ぎできない）」という法則が適用されているだけと考えたら……そして、そのリアルを追求した小説が、三島由紀夫の転生小説『豊饒の海』ではないだろうか。

なにしろ、『豊饒の海』四部作で三島は、「私」の転生など、ハナから書こうともしないのだから。代わりに四部作でそれぞれ書かれる転生では、「本多繁邦」という転生の観察者が主人公になる。

その本多は思う。「輪廻はともすると復活と相対立する思想であり、それぞれの生の最終的な一回生を保証することとこそ輪廻の特色ではなかったろうか」（『豊饒の海』「暁の寺」）

ところが、ここに奇妙に感じる部分がある。作者の三島自身による小説の後註には、〈『豊饒の海』は『浜松中納言物語』を典拠とした夢と転生の物語であり、因みにその題名は、月の海の一つのラテン名なるMare Foecunditatis の邦訳である〉と書かれている。

実際、特に第一巻「春の雪」には、『浜松中納言物語』（以下、『浜松』）との筋立てと人間関係の類似はある。しかし、それだけに、物語を成り立たせる重要要素「転生」の概念が、見るからに異質なのだ。

『浜松』の物語のはじまりは、亡き父を慕う主人公の中納言が、夢のお告げで、父が唐土の皇子に転生していることを知る。そして、唐の国へ行くと、この父の転生した唐の皇子は、まだ七・八歳である。そして、「ありし面影にはおはせねど」「かたちを変へ給ひつれど」と外観上も似てない。それなのに、再会するや「涙もこぼるる心地し給ふ」と、お互い精神感応的に、何ら疑うことなく、父子として心を通い合わせる。

前世の記憶と同一意識があるパターンの転生なのだ。読者がこれを荒唐無稽と断じるかはともかく、共通コードの成立したわかりやすい「転生」だ。

一方の三島の書く『豊饒の海』の場合は、仏教の転生の物語をきかされた本多の反応が、この小説で扱われる「転生」がどういうものか象徴している。

「さっきの白鳥の話のように、前世を知る智慧がある場合はいいが、そうでなかったら、一度断たれた精神、一度失われた思想が、次の人生に何の痕跡もとどめていず、そこで又、別個の新しい精神、無関係な思想がはじまることになり、……そうすれば、時間の上に一列に並べられた転生の各個体も、同じ空間にちらばる各人の個体と同じ意味しか持たなくなり、……そもそも転生ということの意味がなくなるじゃありませんか。」

（三島由紀夫『豊饒の海』「春の雪」）

誰しも、「あなたは○○の生まれ変わりですよ」とか言われた時に（たとえば徳川家康やらジャンヌ・ダルクやら）思うだろうが、指摘されないとわからない、指摘されても思い出せないなら、一体、何をもって「転生」なのか（再プレイなら、引き継ぎ要素は？）。

さらに、過去の自分しか知り得ないようなことを夢で思い出したりしたところで、それが「記憶」というコピー可能な情報にとどまる限りは、結局は「私」の精巧な偽物にすぎず、死者とは、どこまでいっても別人ともいえる。

この本多の疑問に対して、仏教の転生話をしたタイからの留学生のジャオ・ピー王子は、端的に次のように答えている。

「一つの思想が、ちがう個体の中へ、時を隔てて受け継がれてゆくのは、君も認めるでしょう。それなら又、同じ個体が、別々の思想の中へ時を隔てて受け継がれてゆくとしても、ふしぎではないでしょう」

「猫と人間が同じ個体ですか？　さっきのお話の、人間と白鳥と鶉と鹿が」

「生れ変りの考えは、それを同じ個体と呼ぶんです。肉体が連続しなくても、妄念が連続するなら、同じ個体と考えて差支えがありません。個体と云わずに、『一つの生の流れ』と呼んだらいいかもしれない。

僕はあの思い出深いエメラルドの指環を失った。指環は生き物ではないから、生れ変りはすまい。でも、喪失ということは何かですよ。それが僕には、出現のそもそもの根拠のように思えるのだ。指環はいつか又、緑いろの星のように、夜空のどこかに現われるだろう」

それこそ思想とは伝播を目的とし、簡単に模倣できるし、複数の個体にも引き継がれる（自分をキリストの生まれ変わりと思う人間も無数にいる）。

三島的「輪廻転生」（それが仏教の唯識論の理解かどうかは、さておき）で、受け継がれていくのは、思想のような「内容」ではない。受け継がれていくのは、「形式」や「構造」であり、その玉突きのような連続性であるということになるだろう（ここでは「妄念」と呼ばれている）。

実際、三島由紀夫の『豊饒の海』四部作において、「春の雪」の松枝清顕、「奔馬」の飯沼勲、「暁の寺」の月光姫、「天人五衰」の安永透と、誰も思想的にも人格的にも似ていない。さらに彼らには、同じ「私」である意識もない。三島は、「あの作品では絶対的一回的人生というものを、一人一人の主人公はおくっていくんですよね」（「三島由紀夫　最後の言葉」）と語っている。

この形式は、転生ごとに（玉突きごとに）、反復される。「動いている状態」のシステムは、それこそ「コピーすると論理矛盾に直面する」。つまり、ここではじめて、決してコピーできない……一つしかないものの反復としての三島的「輪廻転生」なのかもしれない。

なぜ、三島由紀夫は、このようなややこしい輪廻転生を書くことになったのか。

「自我」と、「いま現在」という時間概念は、同時に生まれるといわれるが、佐伯彰一は『豊饒の海』の脱時間性を評して、「近代小説の大前提と常識に向って正面切った反抗をくわだてた作品」といっている。確かに、表面的には王朝物語を現代に復活し、「私」というものを輪廻で無化している。近代的自我に反抗を企ている小説とも読める。

しかし、『豊饒の海』の反近代にみえるのは、『浜松』の物語——自他の区別や、「私」というものが曖昧であったがゆえに、「私」の転生という不可能事を、精神感応的に信じる関係を書いている——そのプレモダンを、「私」にこだわり続けることで、解体していく副産物なのでもないか。

むしろ「絶対的一回的人生」として輪廻転生を描く『豊饒の海』は、〈「私」は複製できない〉という強固な自我意識から生まれた「近代小説」の模範的優等生ともいえる。

では、まずは三島から遡り、転生という便利な仕組みを必要とする物語の欲望を明らかにするところからはじめよう。

平安時代後期の『浜松』が、転生という仕組みを、大胆に物語に導入したのは、これは決して自明のことではないだろう。おそらくは「近代小説」の中に転生譚を組みこみ、四部作を展開した三島由紀夫と同程度には、「王朝文学」の冒険であったと思われる。

ただし、転生は平安時代、どうも人気コンテンツでもなかったようである。それも当然で、現代日本の転生はゲームのリプレイ的な楽しい感覚だが、インドで発達した輪廻転生とは、「現世の生まれつきは、前世の行いの報い」と諦念を与えるイデオロギーである。つまり、歴史的に亜大陸への異民族侵入のたびに民族があまり混じらず、そのままミルフィーユのように複雑な階層が積み重なったインドでは、「親から引き継がれ、生きている間は変更できない身分」の正当化と不満解消が社会構造そのものである。しかし、日本には、そこまで切実の需要がない。

では、たとえば日本の転生譚がどういうものかといえば……、『浜松』の中納言の父が遠く唐土の皇子に転生した話などは、『今昔物語』巻一七ノ三八「律師清範知文殊化身語」に類話がある。

こんな内容だ。寂照入道が震旦に渡り、王のところにいくと、幼い四・五歳の王子が走り出てきて、日本語で「其ノ念珠ハ未ダ失ハズシテ持タリケリナ」（その念珠まだなくさないで、もっていてくれたんだね！）「有テ其ノ持タル念珠ハ自ラガ奉リシ念珠ゾカシ」（ぼくがあげたやつだよね）と話しかけられた。寂照の念珠は、確かに日本の清水寺にいた時代に敬愛する清範から与えられたもので、四・五年前に亡くなった清範は、かの地で王子として転生してたんだ……、という話と類似している。

『今昔物語』の成立は、『浜松』の後だが、参考にしたプロトタイプは同じだろう。

もちろん、逆に、大陸の偉いお坊さんが、日本の皇子に転生（聖徳太子）というような伝説もある。日本の転生譚とは、インドのような生まれついた身分固定の不満解消ニーズよりも、まずは、動物が法華経をきいたら次は人間に転生するような転生のクラスチェンジによる来世利益……仏教の宣伝である。

「仏教で徳を詰んだすごい人→来世には王族に」は、宗教も世俗権力で評価される、という感じもするが（為政者側も徳治主義的な権威づけ）、本家本元のブッダも、元は王族の生まれだから仕方ない。別にサヨクもいない当時に、「権力＝悪」という観念連合もない。

ところが『浜松』の場合は、こうした転生譚を参考にしながら、なんの躊躇もなく、仏教プロパガンダをカットしてしまっている。なにしろ中納言の父（式部卿宮）は、仏教的に徳を積んだ人間では特にないのに、「日本の皇子→唐土の皇子」という、日本の身分高い人が、次は唐土の身分高い人に（立太子するからレベルアップ）、生まれ変わるのだ。

さらに普通は「前世を知る智慧」は限られたごく少数の徳の高い人間だけ（平安時代中期の『大日本国法華験記』では聖徳太子や行基和尚）の独占的な能力の設定になっている。中納言の父になぜ、その能力が発現したのか……？

このように『源氏物語』（以下、『源氏』）のような恋愛ジャンル（登場人物やその係累が、いろいろNGなことをする）に転生は、仏教のコード的に、わざわざ組み込むようなものではなかったのだ。しかし、ともかくも、王朝文学の恋愛モノというメインコンテンツに、転生システムを搭載したのは、『浜松』が、初となる。今度は、なぜ『浜松』は、転生を組み込むことになったのか。さらに『源氏』まで遡ろう。

『浜松』の二百年後の『無名草子』は、『源氏』を基準として、物語を辛口に斬る評論書である。「さてもこの『源氏』作り出でたることこそ、思へど思へど、この世一つならずめずらかにおぼほゆれ」「それよりのちの物語は、思へばいとやすかりぬべきものなり」と書いている。『源氏』こそが物語界のオンリーワンにして、デファクトスタンダートであり、その後の物語は、所詮は模倣のフォロワーにすぎない、という捉え方だ。

なによりも皮肉なのは、この『無名草子』による『源氏』をベンチマークとした文学史観、それ自体が、結局、現代まで続く王朝文学の見方のスタンダートで、数々のフォロワーを生み出した点だ。教科書的にも、『源氏』を頂点として、「後期王朝物語」や、鎌倉時代の「擬古物語」は、いずれも『源氏』の追随から脱しなかった扱いがされる。

さて、このように『源氏』とセットになって、後世の王朝文学の評価を呪縛する『無名草子』であるが、他に分析する源氏フォロワーの中でも、『浜松』を、高く評価していることが知られている。

「『御津の浜松』こそ『寝覚』『狭衣』ばかりの世の覚えはなかめれど、言葉遣い、ありさまをはじめ、何事もめづらしく、すべて物語を作るとならば、かくこそ思ひ寄るべけれ、とおぼゆるものにてはべれ。すべてことの趣めづらしく、歌などもよく、中納言の心用ゐ、ありさまなどあらまほしく、この薫大将のたぐひになりぬべく、めでたくこそあれ」

『源氏』宇治十帖の「優柔不断な薫」というキャラクター造形の、中納言との類似をあげている。しかし、ただベタ褒めしてるわけでもない。

「その事なからましかば」（それさえなけりゃ、いいのにね）と語り出すところでは、枝葉でなく、物語の根幹的な部分である。むしろ「持ち上げて落とす」的なのだ。

「式部卿宮、もろこしの親王に生まれ給へるを伝へ聞き、夢にもみて、中納言、唐へ渡るまではめでたし。その母、河陽県の后さへこの世の人の母にて、吉野の君の姉などにて、あまりにもろこし日本と一つに乱れあひたるほど、まことしからず」

中納言が、父の転生の話をきいて唐土にいくまでは「めでたし」（いいね）といいながら、異国である筈の唐土と日本が乱暴に交錯して（おそらくはリアリティなさすぎて）、「まことしからず」（絶対ありえない）とまでいわれている。

ここで『浜松』の内容だが、確かに、『浜松』では、わざわざ朝廷の要職である中納言が、三年の暇を取り、亡き父の転生した皇子に会いに唐土へ行く。

ところがその唐土では、折角、再会した父子の心温まる交歓がメインになる……と思いきや、実は全然そうではない。

なんと中納言が唐土で、皇子（前世の父）そっちのけで、もんもんと身を焦がすのは、皇子の母の唐后への恋心である。催された紅葉の賀で、唐后の美貌を見初めてしまうのだ。

「后のおはする、とことごとなく見れば、御年二十ばかりやおはすらむとおぼえて、御顔のやうたい、細くもあらず、ふくらにもあらず、よきほどなるが、中すこし盛りたる心地して、御色の白さは」（以下ずっと続く）

唐后の容貌の描写は中納言の視点ではじまり、言葉を尽くしての大絶賛である。

なんのことはない……まるで父を慕う息子の殊勝な物語のように始まりながら、転生も父への思慕も結局はダシで、中納言が唐に行くのは、異国の超美女との逢瀬を描くためのようにもみえてしまう。実際、帰国後の中納言は、好色三昧の式部卿宮（後の東宮）にまで、「もろこしまでたづね行きて、さまざまの人をばいる。

見給ふぞかし」（あなた、唐土までいって、いろんな女をみてますもんね）と女性談義中に皮肉までいわれている。

しかし、もちろん『浜松』が唐土への「転生」を書いたことは、重要な意味をもつ。なにしろエディプス・コンプレックス的には「息子は母親を手に入れ、父親の位置につこうとする」というが、ここでは、その父子関係が「転生」リセットを利用して、捻れて逆転してしまっているのだ。

つまり皇子（中納言の父）の立場から見れば、「前世の自分の息子」が、「今生の自分の母親」と恋仲になってしまうのだから。

唐后の物語上の価値とは、決して、その完璧な美貌にあるのではない。中納言にとって、唐后は妙齢の女性でありながら、自分の父を産んだ母である。この前世と今生の関係を利用した「父と息子」の結託した「母親の幸せな共有」にあるのではないかと思うほどである。

「父に対する破壊願望ありき」で母を奪おうとするというような「父vs息子」の争いは、むしろ禁止によって欲望されるようになったともいえるが、ここには、禁止以前の幸せな父子関係（母系的？）が簡単に構築される。

なにしろ、『浜松』では、皇子（中納言の前世の父）が、唐后の恋心を補強するほどなのだ。皇子は、唐后に「この中納言、前の世の子にてはべりき」と告白する。そして「御心にもうとくなおぼしめしなさせ給ひそ」（貴方にとっても縁遠いものじゃないんだから、よろしくね）という。

それに対し唐后は、しきりに感心し、「われもいみじうおぼゆるかたざまの人とおぼしめつるだに」（自分でも中納言を素敵な方と思ってたけど）「まいてこの皇子のおぼしのたまふさまなど聞き給ひてのちは、何の人目にも知らず、みづから、ものなどのたまはまほしけれども」（さらに皇子のいうことをきいた後は、人目も気にせず中納言に話しかけたくなっちゃったが）と想う……すっかりノリ気にされる。

唐后の立場から考えたら、自分が少し気になっているカッコいい人が、「その人は前世の僕の息子なんだよ」と愛する息子にいわれる。すると、中納言は「自分の息子の息子」となるわけで、なんだか背徳的な感じもする（孫というより、分身的な息子？）。しかし、ここでは、むしろ唐后の中納言を好きになる気持ちが、自分の息子を愛する気持ちに素直にシンクロして、深まっている。

要するに、『浜松』の唐土編を成立させているのは、「父と息子」の一体化した「母親の幸せな共有」と同時に、「母の息子を所有したい気持ち」、この二者が、転生した幼い皇子を仲介することで、父性なきところで、幸せに成立している。もちろん唐土の御門の后と、中納言との間は、外交問題にも発展しかねない禁断の恋だ。しかし、少なくとも、この関係は、中納言の父には許されているわけだ。むしろ皇子は、息子の中納言を日本から呼び寄せ、リモートコントロールするようにして、自分の母と結ばれる。

『浜松』は、「夢と転生の物語」といいながら、作中で実は転生は二度しか描かれていない。まず一回目の「転生」を必要としたのは、「母と子の関係を過ちではなく結ぶため」の物語上の要請といってもいいだろう。

一方の『源氏』の特徴とは、『浜松』のように、「転生」システムこそは、搭載してないが、あたかも「転生」かのように、喪失した母のコピーを「復活」させる物語である……といえば、すぐに思い当たるだろう。

桐壺更衣は、光るように美しい皇子（後の光源氏）を生むが、この子が三歳のときに病をえて亡くなる。

帝は落ち込み、いつまでも悲しみが癒えない。どうしたか。

「藤壺と聞こゆ。げに、御容貌ありさま、あやしきまでぞ覚えたまへる」（ほんとに、容貌も身のこなしも異様なまでに、桐壺更衣にそっくり）という藤壺を後宮に迎え、帝は最愛の妃とするのだ。そんな中、皇子（光源氏）は、母の顔形も記憶にないが、「いとよう似たまへり」という周囲の声をきくうち、藤壺に母の面影をもとめて、子供心にも恋しく想うようになる。そして、元服後の光源氏と藤壺は密通する。藤壺は皇子を産み、やがて光源氏を遠ざけるため、出家して尼に……。

もちろん、藤壺は父帝の妃なので、光源氏との関係は過ちだ。しかし生物上は他人で、当時の読者が（今の読者も）、『源氏』を読んで、ドン引きというか、システムエラーを起こすほどでもない。

ということは、「母的なものと息子の関係」は書きたいが、とはいえ本当の母親である桐壺と光源氏の関係は、回避しなくてはならない（もしくは、母とは決して生物上の母親とイコールではない……藤壺とは、観念上の母）。この要請から、桐壺は死に、その桐壺の精巧なコピーである藤壺が登場したともいえる。

ともかくも、『浜松』では、中納言の父親を唐土に「転生」させることで、一度、父子関係をリセットし、「前世の父」と一体化した息子（中納言）による、父の母親と結ばれる関係を書く。一方の『源氏』では、まず母親（桐壺）を殺してしまい、母親コピーの藤壺を登場させる。

ここで、『浜松』の息子を唐土に呼び寄せた父と同じように、『源氏』でも父親は、重要な（むしろ幇助する）役割を果たす。皇子は母方の実家で育つのが当時のならわしなのに、皇子を桐壺の忘れ形見と愛する帝は、宮中で育ててしまう設定だ（当時としては、転生と同じく荒唐無稽な設定なのでは）。だからこそ、皇子（光源氏）は父帝の妃たちと親しみ、やがて母に似た人として、藤壺に憧れるように人格形成されていく。

さらに『源氏』の父帝も、『浜松』と同じく、「あなたにとってても縁遠いものじゃない」的なことをいいふくめる。当時は、高貴な女性が顔を見られるのは性的に恥ずかしいことだったが、帝は、皇子に顔を見られ、恥ずかしがる藤壺にとりなす。「な疎みたまひそ。あやしくよそへきこえつべき心地なむする。なめしと思さで、らうたくしたまへ。つらつき、まみなどは、いとよう似たりしゆゑ、かよひて見えたまふも、似げなからずなむ」(「彼を愛しておやりなさい。不思議なほどあなたとこの子の母とは似ているのです。失礼だと思わずにかわいがってやってください。この子の目つき顔つきがまたよく母に似ていますから、この子とあなたとを母と子と見てもよい気がします」与謝野晶子訳)。

むしろ光源氏と藤壺との関係は、帝自身が無意識のうちに望んだものとも思える。少なくとも、「寂しい皇子が藤壺を母として慕うようになる」(人工的な母子関係)までは、帝の望みであった筈だ。さらにいえば、そもそも、この情況を作る発端、光源氏の母・桐壺が死んでしまった理由も、帝にあるのではないかと思うほどだ。帝が後宮の中でも、身分の低い桐壺更衣ばかりをバランス感覚もなく溺愛し、周囲の嫉妬からいじめられるように仕向け、さらに病床の桐壺を実家にすぐ帰らせず、悪化させたともいえる。

さて、『源氏』とは、もちろん当時の読者のさまざまなニーズを反映した面白い女性たちが登場するが(光源氏自体は、空虚な中心)、彼女達はあくまで気楽な単発ヒロイン。『源氏』の物語を進行させるメインプレイヤーは、常に「桐壺＝藤壺シリーズ」の女性たちなのである。

光源氏は、藤壺に生き写しな少女(藤壺の姪)の紫上を発見し、ひかれ、自分の手元で養育する。壮年の光源氏は朱雀帝より愛娘の女三宮を頼まれる。女三宮は藤壺の腹違いの妹を母とする娘で、その血にひかれ

（藤壺コレクション？）、結婚を承諾する。しかし、光源氏は、引き取った時に十歳あまりだった紫上と較べても、幼稚にみえる女三宮に幻滅する。同時に正妻の出現に紫上も苦悩し、やがて病に倒れる。光源氏は紫上の療養にかかりきりになり、そのすきに柏木（光源氏の長男・夕霧の親友）がしのびこみ、女三宮は懐妊する。女三宮は男子を産み出家する。紫上も病臥して五年後に、この世を去る。あくる年を紫上の追慕についやした光源氏は、出家の決意を固める。

という『源氏』のあらすじを振り返れば、「桐壺・藤壺・紫上・女三宮」の四人は、まるで三島由紀夫の『豊饒の海』四部作が、「天人五衰」（偽物？）にまで至るような道筋をたどるのである。

それでは、ポスト『源氏』の物語が、『源氏』のおかげで、楽できたものとは、何だったのだろうか。『無名草子』にも、具体的には何も書いていない（たとえば「ラノベ？ああ、ハルヒみたいのね」と同じく、「物語？ああ、源氏みたいのね」というイメージ喚起と市場の創出なのだろうか）。

しかし、『源氏』から引き継がれたものは、母の擬似コピーを作り続ける物語構造であると捉えれば、その構造は『浜松』においても、反復されている。

①「実際の母ではなく、母の擬似的存在と息子が結ばれ、二人の間に子もできる」
②「しかし、その関係も不安定であり、短い間しか許されず、終わる」
③「そのため主人公は、さらに①の母の擬似的存在のコピーを探し求める・創りだす」
④「結局、主人公はコピーに倦む・疲れる」

『浜松』も同じ道筋をたどる。

①正体を隠した唐后と中納言は契りを交わす。唐后は懐妊する。

②しかしそれも一晩限りで終わり。やがて中納言には、三年の滞在期限がくる。中納言は、唐后の産んだ若君を連れて、日本に戻ってくる。

ここまでが『浜松』唐土編の内容だが、『源氏』が「藤壺シリーズ」を展開したように、『浜松』日本編も、血縁による唐后の擬似コピーが登場するのだ。なぜそんな展開が可能か、といえば、これこそ『無名草子』に「あまりにもろこし日本と一つに乱れあひたるほど、まことしからず」と叩かれている点だ。

確かにリアリティがないが、この唐后は、日唐ミックスという設定なのだ。……唐土の大臣が、日本に派遣されて来た時に、筑紫に流された宮の姫君との間に生まれた女児である（この世界では、遣日使があるらしい……つまりそういう並行世界と割り切れば、問題ない）。父大臣は、日本で生まれた娘が、あまりに可愛いのと、将来、唐土の后になるとの予言から、連れ帰る。つまり、日本には唐后の生みの母が普通にいるのだ。

この中納言が、唐后に預かった手紙には、日本に残してきた母への心配と、「おのれが持ちたてまつりてはべる皇子の、前の世の御子にておはしましけるなり」（私が産んだ皇子の前世の息子です）と中納言を紹介し、他人と思わないようお願いしている。

本来なら、中納言とは、まず第一に「私が二番目に産んだ子供の父親」の筈だが、今も唐后にとって、中納言のポジションとは、「私の息子の前世の息子」なのが面白い。

ともかくも手紙から、中納言は、唐后には異父妹がいることを知る。幼い唐后と別れた後に、唐后の母の元には帥宮が通うようになり、生まれた娘（吉野姫君）も一緒に暮らしているという。

やがて中納言は唐后の母に、吉野姫君の後事を託される。そして姫君の声や琴の音から、唐后を連想して、ときめいたりしてるわけだが、さらに唐后の母が昇天すると、そのショックで失神した姫君を介抱するドサクサで、顔をみてしまう。

「同じ人生み出でたりとも、唐国の后は、さる、さまことなる契りおはする人にて、すぐれ給へるにこそありけめ、これは何ばかりのことかあらむと、思ふやうになずらひ寄ることあらじと思ひあなづりしを、ただうち見るがあはれにいみじうおぼえて、立ち離れむともおもえず」（同じ母が産んでるとしても、唐后は、特別な因縁がある人だから美人で当然だけど、この姫はどうなのか、期待するほど唐后に似てることもないんじゃないの、と思ってたら、ただ一目みるなり、すごい美人で、目が離せない）

なんだか自分勝手な理屈で、大絶賛である（ただし唐后に似てるとも書いていない……完璧美人とは、最大公約数的であり、工業製品のように自ずと似てくるものではあるが）。

『源氏』における文句なしのメインヒロインといえば（主人公の光源氏にとって）、紫上であることは論をまたないと思う。紫上は藤壺の血縁コピーであった。『浜松』で、この紫上に相当するのが、唐后の血縁コピーの吉野姫君である。しかも吉野姫君には、母親亡き後、頼るべき身寄りがまるでいない。つまり、主人公が引き取って意のままに育てていく……「獲るヒロインでなく、作り育てるヒロイン」（紫上）な点までも共通する。

ところがここまで、『源氏』的コードによる読者サービスをしながら、吉野姫君は、決して中納言とは結ばれないのだ。

まず、母を喪い悲嘆にくれる吉野姫君の身元を引受けに中納言が行くと、周到なガードプログラムが発動する。中納言に唐后の母をひきあわせた渡唐僧（吉野聖）が吉野姫君について、次のような不気味な予言をする（意訳）。「この姫が二十歳より前に男を知ると、超恐ろしいことに」「二十歳までに妊娠したら超ヤバイ」「今年十七歳なのだから、三年は手をだすのは、お控えなすって、お願いします」。

聖のくせに、随分、妙なことに気をまわし、漠然とした不安を煽る気もするが、中納言も「そんなガッツしてないですから、三年くらいはもちろん余裕ですよ」的な約束をする。しかし、吉野の姫君は今や手元にいるので、「心あやまりしぬべき折々多く」（欲望に負けそうな時が多く）、「聖の言ひしことも恐ろしう」（でも聖の予言も怖い）と悶々とする日々を送る。

さて、そんな事をしているうちに「中納言が大切に隠している姫君がいる」と伝えきいた式部卿宮……好色三昧の乱行で帝にもおこられる宮（やがて東宮に）が、吉野姫君を狙うようになる。そして中納言の目を盗み、ついに拉致・誘拐してしまうのだ。

今まで、多くの美女を集めてきた式部卿宮ですら、吉野姫君の美しさに驚き、同時に「まだ世に慣れぬけしきを、いなや、こはいかなることぞ」（まだ処女みたいだけど、これ一体どういうこと？）と不思議に思う。そしてあれこれ慰めても、吉野の姫君は日に日に憔悴していくので（当たり前だ）、扱いに困り、ついに中納言に返すことになる。

その後、「なんで手をださなかったの？」と訊かれた中納言は「この姫は、唐土の父にきいたのだが、実は父が前世で、こっそり作っていた子供でして……」と父をダシに、ごまかす。そのせいで、それが中納言の家族にも知れ渡り、ますます吉野姫君に手を出せなくなり、苦悩するオチまでつく（なにしろ中納言の異母の妹扱いになるわけだから）。

ともかく式部卿宮は、図々しくも中納言の屋敷にいる姫君のところに足繁く通うようになり、中納言もしぶしぶ後見になり、姫も懐妊してしまう……という。

それだけだと、当時の読者が、巻物を投げ捨てそうな平安時代の「寝取られモノ」で、典型的な鬱展開にも思えるが、実はそうではない。

考えてみれば、『浜松』とは、転生のチート技がある。ここまで長々と「母の擬似コピーを作り続けるクエスト」反復で、読者をじらしながら、そもそも『源氏』のようにコピーに頼る必要がないのだ。

なにしろ吉野姫君がどこかに拐われてしまい、悲嘆にくれる中納言の夢には、少し前に昇天したという唐后が現れて、言う。

「身を代へても一つ世にあらむこと祈りおぼす心にひかれて、今しばしありぬべかりし命尽きて、天にしばしありつれど、われも、深くあはれと思ひ聞こえしかば、かうおぼしなげくめる人の御腹になみやどりぬるなり」（あなたが転生しても私と一緒にいたいと祈るもんだから、ほんとはまだあったはずの私の寿命も尽き、天にしばらくいたけど、私も激しく心ゆさぶられて、あなたがいなくなって嘆いている女性のお腹に宿ってしまった）

さらに唐后は、特別に「なほ女の身となむ生るべき」（女の子で生まれるはずだからね）と予告していて、転生の目的とは、すなわち、中納言と男女で結ばれるためなのだ。全く抜かりがない。

その後も、中納言は、二十歳になる前に吉野姫に男を知らせてはいけないという予言が破られたことが恐ろしく、様々な加持祈禱をさせたりもする。

しかし、物語のメタ視点からすれば、聖の禁止の予言とは、デルポイの神託――悪い予言を回避しようとする行動自体が、結果的に、その予言の実現に力を貸してしまう――予言の自己言及性の罠に陥らないようにするためのフェイクではなかったのか。むしろ、吉野姫君は、二十歳になるまでの三年の間に、中納言以外の誰かに「寝取られ」ることこそが、必要な未来であったのではないか？（つまり、中納言には納得し難いだろうが、「吉野姫君が交わってはいけないのは、中納言だけ」が本当の予言）

なぜなら因果な話だが、どうも唐后が転生する先は、中納言が唐后と同じくらい強い思いを寄せる対象のようである。つまり吉野姫君のお腹の子に唐后が転生するのは既に確定した未来。すると、もし、吉野姫君と中納言が、聖の予言もなく無事に結ばれ、そして二人の間に生まれる子供に唐后が転生したら……、唐后は、中納言の実の娘になってしまう。十数年後の未来に、まったくもって聖が予言する「いと恐ろしうはべるべき」事態がおきそうだ。

しかし同時に吉野姫君が誰かと交わらなければ、唐后も生まれることはできない。つまり、中納言にとって吉野姫君が寝取られることは、唐后と結ばれるためのトレードオフなのだ。中納言が、この交換を、物語の中で一度も思考しないのは、むしろ不思議というべきだが、吉野姫君の懐妊を知らされた中納言は、嬉しいのか悲しいのかごちゃまぜの混乱した反応をする。

「まことの契り遠かりける口惜しさは、胸ふたがれど、見し夢を思ひ合わするに、うれしくもかなしくも、まづ涙ぞとまらざりける」

吉野姫君の懐妊が確定後、『浜松』は唐突に、終わりに向かう。唐土から来た人が、唐后崩御を知らせる（夢は本当だった）。最後の結びの言葉は中納言の内面……「たましひ消ゆる心地して、涙に浮き沈み給ひけり」と物悲しいものである。しかし、すでにその唐后の転生は確定してる筈なのに、なぜそこまで哀しいのか（唐后とは、遠くにありて思うもの？）。不思議の涙にもみえる。

このように『浜松』とは、「母の擬似コピーを作り続ける物語構造」に、それでは飽きたらず「転生でオリジナル復活」というもう一つの究極のシステムを搭載、比較してみせた物語である。それは、一見、物語の欲望に忠実にみえて、やがては物語を自壊させる実験である。

まず、『源氏』の物語構造の特異点は、「実際の母ではなく、母的な存在と息子が結ばれる」であった。『浜松』でも、中納言は、実際の母ではないが、父親が唐土の皇子に転生し、その母后と結ばれる。これは「父子による母の幸せな共有」の記憶であったようで、その後の息子への対応（再生産）の違いを光源氏と比べてみよう。

光源氏は、息子の夕霧には、さほど美人ではない花散里以外の妻たちを決して、親しくあわせることがない。しかし、夕霧は、一度だけハプニングで、紫上の顔を見てしまい、生涯、密かに思慕し続ける。それは紫上が亡くなり、再び垣間見た時にも、死に顔も美しい、と限りなく惜しむほどだ。むしろ息子が禁止によって渇望してしまうような関係だ。

一方の中納言は、唐土から連れ帰った若君を、吉野姫君の部屋に連れていき、「これぞ母よ」と教える。「母とつけて、夜もただふところののみ寝給ふ」（母と呼ばせて、夜もひたすら姫君と一緒に寝る）という関係……まるで父帝にプロデュースされた「光源氏—藤壺」のような関係を再現するのだ。

日本の物語には、そもそも母をめぐる「父 vs 息子」の争いを回避しようとする、ないし、そんな禁止がなかった頃に回帰しようとする傾向があるといえる。しかし、さらに『浜松』の場合は、転生リセットのおかげで、わざわざ唐土に会いに行くような仲のよい父子の結託はさらに強化される。

ところがこの便利な仕組みが、逆に第二の転生リセットでは、中納言をダブルバインドな情況におく。すなわち、吉野姫君（紫上のポジション）を登場させ、『源氏』的読者の気分を最高潮に盛り上げながら、そのお腹に転生しようとする唐后（藤壺のポジション）との強制的な二者択一を迫るのである。

コピーでは、オリジナルには太刀打ちできないようでいて、中納言はいつまでも吉野姫君を諦めることはなく、未練たらしい微妙な状態になる。物語として、結局、どちらがよかったか結論は出さないどころか、むしろ唐后の訃報で、物哀しく終わる……。

これは一体なぜなのか。唐后が、わざわざ吉野姫君のお腹を選ぶ時点で、むしろどこにいっても逃れられない（息子の自由を許さない）母親の象徴のようでもある。「母の擬似コピーを作り続ける」とは、実は、単純な母への思慕からだけではなく、同時に自分でコントロール可能な人工的な「小さき母」を作り出す必死の母への抵抗であったのかもしれない。つまり、オリジナルより、人工的な再現であることに価値がある。

ともかくも、転生というものが自然に信じられ、機能している世界の人間にとっても、やはり唐后の死は、「絶対的一回人生」として中納言の悲しみを誘う。

三島由紀夫がなぜ、『浜松』を反復したのか。それは『浜松』が「母の擬似コピーを作り続ける物語構造」の欲望の暴走として、転生による「復活」を書きながら、「復活」は決して主人公にとって救いにはならない……その複雑な「内面」を書く物語だからだろう。

そして、まさに三島由紀夫の『豊饒の海』とは、「母の擬似コピーを作り続ける物語構造」を反復しているのだ。ただし、それは非常にわかりにくい。なぜなら三島が、わざわざ、そういうトリッキーな書き方をしているからだ。三島は次のようにいっている。

〈「浜松中納言物語」の夢と転生の主題は、第一巻「春の雪」の中に火薬のやうに装塡されて、各巻に爆けてゆく筈であるが、各巻二十歳で夭折する主人公はすでに第一巻の大正初年の貴公子松枝清顕から、第二巻の昭和初年の愛国少年飯沼勲に生まれかはり、さらに第三巻のタイの王女月光姫（ただし生まれかはりは未証明）へと生まれかわつた。〉（「解題」）

このように三島がいう「各巻に爆けてゆく」とは、「春の雪」のテーマが各巻で、それぞれ拡散し、解体されていくコンセプトということだろう。しかし、それなら、なぜ一巻の松枝清顕の次々の転生を書く必要があったのか。それでは、前巻が次巻に玉突きのように引き継がれていくのであり、最初巻が特権的に「爆けてゆく」という意図とは、違うものになる気もする。

そして、『豊饒の海』を読み解くのを困難にしているのは、この転生の連続性というか、偽物問題だ。実際に『豊饒の海』を読み通しても、直前の転生者の次巻への玉突きのような現象を感じることができないはずだ。たとえば『豊饒の海』四部作の最後の「天人五衰」の安永透は、結局、「彼は偽物の転生者だったvs彼もまた真の転生者vsどっちでもいい」という議論がある。しかし疑わしいといえば、第三部「暁の寺」の月光姫のほうが、より疑わしい気もするほどだ。たとえば確かに月光姫は、次のように語られる人物だ。

「頭がおかしいと思われては、王室の恥になるからです。それというのも、物心ついてからそのお姫様は、自分は実はタイ王室の姫君ではない、日本人の生れ変りで、自分の本当の故郷は日本だ、と言い出されて、誰が何と言おうとも、その主張を枉げようとされないからです」

なるほど、いかにも転生者のようだ。この幼い姫にタイで謁見した時に、本多は、前世の二人に関する質問を投げかける。「月修寺門跡の御出でを知ったのは、何年何月のことか」「飯沼勲が逮捕された年月日は?」。すると、こんな当事者以外に記憶しえぬ（タイの王女が知るよしもない）瑣末な情報に月光姫は「ますます眠そうに見えたが」澱みなく正答する。ところが本多は、「全く無感動に、ただ思いつくままの配列と謂った具合に、姫の口から洩れた」と感想を抱く。

さらに成長し、来日した月光姫は、この本多の感想を補強する。「小さいころの私は、鏡のような子供で、人の心のなかにあるものを全部映すことができて、それを口に出して言っていたのではないか、思うのです。あなたが何か考える、するとそれがみんな私の心に映る、そんな具合だった、思うのです」

この月光姫は、巫女体質というか、トランス状態で相手の強く念じた内容を読むことができる。つまり本多の頭の中の答えを、そのまま受信・再生していただけ、という解釈が与えられる。無論、これも超自然現象には違いないが、少なくとも転生よりは「そういうこと、あるよね」と多くの人が思う（ハードルの低い）不思議であろう。

その他も、転生の証として、二度目の転生者の「昭和初年の愛国少年飯沼勲」には、彼の脇腹に、松枝清顕と同じ三つの黒子があった。しかし、タイで見た幼い月光姫の裸にはその黒子がなかった（作中人物にすら偽物となじられる最終巻の安永透には、脇腹に三つの黒子がある）。さらに成長した月光姫をプールで泳がせても、「黒子の一つの薄い痕跡さえ見つからない」。

ところが本多が、書斎の覗き穴を通して、同性同士の性行為をしている月光姫を盗み見た時に「昴を思わせる三つのきわめて小さな黒子が歴々とあらわれていた」となる。とはいえ、これは単に、転生を観察する本多の「見たいものを見てしまう」という心理現象にすぎない解釈を残しているのだ。その後、本多の妻にも覗き穴を見せて、「え? 見たろう、黒子を」といっても、「さあ、どうですかね」と答えははぐらかされる。黒子は、プールのような多くの人がいるところでは決して観察されず、本多のみが覗き穴で見るのだ。

さらには、この『豊饒の海』では転生の証拠として、黒子などよりも、重要要素がある。それが、まさに安永透が偽物とされる最大の理由にもなることだが、「各巻二十歳で夭折する」という「生の形式」なのだ。

最終巻の安永透は、「贋物」となじられる時にこんなふうにいわれる。

「あなたの黒子を見てから、本多さんは一目でそれを見ぬいたんです。そこで是非ともあなたを手許に置いて、危険から救ってあげなければ、と決心したんですよ。このまま置いたら、あなたをあなたの夢みている『運命』に委せておいたら、きっと二十歳で自然に殺されると知ったからです」

「見ていて私は、あなたに半年のうちに死ぬ運命が具わっているようには思えない。あなたには必然性もなければ、誰の目にも喪ったら惜しいと思わせるようなものが、何一つないんですもの」

「松枝清顕は、思いもかけなかった恋の感情につかまれ、飯沼勲は使命に、ジン・ジャンは肉につかまれていました。あなたは一体何につかまれていたの?」

さて、その月光姫だが、なぜか小説中の登場人物には、全く疑われてないが、注意深く読めば、彼女も本当に二十歳で死んだか、極めて頼りない。本多は東京の米国大使館で、タイに帰国後、消息をたっていた月光姫にそっくりの女性に会う。

「夫人は三十をすぎたタイの女性で、タイのプリンセスだと皆が言った。本多は彼女をジン・ジャンだと疑わなかった」（『暁の寺』）

本多は、月光姫は米国人の妻となり、日本に戻ってきたと思う。ところが夫人は、本多を知らないようで、頑なに日本語を話さない。そこで、二人きりになった時に、「ジン・ジャンを知っているか」と本多は問う。夫人は、流暢なアメリカ英語で答える。

「私の双生児の妹ですわ。もう亡くなりましたけれど」「日本留学からかえってのち、これが一向みのりのない留学であったことがわかったので、父はジン・ジャンをさらにアメリカへ留学させようとした。しかしジン・ジャンは肯んじないで、バンコックの邸で、花々に囲まれて、怠けて暮らすことを選んだ。二十歳になった春に、ジン・ジャンは突然死んだ」。コブラに咬まれて死んだことになっている。

ところが、第四巻「天人五衰」では、安永透が本当に転生者か、透の誕生日より前に月光姫が死んでいるか調べることになって、次のように書かれている。

「月光姫の双生児の姉からきいたところでは、ジン・ジャンの死は『春』だというだけで、その日日を確かめておかなかったことが悔やまれた。その後、米国大使館に問合せて、すでに帰米している彼女の住所を知り、再三このことについて照会の手紙を出したが、梨の礫におわった。いよいよ窮して、外務省の友人にたのみ、バンコックの日本大使館に照会してもらったけれども、目下調査中という返事に接したばかりで、その後何の音沙汰もなかった」

転生の観察者である本多だが、月光姫は、そもそも松枝清顕や飯沼勲のように直接、死亡を見届けていない。死んだ日を知らないどころか、死んだというソース自体も、月光姫の双生児を名乗る夫人だけのようなのだ。そして、夫人は、なぜ本多の再三の問い合わせを無視するのか。

実は、この米国大使館で月光姫そっくりの夫人にあった時に、こんなふうにも書いてある。「紹介されたとき初対面の挨拶をして、本多との昔にそしらぬ顔をすることも、ジン・ジャンならやりそうなことであった」。ならば同時に、そのまま「月光姫は死んだ」くらいの嘘はいっても、まるで不思議ではないことになりそうだ。

たとえば、双生児の姉など最初からいなくて、夫人は月光姫本人であった。月光姫は、実際は日本留学の帰国後、父の命令にしぶしぶ従い米国留学へいった。しかし父の言うことをきかず、欲望に忠実な架空のもう一人の自分を作り出し、やがては殺し、その妄想を、双生児の妹として、自分が欲に溺れた時代を知ってる本多に語った……という解釈も成り立つわけだ。少なくとも月光姫が、転生者である重要要素、二十歳で死んだというのは、もしかしたら月光姫本人の可能性もある夫人……むしろ「信頼できない語り手」の証言しか、この小説には用意されてないのだ（なぜ本多と二人きりの会話なのか、米国人の夫も一緒なら嘘はつけまい……）。

また第二回の転生者の飯沼勲は、たしかに次の月光姫への転生を予告するような「南の国の薔薇の光りの中で」と寝言もいう。そして、「女に変身した夢」もみている。ただし、夢の後には「女であるとは？ はじめから女であり、永遠に女であることらしかった」とも感想を抱く。女への転生を否定しているようにも受け取れる。「春の雪」の清顕のように、本多の手を握り締めながら「又、会うぜ。きっと会う。滝の下で」のような明確な「私」の予言ではない。それこそ月光姫のように、親しいものの強烈な思念の何かが飯沼勲の頭に混信しただけかもしれないのだ。

こうして、二回目の飯沼勲以外の転生者は、疑いだすと際限なく疑わしくみえる。村松郷によれば、テレビで三島が次のように語っていたそうだ。「『暁の寺』では、女主人公が本当にまえの主人公の生まれ変りなのかどうか、わかりにくくなっている。次の第四巻では、それがもっとわからなくなるはずです……。」(『三島由紀夫の世界』)

もちろん三島自身が、わざわざ、わからなくなるよう計算して書いているのだ。そして極めつけが第四巻「天人五衰」の終わり方なのだが、その終わりを締めくくるキーパーソンの聡子とは、一体、この四部作でどういう意味をもつのか。

第一巻「春の雪」では、主人公の侯爵の令息・松枝清顕は、二歳年上の綾倉聡子と幼なじみ同士。聡子は、姉のような初恋の相手のような特別な関係であった。しかし清顕は、聡子に、父の誘いで女遊びをした、と嘘の手紙を出して大人ぶってしまう。「あなたが子供のときから知っていた、あの大人しい、清純な、扱いやすい、玩具にしやすい、可愛らしい『清様』は、もう永久に死んでしまったものとお考え下さい」

あとで後悔し、読まずに燃やすように聡子と約束したが、読んでないフリしながら、もちろん聡子は読んだ。そして、清顕の父に苦言を呈していた。それを知った清顕は憤る。

「聡子は一方では僕を子供だと云って非難しながら、一方では僕を永久に子供のまま閉じ込めて置きたかったことは、もう疑いの余地がない。何という奸智だろう」

要するに、清顕にとって、聡子という年上の幼なじみは、成長を促しながら、同時に、いつまでも子供のまま手許におきたい。子供をどっちつかずの状態にさせて、自由を奪う。そういう母親的愛情を清顕に注ぐ存在なのだ。

この事件のせいで、聡子に冷たく接するようになった頃、聡子に宮殿下との縁談がもちあがる。清顕は父に、異存ないか確認されるが、「何も引っかかりなんかありません」といってしまう。

ところが宮殿下との婚姻の勅許がくだり、禁断化した途端、清顕は、「今こそ僕は聡子に恋している」と歓喜する。聡子お付きの女中を脅迫し、密会をセッティングさせる。そして逢瀬を重ね、やがて聡子は妊娠する。それが露見すると、聡子は大阪で秘密裏に堕胎させられるが、聡子はその足で、奈良の月修寺で出家してしまう。一方の清顕は春の雪降る月修寺に通うが門前払い。再びの面会希望も二度と合わないと仏に誓った聡子に拒絶される。清顕は、雪中で待ち続け、肺炎をこじらせ、二十歳で死ぬ。

こうした不義の密通で、子供を生み出家というのは王朝文学に「光源氏—藤壺」「柏木—女三宮」とよくあるパターンだ。さらに『浜松』の散逸首巻では、中納言は、式部卿宮と結納した大君と関係を結んでしまう。中納言が唐土へ行った後で大君の懐妊が明らかになり、そのため大君は出家、という内容があるのだが、表面的には「春の雪」は、それを現代小説化したともいえる（大君は、母の再婚相手の連れ子で、中納言とは「兄—妹」的関係である）。

ところが現代風アレンジで、ぜんぜん違う（ひどい）顚末もある。まず、第一に、本人の意志を無視され、聡子は親同士の密議により強制的に堕胎させられてしまうこと。第二に、折角、堕胎させたのに、その足で出家した聡子は、宮殿下の婚約を穏便に取り下げるため、精神病の診断書を捏造される。宮には「綾倉の娘が脳をわずらったのでございます」と報告される。世間的にも「狂気」の噂が流れる。

さて物語の終わり……第四巻の「天人五衰」の最後は、年老いた本多が、奈良の月修寺へ、門跡となった、その聡子を訪ねる。

すると彼女は「その松枝清顕さんという方は、どういうお人やした?」。そして本多が説明しても、別にシラをきってるようでもなく、「そんなお方は、もともとあらしゃらなかったのと違いますか?」といわれてしまう。「それなら、勲もいなかったことになる。ジン・ジャンもいなかったことになる。……その上、ひょっとしたら、この私ですらも……」。門跡の聡子は、「それも心々ですさかい」という。本多は「記憶もなければ何もないところへ、自分は来てしまった」と思う。

この聡子による結末部を、どう考えるべきか。確かになんでも「心々ですさかい」といえばそれまでだが、こういう夢オチ的結末は、悪しき相対主義的還元のような気もする。

転生のたびに、転生が疑わしく見えてくる(しかし微妙に否定しきれない)のは、本多の前提の何かが間違えているのだ。なぜなら、本多には、親友である清顕が死ぬのを救えなかった無念から「清顕の転生を欲する」強烈な当事者バイアスの入ることは、小説上の設定だからだ。そして同時に、読者もまた四部作を通じた主人公として、この本多に感情移入し、彼の解釈に真か偽かの二者択一を迫られる。しかし、ここから先は結局、私の解釈にすぎないが、この小説の転生の設定の枠内で、本多とは別系統のより筋の通った転生の解釈が成り立つのである。

結末部で聡子が記憶がないということで、もう一つの読みの可能性につながるのは、門跡となった聡子とは、あれほど清顕との愛欲の日々を送りながら、何の記憶も残さず、今や解脱した存在であること。つまり輪廻的な意味では、既に完全に死んでいる（入滅）のである。

整理しよう。まず、清顕の転生は、第二巻の飯沼勲だけではある。

清顕が、雪中の待ちぼうけで死ぬのには、自殺的な意図もあったようだ。奈良の月修寺への出発前に、清顕は、宮中行事で大正天皇の声をきいて、今までの恋愛脳から、唐突に極端な思いが浮かぶ。「お上をお裏切り申し上げたのだ。死なねばならぬ」（勅許をえた宮の婚約を反故にしたのだから）。その妄念が玉突きのように、「大御心を揣摩することはすでに不忠」という純粋な尊皇を求める少年・飯沼勲として転生したといえる。ジャオ・ピー王子は「喪失が出現の根拠」という生の形式の連続こそが、転生という考えを示したが、まさにそれである。

さらに、飯沼勲の父の飯沼茂之は、現在は右翼団体を経営しているが、もとは、清顕付きの書生で、教育係である。「若様の教育にみごと失敗しまして」と無念を抱えている。その妄念が玉突きのように清顕を飯沼の息子に呼び寄せたといえる（清顕を救えなかった妄念は本多にしても同じで、彼は判事の職を投げ打ち、勲の弁護士になるが）。さらにやはり、死に急ぐ勲のために父・飯沼茂之が、自ら勲の決起を密告したり介入するが、結局、同じ二十歳で勲は割腹自殺……やはり「教育にみごと失敗」する。ここでは清顕との前世の関係性の形式が、なんら変わることなく反復されている。

では、第三巻の月光姫は？　月光姫はニセの転生者と考えるのが妥当だ。ただし、あくまで清顕の生れ変りという意味ではニセなのだ。月光姫も安永透も、それぞれ、第一巻「春の雪」の一般的には死者ではないもの達の転生者である。

本多は月光姫にいう。「君は子供のころ、私のよく知っていた日本青年の、生れ変りだと主張していて、本当の故郷は日本だ、早く日本に帰りたい、と言って、みんなを困らせていた」。しかし注意深く読めば、実は微妙に改変されている。

当時の月光姫の発言は以下の通りだ。「本多先生！　何というお懐かしい！　私はあんなにお世話になりながら、黙って死んだお詫びを申上げたいと、足かけ八年というもの、今日の再会を待ちこがれてきました。こんな姫の姿をしているけれども、実は私は日本人だ。前世は日本で過ごしたから、日本こそ私の故郷だ」。本多を知っていて、本多にお世話になった日本人の転生者だとはいうが、そこで「青年」とは、一言もいってないのだ（確かに、飯沼勲も、お世話になって死んだが）。そこだけは本多の思いこみからくる記憶の微妙な合理化として書かれている。では、誰か。

この月光姫は、月修寺の聡子が、生み出した転生者ではないか。周囲に相談することなく（もちろん俗世で受けた恩愛の礼もいうことなく）、聡子は黙って出家した。そして、それが何年後かわからないが、やがて解脱していった。それこそ『竹取物語』でかぐや姫が、天の羽衣に触れた瞬間に、人間的感情を喪う設定が月世界である。月修寺＝「記憶もなければ何もないところ」に入る、その過程で、彼女の中から消滅……切り離され、捨てられた俗世の妄念、つまり清顕を記憶している「もう一人の聡子」の転生体である。

なにしろ三島的輪廻の考え方では、「喪失が出現の根拠」……人の妄念とは消滅することなく、玉突きのように連続していく一種の生の運動体なのだから。

月修寺に入るひきかえに、聡子は、精神病の診断書を捏造された。世間で貼られたレッテルとは、「脳病」やら「頭がおかしい」であった。だからこそ、ここでも「喪失が出現の根拠」となっている。幼き日の月光姫は、ガイドに「外国へ連れ出して、頭がおかしいと思われては、王室の恥になる」と隠されていた人物である。成長した月光姫自身も「みんな私のことを、小さいときは気が変だったとからかうし」という環境に生まれるわけだ。

そして、本多は、清顕への友情から、聡子との密会の最大の協力者だったのだが、同時に「他人の女」である聡子への恋情を押し殺していた。それが明確に書かれているのは、「暁の寺」の第一部と第二部の中間である（第一部はタイの幼き月光姫編・第二部は月光姫来日編）。戦時中に、聡子付きの元女中に本多が再会し、聡子についてきく場面だ。「ますます澄み切ったお美しさで、この世の濁りを払ったお美しさが、お年を召してから、却って冴えていらっしゃったようでございますよ」。さらにニヤニヤと「本多さんもお姫様には思し召しがおありになったのでしょう。わかっておりましたよ」といわれる。この本多の妄念こそが、月光姫を日本留学に呼び寄せたといいえる。

本多は、月光姫に年不相応な恋を抱く。「その日も亦、ジン・ジャンの不在を梃にして、ジン・ジャンを想う日になった。本多は曾て知らなかった少年期の初々しい恋心に似たものが、五十八歳のわが身に浸透してくるのに愕然とした」

しかし、この「愕然」とする不思議な恋情に陥った本多がやっていることとは何か。

「ジン・ジャンがたとえ万一本多と一緒に寝ることがあったとしても、決して本多には見せないであろう何ものかが、本多の欲する唯一のものである以上、それを手に入れるには、間接の、まわりくどい、人工的な手段が必要になるだろう」

月光姫を本多の別荘に招き、他の若い軽薄な青年をけしかけ、処女を奪わせ、それを観察しようとする行動である。結局、「清顕―聡子」の逢瀬を、裏方で協力していた時と同じ関係性しか、本多には月光姫にも再現できないのだ。そしてそれも青年が月光姫に拒絶され失敗する。本多は、覗き穴から、月光姫が同性愛の情事にふけっているのを発見、例の黒子を見る場面になる。

ここで月光姫に普段は観察されない黒子が、同性愛の情事中だけはっきり見えたのはなぜだろうか。本多は、かつて聡子への思いを、親友・清顕の女＝「絶対に成立しないもの」として恋情を消ししていた。今回も、同性愛の情事に溺れる月光姫に、絶対に自分とは成立しない刻印として黒子をみたのかもしれない。ここでも聡子と本多との前世の関係性が、頑固なばかりに反復されてしまう。

そして、双生児の姉は生き、妹の月光姫は死んだ……この月光姫そっくりの夫人の自分の生物的な片割れ（一卵性？）を亡くした話をそのまま信じてもよい。または、米国留学した月光姫は、欲望に忠実な、もう一人の月光姫を作り出し、蛇に咬ませて架空の分身を殺した妄想だった解釈でもよい。「自分の中のもう一人の自分を殺す」……清顕との激しい情事の繰り返しの後、出家して、俗世の妄念を消滅させた聡子の「生の形式」は、その妄念が転生した月光姫においても、またも反復されているのである。

では、第四巻の安永透とは？「貨物船の船長をしていた父が海で死に、その後間もなく母が死んで」という孤児である安永透の左脇腹の黒子を見て、本多は養子にする。彼が何者かに関しては、清顕の転生者という固定観念をとれば、むしろわかりやすい（ような気がする）。なぜなら、彼は誰の前世も反復していない転生者だからだ。

「この十六歳の少年は、自分がまるごとこの世には属していないことを確信していた。この世には半身しか属していない。あとの半身は、あの幽暗な、濃藍の領域に属していた」

なにやら水子的なイメージで、あまりにヒントを与えすぎな気までするほどだが、要するに、安永透は、堕胎された胎児……清顕と聡子の生まれる筈だった子供の転生者だろう。だからこそ、前世のない（生まれてない）彼は「半身しか属していない」。今の彼の世界も、父も母もいない。この世界との関係性も希薄だ。

そういった意味で、本多が、最初から安永透に感じている中身がない同類的な直感は正しいのかもしれない。

「それは清顕にも、勲にも、ジン・ジャンにも、本多が嘗て見なかったものだ」「年齢も黒子も紛う方のない証拠を示しながら、ひょっとすると、あの少年は、はじめて本多の前に現われた精巧な贋物なのではあるまいか」

つまり、「清顕（勲）と聡子（月光姫）」の間の子供の転生者……子供を遺伝的コピーと考えたら「精巧な贋物」である（そして黒子は、清顕から引き継ぐ）。安永透は、本多にとって、よく知ってるものであり、同時に初めて出会うもの……故に「贋物」の印象を与える。

そして安永透は、「どんな悪をも犯すことのできる自分の無垢を確信していた」という。

透は、空っぽの悪意として世の中に復讐しようとする。まるで、怪異譚の水子が生まれてこれなかった無念で、強力な怨霊になるようだ。彼の生来の特性である、無垢と悪の同居は、まさに堕胎された子供の復讐という「喪失が出現の根拠」なのだろう。

だから、幸せな結婚を盲信する婚約希望者の令嬢・百子には、「傷つける値打ちがある存在が現れたぞ」と考える。まったく意味のない悪意から最高に屈辱的に陥れ、婚約破棄に追い込む。そして養父である本多すら、「僕は誓って、父を地獄の底へ突き落としてやる」と考えている。やがて、遺産を得るためでもなく、無意味な危害を加えだし、本多を精神的に卑屈な老人にまで追い込んでいく。

百子を陥れる最中の透は思う。「こんなに生きることが容易なのは、ひょっとすると僕という存在そのものがこの世では論理的に不可能だからなのではないだろうか」。なんだか中二病的な言葉にみえながら、「それは、君の前世が堕胎された胎児だからだね。確かに、前世のない君の存在は、論理的に不可能だ」と考えれば自然な言葉ではないか。

さて、この透であるが、特別な女性がいる。「透の心にたえず疼くようになった或る衝動（引用者注：人を傷つけたい衝動）も亦、絹江の存在に安らぎを覚えている」。彼は、本多に養子にしてもらう前から狂女・絹江を、親しく面倒をみているのだ。

「それは万人が見て感じる醜さであった。そこらに在り来りの、見ようによっては美しくも見える平凡な顔や、心の美しさが透けて見える醜女などとは比較を絶して、どこからどう眺め変えても醜いとしか云いようのない顔であった。その醜さは一つの天稟で、どんな女もこんなに完全に醜くあることはできなかった」

負のイデアのような完璧な醜女として絹江は造形されている。しかし、半年ばかり精神病院に入院歴もある彼女は、周囲の世界を変えてしまう天才的な能力者なのだ。

「私って不幸だわ。死んでしまいたい。女にとって、美しく生れすぎた不幸ということ、男の人には決してわかってもらえないと思うんだわ」「もう、私、町へ遊びにゆくの、いやになった。だって、すれちがう男性が、一人のこらず、涎を垂らして迫ってくる犬みたいにみえるんだもの」

絹江は、自分の美しすぎる不幸を憂い、嘆く……そういう多幸症なのだ。彼女を取り巻く世界の反応を全て、己が美女であるからと意味を変換する（周囲が気味悪がる反応までも含めて）。そして安永透が唯一、本当の美人かのように恭しく、大切に扱う存在なのである。

やがて、松枝清顕の夢日記を読んだ透は、服毒自殺する（自分が何者か気づいたのかもしれない）。しかし、死にきれず、代わりに完全に失明する。二十歳を超えても生き続け、一日中、家にいて、絹江のされるがままになる。「終日障子の中から絹江のやさしい声がきこえる。透はいちいちこれに受け答えをして倦まないのである」

なにが透をそこまで……「存在そのものがこの世では論理的に不可能」な彼にとって、自分が掻爬される前の母胎だけが唯一、世界に存在した根拠である。聡子は月修寺にはいる前に、堕胎させられ、「脳病」やら「頭がおかしい」とされた。「喪失が出現の根拠」なら、透にとって狂女とは母的な存在である。だから惹かれ、安らぐ。

もちろん、実際には聡子も月光姫も、絹江のように狂女ではなかったのだが、透が住むことになる世界は、今も生きている聡子……月修寺の門跡がいう「それも心々ですさかい」という境地でもあるのだ。本多の養子になった透は、絹江をひきとり、思う。「あれだけの醜さも、ひとたび不在となれば、美しさとどこに変わりがあるだろう」。そして失明する。彼は絹江の「心々」が創造した、絹江が唐后のように完璧に美しい世界に暮らしている。

「聴覚は敏感になっている筈であるが、耳が活溌に外界をとらえているという風には感じられない。透のかたわらに身を置けば、絹江以外は誰しもそう感じるにちがいないが、いかに自信を以て立ち向っても、ついには、自分が透によって破棄された世界の一片にすぎないという心地にさせられる」
三島由紀夫の「春の雪」では、主人公の清顕は、聡子という年上の幼なじみ（＝清顕にとって母的な存在）と密通を重ねる。二人の子供は堕胎された。しかしその子供が、また「転生」で蘇り、今度は、彼にとって母的な存在である、狂女になすがままに無抵抗な世界の住民になる話である（やがて絹江は透の子を妊娠する）。まさに『豊饒の海』という小説こそが、〈『源氏』―『浜松』〉という「母の擬似コピーを作り続ける物語構造」の反復自体の「転生体」なのである。

川田宇一郎（かわたういちろう）文芸評論家。第三九回群像新人文学賞評論部門優秀作受賞。著書に『女の子を殺さないために』（講談社）。

王朝物語に「決定的瞬間」はない
――「日本発」文学理論の「可能性」――

助川　幸逸郎

「セルフオリエンタリズム」VS「ウィンブルドン現象」

欧米由来の文学理論を日本語で書かれたテクストに――時として牽強付会気味に――当てはめる。そういうゲームをこれまでの日本文学研究はくり返してきた。いつまでもこんなことをしていても仕方がない。われわれは、日本語の文学に固有の理論を見つける必要がある。そしてその「固有の理論」が、海外に輸出できるようなものならばさらに素晴らしい――

「横文字で書かれた書物」に依拠して「日本語テクスト」を批評＝研究する。その場合、右のような「批判」を浴びせられるのが常である。この「批判」自体、「常套句」といえばそのとおり。「輸入理論」を用いた批評＝研究といっても、質やレベルは一様でない。そしてこの類いの「批判」は、「輸入理論」を使って日本文学を論じるあらゆる試みに差し向けうる。「輸入理論」を用いた論考それぞれの個別性に触れるものではないから、「批判」といっても何も言わないに等しいわけだ。

とはいえ、「借り物」の理論があっというまに流行し、やがて使い捨てられるのを、私自身、何度も目撃してきた。

この「月並みの批判」に向きあわない限り、「『源氏物語』を文学理論で語ること」の今日的意義は語れない。私も含め、編集委員のあいだで、そんな思いが共有されていた。ゆえに、「日本発文学理論の可能性」という項目がこの巻に立てられ、私が今、この文章を書いている。

書き始めて、困惑した。「日本」発文学理論――私はこれに対し、「輸入理論」に対する「輸出可能な理論」という程度の認識しか持っていなかった。だが、「国際競争力のある日本製コンテンツ」のありかたは、多様である。

ロラン・バルトは『表徴の帝国』で、「日本にしかないもの」を賛美した。[注1] 掛け軸、文楽、仏像、相撲、日本家屋……バルトの筆致は、エキゾチズム（もしくはオリエンタリズム）に充ちている。バルトのような眼差しを自分から受け入れ、「いかにも日本的なもの」を作りあげる。これはこれで、海外の評価を得る一つの方策だ。美術家の村上隆は、この戦略をおそらく意識している。

いっぽう、まったく「日本的」とはいえない「国際競争力のある日本製コンテンツ」も存在する。

高級オーダーメイドスーツの「聖地」といえば、ロンドンのサヴィル・ロウというのが「常識」である。これは世界共通の認識といっていい。一世紀を越える伝統を誇り、貴族や映画スターに愛された名店が並ぶ。

英国人の「スーツおたく」なら、当然、サヴィル・ロウで服を作ることに憧れるだろう。われわれ日本人はそう考える。ところが現在、かの地の「スーツおたく」は大挙して日本にやってくる。

サヴィル・ロウのテーラーにはもはや、華奢な糸で織られた「見るからに高級そうな生地」しか置かれていない（世界中の「成金」がサヴィル・ロウにやってきて、「パワースーツ＝権力や経済力を誇示できるスーツ」を作りたがった。それでこんな有様になったという）。この種の生地は、昔ながらの「質実剛健な英国らしいスーツ」を仕立てるのに適さない。

「古式ゆかしい英国服」を作りたいなら、一九七〇年代以前に英国で織られた「ヴィンテージ生地」を使うに限る。[注2]そして、そういう生地が世界でいちばん豊富に残っているのは——実は日本なのである。

問題は、生地だけに留まらない。私が懇意にしている英国古着の店で、一九六〇年代に作られたジャケットのレプリカが売られている。このジャケットは当初、本場で製造する予定であった。やる気満々で店主は英国に出向き、オリジナルの現物を見せたものの、どの工場の作ったサンプルも悲惨そのもの。「六〇年代そのままのジャケット」をつくるノウハウが、彼の地では失われている。縫製技術の継承が、まともに行われなかったためらしい。

店主は帰国後、日本の工場に試作を依頼した。結果、ほぼオリジナルに近いジャケットが仕上がってきた。そうしたわけで、この店の「旧きよき英国調ジャケット」は、わが国で生産されている。

グローバル化が進むと、その国の「伝統文化」の世界で活躍するのは、外国人ばかりになる——こうした事態が、あらゆる分野で進行している。これを「ウィンブルドン現象」という。テニスが国際化したら、ウィンブルドン大会で英国人が活躍できなくなった。そのことにちなんだネーミングである。[注3]

大相撲の横綱がモンゴル人ばかりになって久しい。二〇〇五年のショパン国際ピアノコンクールでは、入賞者六名のうち五人がアジア系だった。そんな「ウィンブルドン現象」が、スーツ業界にも及んでいるわけだ。

文学理論においても、同じことが起こらないとは限らない。欧米の理論家が提唱した説を、もっとも生産的に継承・発展させているのはアジアやアフリカの学徒である――これが現実になる可能性は十分ある。

かつて柄谷行人はこう語った。カナダのノースロップ・フライは、「辺境の人」であるが故に徹底して理論的であった。「中心にいる人々」と「感覚」や「常識」を共有していないため、文学テクストに理論で迫るほかなかったからだ。同様に、日本という「辺境」からロンドンに赴いた漱石も、『文学論』を書いて理論的アプローチを究めようとした。自分もフライや漱石のようにありたい――。[注4]「文学理論におけるウィンブルドン現象」を起こす。柄谷の言葉は、その決意を述べたものと見て差し支えないだろう。[注5]

日本語や日本文化の特殊性を強調し、「欧米の理論」ではさばけない現象があることをアピールする。そんな「セルフオリエンタリズム」を演じてみせるか（後に触れる高橋亨の立場は、日本古代の特殊事情に立脚している点、ある程度この立場に近い）。それとも柄谷行人のように、欧米由来の理論をいかなる欧米人を越えて精錬することを目指すか。「日本」から海外に向けて文学理論を輸出するとして、そのいずれをわれわれは目指すべきなのだろうか？

「文学」のゆくえ

「セルフオリエンタリズム」に就くか。「ウィンブルドン現象」の波に乗じるか。そのいずれとも異なる「第三の道」を模索するか――これに答えるにはまず、「これからの社会において、『文学理論』はいかなる役割を演じるべきか」を考えなければならない。そして、「『文学理論』が今後いかにあるべきか」を構想するには、「『文学』が今後どうなっていくか」を検討する必要がある。

世界中のどの地域でも、文学の本流は元来「詩歌」であった。多くの場合、神話も韻文で語られ、演劇台本も韻律を踏まえた「劇詩」として記された[注6]。

「文学の理論」も、「詩歌をいかにつくり、評価するか」に焦点を当てるものから発達する。日本においても、「歌論」や「漢詩論」は、平安時代から書かれてきた。これに対し、「散文作品を理論的に論じた文書」は、本居宣長や萩原広道が出た江戸後期を俟たなければならない[注7]（王朝物語の注釈や『無名草子』は、「研究・批評の書」ではあるものの、「文学理論を検討したもの」とはいえないだろう）。

近代が到来し、「国民国家」が成立すると、文学の世界の王座は「小説」が占めるようになった。「国民国家」とは、「文化を共有する人間が形成する国家」の謂いである。「標準的言語」と「あるべき人間像」。「文化」の根幹をなすこの二つを共有させるうえで、「小説」は圧倒的に「役に立つ道具」であった[注8]。

このことは当然、批評＝研究にも影響を及ぼす。アウエルバッハ、バフチン、フライ、ジュネット、リクール、イーザー、バルト――近現代における「文学の理論」の提唱者は、「散文フィクション」をメインターゲットにするのが通例であった（ニュークリティシズムのように、「詩の評価基準」を第一の問題とする理論もないわけではなかったが[注9]）。

二十一世紀を迎え、「国民国家」は終焉を迎えつつある。近代の経済は製造業が主役であった。製造業を営む企業は、税金を課されたり規制を受けたりしても、国家に忠誠を誓う。私企業では対応しきれないインフラの整備を、国家に委ねる必要があるからだ。たとえば、ある企業が製鉄工場を営む場合。鉄鉱石などの原材料を輸入してくる港。出来上がった鉄を全国に配分するための道路や鉄道。それらの整備は、国家の協力なくしては実現出来ない。

二〇一〇年代の先進国の置かれた状況は大きく異なる。「最先端の産業」は、今では情報産業もしくは金融業である。その種のビジネスは、インフラの充実をさほど必要としない。国家は何もしてくれなくてもいいから、規制や課税はなるべくしないで欲しい。これが現在の「先進国企業の本音」である。

コンピュータ・ソフトを商う企業をアメリカ人が起こす。税金対策のため本社はタックス・ヘイヴンに置かれる。製品の開発は主として、インド在住のプログラマーが行う――こういうケースは珍しくない。この種の企業は、果たしてどの国家に所属する会社なのか。国家と企業の結びつきは、確実に緩み始めている。

国家は「経済の基本単位」ではなくなった。同様の事態が、経済以外の領域でも起きている。先に触れた「ウィンブルドン現象」もその一環だ。「国家の権能」がこのように低下すると、「国民」の紐帯を支えていた「小説」は特権的地位から転落する。「小説」を「メイン・コンテンツ」にしていた「近代文学」全般も、当然、変質せざるを得ない。

二十一世紀の訪れとともに、ハリウッド映画は「国際商品」として作られるようになった。まずはアメリカ国内でのヒットを目指し、それを達成したうえで海外での展開を考える。ハリウッドの映画産業は、そういうコンセプトに基づいて営まれてきた。世紀が移ろうころ、その方式が改められる。インドや中国、日本などでのセールスを、企画段階から視野に入れるようになったのだ。[注10]

文学の領域でも、これと並行する現象が起きている。

『世界は村上春樹をどう読むか』と題された、村上春樹についての国際シンポジウムの記録が出版されている。[注11]この本によれば、新興国において、GDPが一定の数値に達すると、村上春樹の読者が急に増えるのだという。ある程度平和で豊かな国には「衣食が足りて、生き延びる心配がなくなったゆえに、生きる目標を喪失した若者」がいる。そういう層は文化の違いを越えて、村上春樹の小説に引き寄せられる。村上春樹の著作は、「二十一世紀のハリウッド映画」と同様「国際商品」なのだ。

海外で村上春樹が話題にされる時、「グローバル」という言葉がかならず話頭に登る（『世界は村上春樹をどう読むか』にも、「グローバリゼーションのなかで」という一章が含まれる）。たとえば、Lubov A. Kuryleva と Svetlana A. Boeva の共著による村上春樹論がある。この「Intertextuality as a Product of Intercultural Communication」と題する論文にはこんな一節がある。

20世紀の終わりにおいて、もっとも人気のある作家は村上春樹である。彼の作品は、今日のグローバル化した社会における文化的な相互関係を促進する。このため村上作品は、国境を越えた文化交流のプロセスにおいて重要な意義を持つ。（中略）批評家たちはいう。「村上春樹は日本語で書く。しかし、彼の文章は本物の日本製ではない。アメリカ英語に訳したら、ニューヨークでも自然に読むことができるのだ。[注12]

「国民国家」との結びつきを解かれた結果、「小説」の一部は、村上春樹のテクストのように「無国籍化」して世界を駆ける（他にもたとえば、カズオ・イシグロの作品は「グローバル商品」と見なされているようだ）。このタイプの作品にとって、「最初に何語で書かれたか」はさほど重要ではない（だから村上春樹は「彼の文章は本物の日本製ではない」といわれる）。日本語の文章の可能性を極限まで追求する。あるいは、日本の「書き言葉」の伝統を更新する――そういう「実験」を、村上春樹のような作家に期待するのは無理だろう。

海外の村上春樹論者は、しばしば大江健三郎との比較を行う。いずれも「日本の作家でありながら西洋の影響を強く受け、そのことが国際的評価につながった作家」だというのである。[注13]

こうした見方は、不適切だと私は思う。周知のとおり大江の小説では、英語の詩や小説が、しばしば原文で引用される。大江の駆使する日本語そのものも、「こなれていない翻訳」を思わせる「悪文」だ。ようするに大江のテクストは読みにくく、読者に多大な負荷を強いる。こうした「異形の日本語」を、大江は意図して綴っている。[注14]「自然な日本語」に抗うことで、「日本の文章語」を支える「暗黙の了解」を問い直す。大江はおそらくそれを狙って、「読みにくい小説」を送り出しつづけた。[注15]

村上春樹の文体も、「翻訳調」であるとしばしば言われる。しかし、「読みやすさ」において大江の比ではない。春樹は外国小説の翻訳も手掛けている。それらは、翻訳であることをほとんど意識しないで読めるほど日本語として流暢だ。そのかわり「オリジナルの持ち味」は、相当に犠牲となっている（原文と比較すると、そのことは如実にわかる）。この点からも、春樹が重んじているのは、「言葉の姿」より「意味内容をスムーズに伝えること」だとわかる。[注16]

大江はノーベル文学賞の受賞者であり、「文学通」の間では、国際的に評価も高い。とはいえ、国内と国外、いずれにおいても、村上春樹よりポピュラー度はおとる。「日本語の書き言葉の開拓者」としても大江は偉大だが、そういう点に着目する層は少数だ。そして「大江のような作家が限られた読者にしか支持されない傾向」は、ますます強まっている。「国民国家」の存在理由が揺らぐとき、「国語」の政治的価値は下落する——大江が試みる「日本語の書き言葉の可能性の拡大」に、今では「文学おたく」しか目を向けない（私個人としては、この現象を大変残念に思う）。

「グローバル商品」と「一部の〈文学マニア〉に向けたコンテンツ」と——「小説」の需要は、「村上春樹的なもの」と「大江健三郎的なもの」に二極化している。世界中のどこでも通用するか、一部のマニアを満足させるか。この対比は、「純文学VS大衆文学」という昔ながらの図式とは異なる。「純文学」も「大衆文学」も、「国民＝〈ローカルな教養〉を著者と共有する人びと」を対象とする。「その国の〈標準語〉の読解力」・「その国が国民に求める〈あるべき姿〉」——「大衆文学」も「純文学」も、ともにそれらを踏まえている。両者の違いは、「読解力」のレベルの差や、提唱する「国民のあるべき姿」の階級的ギャップにある。[注17]

すでに述べたとおり、村上春樹は読者の「母国語」にかかわらず読まれる。「読者の所属する国家が国民に求めるもの」とも、村上文学は無縁なかたちで消費される。いっぽう、大江文学の読者は、現在ではごく限られた「純文学マニア」である。それらの人びとの動向が、社会全体に及ぼす影響は皆無に近い。

村上文学のような「グローバル商品」に対して、批評＝研究が関与し得る余地はほとんどない。批評家や研究者が何を言おうが、それとは関係なく村上文学は読まれ続ける（村上春樹論を上梓した私としては、認めたくない事実だが）[注18]。大江文学を称賛する論を著しても、村上春樹の読者が大挙して大江の本を取るとは考えにくい。だとすると、批評＝研究の言葉は、どこに介入すればよいのだろうか。

復活する「王朝物語的なもの」――「ネットコンテンツ」や「ゲーム」との相同性――

インターネットの発達とデジタル技術の進展、それにともなうメディア環境の変化――これらは「グローバル化」と並んで、昨今の文化状況を語る際に必ず口にされる。

かつては「直接の知りあい」以外に、自分の文章を読ませる術は限られていた。出版社に作物の価値を認めさせ、商品化してもらうか、自費出版するか――道はこの二つぐらいであった。現在では、「小説家になろう」とか「星空文庫」といった「ウェブ小説投稿サイト」がある。そこに作品を送るだけで、「見知らぬ誰か」に読んでもらう可能性が拓ける。

「発信者」になることが容易になったのは、「文学」に限った話ではない。音楽を演奏してYou tubeにあげる。イラストを描いてInstagramに載せる――それが、思わぬチャンスにつながることも珍しくない。私の知りあいの画家は、Instagramに作品をすべてアップしている。そのおかげで、まったくそれまでつながりのなかったアメリカの顧客から、購入申しこみがあったりするという。
「作家」や「アイドル」としてスタートラインに立つ。かつてはそれだけでも「選ばれた人間」の所業だった。今の時代、万人が芸術・芸能の世界にエントリーできる。その結果、「発信者」は以前ほど仰ぎみられる存在ではなくなった。かつての「作家」や「アイドル」は「崇拝の対象」である。今では、「オレが応援しなければあいつはやっていけない」と、ファンに思わせた人間が「発信者」として勝ち残る（某有名アイドルグループの「総選挙」は、まさにこのメカニズムで動いている）。こうした傾向は「アイドル」に顕著だが、「ライトノベル作家」などにもある程度当てはまるようだ。[注19]

また、ニコニコ動画など、ネット上の投稿サイトにアップされたコンテンツは、「受信者」によってしばしば加工される。二十一世紀の今日、「発信者」と「受信者」の関係は固定していない。この事実も、「発信者」と「受信者」の関係を「横並び化」することに寄与している。

さらに、「物語」を体験するツールとして、ゲームが広まった影響も大きい。書籍や映像で「物語」に触れる。このとき、「受信者」は「物語」の展開に関与できない。これに対し、ゲームのプレイヤーは、「ストーリーが次にどうなるか」について、主体的にかかわる余地を持つ。それゆえゲームの享受者は、そのときプレイしている作品に「自分が選択できる可能性」が乏しくとも、「受け身」であることに甘んじない。
この点について、物語評論家のさわやかは次のように述べる。

すなわち、ゲームを媒体として物語を読もうとするとき、我々が期待しているのは次のようなことである。ゲームがプログラムされたものであり、形式によって差はあれど原理的には改変不能な物語しか持たないということを前提として受け入れた上で、プレイヤーはいかにして物語に介入できるのか、より正確には、介入したように感じられるのか。「ガラゲー」（引用者注・「ガラパゴス化したゲーム」のこと。

ある。

〈体験への欲望〉より〈物語への欲望〉に根差した日本独自のゲームを指す。「海外のゲームと日本のゲームが具体的にどう違うのか」については後述）において真に欲望されているのは、ついにそのことなので

ある。

ゼロ年代とは、まさにこの倒錯的な〈物語への欲望〉の深化に拍車がかかり続け、ほとんど極限まで突き詰められていった時代だということができる。秀でた例が『ひぐらしのなく頃に』や、同作者の次作である『うみねこのなく頃に』（07th Expansion、二〇〇七〜二〇一〇）である。これらのゲームは、選択肢のないノベルゲームの連作が半年ごとにリリースされるという、極端なシステムを採っている。つまり作者は、ゲームがもともと一定の物語しか提供しないという限界をシステム上で指摘してしまっているのだ。（中略）ここで特筆すべきなのは、『ひぐらし』『うみねこ』ではプレイヤーによる物語への介入がもはやゲーム外部においてのみ試みられていることである。ゲーム内部に介入しようという欲望を持ちつつなおプレイヤーが変えることができるのはゲーム外部のみであるということが正確に指摘されているだけでなく、だからこそゲーム外部を変えようという姿勢がここにはある。『ラブプラス』なども同様で、究極的には単一の物語しか持たないヒロインに対してプレイヤーは実際に誕生日ケーキを買ったり結婚式を挙げたり、かつそれをネットコミュニティで「自分の恋愛体験」として報告することで〈物語への欲望〉を満たしていると言える。つまりこれらのゲームにおいて〈物語への欲望〉をいかにして成り立たせるかの手綱は、完全にプレイヤーに渡されている。[注20]

ネット上のコンテンツやゲームにおける「受信者」と「発信者」の敷居の低さ。これは、王朝物語の「作者」と「享受者」の関係に似ている。

王朝物語を書き写す。このとき、原本をそのまま記すのではなく、自由な改変が行われることがしばしば

あった。結果、人気のある（＝頻繁に書写される）作品ほど、膨大な異本を持つことになる。『狭衣物語』が、その極端な例であることは周知のとおりである。[注21]「享受すること」と「作り直すこと」。その区別が王朝物語には存在しない。

さらに、ゲームの外で物語に介入しようとするプレイヤーたち。その構えは、『とはずがたり』に描かれた「若菜下巻の女楽のコスプレをする宮廷人」に通じている。作中人物を実在の人物のようにあげつらう『無名草子』にも、同様の精神がうかがえる。

「日常生活の冒険」としての王朝物語

物語評論家のさわやかは、先に引用したくだりで、日本のゲームを「ガラゲー」と呼んでいた。では、日本のゲームは「グローバルスタンダード」に照らしたとき、どこが特異なのだろうか。再びさわやかの言葉に耳を傾けよう。

要するに、日本のゲームと比べると海外ＦＰＳ（引用者注・First-person shooter のこと）には「広大な世界を、明確な目的もなく、複雑な道具を使いこなしながら探索する」というオープンワールド的なゲームが圧倒的に多い。少なくとも今現在、欧米のゲームメーカーが、また欧米のハードコア・ゲーマーたちがゲームに求めていることは、分かりやすく言えばちょうど映画『アバター』（二〇〇九）がそうであったように、プレイヤーがアバター（化身）を纏ってリアリティ溢れる別世界に降り立ち、そこに生きることである。この別世界とはシミュレーションゲームというジャンルが実現しているもの以上に、現実世界の代替物としてある。[注22]

欧米のゲームは、「実際にはできない体験」をプレイヤーに与える。いっぽう日本のそれは、「プレイヤーがいかに物語に介入するか」を眼目とする。欧米型ゲームを支えるのは〈体験への欲望〉であり、日本のプレイヤーは〈物語への欲望〉に突き動かされる。

近年、中国や韓国といったアジア諸国に源流を持つ「ソーシャルゲーム」が、台頭している。このタイプのゲームでは、ネットを通じてユーザーがつながりあい、ライバルとして対決したり、共同で敵を倒したりする。そのことを通して充たされるのは、〈コミュニケーションへの欲望〉だ。三度さわやかの見解を引こう。

〈コミュニケーションへの欲望〉が台頭したことによって、しばしば従来型のコンテンツ消費が衰退したと批判的に語られることがある。しかし、前述したようにそれは正確ではない。より正しくは、継続的なサービスとして提供されるのに適した形に変化していくと言うべきだろう。その例として、ここでは『艦隊これくしょん—艦これ—』（角川ゲームス、二〇一三）を挙げよう。これは第二次世界大戦時の軍艦を少女の姿にした海戦ゲームとして人気になったが、ゲームの中で彼女たちが戦う目的がなんであるのか、敵が誰であるのかという情報はごく断片的にしか示されない。しかし一方で、確実に示されはするのである。これは一体何を意味するのか。（中略）

継続的なサービスとして物語が提供されるというやり方は、もっと懐かしい手法、たとえば新聞や雑誌に連載される小説、あるいは連載漫画、またテレビドラマのようなものに似ている。（中略）それは従来的な「作品」いうものが今まさに雲散霧消してしまうという危機的な状況などではなく、メディアを変えながら、むしろかつての形に回帰している。日本のゲームが〈物語への欲望〉に惹かれているからこそ、この回帰はあり得るのだ。[注23]

日本人の〈物語への欲望〉はなぜこれほど強烈なのか。その意味をここで少し考えたい。私見では、日本と欧米のゲームの相違は、王朝物語と悲劇の対照に根ざしている。この両者——王朝物語と悲劇——の関わりについて高橋亨はいう。

「オイディプス・コンプレックス」という精神分析学の用語を創ったのはジグムンド・フロイトであり、その心的な父殺しによって男児が自立するという意味において、藤壺との密通を解釈することは不可能ではないが、悲劇的な対立は回避されている。『源氏物語』の世界は、オイディプス王の悲劇や、特にフロイトのオイディプス・コンプレックスが強い家父長性(ママ)を基盤としていることは異質である。藤壺との密通によって生まれた皇子が冷泉帝として即位するという設定は、「もののまぎれ」として秘密が守り通されて、光源氏は破滅するどころか、それによって物語世界内の権力と栄華が完成していくという、まさしく逆のベクトルを示している。その秘密が政敵である弘徽殿大后の右大臣方に知られたら破滅するという、〈悲劇〉の可能性を極限まで示しながら、それを逆転して超現実的な理想を実現するという意味で、〈反悲劇〉ということができる。[注24]

「王朝物語」は〈反悲劇〉である。その理由を高橋は、「現実の社会が王朝女性たちにとって〈悲劇〉的であるからこそ、〈悲劇〉としての読みは回避された」と述べる。この高橋の解釈に、私は若干の違和感を覚える。

われわれは「悲しい出来事」や「アンハッピーな終わりかたをするフィクション」を「悲劇」と呼ぶ。だが、アテネで上演されていた悲劇は、たんに「不幸な人間を描いた芝居」ではない。素材は神話や伝説から採る(必然的に、悲劇の登場人物は神々や英雄となる)。舞台にかけられるのは、春の大祭(大ディオニュシアー祭)の折に限る。ギリシャ時代の悲劇にはそういう原則があった。[注25]

「非凡な存在」が織りなす「ハレ＝非日常」の時間にふさわしいドラマ――悲劇の「原点」はそこにある。このことが、その後のヨーロッパの精神史に及ぼした影響は小さくない。たとえば、「悲劇」と「近代小説」の関係について、フランコ・モレッティは次のよう述べる。

> 小説で起こる出来事は、それ自体としては決して意味をなさない。それが意味を持つのは、長いプロットが、時間を追って絶えまなく展開していく過程においてである。日常生活とありきたりの業務――そうした「基本的に変わりばえのしない安定性」が、小説の出来事が意味を伝えるうえでは必要となる。対照的に、そうした安定性を解体する裂け目や断絶が、悲劇においてもっとも典型的な出来事を起こす。悲劇の中の出来事は、それが唯一無二のターニングポイントであることにおいて意味を持つ。突然の啓示。それ起こった後では、それまでのその人の存在――その人の小説的存在――がどうしようもなく偽物に見えてしまう。それが悲劇における出来事である。[注26]

近代ヨーロッパの思想家たちによって、悲劇はしばしば革命と結びつけて論じられてきた。右に引用したくだりのあと、モレッティはそのことの意味について言及する。日常的なものが機能停止する例外状況。この点において「悲劇の中の出来事」と「革命のさなか」はたしかに類似する。

近代小説が「国民国家」にふさわしい「言語」と「人間像」を提示するものであることは先に触れた。「貴族社会」という狭い基盤のうえに成立した王朝物語を、近代小説と同列に扱うのは危険だろう。が、悲劇のような「ハレ＝非日常」に根ざしてはいない点、近代小説と王朝物語に通じるものがあるといえないか。

近代小説の主人公は、「国民国家の標準的構成員のモデル」であることが求められる。ということは、読者一般とのあいだに大きな落差のない、「常人」であるほうが望ましい。[注27] 王朝物語の主人公は対照的に、神々に通じる「英雄」だ。そうした違いはあるにせよ、王朝物語は近代小説と同じく、「基本的に変わりばえのしない安定性」を前提とする。少なくとも、『源氏物語』とそれにつづく諸作品についてはそういえると私は考える。

宇治十帖の開幕を告げる橋姫巻で、薫は実父・柏木の文反故を入手する。そこに刻まれた筆跡は、死に臨んだ柏木の悶えを生々しく伝えていた。

……かの御手にて、病は重く限りになりにたるに、またほのかにも聞こえむこと難くなりぬるを、ゆかしう思ふことは添ひたり、御容貌も変はりておはしますらむが、さまざまに悲しきことを、陸奥紙五、六枚に、つぶつぶと、あやしき鳥の跡のやうに書きて、

目のまえにこの世をそむく君よりもよそにわかるる魂ぞ悲しき

また端に、

めづらしく聞きはべる二葉のほども、うしろめたう思うたまふるかたはなけれど、

命あらばそれとも見まし人知れず岩根にとめし松の生ひ末

書きさしたるやうに、いと乱りがはしうて、「小侍従の君に」とうえには書きつけたり。紙魚といふ虫の住処になりて、古めきたる黴くささながら、跡は消えず、ただ今書きたらぬにも違はぬ言の葉どもの、こまごまとさだかなるを見たまふに、げに落ち散りたらましよと、うしろめたう。いとほしきことどもなり。（⑥二九九～三〇〇）[注28]

この文反故との遭遇は、「それまでの薫の存在がどうしようもなく偽物に見え始めるきっかけ」となり得たはずだ。にもかかわらず、その後も薫はそれまでのありかたを改めない。そうしているうちに、彼の「出

生の秘密」の問題は、いつのまにか物語からフェードアウトする。[注29]

これはいったいどういうことなのか。

悲劇は、「唯一無二のターニングポイント＝特異点」を扱うジャンルであった。これに対し王朝物語は、どのように衝撃的な出来事にも、それ自体としては意味を持たせない。そこで生起するあれこれは、あくまで「長いプロットが、時間を追って絶えまなく展開していく過程」において全貌を開示する。[注30]『源氏物語』も、「文反故との遭遇」を「決定的瞬間」としては描かない。長い文脈のなかで明らかになる「文反故とのすれ違い」。宇治十帖が追求するのはそこである。この事実は、王朝物語がいかなるジャンルであるかを端的に物語る。[注31]

話をこのあたりでゲームに戻そう。欧米のFPSをプレイする者は、「広大な世界を、明確な目的もなく、複雑な道具を使いこなしながら探索すること」を目指す。ようするに、FPSのプレイヤーが求めるのは、「冒険＝例外状況と呼び得る体験」だ。そこに「悲劇に憑かれた欧米の文化伝統」の影を認めても、穿ちすぎとはいえないだろう。

日本の「ガラゲー」は〈物語への欲望〉に支えられている。物語評論家のさわやかはそう述べていた。より厳密にいうと、「ガラゲー」のプレイヤーが求めるのは、「物語そのものがもたらす快楽」のみではない。物語と自分がどうかかわるか。あるいは、物語を自分がどう消費するか。物語世界内部と、その外側の「生身の自分」がいる世界。両者を往還するところに、「ガラゲー」の「享受者」は快楽を見出す。

物語の内側と外側を行き来する。そこに目を留める構えは、『無名草子』や『とはずがたり』にすでに萌していた。メタレベルとオブジェクトレベルに「享受者」が同時に立つ。それが日本における「物語消費」の伝統なのである。「決定的瞬間」との「出会い損ね」を描く「王朝物語の基本姿勢」も、ここに由来するといってよい。事件をメタレベルで眺める視点が導入されると、必然であったはずの運命が相対化されてしまう。このとき、悲劇は脱臼するしかなくなるわけだ（『オイディプス王』のビデオを、ニコニコ動画で再生した場合を考えてみて欲しい。「ネタバレ」や「ツッコミ」のコメントが、嵐のように画面をよぎる。それを眺めつつ、純粋に感動できる人が果たしているだろうか）。

日本における「物語消費」につきまとう「二重性」。これを、音読みと訓読み、漢字と仮名の双方を使いわける「日本語の二重性」と結びつけるのは無謀ではないだろう。『エクリ』日本語版の序文で、ラカンは次のようにいう。

このことからわかるのは、「機転の利いた言葉を口にすること」は、日本ではもっともありふれた「話し方の様式」に等しいということです。そしてそれゆえ、日本語に囲まれている人間にとって、精神分析を受けるいかなる必要もない。例外は、スロットマシンを操作するとき、もしくはそれよりもっと機械的にお客をあしらうときだけでしょう。

本当のことを話す存在にとって、音読みは訓読みを注釈するのに充分です。音読みと訓読みが、あつあつのワッフルのような新鮮さで出現するこの（日本という）場所。ここで音読みと訓読みは、本当のことを話す存在（＝日本人）を生み出します。そのようにして生まれた日本人にとって、音読みと訓読みをつなぎとめるハサミは「良きもの」なのです。

自国語で中国語を話し、それによって自国語を中国語の方言にする。そんな幸運にすべての人が浴するわけではありません。そして、これよりさらに重要な点があります。日本語では、書き言葉があまりに外来的に感じられる。このためあらゆる瞬間に、無意識のまま書き言葉と話し言葉の距離が察知可能になる。これこそ、滅多に起らない幸運です。[注32]

日本語をもちいて話す、あるいは書く。このとき主体は、つねに「二重の立場」に同時に置かれる。そのことをラカンは指摘する。[注33]

「音読みは訓読みを注釈する」という言いまわしは、一見したところ常識に反している。音読みが「公式見解」であり、訓読みが「本音」を語る。それが普通の考えかただろう。だが、「音読み」を「物語そのもの」、「訓読み」を「物語の外側」と考えると、ラカンの正しさが了解できる。たとえば、若菜下巻の女楽のコスプレをする場合を想像して欲しい。葡萄染の衣装をつけた一人に、「それ、誰のつもり?」と仲間が訊く。葡萄染の人はそう問われて「紫上」と応える。まさにこのとき、「物語そのものへのコメント＝音読み」が、「物語を享受する自分＝訓読み」を注釈している。

われわれは、日本語に囲まれて生きている。この国の文化伝統は、ともすれば〈反悲劇〉に傾くが、その理由の根本は、おそらく日本語それ自体にある。

悲劇と革命を越えて

日本のマーケットは、欧米とも他のアジア諸国とも異質である。そういう声を、ゲーム業界の外にいる人びとの口からもしばしば聞く。映画やファッションにおいても、「日本でしか当たらないもの」・「日本だけで流行らなかったもの」が少なくないらしい。

ここで、「日本特殊論」を展開して自己陶酔にふけるのは不毛という他ない。ただし、本稿で問題にした「日本語が強いる二重性」を海外に向けてアピールすることには一定の意義があると私は思う。

欧米文化は、根幹に「悲劇の精神」を宿している。そのことがもたらした「功」は、たんに素晴らしい

「悲劇文学」を生んだことに留まらない。欧米の政治学や哲学の屋台骨を、「悲劇の精神」は支えている（ヘーゲル、ベンヤミン、シュミット、ラカン、そしてバトラー。何と多くの思想家が、「悲劇を論じること」を通じて信条を語っていることか）。だがいっぽうで、それは「過剰なヒロイズム」や「日常的なものへの蔑視」を生み出した。たとえばイーグルトンは、「スターリニズムは古典的な種類の悲劇であった」といっている。[注34]

かつてデリダが行った「現前の形而上学批判」や「脱構築」は、現在の眼で見ると「悲劇精神への批判」だったとわかる。「決定的瞬間」に回収し得ないものを導入し、「必然のドラマ」を脱臼させること。それは、宿痾のように悲劇に憑かれている、欧米文化圏においてこそ意義を持った。王朝物語の昔から、日本では悲劇は成り立ちにくい。デリダ理論を援用した批評・研究が、我が国ではさほど成果を生まなかったのも当然といえる。

欧米文化の中の「悲劇の精神」を批判的に検証する。そのことは、たとえば欧米世界における宗教原理主義や民族紛争の弊を防ぐのに有効だろう。「過剰なヒロイズム」の抑止や「平凡な日常」の価値の見なおし。それらは、思想や宗教をめぐる対立が暴力にむすびつく可能性を遠ざける。だとすれば、日本の王朝物語や「ガラゲー」のありかたを、欧米に向かって発信することも無益ではないはずだ。

デリダが目指した仕事を別のかたちでわれわれが遂行する――それは、欧米における人文知のメインストリームを形成するような、華やかな運動にはなり得ないだろう。だからといって、今日の世界にとって喫緊の課題を解決することに、わずかなりとも貢献できる機会を捨てるのは正義にもとる。

近代を迎えてから書かれた「日本古典文学史」は、ほとんどの場合、王朝物語を「小説の祖型」として扱っている。我が国では、欧米や周囲の東アジア諸国にも先駆けて、「散文によるフィクション」が栄えた。その事実を強調することは、「小説」が「文学の王」として君臨する状況においては、ナショナリズムの高揚に直結する。

「小説」の覇権が終わりつつある今、王朝物語をゲームと絡めて語る言説も存在を許されるはずだ。そこに示された見解が、海外において意味を持つとすればなおさらそうである。

私は近々、自分のホームページを立ちあげ、この文章の「英語版」をそこに載せるつもりだ。「セルフオリエンタリズム」とも、「ウィンブルドン現象」に乗ることともちがう「第三の道」。文学理論におけるその一端を、私はここで示したつもりである。それがどこまで有効であるか——それに対する応えを、私は国外の研究者から聞きたいと切に願っている。

注

1 ロラン・バルト『表徴の帝国』（宗左近訳、ちくま学芸文庫、一九九六）

2 英国製の生地は、元来「無骨だが、着ていくうちに味わいが出てくる」ことを特徴とする。昨今の「見るからに高級そうな生地」は、きわめて細い糸で織られ、しなやか。ただし耐久性には乏しく、伝統的な英国生地のように「着れば着るほどよくなる」わけではない。

3 助川幸逸郎「ウィンブルドン現象はなぜ起こる?」（石塚正英・黒木朋興編『日本語表現力』朝倉書店、二〇一六）参照

4 共同討議「批評と運動」（『批評空間』Ⅱ期二五号、太田出版、二〇〇〇）、「漱石とジャンル」（『漱石論集成』第三文明社、一九九二）

5 理論や思想における「ウィンブルドン現象」は、既に起こっている。フランスにおけるデカルト解釈は、「ナショナリズム」と骨がらみであるといってよい。数学と音楽を背景に、そうした「フランス・イデオロギー」と異なるデカルト論を展開している日本人研究者がいる。名須川学「デカルト——中世的人間観の超克」（黒木朋興他編『人間の系譜学』東海大学出版会、二〇〇八）参照

6　この点については、ジョージ・スタイナー『悲劇の死』（喜志哲雄・蜂谷昭雄訳、ちくま学芸文庫、一九九五）などにおいて、すでに様々なかたちで論じられている。
7　江戸後期は日本における資本主義の勃興期であり、それにともなう「階級の流動化」と「文化の近代化」はすでに起こっていた。助川幸逸郎「南総里見八犬伝」（『十分でわかる日本古典文化のキモ』http://www.britannia.co.jp/column/2015/12/35/）参照
8　小説と「国民国家」の結びつきについては、ジョナサン・カラー「小説と国民国家」（折島正司訳『文学と文学理論』岩波書店、二〇一一）などに指摘がある。
9　ニュークリティシズムが詩を重視した理由については、テリー・イーグルトン『文学とは何か』上・下（大橋洋一訳、岩波文庫、二〇一四）参照
10　片田暁『ハリウッド・ビジネス10年の変遷』（竹書房新書、二〇一四）
11　柴田元幸他編『世界は村上春樹をどう読むか』（文春文庫、二〇〇九）
12　http://psr.kangnam.ac.kr/psr_bk_iss/vol11/02-18%20Kuryleva_192~196_.pdf
この論文の書き手は、二人ともロシアの大学に所属する研究者である。
13　たとえば、Matthew C. Strecher and Paul L. Thomas（eds.）『Haruki Murakami Challenging Authors』（Sense Publishers, 2016）
14　大江は、『万延元年のフットボール』以後、意識的に自然な文体を壊したと語っている（「文学の伝承」大江健三郎・古井由吉『文学の淵を渡る』新潮社、二〇一五）
15　大江は、ロシアフォルマリズムの「異化（＝敢えてデフォルメした表現を行うことで、日常性に埋没していた営為に対し注意を喚起すること）」に早くから関心を抱いていた。大江健三郎『小説の方法』（岩波現代選書、一九七八）参照
16　だからといって村上春樹は、「意味内容」だけを重んじて「文体」をおろそかにしているわけではない。「スムーズな意味伝達」を行うために、彼は「職人的な努力」をしている。村上春樹『職業としての小説家』（文芸春秋社、二〇一五）参照
17　近代における「国民的小説家」の演じる役割については、絓秀実『日本近代文学の〈誕生〉』（福武書店、一九九五）・『小ブル急進主義批評宣言』（四谷ラウンド、一九九九）などに詳しい。
18　村上春樹の読者は、「文芸批評」を気にする「文学マニア」の外部にまで広がっている。なお、私の村上春樹観は、助川

幸逸郎『謎の村上春樹』（プレジデント社、二〇一三）にまとめられている。

19 ライトノベル作家が人気を博するには、「自分たちと同じ〈ライトノベルファン〉だ」と読者に思われること（＝作者が読者と「横並び」になること）が必須らしい。飯田一史『ウェブ小説の衝撃』（筑摩書房、二〇一六）参照

20 さわやか『キャラの思考法』（青土社、二〇一五）

21 『狭衣物語』の享受のありようについては、井上真弓『狭衣物語の語りと引用』（笠間書院、二〇〇五）および鈴木泰恵『狭衣物語／批評』（翰林書房、二〇〇七）などに詳しい。

22 注19に同じ

23 注19に同じ

24 高橋亨「〈反悲劇〉としての薫の物語」（『源氏物語の詩学』名古屋大学出版会、二〇〇七）。この論文において高橋は、藤井貞和の「阿闍世コンプレックス論」に言及している。藤井は、エディプスコンプレックスは西欧特有のものであり、アジアにおいては「息子と母との葛藤」が問題になると述べる（藤井貞和「薫の疑いは善行太子説話に基づくか」・「阿弥陀仏のメランコリア」〈『タブーと結婚』笠間書院、二〇〇六〉）。藤井は、「女人往生」や「悪人正機」といった、東アジア共通の仏教の問題に言及する。注17に挙げた村上春樹論でも指摘したように、仏教といかに関わるは、「これからの日本の人文知」の一つの鍵である。この意味で藤井の議論は注目に値する。

25 ギリシャ悲劇の位置づけについては、松山壽一「ギリシャ悲劇の世界」（『悲劇の哲学』萌書房、二〇一四）参照

26 Franco Moretti『Signs Taken for Wonders』（Verso 1988）（邦訳　植松みどり他訳『ドラキュラ・ホームズ・ジョイス』新評論、一九九二）

27 フィクションにおける読者と主人公の関係については、ノースロップ・フライ『批評の解剖』（海老根史他訳、法政大学出版局、二〇一三）参照

28 引用は、新潮古典集成のテクストによる。

29 薫の「出生の秘密」が立ち消えになることについては、助川幸逸郎「匂宮の社会的地位と語りの戦略」（『物語研究』第四号、物語研究会、二〇〇四）および助川幸逸郎「〈視えるかをり〉／〈匂うかをり〉」（三田村雅子・河添房江編『薫りの源氏物語』翰林書房、二〇〇八）で詳述した。高橋亨は、柏木の文反故に対する薫の対応を、注24に引いた論文において「薫は積極的に父を確認しようとはせず、それが仏教に親しむ契機となってはいても、「悟り」を得るための努力もしていない。「はじめもはても知らぬ我身」という歌のように、存在の不安とゆらぎの中に自己を宙づりにしてしまっている。こ

れは、のちに橋姫巻で、弁尼という「答ふべき人」を得たときの、その秘密を抱え込んだまま、何ひとつ劇的な反応を示さない態度へと通じている」と評する。

30　『狭衣物語』の天稚御子事件、『寝覚』冒頭における天人の予言、『浜松中納言物語』における夢告と転生――「特異点」となるはずの体験の「なり損ない」。それを平安後期物語はくり返し描く。「悲劇的なもの」を脱臼させる点にこそ、王朝物語の「伝統」はあるのではないか。

31　柏木の文反故を見た薫は、その「あやしき鳥の跡のやう」な筆跡が「ただ今書きたらぬにも違はぬ」さまであることに衝撃を受けている。柏木の綴った「文」以上に、その「筆跡」に衝撃を受ける薫。ここで薫は、おそらく「文字の陥穽」に落ちている。ジャック・ラカンはいう。「これらの『エクリ＝書かれたもの』は、まあ、読むのが簡単ではないことで非常に有名です。私はあなた方に、自伝めいた告白をしましょう。「私は『エクリ』を書きながら、まさしく〈これを読むのは簡単ではない〉と考えていた」と。おそらくさらにこうも言えるでしょう。「〈『エクリ』は読まれるべきではない〉とすら私は考えていた」と。いずれにせよ、今日のお話しの出だしは快調です。当然のことながら、文字は読まれます。文字は、単語の延長としてあることを意図されているようにすら見えます。文字は読まれます――文字どおりに。しかし正確にいえば、「文字を読むこと」と「（書かれたものを）読むこと」は、おそらくまったく別の営みです」（『Encore』（Trans Cormac Gallagher http://www.lacaninireland.com/web/wp-content/uploads/2010/06/THE-SEMINAR-OF-JACQUES-LACAN-XX.pdf）

ラカンの見解では、「書かれたもの」を読み解くには、それを「シニフィアン＝言語記号」の連なりとして見る構えが必須である。ある主体がつむぐシニフィアンの連鎖は、その人の「根源的な欠如」に支えられている。その「欠如」は、「文字どおりの意味」としては表れない。そうした「隠喩的にしか語られない欠如」を読むことこそ、ラカンにとって「書かれたもの」を読むことである（この点については、佐々木孝次『文字と見かけの国』〈太陽出版、二〇〇七〉およびブルース・フィンク『「エクリ」を読む』〈上尾真道他訳、人文書院、二〇一五〉が参考になる）。

薫は、「柏木の誌した文字」に衝撃を受けるあまり、文字を「文字どおり」に見てしまった。文反故の「書かれたもの」としての意味を受けとめ損ねたわけである。「文反故との遭遇」によって衝撃を受けながら、薫はこののち、「出生の秘密」と正面から対峙せず、「迷走」する。その理由は、文反故を「書かれたもの」として受けとめ損ねたことに求められる。「本来向かうべき対象」ではなく、それに近接した別のものに執着してしまう――文字に対する薫のこうした態度を、フェティシズムと呼ぶことも可能だろう。薫の実父である柏木も、「権力」を得るために「皇女との結婚」を求め、そのあげく「皇女の飼い猫」を抱くことに必死になる。柏木もまたフェティシズムにとらわれていた。柏木とフェティシズムのかかわりは、様々な位相に渡る。その全貌については別稿を期したい。なお、薫と柏木に共通の「言語フェティシズム」を認める論として、既に水野雄太「心、言葉、エクリチュール」(『学芸古典文学』第九号、東京学芸大学国語科古典文学研究室、二〇一六)がある。

32 Jacques Lacan『PRÉFACE À L'ÉDITION JAPONAISE DES ÉCRITS』(http://www.ecole-lacanienne.net/fr/p/lacan/m/nouvelles/paris-7/pas-tout-lacan-1926-1981-102)(邦訳「日本の読者に寄せて」〈『エクリⅠ』宮本忠雄他訳、弘文堂、一九七二〉)

33 日本語の「二重性」については、『近代日本語の思想』(法政大学出版局、二〇〇四)他の一連の柳父章の著作も参考になる。石川九楊『二重言語国家日本』(中公文庫、二〇一一)も示唆に富む。

34 Terry Eagleton『Sweet Violence』(Blackwell Publishing 2003)(邦訳『甘美なる暴力』〈森田典正訳、大月書店、二〇〇四〉)

助川 幸逸郎(すけがわ こういちろう)　横浜市立大学他非常勤講師。著書に『文学理論の冒険』(東海大学出版会)、『光源氏になってはいけない』(プレジデント社)、『謎の村上春樹』(プレジデント社)、『〈国語教育〉とテクスト論』(共編著、ひつじ書房)、『グローバリゼーション再審』(共編著、時潮社)など。

編集後記

「架橋する〈文学〉理論」と銘打った本巻では、『源氏物語』を「理論」で読み解く可能性を問うている。

イーグルトンはいう。「文学理論は、それ自体の価値で知的探求に供される対象ではない。まさしくそれは、私たちの時代を概観できる特定の視座なのだ」（『文学とは何か』大橋洋一訳）。「文学理論」を駆使する研究者を、英米圏では「セオリスト」と呼ぶ。「セオリスト」は、「文学テクストから意味を取り出すための道具」として、「文学理論」を弄ぶことを拒絶する。文学テクストを生み出したイデオロギーと、みずからの歴史的文脈を突きあわせ、現代社会の問題点を明るみに出す――それを「セオリスト」は使命とする。

近代アカデミズムの成立以来、『源氏物語』に対しさまざまな「文学理論」が適用されてきた。そのいとなみにはずっと、同じ問題がつきまとっていると私には見える。

第一に、『源氏物語』を語る研究者は、みずからが駆使する「文学理論」をしばしば読み誤る。日本の古典学者育成カリキュラムにおいて、「文学理論を読み解く訓練」は必須ではない。「文学理論」の扱いに関し、ディシプリンを持たない「源氏学者」。

第二に、自分が駆使する「文学理論」の背景に意識の及ばない研究者が多い。自分がどういう文脈に属して発言しているか。その自覚を研究主体が持つこともまた重要だが、この点もなおざりにされがちだ。「最先端の」もしくは「もっとも正しい」方法によって研究している――たいていの「源氏学者」はそうした思いに囚われて、「トレンド」や「正しさ」を規定するイデオロギーに目が届かない。

この二つを取り払わないかぎり、『源氏物語』を「真のセオリストが集うアリーナ」にすることは不可能だ。そこで本巻では、古典文学研究者だけでなく、「文学理論」の専門家にも執筆を依頼した。

安藤徹「『源氏物語』研究とテクスト論・断想」は、短い章段を積みかさねながら、テクスト論と『源氏物語』をとりまく現況をあまねく照らし出す。その「情報密度」と「わかりやすさ」は驚異的だ。それだけに、「極上の研究マニュアル」として消費されることを私はおそれる。安藤は、「『源氏物語』を読む主体」のありようを厳しく問いつめている。そうした書き手の真意が、読者に届くことを願ってやまない。

鈴木泰恵「〈王権論〉とは何であったのか」は、『源氏物語』と〈王権〉をめぐる言説を通時的に追う。山口昌男や三島由紀夫までを視野に収めつつ、〈王権論〉がいかなる思想的背景のうえに立脚していたかを鈴木は浮き彫りにする。「いま現にある天皇＝皇権」と「理想としての天皇＝王権」。この二項対立が、『源氏物語』の〈王権論〉には営々と引きつがれてきた。鈴木はそこに現代社会の病理を読みとり、二項対立の存在そのものに疑問を呈する。こうした鈴木の言語実践は、真正の「セオリスト」のそれだと私は思う。

竹内信夫・黒木朋興・助川幸逸郎の『仏教言語論から見た源氏物語』では、黒木と私が聞き役となり、竹内に空海を語ってもらった。竹内は、マラルメ研究に従事するいっぽう、すぐれた空海論を二冊、上梓している。鼎談は、「空海の時代」と「和文の誕生以後」の断絶を軸に進行する。かな散文が栄えた時代は、文化的な実りも多かった半面、社会の流動性は乏しかった。そこを始発として、「今の日本社会」をいかに外に向けて開いていくかにまで話題はおよんだ。

陣野英則「ナラトロジーのこれからと『源氏物語』」は、『源氏物語』における「人称の不安定さ」を主題とする。「『源氏物語』の言葉は、いきいきとした成立当時の生成ならびに享受の現場とむすびつく形で論じられる段階に入ってきたようだ。これからのナラトロジーは、そういう議論へと積極的に参与すべきであろう」という提言は重い。どのような対象にも同じように適用し得る「機械的なものさし」。「文学理論」

は、そのようなものに堕してはならない。

田代真「〈理論〉から遠く〈離れ〉て」は、小西甚一を論じながら、二〇世紀後半の文芸批評史を横断する。小西の理論的支柱であったニュークリティシズム、バルトのテクスト論——前世紀の「文学理論」の動向に大きく網をかけながら、それらの理論の根底に冷戦構造があることを田代は掘り起こす。ポスト冷戦時代を生きるわれわれは、「現在」にふさわしいパラダイムを構築しなければ「セオリスト」たりえない。その厳しい現実を、田代の論考は突きつける。

中村唯史「『源氏物語』における作者と作中人物」は、バフチンの理論が『源氏物語』研究にいかに導入されたかを論じる。一九八〇年代の「源氏研究者」が、どのようにバフチンを「誤読」したか。そのことを丁寧に指摘するいっぽうで、バフチンと出会い損ねた「源氏研究者」たちへの糾弾を中村は避ける。彼らはいかなる必然性に駆られて、バフチンとすれ違ったのか。中村の考察はその点に赴く。こうした見地からの「日本古典文学研究史」が、さらに書かれる必要を私は強く感じる。

近代日本における古典研究の礎となったのはドイツ文献学である。それが受容されるにあたり、どのようなバイアスがかかったのか。片山善博「源氏物語を〈解釈〉するとは?」はこの点を問題にする。芳賀矢一や池田亀鑑は、ドイツ文献学の「哲学志向」を引きつがなかった。「アカデミックな研究方法」の確立に「使える要素」。それに絞ってドイツ文献学を活用したのである。芳賀や池田の「負の部分」は、現在の古典研究者の「病」でもある。

三島由紀夫が『源氏物語』に取材した「近代能楽」は二つある。このうち『葵上』は傑作として名高いが、『源氏供養』には作者自身、不満を抱き、のちに廃曲としている。関礼子「三島由紀夫の『源氏物語』受容」はこの点に光をあてる。三島は出発点から、「公家的なもの」と「武士的なもの」に引き裂かれていた。『源氏物語』という「公家的なもの」をもとに、武士に担われてきた「能」の近代版を書く。それは、三島の文学的営為の根幹に触れる営みだった。本巻巻末の論文で私は、王朝物語と悲劇を対比させている。そう考える私の関心を、関の論考は激しく刺激する。

岡﨑真紀子「「浦島」をめぐる文節と連想」は、「言葉の意味となって立ち現れてこない潜在レベルでの言葉から言葉への連想が、和歌の詠作や物語の叙述といった言語化された表現を支えているという、複層的な「知の構造」」を論じる。そうした「知の構造」にもとづく表現に、一義的な意味を求めても躓くほかない。岡﨑の指摘は、先に触れた陣野論文の主張とも重なってくる。

川田宇一郎「元型批評vsインターテクスチュアリティ――」。『源氏物語』、『浜松中納言物語』、『豊饒の海』は、「母親的存在との恋愛」という話型を共有する。同じパターンの物語が、それぞれの作品でどのように変奏されていったのか。その過程を川田は克明に描き出す。『豊饒の海』に登場するジン・ジャンや透についての新説も興味ぶかい。「日本の物語では、エディプス・コンプレックスよりも、母の抑圧（阿闍世コンプレックス）が問題となる」という、藤井貞和の所説と接続させてみたい論考といえる。

巻末論文では、「小説」が文学の王座を降りた時代に、文学理論はいかにあるべきかについて私見を述べた。

それぞれの著者の問題意識が交錯し、「いま、何が問題か」がおのずと浮かびあがる一巻になったと私は考える。真摯に執筆に臨んでくださったそれぞれの書き手に感謝したい。「源氏研究者」の中に、真の「セオリスト」が増えることを願って筆を擱くことにする。

（助川幸逸郎）

橋川文三　51
芭蕉　128–130, 133, 135–137, 139, 159
パスカル　71, 80
バフチン，ミハイル　174–189, 191–197, 324
林達夫　6
パラテクスト　20, 21
バリー，ピーター　16, 23, 24, 29, 97
バルト，ロラン　5–8, 10–15, 17, 19–23, 25–27, 31, 32, 124, 125, 132–135, 140, 155, 159, 166, 195, 321, 324
バルネラビリティ　27
樋口一葉　243
フーコー，ミシェル　29, 30
ブース，ウェイン　140, 143, 172
深沢三千男　37, 38, 44, 56
藤井貞和　102, 103, 105–107, 119, 184, 190, 342
藤岡作太郎　200, 203
藤原公任　148, 149, 267–269
藤原定家　71, 253
二葉亭四迷　119
舟橋聖一　228
フライ，ノースロップ　323, 324, 342
プルースト，マルセル　134, 135
ブルジェール，ファビエンヌ　10
ブルックス，リアンス　140
フロイト，ジグムンド　283, 333
フローベール，ギュスターヴ　134
文化記号論　41, 61, 178
分析批評　123, 126–130, 132, 135, 140, 144, 146, 147, 151, 152, 156, 157, 159–161, 163–165, 169, 170
ベーク，アウグスト　200, 202, 206–210, 219–221
ヘーゲル，G・W・H　198, 200, 214–218, 220, 222, 339
ヘミングウェイ，アーネスト　141
ベンヤミン，ヴァルター　339
ボードレール，シャルル　92, 136
ホール，スチュアート　255, 273
ポスト構造主義　20, 23, 124
ポリフォニー　33, 174–176, 178, 182–184, 189, 192

ま行

正岡子規　130, 139
松澤和宏　14
松田武夫　100
マラルメ，ステファヌ　64, 65, 69, 74, 88, 91, 92, 94
丸山眞男　9, 15, 19, 28
三島由紀夫　38, 48, 50–52, 58, 129, 150, 223–235, 237–239, 242–244, 246–248, 250, 251, 284–287, 296, 303, 304, 319
三谷邦明　119, 175, 185, 187, 190
三田村雅子　211
武智鉄二　234
村上春樹　225, 226, 325–328, 341, 342
紫式部　89, 120, 172, 189, 192, 205, 206, 211, 219, 229, 238, 247, 261
メタヒストリカル　41, 42, 48
メタファー　25
メトニミー　25, 30
モーリス＝スズキ，テッサ　8, 9
モティーフ　142–145, 147–151, 156, 157
本居宣長　128, 212, 214, 324
物語論　→ナラトロジー
モレッティ，フランコ　334
モンテーニュ，ミシェル・ド　71

や行

山岸徳平　114, 120
山口昌男　36–38, 44, 51, 57, 61
山本登朗　100–102, 116, 118
与謝野晶子　227, 229, 230, 250, 295
吉見健夫　19

ら行

ラカン，ジャック　70, 337–339, 343
ラテン語　71, 78, 90, 131, 160
ランサム，ジョン・クロウ　129, 131, 167
リクール，ポール　324
リチャーズ，I．A．　167
ルーシー，ナイオール　9
レヴィ＝ストロース，クロード　6, 61
レジリエンス　28, 30
レディングス，ビル　168
ロイル，ニコラス　11
ロシア・フォルマリズム　195, 341

わ行

渡部泰明　104, 106

紀貫之 75, 81, 93, 94
共感覚 135–139, 156, 160
空海 64–81, 83, 84, 86–89, 93, 94, 125, 135, 158, 162
グラムシ, アントニオ 166
クリステヴァ, ジュリア 65, 195
構造主義文化人類学 37, 42, 51, 57, 61
構造分析 23, 27, 34
河野哲也 7, 10, 21, 22, 28, 30
国学 28, 32, 201, 202
小嶋菜温子 44, 48, 53, 56
コスモロジー 43
小西甚一
77, 123–125, 127–133, 135–137, 139–167, 169–171
小林康夫 27
小森陽一 105
コンパニョン, アントワーヌ 21, 26, 97

さ行

サイード, エドワード 166
西行 104, 106
西郷信綱 18, 175, 182, 185
最澄 64, 72, 73, 76, 79, 83, 84, 88, 89
佐伯彰一 169
佐々木健一 12
佐藤秀明 225
三条西公条 265
三条西実隆 266
サンスクリット 64, 65, 70, 76–79, 160
ジェイムズ, ヘンリイ 153, 155
生成論 13, 14, 120
慈円 82
シニフィアン 23
篠田一士 169
シフェール, ルネ 107
島内景二 220, 250
自由間接言説(話法)
100, 102, 117, 153, 184, 187, 191
自由直接言説 117
ジュネット, ジェラール 96, 113, 140, 324
シュペングラー, オスヴァルト 177
シュミット, カール 339
シュライエルマッハー, フリードリヒ 221
シュライヤー, スティーヴン 168
聖徳太子 288, 289
菅原道真 66, 67
杉田敦 18, 20
スターリニズム 15, 339
瀬戸内晴美(寂聴) 229, 237
セルフオリエンタリズム 320, 323, 340
草子地 106, 113, 114, 119, 141, 152, 153

た行

体験話法 100, 102, 117
高橋亨 11, 18, 32, 34, 174, 176, 190, 323, 333, 342
高橋康也 169
竹西寛子 229
谷崎潤一郎(谷崎源氏) 227, 229, 230, 237
チョムスキー, ノーム 106
土田知則 8, 12, 14, 15, 25
坪内逍遥 200
鶴見俊輔 10
テイト, アレン 128, 167, 168
ディルタイ, ヴィルヘルム 221
デカルト, ルネ 71, 340
テクスト分析 23, 27, 28
テクスト論
5, 6, 8, 11, 12, 14–16, 18, 20, 21, 23–25, 27, 28,
30–33, 70, 133, 142, 158, 159
出口顕 6, 21, 23, 27, 30
デリダ, ジャック 9–11, 17, 339
ドイツ文献学 200, 201, 207, 216
堂本正樹 228, 232, 250, 251
ドストエフスキー 181, 182
トドロフ, ツヴェタン 195

な行

中山元 13, 16
中山眞彦 107, 108, 119
夏目漱石 220, 239, 251, 323
鍋島能弘 169
ナラトロジー(物語論)
54, 96–98, 101, 117, 118, 122, 143, 148, 220
ニュー・クリティシズム
126–128, 131, 135, 138, 140, 143, 144, 146, 147,
152, 160, 165–167, 169, 171, 324, 341
ノイマン, フォン 282

は行

ハイデガー, マルティン 200
芳賀矢一 200, 201

索　　　引

源氏物語

桐壺巻 27, 45, 99, 109, 110
帚木巻 45, 109, 110
夕顔巻 185
若紫巻 275, 276, 281
紅葉賀巻 19
花宴巻 231, 232, 247
賢木巻 264, 267–270, 273, 274, 277–279
朝顔巻 111, 116–118
玉鬘巻 111–114, 270, 272–274
玉鬘十帖 46
初音巻 265
胡蝶巻 231, 232, 247
蛍巻 219, 220
篝火巻 187
若菜上巻 154
若菜下巻 45, 331, 338
柏木巻 117
夕霧巻 253, 254, 257, 260–264, 273, 280
御法巻 191, 192
幻巻 110, 118
竹河巻 110
宇治十帖 156, 158, 290, 335, 336
橋姫巻 99, 102, 111, 116, 117, 335, 343
浮舟巻 185
蜻蛉巻 185
夢浮橋巻 27

あ行

アーレント，ハンナ 274
アウエルバッハ，エーリヒ 324
アレン，グレアム 8, 17, 28, 31
イーグルトン，テリー 14, 124, 339, 341
五十嵐力 200, 205
池田亀鑑 200, 203, 206, 222
石川九楊 71, 344
石川公彌子 28
井関義久 163, 165, 169, 172
磯田光一 169
井手至 100
稲垣諭 6, 13, 16, 30
ウェイリー，アーサー 92
ウォレン，ロバート・ペン・ 129, 140, 165, 167
内田樹 8, 20, 31
浦島子説話
254, 256–258, 260–263, 266, 268, 269, 278, 280
エーコ，ウンベルト 22
エキゾチズム 321
エンプソン，ウィリアム 167
大江健三郎 326–328, 341
太田好信 12
岡井隆 169
岡崎義恵 200, 212
岡田温司 16
オリエンタリズム 321

か行

ガダマー，ハンス・ゲオルク
200, 214–218, 220
加藤昌嘉 14, 120
カラー，ジョナサン 5, 6, 29, 97, 341
柄谷行人 323
カルチュラル・スタディーズ 255, 256, 279
川崎寿彦 169
河添房江 44, 47, 56, 205
管弦楽化 175, 178, 182–184, 186, 187, 189, 190, 194
間テクスト性 8, 9, 12, 25, 32, 132–135, 155, 159
カント，イマヌエル 213, 249
菅野仁 24

架橋する〈文学〉理論　　新時代への源氏学 9

2016年 5月 15日　発行

編　者　助川 幸逸郎　　立石 和弘
　　　　土方 洋一　　松岡 智之

発行者　黒澤　廣

発行所　竹林舎
112-0013
東京都文京区音羽 1-15-12-411
電話 03(5977)8871　FAX03(5977)8879

印刷　シナノ書籍印刷株式会社

ISBN 978-4-902084-39-9